增訂四版

新訓詁學

蘇建洲◇著

五南圖書出版公司 印行

四版序

學術研究是需要持續精進、不斷修練的一份工作，有興趣的人樂在其中，經年累月不覺其苦，誠如《禮記・學記》所云：「不興其藝，不能樂學。」筆者雖然平常教學與家庭事務十分繁重，但對新出土的材料依然保持關注，每次看到意義重大的新材料以及學者專家討論的精彩觀點，總想收進自己的書中，希望讀者能看到出土文獻的第一手語料，吸收古人的智慧，更期盼能促進語文知識的長足進步。

拙著《新訓詁學》在五南出版社黃文瓊、吳雨潔兩位女士的協助下，順利於二〇一四年八月出版，期間有幸得到讀者朋友的支持，銷售成績還算差強人意。二〇一六年第一版即將售罄時，我進行了微幅的增訂。二〇一八年第二版銷售完畢時，正好我手邊積累不少材料，於是進行了比較大規模的訂補，共計八十餘處的更動。第三版的更動內容，除了新材料的補充，比如二〇一七年出版的《清華大學藏戰國竹簡》第七冊、《嶽麓書院藏秦簡》第五冊之外，也補了不少二〇一七、二〇一八年期刊論文中特別重要的觀點。另外，我身爲師範院校國文系的老師，畢業的學生多數承擔國高中國文科的教學任務，第三版的訂補內容有不少是筆者與他們對中學國文課本疑問的討論。比如〈漁父〉：「安能以身之察察，受物之汶汶者乎！」高中教科書直接將「汶汶」釋爲骯髒、汙穢，令人摸不著頭緒。〈赤壁賦〉：「是造物者之無盡藏，而吾與子之所共適。」有高中老師問我「適」注釋爲「享用」如何理解？顧炎武〈廉恥〉「松柏後凋於歲寒」的「後凋」解釋爲「不凋」合理嗎？《詩・蒹葭》的《毛傳》云：「逆流而上曰遡洄。順流而涉曰遡游。」但是「遡游」如何能理解爲「順流而涉」呢？此外，一〇七年大學學測國文作文的範文是楊牧的〈夭〉。考題問到：作者描寫春天的美麗新世界，但詩題爲何命名爲〈夭〉？要回答這個問題之前，必須對「夭」的字形、詞意演變有所掌握才能充分回答這個問題。以上的疑問在本書中都有所討論。

二〇二〇年承蒙上海古籍出版社厚意，出版了第三版的簡體字版本。執行編輯顧莉丹女士爲本書的出版付出了巨量的心力，她不僅從頭徹尾將本書通讀一過，期間還校出書中的錯字以及文獻引用有誤的地方，筆者十分感謝！二〇二一年臺版第三版又將售罄，我準備對《新訓詁學》作最後一次的修訂。這次修訂的內容，除了採納顧莉丹女士所指出的錯誤以及納入簡體字版本新增的內容，同時精簡第七章的章節架構。希望讀者可以感受到筆者的誠意，靜下心來一頁一頁的翻閱，領略訓詁學令人拍案叫絕的嚴密邏輯。

蘇建洲謹誌

二〇二一年十一月於彰化師大國文系

自序

筆者在臺灣師大讀書的時候，受到業師季旭昇教授的啓發，對文字、訓詁之學產生濃厚的興趣，後來有幸忝爲中文系的老師，對這門學問的熱情仍一本初衷，未曾冷卻過。我在系上擔任文字學與訓詁學的教學工作，由於文字學本來是我的專業，加上有不少質量極高的論著可作爲上課教材，所以教學上並無太大問題。但訓詁學則不然，這門課的命運比較乖舛，有些中文系只開課一個學期兩學分，也有中文系完全沒有訓詁學課程的，加上研究所筆試所占分數比例較低，所以訓詁學長期以來受到比較大的冷落，也因此未見專業人士撰寫新的教科書，而沿用資料老舊的教科書的結果，更讓學生對訓詁學提不起興趣。

筆者擔任訓詁學的教學工作至今約十年，深知訓詁學是一門綜合文字學、聲韻學、文法學、詞彙學、校勘學、語源學等等的學科，這門課開設在中文系大四是有原因的，基本上是歷年學習成果的總檢驗，也是總複習，重要性不言可喻。現在只是缺少一本與時俱進、深入淺出的教科書來讓學生一窺其堂奧，因此筆者在平時研究與教學過程中，遇到重要或是有趣的訓詁例證便隨手摘錄，現在覺得分量足夠了，便委託五南圖書出版公司將這些內容整理出版。筆者在撰寫這本教科書時大致把握住底下幾個原則：

(1) 所談訓詁學理論是根據學界較新的研究成果。

(2) 所舉例證多根據筆者講授相關課程時學生常犯的錯誤，力求教科書與教學現場緊密結合。

(3) 用語務求淺顯平易，清晰易懂，引用典籍古文儘量附上翻譯，避免掉書袋。

(4) 爲了讓學生了解「二重證據法」的面貌，同時對金文、楚簡、秦簡、漢簡的內容有初步的認識，書中例證包含不少出土文獻，每條例證都附上解釋與翻譯。

這本教科書是漸次完成，並非一步到位，歷年的初稿在課堂上與學生多有討論，尤其是彰化師大國文系一〇三級的同學對拙書的最後定稿有很大的幫助，他們對筆者提出很多中肯的意見，也訂正了不少錯別字，筆者非常感謝。最後，期盼讀者能透過這本教科書重新認識訓詁學的重要性與趣味性，這樣我們「十年磨一劍」也算有點價值了。

蘇建洲謹誌

二〇一四年六月於彰化師大國文系

目錄

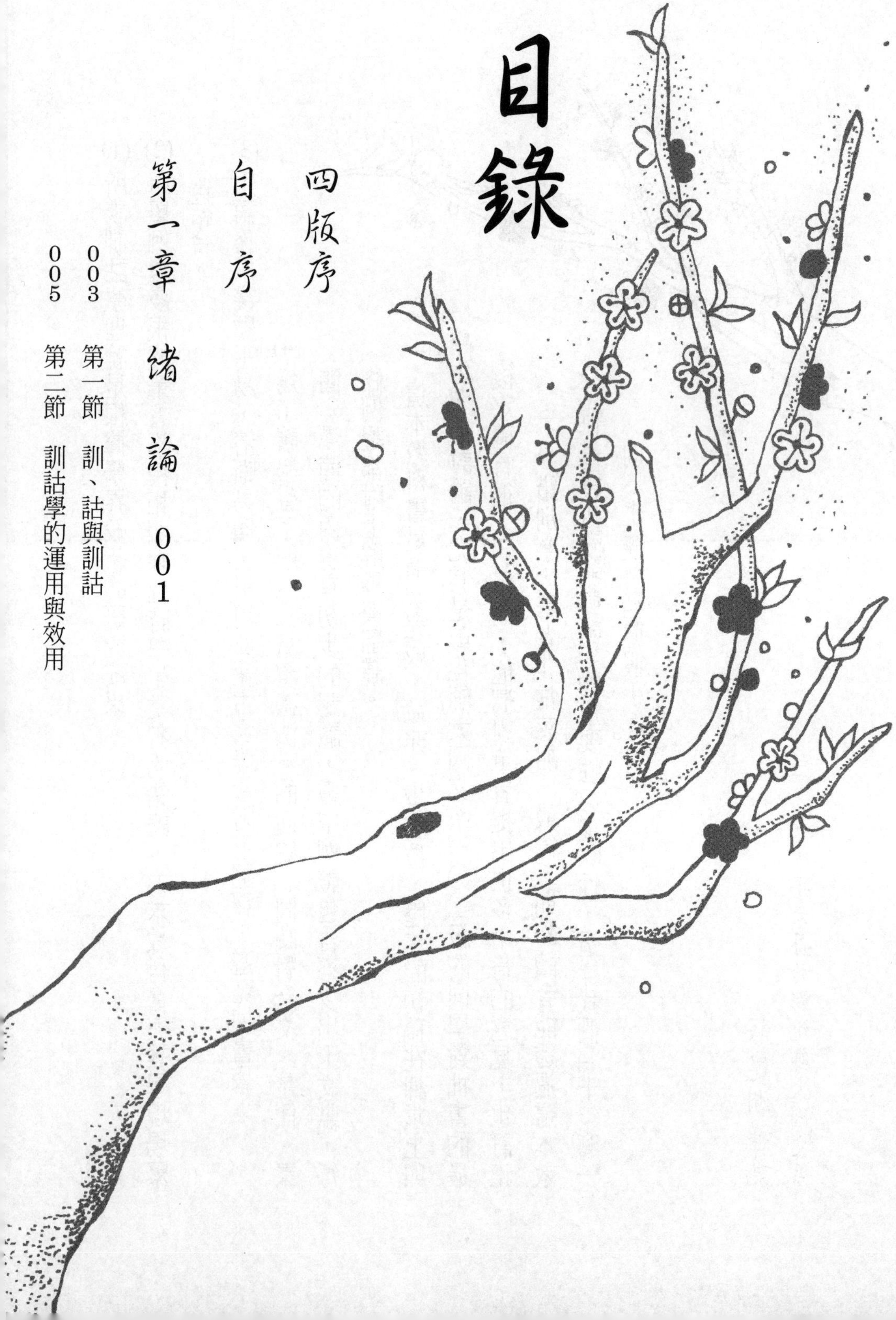

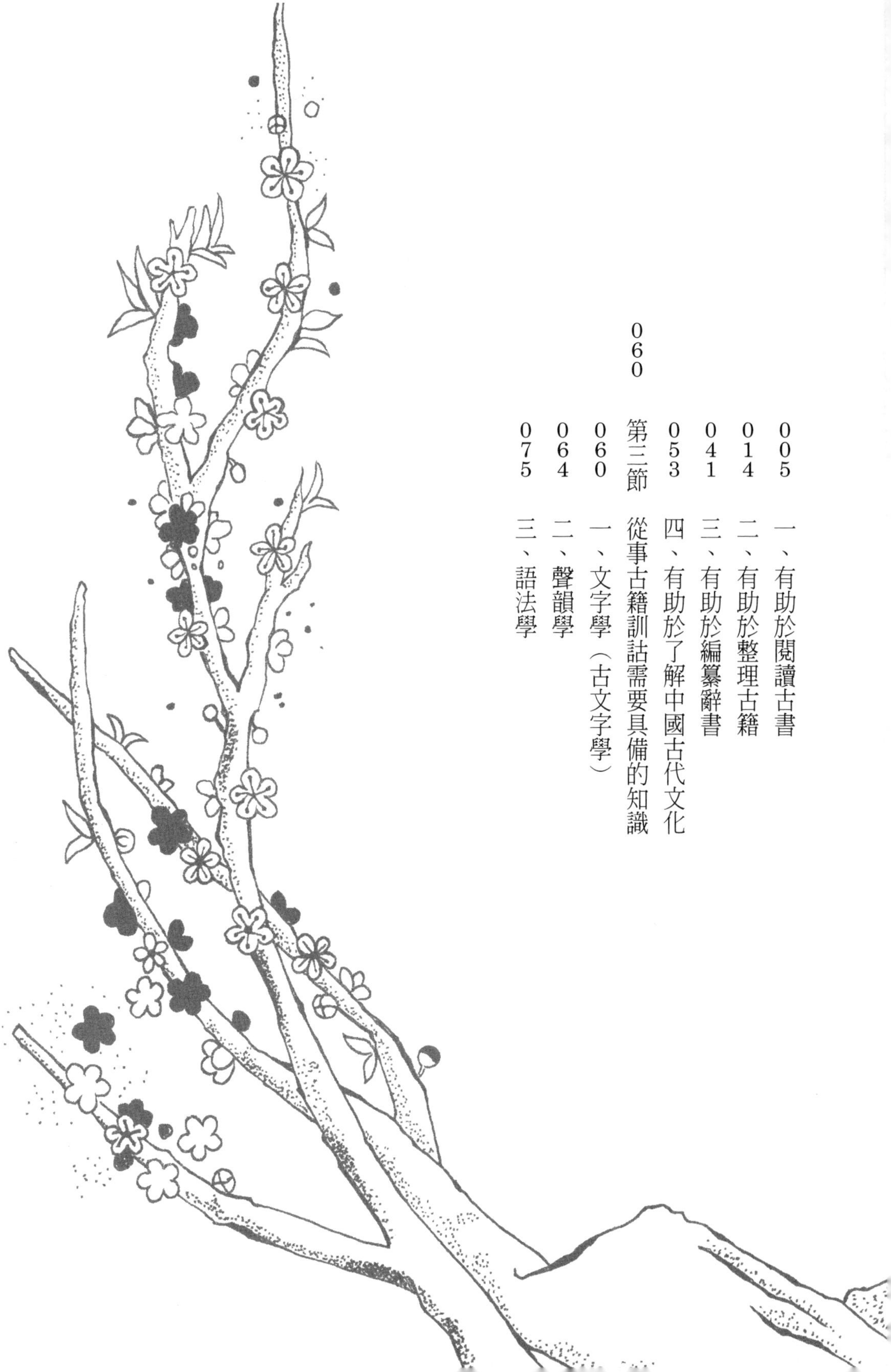

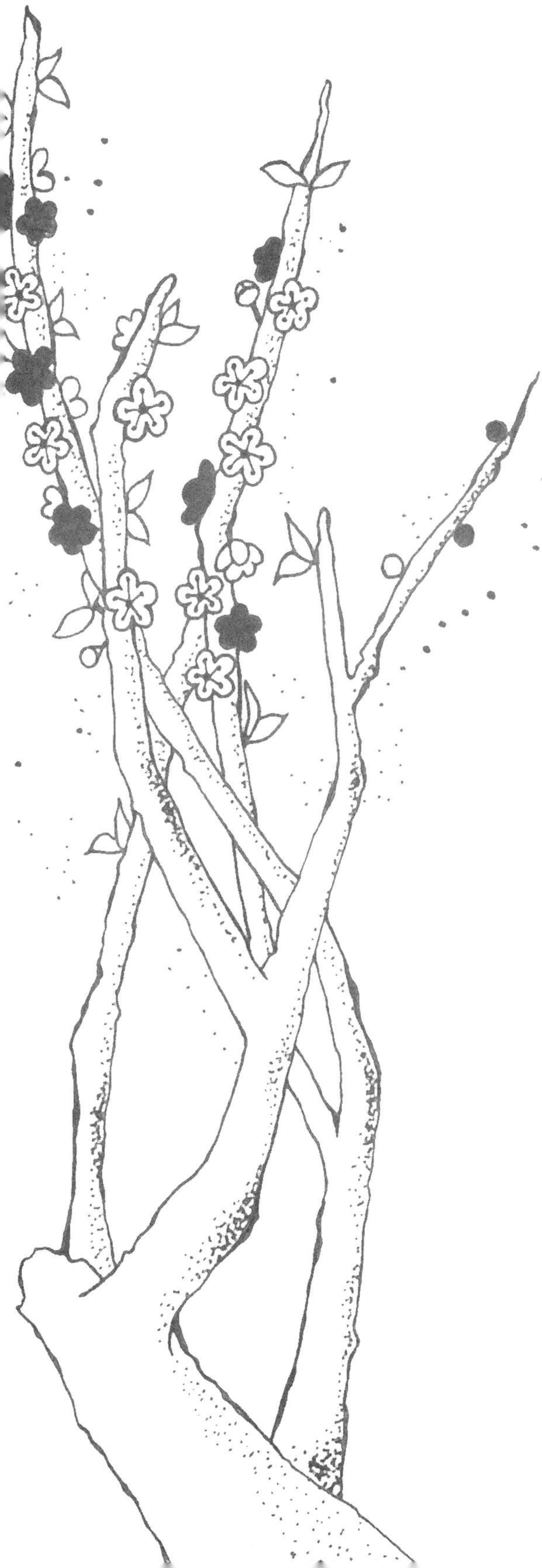

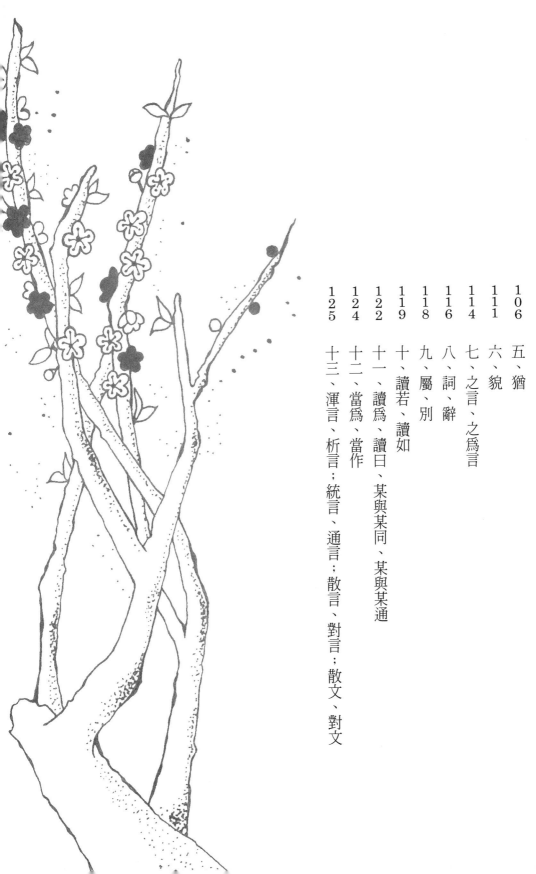

第三章 詞義的引申 159

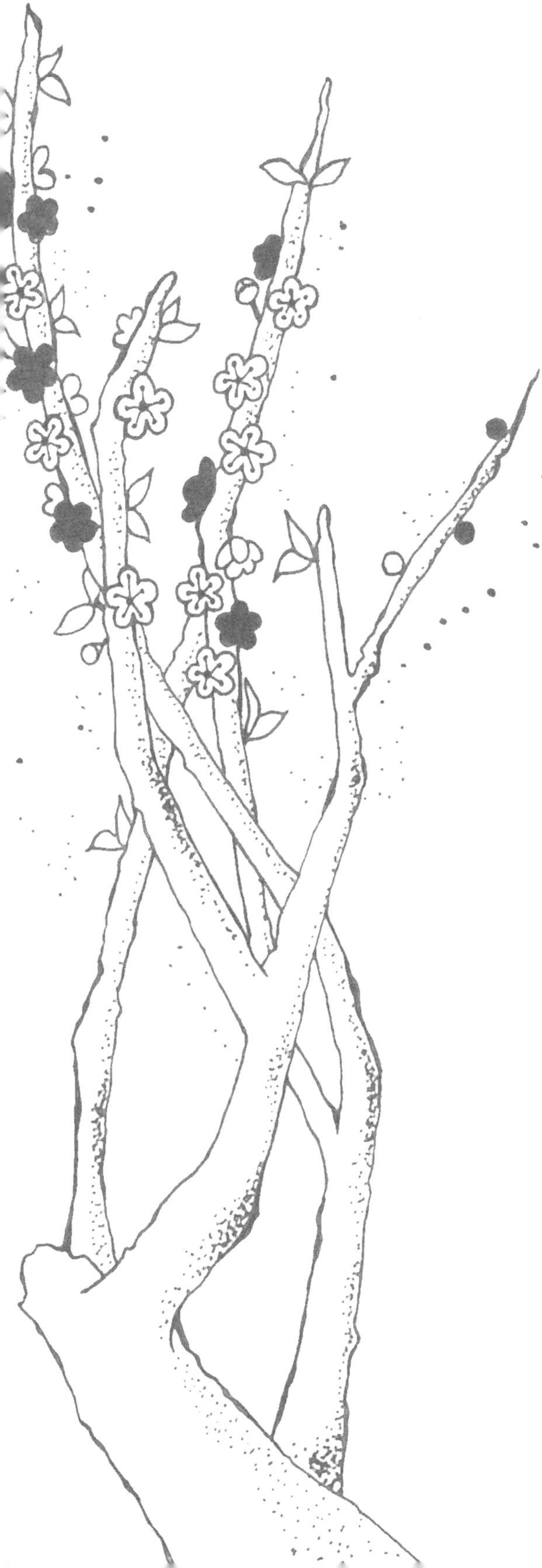

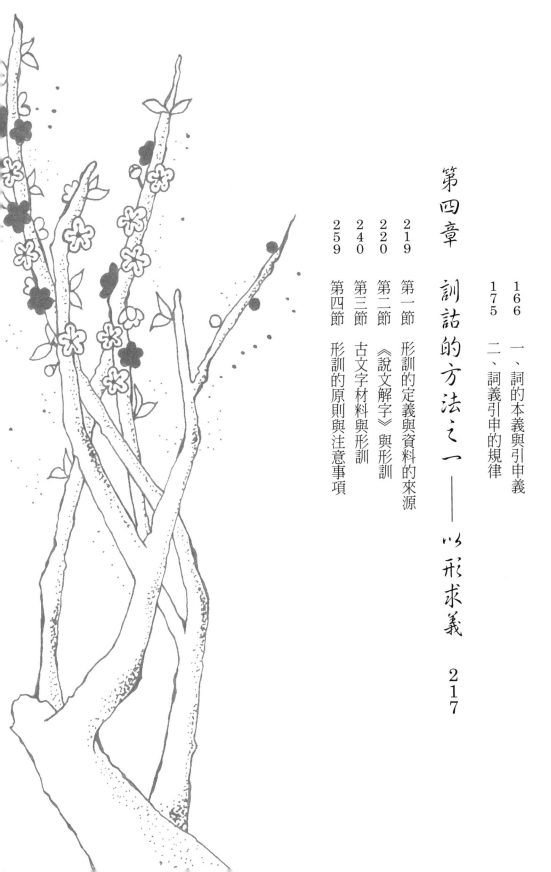

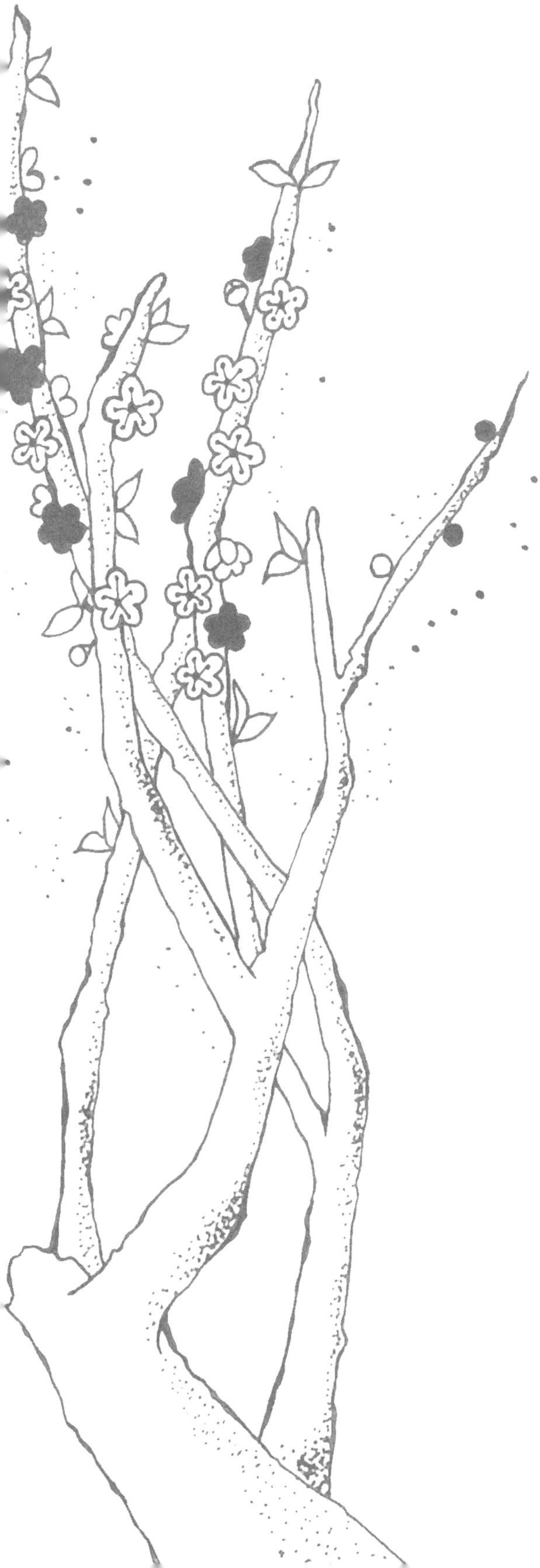

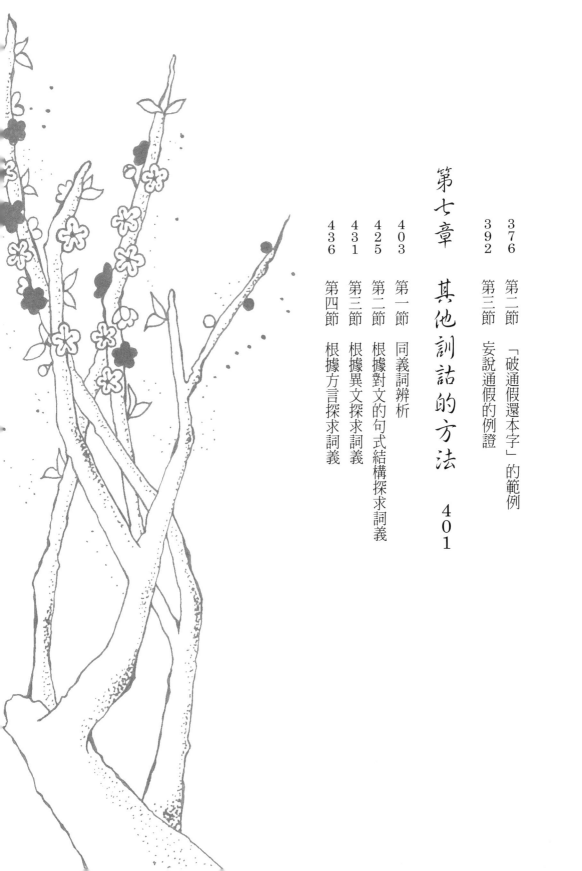

第一章 緒論

第一節 訓、詁與訓詁

《四庫全書提要》把「小學」分爲三個部門，第一是字書之屬，第二是訓詁之屬，第三是韻書之屬，可見在傳統學門的分類中，訓詁學是與文字、聲韻並列的小學領域的學科之一。但由於古籍訓詁的過程需要結合文字學、聲韻學、文法學等等知識，所以訓詁學更應該是一門綜合性的學科。那究竟何謂「訓詁」？請看底下的介紹：

東漢許愼《說文解字》云：「訓，說教也。」段玉裁《說文解字注》曰：「說教者，說釋而教之。」「說釋」是說明和解釋，意思是說透過說明和解釋來教誨某人。教誨的過程需要把道理說明白，所以「訓」又引申爲解釋、解說，這就成爲後來的「注釋」，即用通俗的話解釋難懂的詞語。後來「訓」也就成爲注釋古書的名稱和體式，如東漢高誘注《淮南子》，除〈要略〉篇以外，其他各篇篇名之下皆加一「訓」字，如〈天文訓〉、〈精神訓〉等。

「詁」，《說文解字》：「詁，訓故言也。」段玉裁《說文解字注》云：「故言者，舊言也，十口所識前言也。訓者，說教也。訓故言者，說釋故言以教人，是之謂詁。」《詩‧周南‧關雎》下孔穎達《正義》云：「詁者，古也。古今異言，通之使人知也。」郭璞《爾雅‧釋詁》注：「此所以釋古今之異言，通方俗之殊語。」可見「詁」乃以當時語言解釋古代語言之義。

段注又云：「漢人傳注多偁『故』者，『故』即『詁』也。《毛詩》云『故訓傳』者，故訓猶故言也。謂取故言爲傳也。取故言爲傳，是亦詁也。賈誼爲《左氏傳訓故》，訓故者，順釋其故言也。」

段氏的意思是說「故」除了訓解為古代的、故舊的意思，如「故言」。還可表示動詞「訓故（詁）」，如《漢書・藝文志》之《詩》類，著錄有《魯故》二十五卷，唐顏師古說：「故者，通其指義也。」此「故」是訓詁之「詁」，意思跟清洪亮吉《春秋左傳詁》的「詁」相同。

郝懿行《爾雅義疏》云：「詁之為言故也，故之為言古也。詁通作故，亦通作古。《釋文》：詁兼詁故二音是也。」按：「之為言」是聲訓的術語，表示「詁」、「古」、「故」三者為同源的關係。所以《經典釋文》對「詁」的標音便兼及詁、故二音。總之，「詁」即「古」、「故」，既可指古代的語言又可指訓解古代的語言。

何謂「訓詁」？黃侃在《文字聲韻訓詁筆記・訓詁學定義及訓詁名稱》指出：「訓詁者，用語言解釋語言之謂。若以此地之語釋彼地之語，或以今時之語釋昔時之語，雖屬訓詁之所有事，而非構成之原理。」①陸宗達、王寧認為「訓詁」是指「研究古代文獻詞義的科學。它的目的是準確地探求和表達古代文獻的詞義。」②又說「用易知易懂的語言來解釋古代難知難懂的文獻語言。」③郭在貽認為：「訓是解釋疏通，詁（故）就是古代的語言，訓詁就是解釋疏通古代的語言。換言之，將古代的話加以解釋，使之明白可曉，謂之訓詁」。④周大璞認為：「訓詁，就是解釋的意思，即用易懂的語言解釋難懂的語言，用現代的語言解釋古代的語言，用普通話解釋方言。」⑤這些學者都把「訓詁」的定義下得很完整了。

第二節 訓詁學的運用與效用

訓詁學的效用，有四大方面，分別是有助於閱讀古書、有助於整理古籍、有助於編纂辭書、有助於了解中國古代文化，茲分別論述如下：

一、有助於閱讀古書

曾運乾說：「遜清崇尚樸學，規橅（即「模」）漢師，以謂：欲通古籍，先理訓詁，嚮學之士，始知所崇。」⑥可見要讀懂古書，必須憑藉訓詁學的知識來解釋字詞的含義，進而可以理解文章中句、章、篇的意義。清戴震在〈與是仲明論學書〉中說：「經之至者，道也；所以明道者，其詞也；所以成詞者，字也。由字以通其詞，由詞以通其道。」（《戴震集》卷九）戴氏所謂「詞」，相當

① 黃季剛口述，黃焯筆記編輯：《文字聲韻訓詁筆記》（台北：木鐸出版社，1983.9）頁181。
② 陸宗達、王寧：《訓詁方法論》，載於陸宗達、王寧：《訓詁與訓詁學》（太原：山西教育出版社，1994.9）頁8。
③ 王寧：《訓詁學原理》（北京：中國國際廣播出版社，1996.8）頁32。
④ 郭在貽：《郭在貽文集（第一卷）‧訓詁學》（北京：中華書局，2002.5）頁416。
⑤ 周大璞主編：《訓詁學初稿》（武昌：武漢大學出版社，2002.7修訂版）頁1。
⑥ 楊樹達：《積微居小學述林‧曾運乾序》（北京：中華書局，1983.7）頁1。

於我們今天所說的詞組、章句；戴氏所謂「字」，相當於我們今天所說的單個形體的文字。戴氏的意思是說：想要領會古代聖賢的思想（即「道」），必須先明白古人行文中詞組、章句的意思（即「語言」）；要想弄清楚詞組、章句的意思自然必須先準確解釋單個文字的含義。戴氏在〈古經解鉤沉序〉中又說：「經之至者，道也。所以明道者，其詞也。所以成詞者，未有能外小學文字者也。由文字以通乎語言，由語言以通乎古聖賢之心志，譬之適堂壇之必循其階而不躐等。」（《戴震集》卷十）[7]說的也是這個意思。在〈爾雅注疏箋補序〉中也說：「其究也，文字之鮮能通，妄謂通其語言；語言之鮮能通，妄謂通其心志；而曰傅合不謬，吾不敢知也。」（《戴震集》卷三）意思是說：不懂得每個字詞的含義，卻妄想通曉文中的語言（即詞組、章句）；不懂文中的語言（即詞組、章句），卻妄想領會聖賢的思想心志。在這種情形下還說自己的理解貼合古人的思想而沒有錯誤，這實在是我不能想像的。在〈沈學子文集序〉中，戴氏總結出「離詞」、「辨言」、「聞道」這樣一個治學的途徑，他說：「凡學始乎離詞，中乎辨言，終乎聞道。」（《戴震集》卷十一）這裡所謂「離詞」，就是解釋詞義；所謂「辨言」，就是辨析句意；所謂「聞道」，就是了解作品的思想內容，而離詞、辨言，正是訓詁之事。戴氏的著名哲學著作《孟子字義疏證》，便是實踐他這一離詞、辨言、聞道治學路徑的範本。戴震所代表的乾嘉學派「治學雖似甚繁博，然其重點則落在對經籍之正確訓釋上；蓋古史之考索，文字音韻之研求，以及校勘輯佚種種工作，最後目的終在於能對經籍之文作最可靠之解釋，即求得訓詁上之成功是也。」[8]底下我們介紹幾個正確解釋字詞含義的例證：

(1)《禮記‧檀弓下》：「孔子過泰山側，有婦人哭於墓者而哀，夫子式而聽之。使子貢問之曰：『子之哭也，壹似重有憂者。』而曰：『然，昔者吾舅死於虎，吾夫又死焉，今吾子又死焉。』夫子曰：『何爲不去也？』曰：『無苛政。』夫子曰：『小子識之，苛政猛於虎也。』」「苛政猛於虎」一句亦見於柳宗元〈捕蛇者說〉，一般譯作「苛酷的統治比老虎還要兇啊！」這個意見是有問題的。「政」並非是「政治」或「統治」的意思，而是「征」的通假字，指「賦稅」。《荀子‧富國》：「苛關市之征」，楊倞《注》云：「苛，暴也；征亦稅也。」[9]清王引之亦曰：「政讀曰征，謂賦稅及繇役也。誅求無已則曰苛政。」[10]又如《左傳‧哀公十一年》「事充、政重」，杜預注分別解釋爲「繇役煩」、「賦稅多」，是亦將「政重」讀爲「征重」。清華大學藏戰國竹簡第七冊《越公其事》簡三九：「初日政（征）物若某，今政（征）重，弗果。」是說以前「所征之物」大約如何如何，現在變多變重了，無法完成了。這些句子中的「政」都是讀爲「征」的。由這個例子可以知道從事詞義訓詁工作，切忌自行臆解，按照「據古訓」、「破假借」的方法可以得到正確的訓詁。

(2)「罔極」一詞，古書常見，如《詩‧蓼莪》：「父兮生我，母兮鞠我。拊我畜我，長我育我，顧我復我，出入腹我。欲報之德，昊天罔極！」學生多從字面上解釋後二句說父母恩德之大如同老天廣大沒有極限，這是有問題的。王引之《經義述聞卷六‧毛詩中‧昊天罔極》云：

〈蓼莪篇〉：「欲報之德，昊天罔極」。《箋》曰：「之，猶是也。我欲報父母是德。

---

⑦《戴東原先生全集》（台北：大化書局影印本，1978）卷十頁2。
⑧勞思光：《新編中國哲學史》三下（台北：三民書局，1998.2增訂九版）頁814。
⑨〔清〕王先謙：《荀子集解》（北京：中華書局，1997.10四刷）頁187。
⑩〔清〕王引之：《經義述聞》（南京：江蘇古籍出版社，2000.9）頁327。

昊天乎，我心無極」。《集傳》曰：「言欲報之以德，而其恩之大如天無窮，不知所以爲報也。」家大人曰：箋訓「之」爲「是」，是也。而說昊天句，則非其旨。《集傳》謂恩大如天，不知所報，亦未合詩意。蓋既不能終養，則欲報恩而不可得，不必言恩大難酬矣。且詩言「昊天罔極」，不言如天罔極也。今案：欲報之德，昊天罔極，言我方欲報是德，而昊天罔極，降此鞠凶，使我不得終養也。不言父母既沒不得終養者，「無父何怙，無母何恃」，已見於上文也。「昊天罔極」，猶言「昊天不傭」、「昊天不惠」。朱子所謂無所歸咎而歸之天也。漢司隸校尉魯峻碑「悲蓼莪之不報，痛昊天之靡嘉」，得詩人之意矣。

其說當是。屈萬里〈罔極解〉（《大陸雜誌》一卷一期）也根據《詩・衛風・氓》：「士也罔極，二三其德」，《傳》云：「極，中也」，認爲「極」當訓中訓正，「罔極」的意思是「無中正之行，猶詩人所謂無良，今語所謂缺德。」所以「昊天罔極」乃是「詈天之語，而非形容父母深恩之辭。」其說亦可從。此外，《漢書・賈誼傳》：「遭世罔極兮，迺隕厥身。」即「遭世不惠」，導致「隕厥身」。裘錫圭對「極」字字義的演變歸納說：

《說文》訓「極」爲「棟」，即房屋的脊檁，是一座房屋最高的地方，引伸而有極頂、終極之義。而屋極（脊檁）不但是屋頂最高處，一般也是屋頂正中處，所以「極」除了極頂、終極之義，又引伸而有「中正」義。由此進一步引伸，又有準則、法度一類意義。⑪

所以「罔極」理解爲「無中正之行」便很容易理解了。此外，《詩・雨無正》的篇題，《韓詩》

作〈雨無極〉，篇首多「雨無其極，傷我稼穡」一句。[12]蔣文指出「極」應解作「昊天罔極」、「士也罔極」之「極」，這些「極」常訓爲「中正」、「準則」等，「無極」是說雨下得沒有準（即下雨的時間或雨量等不合常態，難以預測，無準則可言）。[13]附帶補充，《應侯視工鼎》云「唯南夷敢作非良，廣伐南國」，「非良」相當於「罔極」。

(3)「藍」字用作顏色名，在古代並不常見。《爾雅・釋鳥》：「竊藍」，郭璞《注》：「青色」，這種例子較少。「藍」字在先秦時期多指可供染青色的綠色藍草名，《說文》：「藍，染青艸也。」《詩・小雅・采綠》：「終朝采藍，不盈一襜。」鄭《箋》云：「藍，染草也。」《呂氏春秋・仲夏紀・五月紀》：「令民無刈藍以染」，高誘注：「爲藍青未成也。」《敦煌懸泉月令詔條》第四十四行亦有「毋□【藍】以染」。[14]《大戴禮記・夏小正》：「五月，啓灌藍蓼。啓者，

---

⑪ 裘錫圭：〈是「恆先」還是「極先」？〉《裘錫圭學術文集——古代歷史、思想、民俗卷》第五輯（上海：復旦大學出版社，2012.6）頁 326-337。

⑫ 朱熹《詩集傳》卷十一引劉安世云。

⑬ 蔣文：《先秦秦漢出土文獻與《詩經》文本的校勘和解讀》，復旦大學出土文獻與古文字研究中心博士學位論文，2016 年 6 月，頁 145。另外還可參考劉釗：〈卜辭「雨不正」考釋—兼《詩》〈雨無正〉篇題新證〉，《殷都學刊》2001 年第 4 期、季旭昇：〈小雅雨無正解題〉，《古籍整理研究學刊》2002 年 3 期。

⑭ 中國文物研究所、甘肅省文物考古研究所編：《敦煌懸泉月令詔條》（北京：中華書局，2001.8）頁 23。

別也，陶而疏之也。灌也者，聚生者也。」「藍蓼」，研究者以爲即現在常見的染青植物「蓼藍」(Polygonum tinctorium)。⑮如下圖：

▲蓼藍，現在常見的染青植物

《荀子・勸學》：「青取之于藍，而青于藍。」這個「藍」字也是草名，不是色名。古人發現用手搓揉藍草的鮮葉，手上起初是綠色，用水沖洗後逐漸變成耐久不褪的藍色，因爲這其中發生了化學反應，綠色的葉汁變成藍色，所謂「青」指的就是這種藍色，類似現代工藝「藍染」的顏色。又如《詩・衛風・淇奧》：「綠竹青青」、《文選・古詩十九首・青青河邊草》：「青青河邊草，綿綿思遠道。」「青青」是比綠色還深的藍綠色，多是形容一大片綠色植物所呈現出來的濃厚的顏色，所以後世用「青山」而不是「綠山」來表示植被茂密的山。所以《荀子》所說的「青于藍」是說青色（藍綠色）深於藍草所代表的綠色。⑯

(4)《韓非子・外儲說左下》：「魯哀公問於孔子曰：『吾聞夔一足，信乎？』曰：『夔，人也。何故一足？彼其無他異，而通於聲。堯曰：『夔一而足矣，使爲樂正。』故君子曰：『夔有一足，非一足也。』」魯哀公問孔子，他聽人講夔只有一隻足，是眞的嗎？孔子告訴他，帝堯說過：夔有一個就足了，讓他去作樂正。意思是夔有一個就夠了，不是說夔只有一隻足。魯哀公誤以爲「足」是「足部」的意思，遂得出與文義不符的結果。

(5)《清華大學藏戰國竹簡（貳）・繫年》第十一章簡五九～六〇「莊王率師圍宋九月，宋人焉爲成，以女、子【五九】與兵車百乘，以華孫元爲質。【六〇】」。整理者說：女子，疑當乙爲

「子女」。《左傳・僖公二十三年》：「子女玉帛，則君有之。」《國語・晉語四》同。[17]

謹案：《左傳・僖公二十三年》：「子女玉帛，則君有之。」楊伯峻認爲應該斷句爲「子、女、玉、帛」，「子、女」是指男女奴隸，如同西周師寰簋：「毆俘士、女、羊、牛」。[18]相似內容亦見於《國語・晉語四》：「楚子問于公子曰：『子若克復晉國，何以報我？』公子再拜，稽首，對曰：『子女玉帛，則君有之。』」韋昭《注》：「子女，美女也。」上引楊伯峻已指出：「韋注〈晉語四〉以子女爲一，云『子女，美女也』，不可信。」俞志慧也說：

釋「子女」爲美女，於古未聞。「子女」一詞，除今天所使用的「兒子與女兒」這一常用義外，還有男和女之意，如《禮記・樂記》「及優侏儒，糅雜子女，不知父子」鄭玄注：「言舞者如獮猴戲也，亂男女之尊卑。」《說苑・理政》：「衣裘之不美，車馬之不飾，子女之不潔，寡人（鄭簡公）之醜也」；《逸周書・小明武》：「無食六畜，無聚子女」，其中之「子女」義與此同。又有少女之意，如《漢書・武帝紀》：「朕飾子女，以配單于」。雖說美女與「少女」義有交集，但以「子女」爲美女，畢竟外延過窄。故本條子女一詞既

---

[15] 蕭世孟：《先秦色彩研究》（北京：人民出版社，2013.5）頁 29-30。
[16] 蕭世孟：《先秦色彩研究》（北京：人民出版社，2013.5）頁 29-31、48-49。
[17] 李學勤主編：《清華大學藏戰國竹簡（貳）》，頁 161 注 17。
[18] 楊伯峻：《春秋左傳注》（台北：洪葉文化事業有限公司，1993）頁 409。

可釋作男女，亦可釋作少女，但不可釋作「美女」。⑲

「子女」即「士女」，確實可指一般的男女，如秦子簋「溫龔穆〈穆〉，秉德（？）受命屯魯，義其士女」，李學勤認爲「『士女』見《詩・甫田》等，指民衆男女。『儀其士女』，意云爲民衆所尊重效法。」⑳又庚壺一二～一五行「殺其鬬者，俘其士女」，李家浩先生指出：「『士女』指一般的男女。」㉑而「奴隸」的來源本是「一般的男女」，所以上述二說並不矛盾。于省吾根據師寰簋：「徒馭敺（驅）俘，士女羊牛」，指出《詩・大雅・既醉》：「君子萬年，景命有僕。其僕維何？釐爾女士」的「女士」是指男女奴隸。于先生還說：凡《詩經》中以士與女對稱者，都係指青壯年男女言之。由此以推，則師寰簋的「士女」，係指青壯年男女言之甚明。因爲俘虜青壯年男女，才能使之充當奴隸，這與此詩「釐爾女士」以爲奴隸之義完全相符。㉒其說甚是。《上海博物館藏戰國楚竹書（四）㉓・曹沫之陣》一七～一八「毋愛貨資、子女，以事【一七】其便嬖，所以距內」，此處也是「貨資、子女」並列，「子女」同樣應理解爲男女或是奴隸。回頭來看《繫年》「宋人焉爲成，以女子與兵車百乘」，此處的「女、子」顯然就是〈既醉〉「釐爾女、士」的「女、士」，指男女奴隸而言，不能解釋爲女人。整理者認爲「女子，疑當乙爲『子女』」，是沒有必要的。此外，第二十二章簡一二〇「齊與越成，以建陽、郚陵之田，且男女服」，是說齊國與越國議和，條件是建陽、郚陵的田地以及男女奴隸。「男女服」也可以說明簡五九的「女子」當讀爲「女、子」，指男女奴隸。簡文意思是說：宋國與楚國媾和的條件，是男女奴隸與兵車百乘，並以華孫元爲人質。

(6)「一沐三捉髮」是大家熟知的一句古代成語，用來表示禮賢下士、求賢若渴以及爲公事辛勤操勞之意。該成語屢見於魏晉以前的古書，其動作主體或爲大禹，或爲周公，如：《呂氏春秋・謹聽》：「昔者禹一沐而三捉髮，一食而三起，以禮有道之士，通乎己之不足也。」《史記・魯周公世家》：「周公戒伯禽曰：『我文王之子，武王之弟，成王之叔父，我于天下亦不賤矣。然我一沐三捉髮，一飯三吐哺，起以待士，猶恐失天下之賢人。』」「一沐三捉髮」和「一沐三握髮」這一成語想表達或強調的重點，是動作主體爲接見客人致使洗頭的過程反反復復，以此來反襯動作主體的不厭其煩。《說文・手部》：「捉，搤也。從手、足聲。一曰：握也。」又「搤，捉也。」又「握，搤持也。」古漢語中以「益」爲聲的「嗌」、「隘」、「縊」皆有狹隘、收束、勒緊意。《廣雅・釋詁三》：「捉，持也。」《宋本玉篇・手部》：「捉，搤也，一曰握也。」《文選・王褒〈聖主得賢臣頌〉》「昔周公躬吐握之勞」呂延濟注：「握，捉。」郭店竹簡《老子甲》簡三三「骨弱筋柔而捉固」，帛書《老子》甲三六行作「骨弱筋柔而握固」。可見「捉」、「搤」、「握」三字可以互訓。這三個字字義很近，音亦不遠，應該是同源詞。值得注意的是「搤」（又寫作「扼」）不光是指一般的「握持」，而是有「掐住」、「用力扼住」的意思，古代典籍中有「搤吭」、「搤

⑲ 俞志慧：《《國語》韋昭注辨正》（北京：中華書局，2009）頁145。

⑳ 李學勤：〈論秦子簋蓋及其意義〉《故宮博物院院刊》2005年6期，頁23。

㉑ 李家浩：〈庚壺銘文及其年代〉《古文字研究》19輯（北京：中華書局，1992）頁94。

㉒ 于省吾：《澤螺居詩經新證》（北京：中華書局，1982）頁221-222。

㉓ 馬承源主編：《上海博物館藏戰國楚竹書（四）》（上海：上海古籍出版社，2004.12）。底下簡稱《上博》。

殺」、「搤腕」、「搤臂齧指」等詞語，其中的「搤」都不是一般的「握持」，而是「使勁掐住」、「用力扼住」的意思。《說文》訓「捉」爲「搤」，訓「搤」爲「捉」，說明「捉」字與「搤」字義近。既然「搤」字有「掐住」、「用力扼住」的意思，則「捉」字也應該有類似的意思。《馬王堆帛書・五十二病方》四十四行「一，治黃芩、甘草相半，即以彘膏財足以煎=之=（煎之。煎之）沸，即以布捉之，取其汁，哨傅【□】。」其中的「捉」字表示的是「緊攥」、「用力擠壓」、「用力按壓」、「擰緊」之類的動作，其目的是爲了用布瀝出藥汁，丟掉藥渣。㉔《信陽》二・〇九遣冊中正好有「捉髮之幯（巾）」的記載，㉕應該是用來暫時擰乾頭髮的頭巾。

(7)〈木蘭辭〉：「唧唧復唧唧，木蘭當戶織。不聞機杼聲，唯聞女歎息。問女何所思，問女何所憶？女亦無所思，女亦無所憶。昨夜見軍帖，可汗大點兵。軍書十二卷，卷卷有爺名。」其中「唧唧」是嘆息聲（請見本書第七章第四節）。詩的內容提到木蘭「昨夜見軍帖……卷卷有爺名」，於是木蘭憂愁地停梭止織，嘆息連連。但是詩文又說「女亦無所思，女亦無所憶」這不是自相矛盾嗎？吳小如指出原來這裡的「思」、「憶」是特指非泛稱。〈折楊柳枝歌〉：「問女何所思，問女何所憶？阿婆許嫁女，今年無消息。」所思所憶是男女情愛之事，對象是心中的戀人，非泛指其他人與事。《詩經》中「十五國風」中用「思」字者凡二十二篇，其中不涉及男女情愛相思之義者僅七、八篇。而漢樂府及〈古詩十九首〉之言「所思」（如「有所思」「所思在遠道」）、「長相思」、「思君令人老」云云，皆指男女或夫婦之思。木蘭念及老邁父親無法充任兵役而心情鬱悶，所以無暇思憶男女情愛之事。㉖

二、有助於整理古籍

古籍的整理包含校勘、標點、注釋、辨僞與輯佚等等工作，㉗這些工作都與訓詁學有關，茲就前四項與訓詁的關係說明如下：

㈠訓詁與校勘

陳垣先生《校勘學釋例》總結校勘學四種方法，分別是對校法（以同書之祖本或別本對讀，遇不同之處，則注于其旁）、本校法（以本書前後互證，而抉摘其異同，則知其中之謬誤）、他校法（以它書校本書）、理校法。[28]其後學者更精簡爲「版本的校勘」與「理性的校勘」，[29]或稱爲「對校」與「理校」[30]、「書校法」與「理校法」。[31]比如你今天讀到徐志摩〈再別康橋〉，其中有一

㉔ 劉釗、張傳官：〈談「一沐三捉髮」的「捉」〉《復旦大學學報》2013年第6期。

㉕ 劉雲：〈楚簡文字釋讀三則〉，2014年古文字年會論文，廣州中山大學。

㉖ 吳小如：〈古樂府臆札——十、木蘭詩〉，載《吳小如學術叢札》（天津：天津古籍出版社，2016.12）頁132-133。

㉗ 參閱時永樂：《古籍整理教程》（保定：河北大學出版社，2003.2二版）。

㉘ 參陳垣：《校勘學釋例》（北京：中華書局，1959.6）。亦參倪其心：《北京大學文獻學教材系列——校勘學大綱》（北京：北京大學出版社，2004.7第二版）頁102-104。

㉙ 周祖謨：〈論校勘古書的方法〉《語言文史論集》（台北：五南圖書出版公司，1992.11）頁520。

㉚ 程千帆、徐有富：《校讎廣義——校勘編》（濟南：齊魯書社，1998.4）頁382。

㉛ 陳偉：《郭店竹書別釋》（武漢：湖北教育出版社，2003.1）頁10。

句話記載爲：「我揮一揮衣袖不帶走一『朵』雲彩」，以語感判斷，「朵」字的使用不像是徐志摩的手筆，這時你需要：

(1)**對校法**：找出徐志摩的手稿，此謂「祖本」，所有出版社印的書即據此而來。

(2)**本校法**：若找不到手稿（祖本），只好翻一翻徐志摩其他作品是否有類似的用法。

(3)**他校法**：指其他人作品引用徐志摩本篇文章時，這句話是怎樣記錄的，這也是所謂的「異文」（凡不同版本、不同典籍中所記內容相同或相關，而字、詞、句使用方面存有差異的情形均視爲「異文」，可以參照底下《戰國策・趙策四・趙太后新用事》、《史記・趙世家》與《馬王堆帛書》的例證）。

(4)**理校法**：如果以上書面資料都找不到，就只能運用你對徐志摩作品的了解來作判斷。但是這種方法帶有個人主觀想法，若非專家爲之，錯誤的機會極高。王國維跋《四部叢刊》影明本《李文鏡文集》二十卷、《別集》十卷、《外集》四卷云：「辛酉冬日讀一過，恨無別本可校，以意改正訛字數百，又更定錯簡兩處，至爲快意。」[32]王氏所用即是「理校法」。

再看一個例子：北京大學藏西漢竹書本《老子》的分章大多與今本相同，這也爲解決歷代學者對於今本分章的質疑和爭議提供了新的證據。例如，今本二十章之首句「絕學無憂」，過去有很多學者懷疑應屬上一章，與十九章之末句連讀爲「見素抱樸，少私寡欲，絕學無憂」。無論從句式還是文理上看，這一懷疑可以說是順理成章，說服力很強。郭店楚簡出土後，我們發現《老子》乙組竹簡中「絕學無憂」一句是相當於今本二十章的首句；而《老子》甲組竹簡中，「見素抱樸，少私寡欲」則是相當於今本十九章的末句；二者非但不屬同一章，而且分屬甲、乙兩組抄本。然而帛書本中十九章與二十章已經連抄，且無分章標誌，持懷疑論者仍可辯稱郭店本是早期雛形，漢代成熟的古本已非如此。現在我們在漢簡本中發現，「見素抱樸，少私寡欲」和「絕學無憂」兩句正是分屬於上、下兩章；前者相當於今本十九章之末句，後者相當於今本二十章之首句，也就是說在「絕學無憂」前有表示分章提示符號的「●」（見下圖）。

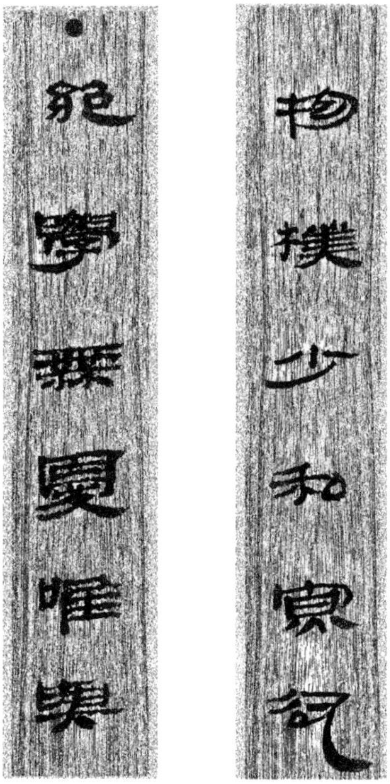

▲右為簡170，北大簡《老子》第六十章；左為簡171，北大簡《老子》第六十一章

這一強有力的證據不僅回答了歷代學者的懷疑，而且也提醒我們，古籍整理中沒有直接版本依據而單純依靠「理校」，方法上存在很大缺陷。㉝

準確的校勘必須以正確的訓詁為前提，二者關係是密切的。如：

(1)《戰國策・趙策四・趙太后新用事》云：

㉜ 北京圖書館善本組輯錄《觀堂題跋選錄（子集部分）》，載《文獻》第十輯。引自程千帆、徐有富：《校讎廣義——校勘編》（濟南：齊魯書社，1998.4）頁415。

㉝ 韓巍：〈北京大學藏西漢竹書本《老子》的文獻學價值〉《中國哲學史》2010年4期，頁18。

> 趙太后新用事，秦急攻之。趙氏求救於齊。齊曰：「必以長安君爲質，兵乃出。」太后不肯，大臣強諫。太后明謂左右：「有復言令長安君爲質者，老婦必唾其面。」**左師觸讋願見太后，太后盛氣而揖之**。入而徐趨，至而自謝，曰……。

這段文字亦見於《史記・趙世家》云：

> 趙王新立，太后用事，秦急攻之。趙氏求救於齊，齊曰：「必以長安君爲質，兵乃出。」太后不肯，大臣彊諫。太后明謂左右曰：「復言長安君爲質者，老婦必唾其面。」**左師觸龍言願見太后，太后盛氣而胥之**。入，徐趨而坐，自謝曰……。

也見於《馬王堆帛書・戰國縱橫家書・觸龍見趙太后章》一八六～一八八行云：

> 趙大（太）后規用事，秦急攻之，求救於齊。齊曰：「必以大（太）后【一八六】少子長安君來質，兵乃出。」大（太）后不肯，大臣強之。大（太）后明胃（謂）左右曰：「有復言令長安君質者，老婦【一八七】必唾亓（其）面。」**左師觸龍言願見，大（太）后盛氣而胥之**。入而徐趨，至而自謝曰……

三段文字不同處如上標示。清王念孫《讀書雜志・戰國策》「觸讋」條，根據《漢書・古今人表》、《荀子・議兵》注、《太平御覽》人事部、《荀子・臣道》、《史記・高祖功臣侯者年表》、

《史記‧惠景間侯者年表》等材料，認爲「觸讋」應爲「觸龍」之誤，王氏謂：「此策及〈趙世家〉，皆作左師觸龍言願見太后，今本龍言二字誤合爲讋耳。太后聞觸龍願見之言，故盛氣以待之，若無言字，則文義不明。」由長沙馬王堆三號墓出土的《戰國縱衡家書》正作「觸龍」，證實王氏的看法是正確的。附帶一提，《史記》及《帛書本》的「胥」通「須」，等待也。而《戰國策》寫作「揖」字是錯的，王念孫解釋說：

> 隸書「胥」字作「胥」，因訛而爲「咠」，後人又加「手」旁耳。下文言「入而徐趨」，此時觸龍尚未入，太后無緣揖之也。

其說正確可從。此例爲校勘學的代表作，王氏知道運用異文來幫助校勘，這種觀念很重要。他大致運用了「據古訓」、「考異文」、「審文例」、「辨字形」等訓詁方法，才能正確校勘出傳鈔本的錯誤。

(2)《韓非子‧說林下》：「弱子扞弓，慈母入室閉戶。」《讀書雜志》卷十六〈餘編上〉王念孫謂：

> 其弱子扞弓之扞，當作扜，字從于，不從干。扜弓，引弓也。《說文》：「弙，滿弓有所鄉（嚮）也。」字或作「扜」，〈大荒南經〉：「有人方扜弓射黃蛇。」郭注曰：「扜，挽也，音紆。」《呂氏春秋‧壅塞篇》：「扜弓而射之」，高注曰：「扜，引也。」《淮南‧

原道篇》：「射者扜烏號之弓」，高注曰：「扜，張也。」弱子扜弓，則矢必妄發，故慈母入室閉户，若作扞御之扞，則義不可通。

王說可從，他運用了「辨字形」的形訓方法，故能成功校勘古籍之誤。

(3) 秦漢文字裡「私」、「和」二字的寫法非常接近，如漢印「仁樂私印」的「私」作（《漢印文字徵》7.9「私」字下），「私」字的右旁往往寫得跟「口」字差不多，很容易看成「和」字。張家山漢簡《二年律令・秩律》簡四六一「私府監」的「私」作，便與「和」同形。反過來說，「和」字的「口」旁如寫得較草率，就跟「厶」形極爲接近，易誤爲「私」。事實上漢代人自己就往往把這兩個字弄混。例如馬王堆帛書《十大經・正亂》：「我將觀其往事之卒而朵焉，寺（待）其來事之遂刑（形）而私〈和〉焉。」把「和」字寫成「私」。武威簡本《儀禮・有司》簡五七「遂及和〈私〉人，拜受者升受，下飲，卒爵，升酌，以之其位。」簡五八「乃羞庶羞于賓、兄弟、內賓及和〈私〉人。」二簡都把「私」寫作「和」。此外，王念孫《讀書雜志・管子第三》也指出〈法禁〉「莫敢布惠緩行，脩上下之交，以和親於民。」的「和親」爲「私親」之誤。所謂「緩行」，尹知章注：「從寬養民，謂之緩行。」郭沫若《管子集校》云：「『緩行』當與『厚財』同意。緩猶寬也。是指對百姓多所饋贈。……『行』，即《禮記・月令》『行糜粥飲食』之行，鄭注云『行猶賜也』。寬其贈饋，即厚其財賄矣。」依郭氏之說，是指對百姓多所饋贈，這是所謂「私親於民」。裘錫圭也發現了《禮記》的一個錯字。《禮記・表記》：

邇臣守和，宰正百官，大臣慮四方。

「守和」意思不明確，而且跟「正百官」、「慮四方」不相配。這個「和」應該是「私」的誤字。君主私事、百官之事、四方之事，三者由近及遠，所以分別由邇臣、宰、大臣掌管。鄭玄注「和謂調和君事者也」，可見鄭玄所看到的版本「私」已經訛爲「和」。㉞

《論語•爲政》：「子曰：『吾與回言終日，不違如愚。退而省其私，亦足以發。回也不愚！』」陳劍指出這句話當讀爲「退而省其和」，「和」是「應和」、「回答」的意思，整句話翻譯作：孔子（感嘆）說：「我跟顏回說一整天話，他都沒有什麼不贊同我的，像很愚笨。事後回頭想想他所應和我的那些話，也有足以啓發我的地方。顏回其實並不笨啊！」㉟這是「和」誤爲「私」的一個很好的例證。

(4)《銀雀山漢簡•六韜》簡六八五～六八六：「鷙鳥將執（鷙），卑飛翕翼。虎【六八五】狼將狭，弭耳固伏。」「鷙鳥」是猛禽；作爲動詞則如《說文》云：「鷙，擊殺鳥也。」比對《子略》卷一引《鬻子》作「鷙鳥將擊，卑飛翩翼；虎狼將擊，弭耳俯伏。」《淮南子•人間篇》：「夫狐之捕雉也，必先卑體彌耳以待其來也。」可以知道簡文的意思是說：兇猛的禽鳥將攻擊的時候，會低飛合起翅膀；虎狼將搏擊獵物時，會垂下耳朵壓低身子。可知簡文有兩處錯字：一是「狭」，

㉞ 裘錫圭：〈考古發現的秦漢文字資料對於校讀古籍的重要性〉《裘錫圭學術文集•語言文字與古文獻卷》第四冊（上海：復旦大學出版社，2012.6）頁375。

㉟ 陳劍：〈《論語》「退而省其私」之「私」當爲「和」字之誤〉，「離詞、辨言、聞道——古典研究再出發」，2016年6月11-12日，中研院文哲所。

字形寫作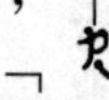。但秦漢簡帛文字「先」、「夫」、「失」、「无」常常難以強分，因此「狭」當是「狭」的錯字，「夫」聲可以讀爲「甫」聲，因此「狭」可以讀爲「搏」。其次，「弭」當爲「弭」的誤字，「弭」、「俛」皆低下之義，字又作彌。總之，簡文本來應該寫作「鷙鳥將執（鷙），卑飛翕翼。虎【六八五】狼將狭（搏），弭耳固伏。」㊱

(5)校勘的過程必須多方蒐羅故訓材料，否則容易以不誤爲誤。如：《論衡・偶會》：

> 王莽姑姊正君，許嫁二夫，二夫死。

黃暉《論衡校釋》認爲：「『姊』字衍。〈骨相篇〉正作『王莽姑正君』。《漢書・王莽傳》：『王莽，孝元皇后之弟子也。』莽父王曼，曼乃正君之弟。〈元后傳〉：『孝元皇后，王莽之姑也。』」劉盼遂《論衡集解》也說：「姊字衍文。……莽乃正君兄王曼之子也。下〈骨相篇〉云：王莽姑正君。」二說皆誤。裘錫圭正確指出：

> 姑姊就是姑。《左傳・襄公十二年》有「姑姊妹」之語，《正義》說：「父之姊爲姑姊，父之妹爲姑妹。」可見〈偶會〉的「姊」並不是衍文。據《漢書・元后傳》和〈王莽傳〉，莽父王曼是正君之弟。《集解》說王曼是正君兄，當是記憶有誤。**即使正君確是王曼之妹，也仍然可以稱姑姊。**《列女傳》卷五所記的「魯義姑姊」，棄己子抱兄子逃難；「梁節姑姊」因爲家中失火沒有救出兄子，赴火而死。這說明一般把姑妹也稱作姑姊，**只要是姑就可以稱姑姊。**㊲

其說正確可從。裘先生所引原文是：《左傳・襄公十二年》云：「天子求后于諸侯，諸侯對曰：『夫婦所生若而人，妾婦之子若而人。』無女而有姊妹及**姑姊妹**，則曰：『先守某公之遺女若而人。』」孔穎達《正義》曰：

《釋親》云：「父之姊妹曰姑。」樊光曰：「《春秋傳》云『姑姊妹』，然則古人謂姑爲姑姊妹。蓋父之姊爲姑姊，父之妹爲姑妹。」《列女傳》：「梁有節姑妹，入火而救兄子。」是謂父妹爲姑妹也。後人從省，故單稱爲姑也。古人稱祖父，近世單稱祖，亦此類也。

《上海博物館藏戰國楚竹書》第四冊〈內禮〉附簡亦有「毋忘**姑姊妹**而遠敬之」的記載，但文意不明。此外，《上海博物館藏戰國楚竹書》第七冊〈吳命〉簡八下，有段文字云：

寡君問左右：孰爲師徒，踐履陳地？以陳邦非它也，先王姑姊大姬之邑。

㊱ 參考蔡偉：《誤字、衍文與用字習慣——出土簡帛古書與傳世古書校勘的幾個專題研究》，復旦大學博士論文，2015年，頁44-46。

㊲ 裘錫圭：〈《論衡》札記〉《裘錫圭學術文集・語言文字與古文獻卷》第四冊，頁342。

根據《史記・陳杞世家》：「至于周武王克殷紂，乃復求舜後，得嬀滿，封之於陳，以奉帝舜祀，是爲胡公。」《史記索隱》注曰：「《左傳》曰：『武王以元女太姬配虞胡公而封之陳，以備三恪。』」即陳國先人胡公嬀滿娶周武王長女太姬爲妻。[38]〈吳命〉簡文的「寡君」是吳國的君主；「師徒」指軍隊，這裡指出兵；「陳地」、「陳邦」皆指陳國；「先王」可以落實來指周康王，但也有學者理解爲泛指周先王，因爲對周成王以下的周王，「大姬」都是「姑」。吳國第一任君主「吳太伯」是古公亶父（即周太王）的長子，季歷之兄，周文王的伯父，故吳王稱西周君主爲「先王」。簡文意思是說吳王問左右大臣，誰出兵攻打陳國？陳國不是外人，他是咱們周先王的姑姑「大姬」的邦邑。這是出土文獻[39]稱姑姑爲「姑姊」的例證。又《嶽麓書院藏秦簡（參）——一二田與市和奸案》簡一九〇正「田曰：市，田姑姊子。」整理者正確指出「姑姊，父親之姐姐，即大姑。」[40]

㊳「胡公」的記載也見於《上博九・舉治王天下》中的〈古公見大公望〉，簡文云：「者（胡）公見大公望於呂述（隧）」。也就是傳世文獻的「胡公」，在楚簡記載作「者公」。

㊴裘錫圭先生指出：「『出土文獻』指出自古墓葬、古遺址等處的古文獻資料。除了從地下發掘出來的古文獻，後人發現的古人遺留在地上的古文獻，如西漢前期在孔子故宅牆壁裏發現的古文經書，又如上世紀初在敦煌莫高窟一個早已封閉的藏經洞裏發現的大量唐代及其前後的寫卷，也都是出土文獻。」見氏著：〈出土文獻與古典學重建〉《出土文獻》第四輯。

㊵朱漢民、陳松長主編：《嶽麓書院藏秦簡（三）》（上海：上海辭書出版社，2013.6）頁211注3。

另外，二〇〇七年出土的燕侯旨卣鑄銘「燕侯旨作姑妹寶尊彝」，此爲燕侯旨爲其小姑姑（燕國公主）出嫁訂制的隨身旅行酒具，也說明西周已有「姑姊」、「姑妹」之類的用法。

㈡訓詁與標點㊶

《文心雕龍・章句》：「夫人之立言，因字而生句，積句而爲章，積章而成篇。」由字詞擴大爲句、章、篇的過程需要句讀，方便讀者閱讀。標點符號不僅在現代文章有，出土簡帛文獻亦有各式各樣的標點符號，只是戰國楚簡使用的標點符號，似乎尚未完全固定下來，也就是說同一種符號，可能出現在「句」、「章」或「篇」的單位上。㊷句讀有兩類，一類是音節句讀，一類是文法

㊶ 洪誠在其《訓詁學》第二章第六節「古書沒有句讀，當如何斷句」提出五個具體的方法。他舉了《史記・封禪書》一段當作示範的教材，其說明標點的過程值得參考，見《洪誠文集・訓詁學》（南京：江蘇古籍出版社，2000.9）頁56-63。

㊷ 藉由出土竹簡的標點，可以看到古人標點古書的實例。這方面的文章可以參考吳良寶：〈漫談先秦時期的標點符號〉《吉林大學古籍整理研究所建所十五週年紀念文集》（長春：吉林大學出版社，1998.12）、林素清：〈簡牘符號試論——從楚簡上的符號談起〉《第一屆簡帛學術討論會》（台北：中國文化大學史學系主辦，1999.12）、駢宇騫：〈出土簡帛書籍題記述略〉《文史》2003年第4輯總65輯、林清源：《簡牘帛書標題格式研究》（台北：藝文印書館，2004.2）、沈培：〈從簡帛符號看古今人在標點方面的不同觀念〉（中國文化研究學會第四屆國際學術研討會論文，韓國淑明女子大學，2006.12.2）、劉信芳、王箐：〈戰國簡牘帛書標點符號釋例〉《文獻季刊》2012年4月第2期。

句讀。韻文如《詩經》按音節分句；散文如《儀禮》按文法分句。但戰國楚簡亦有不少非韻文，但標上音節句讀者。這種標點，依照現在的習慣來看是不用標註的。比如《上海博物館藏戰國楚竹書》第五冊〈季庚子問孔子〉簡一三「夫子以此言——爲奚如？」依現在的標點來看，「言」下是不用加標點的，沈培認爲這是古人表示音節的句讀，表示語氣的停頓。[43]標點的註明，代表的是對文本文義的了解，這是讀古書的基本功夫。所以各大學中文所碩士班入學考「國文」一科，通常會有一大題是對古文句讀進行標點並翻譯。入學之後，也有專門的點書時間。可見「一年視離經辨志」（《禮記・學記》）的重要性是古今皆然的。何謂「離經辨志」，鄭玄《注》：「離經，斷句絕也。辨志，謂別其心意所趣鄉（向）也。」孔穎達《疏》：「離經，謂離析經理，使章句斷絕也；辨志，謂辨其志意趨向習學何經矣。」依鄭、孔二家之說，則「離經」顯然就是句讀。「辨志」則是依據自己的志向選擇學習何種經典。

底下來看幾個古書標點錯誤的例證，這些錯誤的原因可能是不明字詞意義，或忽略古漢語語法特點，或不明人名、地名等專有名詞，要之皆與訓詁學有所關聯：

(1)「物土」一詞古籍常見，「物」應該解爲「相」，即辨識、選擇的意思。所以「物土」即選擇合適的土地。《左傳・昭公七年》：「度厚薄，仞溝洫，物土方。」杜預注：「物，相也。」《儀禮・既夕禮》：「筮宅，冢人物土。」鄭玄《注》：「物，猶相也。相其地可葬者，乃營之。」《文選・潘岳〈西征賦〉》：「在皇代而物土，故毀之而又復。」李善《注》：「在皇代物其土宜，故前毀之而今又復。」《左傳・成公二年》：「先王疆理天下，物土之宜而布其利。」其中「疆理」猶「經界」、「界劃」。「物」，猶「相」也。（見《儀禮・既夕・冢人》鄭玄注）。但是一九七七年標點本《春秋經傳集解》將這句話斷作「先王疆理天下物土之宜，而布其利。」此爲不明字詞義所導

致的標點錯誤。《左傳・成公二年》原文的意思是說：先王對天下的土地定疆界、分地理，選擇適宜的土地，而作有利的布置。㊹

(2)《史記・汲鄭列傳》曰：

居數年，會更五銖錢，民多盜鑄錢，楚地尤甚。上以爲淮陽，楚地之郊，乃召拜黯爲淮陽太守。黯伏謝不受印，詔數彊予，然後奉詔。詔召見黯，黯爲上泣曰：「臣自以爲塡溝壑，不復見陛下，不意陛下復收用之。臣常有狗馬病，力不能任郡事，臣願爲中郎，出入禁闥，補過拾遺，臣之願也。」

相同記載亦見於《漢書・卷十五・汲黯傳》曰：

會更立五銖錢，民多盜鑄錢者，楚地尤甚。上以爲淮陽，楚地之郊也，召黯拜爲淮陽

㊸ 沈培：〈從簡帛符號看古今人在標點方面的不同觀念〉（中國文化研究學會第四屆國際學術研討會論文，韓國淑明女子大學，2006.12.2）。亦參看秦樺林、凌瑜：〈「習以不可改也」——楚簡〈恒先〉中有關「語言符號的強制性」的思想〉，「簡帛研究」網，2005.1.26。

㊹ 參考沈玉成：《左傳譯文》（北京：中華書局，1981.2）頁206。

太守。黯伏謝不受印綬，詔數強予，然後奉詔。召上殿，黯泣曰：「臣自以爲塡溝壑，不復見陛下，不意陛下復收之。臣常有狗馬之心，今病，力不能任郡事。臣願爲中郎，出入禁闥，補過拾遺，臣之願也。」

顏師古於「力」字斷句，讀《漢書》爲「今病力」，云：「力，甚也。」周壽昌云：「『今病』二字爲句，『力』字屬下句讀。」王先謙云：「周說是也，《史記》本作『臣常有狗馬病，力不能任郡事。』狗馬病猶言犬馬之疾也，是『力』字應屬下讀。」楊樹達認爲周、王讀是也。㊺

謹按：「狗馬之心」亦作「犬馬之心」，如：《史記・三王列傳》：「臣竊不勝犬馬心，昧死願陛下詔有司，因盛夏吉時定皇子位。」顏師古曰：「思報效。」即效犬馬之勞。至於「狗馬病」，即「犬馬之疾」，謙稱自己的疾病。漢張衡〈東京賦〉：「東京之懿未罄，値余有犬馬之疾，不能究其精詳。」可知《史記》讀爲「臣常有狗馬病，力不能任郡事」是對的，所以《漢書》自然應該讀爲「臣常有狗馬之心，今病，力不能任郡事」，顏師古的句讀有誤。

(3)《儀禮・喪服傳》中有這樣一段話：

傳曰：爲父何以期也？婦人不貳斬也。婦人不貳斬者，何也？婦人有三從之義，無專用之道，故未嫁從父，既嫁從夫，夫死從子。故父者，子之天也；夫者，妻之天也。婦人不貳斬者，猶曰不貳天也，婦人不能貳尊也。

意思是說：爲父親爲何只服一年之喪？因爲婦人不能兩次服斬衰。爲何婦人不能服兩次斬衰？因爲婦人一生的意義在於服從三個人，而沒有自專自用之道，故尚未出嫁要服從父親，出嫁之後要服從丈夫，丈夫死後要服從兒子。所以父親是子女的天，丈夫是妻子的天，婦人不能兩次服斬衰，好比是說不能有兩個天，婦人不能同時有兩個尊者。簡單來說，妻子既已爲丈夫服三年之斬衰，就不能再爲親生父親服斬衰，此所謂「不貳斬」，「斬」，斬衰也。《武威漢簡》甲本〈服傳〉亦有相近的記載（乙本基本相同）：

為父何以基（期）也？婦＝人＝不＝貳＝斬＝也＝者，何也？婦人有三從之義，無專用道之行，故未嫁從父，既嫁從夫＝死從子。……父者，子之天也；夫者，妻之天也。婦人不貳斬者，猶曰不貳天也，婦人不能貳尊也。[46]

「＝」在出土文獻常見，在《武威漢簡》中是作爲「重文符號」使用，簡單說就是一個字讀兩次。「婦＝人＝不＝貳＝斬＝也＝者何也」顯然應從今本讀爲「婦人不貳斬也。婦人不貳斬也者，何也？」但譚步雲大概是因爲不了解「貳斬」的詞義，所以在〈出土文獻所見古漢語標點符號探討〉

㊺ 楊樹達：《古書句讀釋例》（北京：中華書局，2003.1）頁 46。
㊻ 張煥君、刁小龍：《武威漢簡「儀禮」整理與研究》（武昌：武漢大學出版社，2009.11）頁 47-48。

一文中誤將「貳斬」點斷，即「爲父何以再也，婦＝人＝不＝貳＝，斬＝也者何也」，讀爲「爲父何以再也，婦人不貳，婦人不貳，斬，斬也者何也」。[47]除了「貳斬」誤斷外，文中「再」是「期」之誤，又第二個「也」字脫漏重文號，整個句子遂不知所云。

(4)中華書局一九八三年版《大戴禮記‧武王踐阼》將底下的句子標點如下：

> 武王踐阼，三日，召士大夫而問焉，曰：「惡有藏之約、行之行，萬世可以爲子孫常者乎？」諸大夫對曰：「未得聞也！」然後召師尚父而問焉，曰：「黃帝、顓頊之道存乎意，亦忽不可得見與？」[48]

王文錦之所以會作如此的點斷是因爲王聘珍解釋這段話云：「孔氏〈學記〉疏云：『武王言黃帝、顓頊之道，恆在於意，言意恆念之，但其道超忽已遠，亦恍惚不可得見與。與，語辭。』」[49]

謹案：此說實不可信。此處「意」應往後讀，「意亦……與？」是古漢語常見選擇連詞的固定句式。如《荀子‧修身》：「不識步道者，將以窮無窮，逐無極與？意亦有所止之與？」意思是說不識路徑的人是要走完無窮無盡之處，追到無極無際之地呢？還是走到某地便停止呢？[50]也作「抑亦……與？」。所以本句應該標點作「昔黃帝、顓頊之道存乎？意亦忽不可得見與？」意思是說黃帝、顓頊之道存在嗎？還是恍惚不可得見？《上海博物館藏戰國楚竹書》第七冊正好也有〈武王踐阼〉，其中簡一云（用通行字表示）：

武王問師尚父曰：「不知黃帝、顓頊、堯、舜之道存乎？意微喪不可得而睹乎？」

復旦大學出土文獻與古文字研究中心研究生讀書會已正確指出：「簡文『意』，意爲『或者』。《墨子・明鬼下》：『豈女爲之與，意鮑爲之與？』孫詒讓《閒詁》引王引之曰：『意，與抑同。』《莊子・盜蹠》：『知不足邪，意知而力不能行邪？』漢劉向《說苑・善說》：『不識世無明君乎，意先生之道固不通乎？』」[51]王聘珍、王文錦均未留意古漢語語法的特點導致標點錯誤，進而影響章句的理解。

(5)《墨子・明鬼下》有如下一段文字：

㊼ 譚步雲：〈出土文獻所見古漢語標點符號探討〉《中山大學學報》（社會科學版）1996年3期，頁99-104。

㊽ 〔清〕王聘珍撰，王文錦點校《大戴禮記解詁》（北京：中華書局，1983.3一版，1998.12一版四刷）頁103。

㊾ 同上。

㊿ 參見何樂士編：《古代漢語虛詞詞典》（北京：語文出版社，2006.2）頁516。

(51) 復旦大學出土文獻與古文字研究中心研究生讀書會：〈《上博七・武王踐阼》校讀〉，復旦網，2008.12.30。

且惟昔者虞夏、商、周三代之聖王，其始建國營都，日必擇國之正壇，置以爲宗廟；必擇木之脩茂者，立以爲菆位；必擇國之父兄慈孝貞良者，以爲祝宗；必擇六畜之勝腯肥倅毛以爲犧牲。

最後一句話是文章的難點。孫詒讓《墨子閒詁》解釋說：

畢讀「倅毛」爲句，云「『粹』字假音作『倅』，異文也」。劉刪「勝」字，讀與畢同。顧云：「『倅』字句」。案：《素問》，王冰注云「勝者，盛也」。《淮南子•時則訓》云：「視肥臞全粹」，高注云「粹，毛色之純也」。又〈齊俗訓〉云：「犧牛粹毛，宜於廟牲」，此畢所本。依其讀，則「勝」當爲衍文，但以文例校之，似顧讀爲長。

孫氏認爲「勝」是衍文是對的，但他從顧千里的斷句作「必擇六畜之腯肥倅，毛以爲犧牲」，同時認爲「毛」作動詞則有問題。馮勝君認爲畢沅的斷句是對的，同時贊同朱德熙、李家浩指出戰國、秦漢時期「屯」、「毛」二字形體相近，所以《山海經》中有不少「毛」是「屯」的錯字。所以他認爲《墨子》中的「毛」亦是「屯」的錯字，整句話當讀爲「必擇六畜之腯肥倅屯（純），以爲犧牲」。他的意見如下：

我們認爲「勝」與「腯」在意義上有相通之處，「勝」本來是「腯」的注文，後人不察，誤入正文。[52]孫詒讓注中引《素問》王冰注「勝者，盛也」，而「腯」字也可訓爲「盛」，如《廣雅・釋詁》：「腯，盛也」，二字同訓。……《說文》：「腯，牛羊曰肥，豕曰腯。从肉盾聲。」「腯」與「肥」對文則別，散文則通，在典籍中經常連言，如《禮記・曲禮下》：「凡祭宗廟之禮，……豚曰腯肥。」「腯肥」又可寫作「肥腯」，如《左傳・桓公六年》：「公曰：吾牲牷肥腯，粢盛豐備，何則不信。」……「粹屯」應讀爲「粹純」。「純」、「粹」二字音、義都很近，「粹」訓爲「純」也是典籍常訓（參看《經籍纂詁》「粹」字條）。因此，在典籍中「粹純」又寫作「純粹」。如《易・乾卦・文言》：「純粹，精也。」《離騷》：「昔三后之純粹兮。」「純粹」又作「醇粹」，《文選・吳都賦》：「非醇粹之方壯。」據朱德熙先生考證，「『屯、純、肫』和『全、牷』兩套字不但意義相通，語音上也有密切的聯繫。」故「純粹」又作「全粹」，《淮南子・時則》：「視肥臞全粹。」……「粹」一般指牲畜的毛色純，上引《淮南子・時則》高誘注：「粹，毛色純也。」「純」則既可指牲畜的毛色純，又可指整只的牲畜。……《墨子》與《淮南子・齊俗》中的「粹屯（純）」

[52] 對於「勝」與「腯」的關係，沈培則認爲「勝」可以讀爲「腯」。《墨子》裡的「腯」應該看作是對「勝」字的釋讀，作注者大概就是要告訴讀者，這裡的「勝」當讀爲「腯」。也就是說，也許《墨子》的原文就是「勝」，「腯」才是注語，後來竄入了正文。見尚賢：〈談談清華簡用爲「五行相勝」的「勝」字〉，復旦網，2010.12.24，http://www.gwz.fudan.edu.cn/SrcShow.asp?Src_ID=1336。

以及《時則》中的「全粹」，從文義上看，似乎都是指牲畜毛色純一。[53]

馮說可從。「屯」作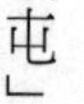（《新蔡》甲 3.214）；「毛」作（《上博二•容成氏》24[54]），二者形體相近。孫詒讓由於不明曉「毛」爲「屯」的錯字，遂導致斷句錯誤，詞義解釋亦不可從。附帶一提，《清華四•筮法》第三節〈享〉：「凡享，月朝【一】純牝，乃饗。【二】月夕純牡，【三】乃亦饗。【四】」其中「純牝」、「純牡」指無雜色的犧牲。[55]

(6)《左傳•襄公二十七年》：「齊崔杼生成及彊而寡，娶東郭姜，生明。」〈中國哲學書電子化計劃〉（http://ctext.org/zh）標點作「齊崔杼生成，及彊，而寡。」依照這個標點好像是說齊國崔杼長大成人，強壯之後就死了妻子。其實《左傳》中的「成」、「彊」、「明」皆爲人名，意思是說：齊國崔杼生下成與彊就死了妻子，又娶了東郭姜，生了明。〈中國哲學書電子化計劃〉因爲不明白「成」、「彊」是人名而做了錯誤的標點。

(7)《光明日報》副刊《文物與考古》九十四期曾發表過一篇新發現的魯迅用文言寫的文章——《會稽禹廟窆石考》。其中有兩句話，本來是應該這樣標點的：

豈以無有圭角，似出天然，故以爲瑞石與？晉宋時不測所從來，乃以爲石船，宋元又謂之窆石，至於今不改矣。

但是發表時卻把前一句之末的「與」字當作了下一句的第一個字，以致文義難通。這個「與」字應該讀爲「歟」。「與」通「歟」是古漢語常識，可是這篇文章的標點者卻不知道，所以在「瑞石」之後就斷了句。[56]這個例子是不明通假所導致的標點錯誤。

三訓詁與注釋

古籍的注釋內容可分成解釋字詞音義、串講句意、說明修辭手法、解釋成語典故、講解典章制度、注釋人名、地名和事件等等，這些內容都必須立基在正確的訓詁上。比如：

(1)《莊子•盜跖》：「直躬證父，尾生溺死，信之患也。」中華書局版《莊子今注今譯》注釋說：「直躬證父：爽直的兒子證實父親偷羊。」[57]將「證」解釋爲「證實」，實不可通。此處「證」實爲告發，檢舉的意思。《說文》曰：「證，告也。」《論語•子路》：「葉公語孔子曰：『吾黨有直躬者，其父攘羊，而子證之。』」楊伯峻《論語譯注》說：「『證』，相當於今天的『檢舉、揭發』。」《文選•潘岳〈關中詩〉》：「當乃明實，否則證空。」李善《注》：「其言當者，明示以事實；其理否者，顯告之狀空。……《說文》曰：『證，告也。』」

---

[53] 馮勝君：〈古書中「乇」字訛爲「毛」字現象補證〉《二十世紀古文獻新證研究》（濟南：齊魯書社，2006.1）頁 270-277。

[54] 指《上海博物館藏戰國楚竹書（二）》中的〈容成氏〉，其餘皆依此類推，不再出注。

[55] 李學勤主編：《清華大學藏戰國竹簡（四）》（上海：中西書局，2013.12）頁 85。

[56] 裘錫圭：《文字學概要》（台北：萬卷樓圖書公司，1999.1 再版）頁 228-229。亦見裘錫圭：〈讀古書要注意字的古義〉《裘錫圭學術文集•語言文字與古文獻卷》第四冊，頁 202-203。

[57] 北京中華書局 1983 年版，頁 794。

(2)《詩・蒹葭》：

遡洄從之，道阻且長。遡游從之，宛在水中央。
遡洄從之，道阻且躋。遡游從之，宛在水中坻。
遡洄從之，道阻且右。遡游從之，宛在水中沚。

《毛傳》：「逆流而上曰遡洄。……順流而涉曰遡游。」《魯詩》說曰：「逆流而上曰遡洄。順流而下曰溯游。」曾經有高中老師提出疑問說：「遡」即「溯」，是逆流而上的意思，「溯游」怎麼會是順流而下呢？這確實是一針見血的提問。

謹按：有高中教科書《教師手冊》也注意到上述「溯」的矛盾解釋，於是將「溯」解爲「向」，但這沒解決問題，因爲「向」仍是「逆向」，比如溯風，是逆風。實際上，關於「順流而涉曰遡游」的說法前人早有懷疑，如戴溪《續呂氏家塾讀詩記》卷一：「溯洄溯游，皆逆也。」俞樾《群經平議》卷九：「溯字止可爲逆流之名。」這些說法皆可信從。「遡/溯」訓爲「逆流而上」是常訓，古書常見，出土文獻亦有。比如《清華七・越公其事》：「及昏，乃命左軍銜枚溯江五【六四】里以須，亦命右軍銜枚渝江五里以須」，這段話也見於《國語・吳語》。「渝江」解釋爲順流而下，[58]自然「溯江」當是逆流而上。所以「順流而涉曰遡游。」可以說是找不到訓詁的依據。

「洄」是指旋流；「游」即「流」，是通流、直流。從上下語境來看，「伊人」在「一條水」的另一邊，而非別有一條洄流，一條直流。聞一多、高亨都指出「遡洄」、「遡游」是指陸行，這是對的。以上背景都明白之後，目前看來只有吳小如的說法最合理：他曾想由居所「張黃大隊」至

「龍橋大隊」，中間一水相隔。此水正好有「洄」有「流」，如果繞著「洄流」而上，那麼路途既阻且長；如果想「直流」而上，那麼龍橋大隊在水的彼岸，宛如水中州島，可望不可即。如下圖所示。這正是《詩・蒹葭》所描寫的地勢。《詩經》中有不少是當時人生活的紀錄，由吳小如的說明可以得到很大的啓示。[59]

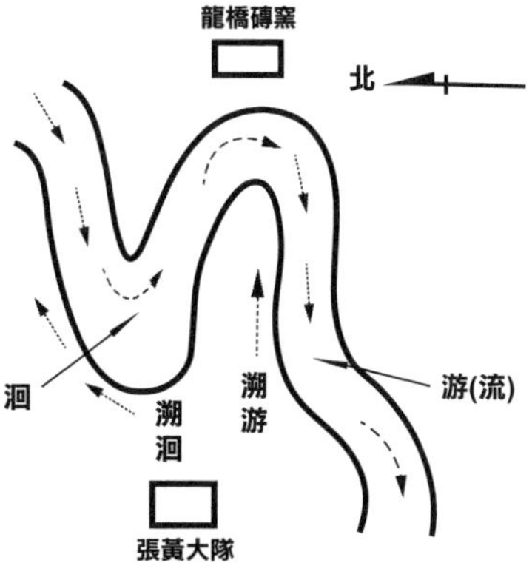

(四)訓詁與辨偽

辨僞學的歷史，雖可以遠溯到西漢時張霸對所謂「百兩」篇的揭露，但畢竟還是偶發之事件，一直要到唐、宋的「疑經」「疑子」運動，辨僞之意識才逐漸成熟，而眞正使辨僞學完成從理論到方法這樣一整套規範的，是從清初到乾嘉時期對僞《古文尚書》的辨僞。其中代表，如閻若璩的《古文尚書疏證》，一般認爲是對梅賾《古文尚書》辨僞的定案之作；其後如惠棟的《古文尚書考》，也被認爲是使僞《古文尚書》辨僞在方法上更趨完備的代表性作品。[60]明人胡應麟的《四部正訛》辨

---

[58] 參陳偉：〈《鄂君啓節》——延綿 30 年的研讀〉，簡帛網，2009.8.25，http://www.bsm.org.cn/show_article.php?id=1136。

[59] 吳小如：〈《詩三百篇》臆札——七、蒹葭〉，載《吳小如學術叢札》（天津：天津古籍出版社，2016.12）頁 11-12。

[60] 參寧鎮疆：〈「盜者之眞贓」——由王國維推許《家語疏證》說經典辨僞學「范式」的擴大化〉《齊魯學刊》2013 年 1 期，頁 35。

析僞書一百多種，是中國第一部辨僞專書，在中國辨僞學史上起到承前啓後的作用。他提出八條鑑別僞書的方法：

(1)「核之《七略》，以觀其源」。即檢查劉向《七略》這本最早目錄書是否著錄過；

(2)「核之群志，以觀其緒」。即檢查歷代〈經籍志〉或〈藝文志〉，驗明此書何時見於著錄，考其流傳的線索；

(3)「核之並世之言，以觀其稱」。即考察與作者同時代的著作中，有無稱引這部書的地方；

(4)「核之異世之言，以觀其述」。即考察後世的著作有沒有引用或發揮著這部書中某些言論、觀點的地方；

(5)「核之文，以觀其體」。即核查這部書的文字、用詞是否符合當時的語言文字習慣；

(6)「核之事，以觀其時」。即考查書中所記述之事是否符合當時的實際情況；

(7)「核之撰者，以觀其托」。即檢查所標作者姓名，是否出於託名；

(8)「核之傳者，以觀其人」。即考查傳播書的是什麼人。

其中「核之文，以觀其體」即研究僞書的遣詞造句和行文風格與訓詁學密切相關。

後來梁啓超在《中國歷史研究法》中對胡應麟八點辨僞方法又作了進一步補充和發揮，提出了鑑別僞書的十二條方法，內容更爲詳備適用。概述如下。

(1)其書前代從未著錄或絕無人徵引而突然出現者，十有九僞；

(2)其書雖前代有著錄，然久經散佚，乃忽有異本突出，篇數及內容等與舊本完全不同者，十有九皆僞；

(3)其書不問有無舊本，但今本來歷不明者，即不可輕信；

(4)其書流傳之緒，從他方面可以考見，而因以證明今本題某人舊撰爲不明確者；
(5)其書原本經前人稱引，確有佐證，而今本與之歧義者，則今本必僞；
(6)其書題某撰，而書中所載事蹟在本人後者，則其書或全僞或一部分僞；
(7)其書雖眞，然一部分經後人竄亂之跡既確鑿有據，則對於其書之全體，需愼加選擇；
(8)書中所言，卻與事實相反者，則其書必僞；
(9)兩書同載一事絕無矛盾者，則必有一僞或二俱僞；
(10)各時代之問題，蓋有天然界畫，多讀書者自能知之，故後人僞作之書，有不必從字句求枝葉之反正，但一望文體，即能斷其僞者；
(11)各時代之社會狀況，吾儕據各方面之資料，總可推見其崖略。若其書中所言其時代之狀態，與情理相去懸絕者，即可斷爲僞；
(12)各時代之思想，其進化階段，自有一定。若某書中所表現之思想，與其時代不相銜接者，即可斷爲僞。

以語言文字的角度來鑑別僞書是最科學的方法之一，楊伯峻曾撰有〈從漢語史的角度來鑑定中國古籍寫作年代的一個實例——《列子》著述年代考〉，其中有一段文字說：

從漢語史的角度來鑑定中國古籍的眞僞以及它的寫作年代應該是科學方法之一。這道理是容易明白的。生在某一時代的人，他的思想活動不能不以當日的語言爲基礎，誰也不能擺脫他所處時代的語言的影響。儘管古書的僞造者在竭盡全力地向古人學舌，務使他的僞造品足以亂眞，但在搖筆成文的時候，無論如何仍然不可能完全阻止當日的語言的向筆底侵襲。這種侵襲不但是不自覺的，甚至有時是不可能自覺的。因爲極端謹愼地運用語言，避免在語言上露出作僞的痕跡，這一種觀念未必是所有古書的僞造者人人都具有的，或者非常敏感地、強烈地具有的。縱使這一種觀念是他們都具有的，甚至非常敏感地、強烈地具有的，然而那些古書的僞造者未必是，也難以是漢語史專家，精通每一詞、每一詞義、每一語法形式的歷史沿革，能夠選擇恰合于所僞的時代的語言，避免產生在那所僞的時代以後的語言。這種能力和高度的自覺性都不是古人所能完全具有的。縱是有，也都不能完全阻止他所處時代的語言的向筆底侵襲。由此，我們可以肯定，如果我們精通漢語史，任何一部僞造的古籍，不管僞造者如何巧妙，都能在語言上找出他的破綻來。我們根據這些破綻，便可以判明它是僞書，甚至鑑定它的寫作年代。(61)

這是非常有道理的。不過辨僞者所提出的語言文字的證據也必須正確無誤，否則將以「不僞者爲僞」了，請看底下例證：

姜廣輝曾撰〈《保訓》疑僞新證五則〉一文質疑《清華大學藏戰國竹簡》第一冊〈保訓〉是僞書，其中對於〈保訓〉中「日不足，惟宿不羕」一句的討論與訓詁學相關。姜氏認爲〈保訓〉「日不足，惟宿不羕」一句對應《逸周書．大開解》：「維宿不悉，日不足」句。《逸周書》的句子「宿（夜）」對「日」而言，「悉」對「足」而言，此句爲「夜恐不及」、「日恐不及」的並列結構，因而《保訓》末句應該作「惟日不足，宿不詳」。所以他認爲這是現代造僞者誤仿《逸周書．大開》等篇所暴露出的一個破綻。

謹案：姜廣輝將〈保訓〉「日不足，惟宿不羕」的「宿」理解爲「夜」，不可信。李學勤指出「宿」訓爲「夜」是很晚的，「宿」本與「夙」通，而「夙」訓早，先秦文獻未見訓「夜」之例。[62]姜氏在錯誤理解詞義與語法結構的情況下所得出的結論，自然是不可信的。

「日不足，惟宿不羕」一句如何釋讀，學術界尚未取得統一的意見，我們傾向於認同廖名春、孟蓬生、子居的意見：「宿」的本義是宿止，因而有拖延、停留的意思。《管子・君臣上》：「有過者不宿其罰，故民不疾其威。」尹知章注：「宿，猶停也。」《漢書・韓安國傳》：「孝文寤於兵之不可宿，故復合和親之約。」顏師古注：「宿，久留也。」「日不足」，指光陰短暫，所以要爭取時間，積極行動。「不羕」讀爲「不祥」，是不吉祥。此句意思是說日子不夠多，遲滯拖延是非常不祥的，即「時不我待，歲不我與，安於現狀是大不祥」之意。[63]

三、有助於編纂辭書

中國早期的訓詁專書《爾雅》、《說文解字》、《方言》、《釋名》、《玉篇》等等實際上就

㊶ 楊伯峻：《列子集釋——附錄三》（北京：中華書局，1979）頁 323-324。

㊷ 李學勤：〈〈程寤〉〈保訓〉「日不足」等語的讀釋〉《清華大學學報（哲學社會科學版）》，2011 年第 2 期。

㊸ 廖名春：〈清華大學藏戰國竹簡〈保訓〉釋文初讀續補〉，清華大學簡帛網，2009.6.22，http://www.confucius2000.com/admin/list.asp?id=4044、子居：〈清華簡《保訓》解析〉，復旦網（www.gwz.fudan.edu.cn），2009.7.8。

是字典辭書，這些訓詁專書在編寫體例、釋詞方式等等，對後代辭書字典產生過深遠的影響。但自漢代文獻大增，即便是經學、訓詁學大家也無法窮盡所有的資料，因此對學術研究造成不利的影響。清代是訓詁學大興的時代，樸學大師戴東原（震）即有將古人對字詞的解釋匯爲一編的想法（見錢大昕《經籍籑詁》序），後來阮元終於率人編成了著名的《經籍籑詁》，二百年對推動學術研究、文化發展有著巨大貢獻。

對於字典辭書與訓詁學的關係，許嘉璐分析說：

昔時訓詁學的成果，是後來訓詁實踐的資糧。其存在形式主要是三種：字典辭書，文獻注釋，筆記札記。黃侃先生說：「小學之訓詁貴圓，經學之訓詁貴專。」（見《訓詁學講詞》）所謂「圓」，就是講究字詞的基本義、概括義，是從該字詞的實際運用中概括出來的，適用於解釋所有環境下的該字詞；所謂「專」，即隨文而釋，是根據字詞的基本義、概括義，結合具體的語言環境，指出該字詞在此處的具體義。字典辭書即「小學之訓詁」；文獻注釋屬「經學之訓詁」；筆記札記則兼有二者。以《爾雅》爲首的「雅學」、從《說文解字》開始的「許學」和以《切韻》、《廣韻》爲標志的「音學」，都屬於字典辭書的範圍（我認爲《切韻》系列的書，依其著述本意和實際效用看，實質上是同音字典）；從《詩經》「毛傳」到後代遍及史、子、集的注、章句、疏、正義、集解等等，都是後者。到現在還沒有人統計過流傳至今的這後一類的總字數，估計總要在被注釋的原文百倍以上吧。這可是我國文化學，首先是訓詁學的一筆極其巨大的財產。（〈《故訓匯纂》序〉）

他認爲字典辭書即「小學之訓詁」是有道理的，蓋辭書的內容不外分析字形、標出讀音、解釋義項三者，這三者是緊密相連不能分割的。以筆者曾經參與撰寫的辭典爲例，每個單字必須先考察古文字形體，由此得出本義，底下再按詞義與本義的距離由近而遠排列，先列引申義，再排假借用法。我們可以以此爲標準來檢視辭書對義項的排列順序，茲以「趾」字爲例：《漢語大詞典》「趾」字義項如下：[64]

1. 腳指頭。漢焦贛《易林•否之艮》：「興役不休，與民爭時，牛生五趾，行危爲憂。」
2. 泛指腳。《詩•豳風•七月》：「三之日于耜，四之日舉趾。」
3. 支撐器物的腳。《易•鼎》：「鼎顛趾。」孔穎達《疏》：「趾，足也。」
4. 基礎部分；底腳。《左傳•宣公十一年》：「議遠邇，略基趾。」杜預《注》：「趾，城足。」
5. 蹤跡。晉皇甫謐《高士傳•梁鴻》：「仰頌逸民，庶追芳趾。」
6. 引申爲追蹤。明歸有光〈太學生葉君墓志銘〉：「自其少時，頗以自負，思一日馳騁於當世，以趾前美。」
7. 踐踏。《明史•左良玉傳》：「良玉兵大亂，下馬渡溝，僵仆溪谷中，趾其顛而過。」

---

64 漢語大詞典編輯委員會：《漢語大詞典》（上海：漢語大詞典出版社，1995.11）第十冊頁437。

8. 止，停止。《管子・弟子職》：「先生將息，弟子皆起，敬奉枕席，問所何趾。」郭沫若等《集校》引王紹蘭曰：「《説文》無趾字，止即是……問足所止何方，非趾之謂。」

9. 終。《莊子・天地》：「凡有首有趾，無心無耳者衆。」郭象《注》：「首趾，猶始終也。」

10. 典禮，禮儀。《文選・班固〈幽通賦〉》：「嬴取威於百儀兮，姜本支乎三趾。」李善《注》：「姜，齊姓也。趾，禮也。齊，伯夷之後，伯夷爲虞舜典天地人鬼之禮也。」

請比對《王力古漢語字典》「趾」字義項[65]：

1. 腳。《詩・豳風・七月》：「三之日于耜，四之日舉趾。」《左傳・桓公十三年》：「舉趾高，心不固矣。」用作動詞，意思是用腳踩，踐踏。《明史・左良玉傳》：「良玉兵大亂，下馬渡溝，僵仆溪谷中，趾其顛而過。」引申爲支撐器物的腳。《易・鼎》：「鼎顛趾。」孔穎達《疏》：「趾，足也。」

2. 腳指頭。漢焦贛《易林・困之鼎》：「踝踵足傷，右趾病瘍。」又〈否之艮〉：「牛生五趾，行危爲憂。」

3. 牆腳，地基，山腳。這個意思後來寫作「址」或「阯」。《左傳・宣公十一年》：「議遠邇，略基趾。」杜預《注》：「趾，城足。」

4. 蹤跡。晉皇甫謐《高士傳・梁鴻》：「仰頌逸民，庶追芳趾。」

看的出來兩部知名辭典對「趾」本義的認定並不相同。其實，「趾」本作「止」，商代金文作，甲骨文作（《甲》600）、（《甲》2486），確實象足形，以此爲本義是對的。《清華六・鄭武夫人規孺子》簡一四「毋措手止」，類似句子也見於《論語・子路》：「則民無所措手足。」可見「止」相當於「足」。《長沙尚德街東漢簡牘》二五四號木牘「與伯季父子奸，右止。」整理者注釋云：「右止，刑罰名。《後漢書・明帝紀》：『天下亡命殊死以下，聽得贖論：死罪入縑二十匹，右趾至髡鉗城旦舂十匹。』李賢注引《漢書音義》：『右趾，謂刖其右足。』」[66]又如《左傳・桓公十三年》：「莫敖必敗。舉趾高，心不固矣。」《戰國策・齊策三》：「今何舉足之高，志之揚也？」後來演變爲成語「趾高氣揚」或「舉趾氣揚」，字面上是說走路腳抬得很高，十分神氣。後形容驕傲自大、得意忘形的樣子。這些先秦兩漢文獻的「止」或「趾」皆應訓爲「足」，絕不能理解爲「腳指頭」。

王力本來認爲由象足形的「止」變成「腳趾」，這樣由整個腳變成腳的一部份是屬於「詞義縮小」的例證。[67]後來在《同源字典》中認爲這是一種假借的現象：在書中的「趾、址」詞條下認爲「趾」的本義是腳（足），引申爲山腳、牆腳、地基，分化寫作「址、阯」。「止、趾、址、阯」

---

⑥⑤ 王力主編：《王力古漢語字典》（北京：中華書局，2000.6）頁 1352。

⑥⑥ 長沙市文物考古研究所編：《長沙尚德街東漢簡牘》（長沙：嶽麓書社，2016.12）頁 224 注 6。

⑥⑦ 王力：〈新訓詁學〉原載《開明書店二十周年紀念文集》1947 年。又載於《王力語言學論文集》（北京：商務印書館，2000.8）頁 504。

實同一詞。[68]比如《周家臺秦簡》簡三三九「先貍（埋）一瓦垣止（址）下，復環（還）。禹步三步，祝曰：「嘑（呼）！垣止（址），笱（苟）令某齲已，予若叔（菽）了〈子〉。」「垣止」就是牆腳，本來寫作「止」，後來才加「土」旁寫作「址」。在「指、恉」詞條下指出手指的「指」與意旨之「旨」同源，手之所指也就是意之所指。「腳趾」其實本寫作「腳指」，**寫法與「手指」有關，與「趾」的本義無關**，如《史記・高祖本紀》：「乃捫足曰：『虜中吾指。』」[69]《說文》：「跂，足多指也。」「跂」是多出的腳趾，但《說文》用「指」表示「趾」。這些例子都能說明「腳指」才是本來的寫法，後來因為聲音相近，誤寫為「趾」。也就是說「止、趾、址、阯」的詞意重點是「底部」，而「旨、指、恉」的詞意重點是「意之所指」，二者意義不同，比如清華簡《管仲》：「從人之道，止（趾）則心之本，手則心之枝，目、耳則心之末，口則心之竅。」可見「止（趾）」的概念是「本/底部」，「手」的概念是「枝」，那麼「腳指」寫作「腳趾」自然是假借。裘錫圭贊同這個意見，他說：「我們覺得王先生關於『趾』的新說可信，一個重要的原因就是這一說法從語言角度考慮也是合理的。手指的用處很大，其名稱無疑出現得很早。在需要為腳趾命名的時候，由於腳趾跟手指有明顯的相似之處，就用『指』來命名它，這是很自然的事。」[70]所以《王力古漢語字典》的義項排序是有道理的，且將「踐踏」、「引申為支撐器物」列在「腳」義項下也顯得集中，不顯龐雜。但是依照上述王力、裘錫圭的意見，則「腳指」寫作「腳趾」是假借的用法，[71]則「腳趾」義項的排序應該在「牆腳」、「蹤跡」之後。

其實上引《易林・困之鼎》「踝踵足傷，右趾病瘍」根據黃丕烈《士禮居叢書》第三十二冊重雕校宋本《焦氏易林》四十七頁是寫作「踝踵足傷，右『**指**』病瘍。」亦可比對《正統道藏・續道藏・易林上經・卷之二・泰之第十一》：「踝踵足傷，大『**指**』病癰。」《正統道藏・續道藏・易林下經•卷之三•困之第四十七》：「踝踵足傷，左『指』病瘍。」原來並非寫作「趾」。可見寫作「指」是本字，寫作「趾」是假借。又〈否之艮〉：「興役不休，與民爭時，牛生五趾，行危爲憂。」的「五趾」也不是腳趾頭，而應是「五足」。此說源自京房《易傳》，請看《漢書•五行志》：「京房易傳曰：『興繇役，奪民時，厥妖牛生五足。』」，可見「牛生五趾」用的是「趾」的本義，與腳趾頭無關。因此兩本辭書所引用「腳趾頭」的書證均有誤。

再看一個例子：《辭源》「金」字下以「黃金」爲第一義，又有「金屬通稱」義，而無「銅」義。但我們知道古書中如《左傳》、《周禮•考工記》中「金」就是指「銅」或者「青銅」，黃金稱「金」是較晚的。《辭源》「金石」條：「③金銀、玉石之屬，常以喻堅固、堅貞。《荀子•勸學》：『鍥而不舍，金石可鏤。』……」這顯然是錯誤的。喻堅固、堅貞的「金」當然指硬度較高的金屬，金銀都是硬度不高的，這裡的「金」顯然指古代常見的銅。[72]其他像「金文」、「吉金文字」

---

68 王力：《同源字典》（北京：商務印書館，1982.10）頁94-95。

69 王力：《同源字典》頁421。

70 裘錫圭：〈談談《同源字典》〉《裘錫圭學術文集•語言文字與古文獻卷》第四冊，頁181-182。

71 如同「爪」的本義是覆手形，當手指或腳趾前端的角質硬殼的「爪甲」也是假借。

72 裘錫圭：〈談談進行古代語文的學習和研究的一些經驗教訓——基礎要扎實些，考慮要全面些〉《裘錫圭學術文集•語言文字與古文獻卷》第四冊，頁313。又見氏著：〈讀古書要注意字的古義〉《裘錫圭學術文集•語言文字與古文獻卷》第四冊，頁199。

的「金」也都是指青銅。《睡虎地秦簡・秦律十八種・金布律》八六「其金及鐵器入以爲銅。」這裡的「金」是指「銅」。「入以爲銅」的「銅」是指「金屬原料」。「銅」從「同」旁，本有「熔合」的概念，作爲名詞是指各種「金屬原料」或是「合金」。簡文意思是說：將廢銅與廢銅上繳回爐冶煉爲金屬原料。

至於辭典讀音則是參照《大徐本說文》、《廣韻》、《集韻》等韻書的反切標出現代讀音，但是衆說紛紜、疑未能定的地方並不少見。請看底下例證：

(1)比如木部的「槅」，《說文》云：「槅，大車枙也。从木鬲聲。古覈切。」目前所見大多數的辭典均依此反切將「槅」標音爲「ㄍㄜˊ」。但是《儀禮・士喪禮》：「苴絰大鬲。」鄭玄《注》：「鬲，搤也。」賈公彥《疏》：「鬲是搤物之稱。」「搤」，音「ㄜˋ」，是捉住，掐住的意思。則「鬲」意思是以手扼物。値得注意的是，《集韻》音這個義項的「鬲」是歸在入聲麥韻，「乙革切」，則應該讀爲「ㄜˋ」。回頭來看「槅」字，它的詞義與「鬲」相同，以「聲符兼義」的觀點來看，「槅」此字也應該讀爲「ㄜˋ」。王力《同源字典》頁二六七～二六八頁便根據「軛（枙）、槅（鬲）」實同一詞，而將「槅」讀爲與「軛」同音。裘錫圭贊同這樣的處理方法。[73]

(2)「枷」字，教育部重編國語辭典修訂本注音標爲「ㄐㄧㄚ」，其中義項二說：「擱置衣物的器具。通『架』。《禮記・曲禮上》：『男女不雜坐，不同椸枷。』」謹按：「枷」作爲衣架之「架」的異體，應該音「ㄐㄧㄚˋ」，由《廣韻》去聲禡韻古訝切駕小韻：「架，架屋，亦作枷，《禮記》曰：『不同椸枷』。」可證。「教育部異體字字典」同誤。

(3)《論語・憲問》：「高宗諒陰，三年不言。」對於「諒陰」，教育部重編國語辭典修訂本注音標爲「ㄌㄧㄤˊ ㄢ」，解釋說：「古代天子居喪，政事全權委託大臣處理，默而不言。或作『亮陰』、『涼陰』、『亮闇』、『涼闇』、『諒闇』、『梁闇』。」**謹按**：「諒闇」的解釋主要有兩種。一種爲僞古文《尚書》孔傳之說，如〈說命〉、〈無逸〉孔傳皆釋「亮陰」爲「信默」。《集韻》平聲侵韻於金切「音」小韻：「闇，默也，何休曰：『高宗諒闇』。」一種是源自《尚書》今文家說，《尚書大傳・無逸》：「《書》曰：『高宗梁闇，三年不言。』何謂梁闇也？《傳》曰：『高宗居倚廬，三年不言。』」鄭玄主張這種意見，他在《禮記・喪服四制》引《書》「高宗諒闇，三年不言」下注釋說：「諒古作梁。楣謂之梁。『闇』讀如鶉鵪之『鵪』。闇謂廬也。廬有梁者，所謂柱楣也。」陸德明《釋文》曰：「『諒闇』依（鄭）注，『諒』讀爲『梁』；『鵪』，烏南反，下同。」所以依照孔傳解釋爲「信默」，當讀爲「ㄌㄧㄤˋ ㄧㄣ」。即便是寫作「闇」，也要讀爲「ㄧㄣ」；依照鄭玄解釋爲居喪時所住的房子，當讀爲「ㄌㄧㄤˊ ㄢ」。回頭來看教育部重編國語辭典既然釋爲「默而不言」，則當讀爲「ㄌㄧㄤˋ ㄧㄣ」。[74]

(4)「枳首」，教育部重編國語辭典修訂本注音標爲「ㄐㄧˇ ㄕㄡˇ」，釋爲「兩頭蛇」。在「枳首蛇」，注音又標爲「ㄓˇ ㄕㄡˇ ㄕㄜˊ」，也釋爲「兩頭蛇」。對於「枳」的注音令人無所適從。《集韻》將「枳首蛇」義項收在支韻翹移切祇小韻以及章移切支小韻，所以「枳」按理說可以讀爲「歧」

---

[73] 裘錫圭：〈談談《同源字典》〉《裘錫圭學術文集・語言文字與古文獻卷》第四冊，頁172。

[74] 參裘錫圭：〈《辭源》、《辭海》注音商榷〉《裘錫圭學術文集・語言文字與古文獻卷》第四冊，頁73。

（ㄑㄧˊ）或「枝」（ㄓ）。其實「枝」本來也有「歧」的讀音，《說文・木部》：「枝，木別生條也。」段玉裁注：「枝必歧出也，故古枝、歧通用。」《集韻》收「枝」在支韻翹移切下。所以「枳首蛇」的「枳」讀爲「歧」（ㄑㄧˊ）或「枝」（ㄓ）都算合理的讀音，皆爲「歧出」之義。如果從出土的楚簡或秦漢簡帛來看，「枳」是「枝」的異體，如《郭店・唐虞之道》簡二六「四枳倦惰」，「四枳」即「四枝（肢）」可證。又如《張家山漢簡・二年律令》簡六五云：「群盜及亡從群盜，毆折人枳（肢）」，所以「枳首」的「枳」可以讀爲「ㄓ」。讀爲「ㄓˇ」的「枳」本是木名，比如大家熟悉的《周禮・考工記序》：「橘踰淮而北爲枳。」所以「枳首蛇」不能讀爲「ㄓˇ」。⑮此外，《說文》：「積（ㄓ）字下段玉裁云：「枳首蛇，枳本或作積。**此則借積、枳爲岐字**，亦同部假借也，故郭釋以岐頭蛇。積……，亦音支。」（六篇下六）段玉裁認爲「枳」本作「**岐**（**即歧**）」，這是讀「枳」爲「ㄑㄧˊ」的證據。總之，「枳首蛇」或「枳首」讀爲「ㄑㄧˊ」或「ㄓ」都是可以的，上古音是同一來源。

附帶說明，我們贊同凡是A字通假爲B字時，當A字的讀音與B字不同時，應當改讀B字的讀音，⑯除上面所舉「枷」與「枳」的例子外，又如大家所熟知的「介」通假爲量詞「个（箇／個）」，《左傳・襄公八年》：「君有楚命，亦不使一介行李告於寡君。」杜預注：「一介，獨使也。」陸德明《釋文》：「介，古賀反。」《康熙字典》：「《左傳・襄八年》一介行李，即一个。」《集韻》去聲箇韻居賀切箇小韻：「箇、个、介，《說文》『竹枚也』，或作『个』、『介』，通作『個』。」古賀反與居賀切，今音皆爲「ㄍㄜˋ」。所以依照陸德明《釋文》以及《康熙字典》的意見，則《左傳・襄八年》「一介行李」的「介」當讀爲「个（ㄍㄜˋ）」。又如「麋」通「眉」。《荀子・非相》：「伊尹之狀，面無須麋。」也通「湄」，水邊也。《詩經・小雅・巧言》：「彼何人斯，居河之麋。」

此兩處的「麋」最好都讀爲「ㄇㄟˊ」。[77]

(5)「渾元」，天地自然之氣，或謂天地。《漢書・敘傳上》：「渾元運物，流不處兮。」顏師古注：「渾元，天地之氣也。」《文選・班固・幽通賦》：「渾元運物，流不處兮。」三國魏曹操〈陌上桑〉詩：「絕人事，遊渾元。」其中「渾」，教育部重編國語辭典修訂本注音標爲「ㄏㄨㄣˊ」。《辭源》、大陸的電子辭典「漢典」（http://www.zdic.net）均標爲「ㄏㄨㄣˊ」，究竟誰對呢？按：聲韻演變有條規則叫做「濁上歸去」，即中古聲母全濁，則上聲到現代音變成去聲，如「下」，《廣韻》上聲馬韻胡雅切，「胡」是匣母全濁，所以現代音「下」變成去聲。又如「士」，《廣韻》上聲鉏（音「除」）里切，「鉏」是全濁床母，所以「士」變讀爲去聲。又如「市」，《廣韻》上聲時止切，「時」是全濁禪母，所以「市」變讀爲去聲。而根據《廣韻》上聲混韻胡本切混小韻：「渾，渾元。」可見這個「渾」是匣母字，是全濁聲母上聲字，所以今音應讀爲「ㄏㄨㄣˋ」，教育部重編國語辭典修訂本是對的。同理，「渾沌」的「渾」，教育部重編國語辭典

---

⑮ 參裘錫圭：〈《辭源》、《辭海》注音商榷〉《裘錫圭學術文集・語言文字與古文獻卷》第四冊，頁70。

⑯ 參盛九疇：〈通假字小議〉《辭書研究》1980年1期、裘錫圭：〈四十年來文字學研究的回顧〉《裘錫圭學術文集・語言文字與古文獻卷》第四冊，頁156。

⑰ 參裘錫圭：〈《辭源》、《辭海》注音商榷〉《裘錫圭學術文集・語言文字與古文獻卷》第四冊，頁61、62。

修訂本、「漢典」均標爲「ㄏㄨㄣˋ」都是對的，但是在「鑿渾沌」詞條下教育部重編國語辭典修訂本卻又標爲「ㄏㄨㄣˊ」，則又前後矛盾了。

(6)當作「道路」義的「行」，如《詩經‧小雅‧小弁》：「行有死人，尚或墐之。」教育部重編國語辭典修訂本標爲「ㄒㄧㄥˊ」；《辭源》、大陸的電子辭典「漢典」則標爲「ㄏㄤˊ」，究竟誰對呢？裘錫圭考證說：「當道路講的『行』本與行走的『行』同音，所以《經典釋文》經常爲行列的『行』注音，卻從不爲當道路講的『行』注音。《康熙》、舊《辭源》、舊《辭海》、《國音》、《漢語》、《現代》等字典、詞典，都給當道路講的『行』和行走的『行』注一個音。但是有些人由於感到『行』字的道路之義跟行走之義的關係不如跟行列之義關係密切，誤把當道路講的『行』跟行列的『行』讀成一個音。」[78]所以教育部重編國語辭典修訂本是對的，但是在「行號巷哭」條下，卻又注音爲「ㄏㄤˊ」，則又前後矛盾了。此處的「行」與「巷」相對，自然是道路的意思，所以應讀爲「ㄒㄧㄥˊ」。

最後，字典辭書的撰寫也必須隨著出土新材料的發現而加以修訂，比如詞語的書證年代可以根據新材料而提早，如「誣指」一詞，正史文獻中最早見於《元史‧成宗本紀》：「中書省臣復言，教化等不循法度，擅遣軍士守衛其門，搒掠李元，誣指行省等官，實溫省事。」《漢語大詞典》所引最早的書證材料，是明代海瑞〈吳吉祥人命參語〉：「吳湘計使吉祥逃脫，遂誣指吉祥打死，似亦一說可通。」[79]但是西漢初年的張家山漢簡《奏讞書》已多次出現「誣指」一詞，如簡一一四「毛不能支笞疾痛，即誣指講。」意思是說「毛因爲不能忍受擊打的疼痛，所以就誣陷指控講」。魏德勝也曾根據《睡虎地秦簡》，撰寫〈《漢語大字典未收的字》〉以及〈新詞語〉二文來補訂《漢語大字典》與《漢語大詞典》，[80]這對依據出土文獻修訂辭書的作法提供了很好的示範。

四、有助於了解中國古代文化

《論語・陽貨》記載孔子說過學習《詩》的好處是「詩，可以興，可以觀，可以群，可以怨。邇之事父，遠之事君。多識於鳥獸草木之名。」可見學習《詩》有助於了解鳥獸草木的名字，了解中國古代文化。許沖〈上說文解字書〉提到他的父親「作《說文解字》，六藝群書之詁，皆訓其意，而天地鬼神、山川草木、鳥獸蚰蟲、雜物奇怪、王制禮儀、世間人事，莫不畢載。」可見研讀《說文》足以讓我們博聞多識。底下我們來看幾個例證：

(1)《說文・艸部》：「葷，臭菜也。从艸軍聲。許云切」段玉裁《注》曰：「臭菜也，謂有气之菜也。〈士相見禮〉：『夜侍坐，問夜膳，葷，請退可也。』《注》：『葷，辛物，蔥薤之屬，食之以止臥。古文葷作薰。』〈玉藻〉：『膳於君有葷桃茢。』《注》：『葷，薑及辛菜也。葷或作焄。』按儀禮注謂蔥薤之屬爲辛物，即禮記注所謂辛菜也。禮記注先以薑者，薑辛而不葷。金辛之臭腥[81]。蔥薤之屬皆辛而葷，實與薑同類也。」

---

⑱ 史建橋、喬永、徐從權編：《《辭源》修訂參考資料》（北京：商務印書館，2011.11）頁56。

⑲ 羅竹風主編：《漢語大詞典》第十一冊（北京：漢語大辭典出版社，1993）頁217。

⑳ 見魏德勝：《《睡虎地秦墓竹簡》詞匯研究》（北京：華夏出版社，2003.1）頁36-117。

㉑ 「金辛之臭腥」是指《禮記・月令》云：「孟秋之月，……其味辛，其臭腥。」從五行的理論來看，秋天爲西邊屬金，天干庚辛爲西方金（中央戊己土，北方壬癸水，東方甲乙木，南方丙丁火，西方庚辛金）。故云「金辛之臭腥」。

謹案：依照《說文》的解釋，可知「葷」本指有氣味、味道比較重、辛味的菜，如：蔥、蒜、韭、薤之類，並非我們今日所說的肉類。《荀子‧哀公篇》：「哀公曰：『然則夫章甫絢屨，紳帶而搢笏者，此賢乎？』孔子對曰：『不必然，夫端衣玄裳，絻而乘路者，志不在於食葷；斬衰菅屨，杖而啜粥者，志不在於酒肉。』」前言「食葷」，後言「酒肉」，可見「葷」本不等於「肉」。徐鍇《說文繫傳》云：「通謂芸臺（俗稱「油菜」）、椿（香椿）、韭、蒜、蔥、阿魏[82]之屬，方術家**所禁，謂氣不潔也**。」清阮葵生《茶餘客話》卷五：「道家以韭、蔥、蒜、荽、芸臺即油菜爲五葷。」後來「葷」才擴大指雞、鴨、魚、肉等食物，與「素」相對。南朝梁宗懍《荊楚歲時記》曰：「梁有天下**不食葷**，荊自此**不復食雞子**，以從常則。」可見「葷」指「雞子」。《新唐書‧王維傳》：「兄弟皆篤志奉佛，**食不葷**，衣不文綵。」此句在《大藏經》中記載作「與弟縉皆篤志奉佛，**食不葷血**，衣不文綵。」可見前者的「食不葷」是指吃素，不吃肉食。同理，先秦兩漢時期的「齋戒」同樣是可以吃肉的，如《周禮‧天官冢宰‧膳夫》：「王日一舉，鼎十有二，物皆有俎。」鄭玄注：「殺牲盛饌曰舉。王日一舉，以朝食也。」又「王齊（齋）日三舉」。鄭司農云：「齋必變食。」孔穎達《疏》：「齋必變食，**故加牲體至三大牢**。」可見齋戒之日，一天要殺三次牲。又《史記‧滑稽列傳》記載河伯娶親的故事：「當其時，巫行視小家女好者，云是當爲河伯婦，即娉取。洗沐之，**爲治新繒綺縠衣**，**閒居齋戒**；爲治齋宮河上，張緹絳帷，女居其中。**爲具牛酒飯食**，行十餘日。」可見齋戒包含沐浴、更衣、獨居等，但是可以「牛酒飯食」。「齋」與「素食」聯繫起來是受到大乘佛教的影響。

(2)《說文‧艸部》：「菜，艸之可食者。从艸，采聲。」段玉裁注：「此舉形聲包會意，古多以采爲菜。」意即「菜」由采艸之「采」（後或作「採」）得義，**采集所得的野生可食草類就叫**

做「菜」。因此，正如有研究者所總結的：「**『菜』本指野菜，爲可食野菜的總稱**。……上古園圃不發達，蔬菜種類遠非今比，食菜大多取自野生。……上古富家貴族宴饗時『菜』不上席，因此，古代筵宴中有珍肴（牛羊豬肉）、百羞（多滋味的禽鮮等）、佳核（乾果）、美酒，而蔬菜至多衹作爲調料搭配而用。唯下層庶民、貧困者以菜爲主要菜肴。……『菜』字大約到漢代，**可兼圃蔬與野菜而言**。」因此，**在先秦時代，「菜」跟今天所說的與「主食」相對的飯菜之「菜」，完全不是一回事**。[83]「『菜』作爲佐食菜肴的泛稱，蓋在魏晉後。《北史‧胡叟傳》：『然案其館宇卑陋，……而飯菜精潔。』『菜』指菜肴。此乃口語用法。」[84]

(3)《爾雅‧釋宮》：「宮謂之室，室謂之宮。」宮和室是同義詞。渾言之不別；析言之，則宮是總名，指整所房子，外面有圍牆包著，室只是其中的一個居住單位。比如《左傳‧僖公二十八年》：「（晉侯）令無入僖負羈之宮而免其族，報施也。」「宮」即僖負羈的居所。更好的例證是北京大學藏秦簡《醫方雜抄》中編號四‧〇一八～四‧〇二〇的內容，此章內容是通過祝禱以求健康無病。其中四‧〇一八云：「正月上卯，取豕首三、韋束一，薺（齏）之，以西（酒）淳之，而

㉜ 「阿魏」，一種有臭氣的植物。章炳麟《國故論衡‧辨性上》：「故阿魏非香也，臭之不可於鼻，用足以辟諸腐臭，故準之香。」

㉝ 陳劍：〈釋上博竹書和春秋金文的「羮」字異體〉，2007 中國簡帛學國際論壇論文，2007.11.10-11。

㉞ 黃金貴：《古代文化詞義集類辨考》（上海：上海教育出版社，1995.9），頁 882-883。

投其宰（滓）井中，以其汁祭門戶、宮四囨（陋）。」[85]「家首」是草名。「韋束」可能也是藥名，具體所指不詳。「齏」，粉碎、磨碎也。「淳」，澆灌也，《周禮・赤犮氏》注：「（淳）即沃也。」「宮」指人民的居所，「囨」讀爲「陋」，訓爲庭院的角隅。「宮四陋」居所的四角落。祭祀「宮之四隅」，相當於禱祠於四方之義。古代禳除疾疫、災禍時，常有禱於四方的方法，如《左傳》昭公十八年，子產禳除火患，即「祈於四墉」。《淮南子・時則》「大儺旁磔」高注曰：「旁磔，四面皆磔犬羊，以禳四方之疾疫也。」不過戰國開始，「宮」已可指王宮，秦、漢以後，才逐漸普遍、專用爲帝王之宮。

(4)《論語・先進》曰「由也升堂矣，未入於室也」，這句話反映出古人宮室建築的內部結構。古代宮室一般向南，主要建築物的內部空間分爲「堂」、「室」、「房」。前部分是「堂」，通常是行吉凶大禮的地方，不住人。堂的後面是「室」，住人。《左傳・隱公元年》：「惠公元妃孟子。孟子卒，繼室以聲子，生隱公。」杜注云：「諸侯始娶，則同姓之國以姪娣媵。元妃死，則次妃攝治內事，猶不得稱夫人，故謂之繼室。」孔疏云：「**妻處夫之室，故《書》《傳》**通謂妻爲室，言繼續元妃在夫之室。」「繼室」，原是指次妃繼續於元妃之後的意思，在《左傳》中活用作爲動詞。室的東西兩側是東房（廂）和西房（廂）。整幢房子是建築在一個高出地面的臺基上，所以堂前有階。要進入堂屋必須升階，所以古人常說「升堂」或「登堂入室」。又根據《管子・弟子職》：「凡拚（同坌ㄈㄣˋ）之道，實水於盤，攘臂袂及肘。堂上則播灑，室中握手。」尹知章注：「堂上寬，故播散而灑。室中隘，故握手爲掬以灑。」可知「堂」大「室」小。茲圖示如下頁。

---

[85] 田天：〈北大藏秦簡《醫方雜抄》初識〉《北京大學學報（哲學社會科學版）》2017年第5期，頁54-55。

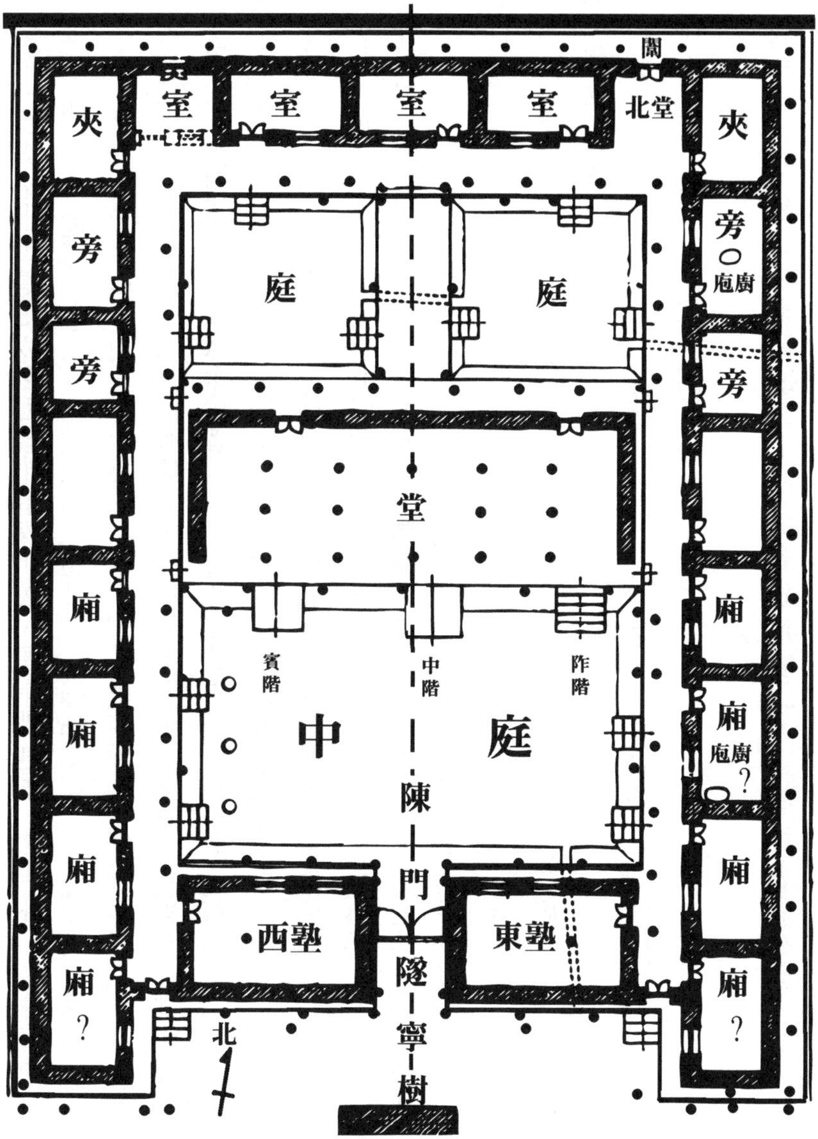

▲楊鴻勛《宮殿考古通論》頁91，圖七五「陝西岐山鳳雛西周甲組建築遺址復原平面圖」

(5)歐陽脩晚年自號「六一居士」，有人認爲既然名叫「居士」，可見這是歐陽脩曾經留意佛理的反映。裘錫圭指出這是以後起義來解釋古義，是有問題的。「居士」之稱早在佛教傳入之前就已出現。《禮記•玉藻》：「……大夫素帶，辟垂；士練帶，率，下辟；居士錦帶……」，鄭玄注：「**居士，道藝處士也。**」處士即居家不當官的士人。《韓非子•外儲說左上》說「齊有居士田仲者」，這就是一位很著名的道藝處士。佛教傳入後，往往借用中土固有之詞來翻譯佛經裡意義並不全同的詞，**「居士」被用來指稱在家奉佛者**。這一後起意義現在是唯一的通行義，「居士」的古義則已經被淡忘了。唐宋以來，「居士」通常用的古義轉爲**指退居林下的士大夫**，已稍有變化。與《禮記》、《韓非子》所說的居士指未曾出仕者不同。至於取這種別號是否跟他們對佛教的態度有關，則要作具體分析。如白居易，在任江州司馬時就已禮佛參禪，晚年致仕後居洛陽，跟香山寺僧人結社，捐錢修寺；他自稱「香山居士」，大概語帶雙關，兼取「居士」的新舊二義。歐陽脩晚年自稱「六一居士」，其原因他自己曾作說明。他在所作〈六一居士傳〉中說：「吾家藏書一萬卷，集錄三代以來金石遺文一千卷，有琴一張，有碁一局，而常置酒一壺……以吾一翁，老於此五物之間，是豈不爲『六一』乎？」所述事件與佛學並無關係，可見「六一居士」之號應該是指退居林下的士大夫，而與「佛理」是毫無關係的。[86]

(6)現在的報紙有一版是「讀者投書」，這是人民反映心聲，也是政府了解民意的管道之一。但是在《睡虎地秦簡•法律答問》簡五三～五四云：

> 「有投書，勿發，見輒燔之；能捕者購臣妾二人，繫投書者鞫審讞之。」所謂者，見書而投者不得，燔書，勿發；投者〔得〕，書不燔，鞫審讞之之謂也。

乍看之下是政府焚燒人民的投書，難道是秦國暴政的顯現？原來所謂的「投書」是指「匿名信」，《三國志・國淵傳》：「時有投書誹謗者，太祖疾之，欲必知其主。」古今的用法有所不同，詞意有所轉移。秦簡的意思是說：「『有投匿名信的，不得拆看，見後應即燒毀；能把投信人捕獲的，獎給男女奴隸二人，將投信人囚禁，審訊定罪。』律文的意思是說，看到匿名信而沒有拿獲投信人，應將信燒毀，不得開看；已拿獲投信人，信不要燒毀，將投信者審訊定罪。」[87]簡文中的「發」是指把書信拆開觀看；「購」是指「懸賞、獎賞」；「繫」，拘禁；「鞫」是審問；「讞」是議罪、定罪，如「三審定讞」。又如《張家山漢簡・二年律令》簡六五～六六云：「群盜及亡從群盜，毆折人枳（肢），胅體，及令跛蹇若縛守、將人而強盜之，及投書、懸人書，恐猲（喝）人以求【六五】錢財，盜殺傷人，盜發塚，略賣人若已略未賣，矯相以爲吏，自以爲吏以盜，皆磔。【六六】」看來禁止黑函散布是古今皆然的。

---

[86] 裘錫圭：〈研究古代文化應該有訓詁常識〉《裘錫圭學術文集・語言文字與古文獻卷》第四冊（上海：復旦大學出版社，2012.6）頁 255。

[87] 睡虎地秦墓整理小組：《睡虎地秦墓竹簡》（北京：文物出版社，1990.9）頁 106。按：「鞫審讞之」亦可翻譯爲「審訊明白之後，再來請示（下一步）。」參看朱漢民、陳松長主編：《嶽麓書院藏秦簡〔三〕——〇三猩、敞知盜分贓案》（上海：上海辭書出版社，2013.6）頁 126 注 10。

第三節　從事古籍訓詁需要具備的知識

一、文字學（古文字學）

文字是記錄語言的符號（比如我們常說：「你有什麼話寫下吧！」），語言當然包括語音與語義。反過來說，透過年代較早的文字形體，我們可以知道某個詞最初的意義是什麼。也正由於語音與語義是同時出現、不能分離的，所以透過語音也能了解語義（此爲「聲義同源」的原理），如下圖所示：

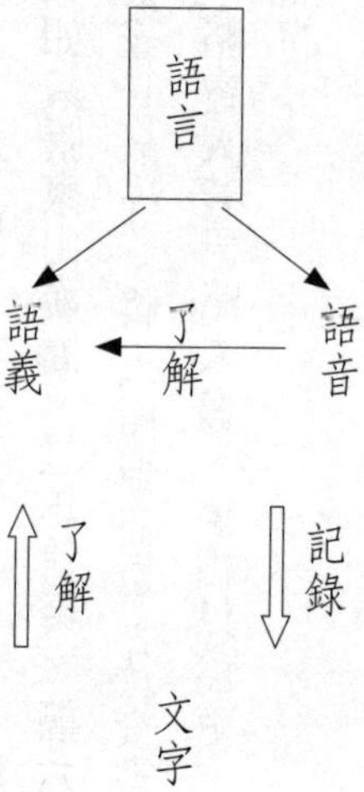

「詞」的意義一般可分成本義、引申義、假借義三種。由於漢字是表意文字的性質，所以在創造文字的時候，通常會採用「專字專用」的原則，即一個字表示一個詞。如甲骨文（《合》9812[88]），本義是代表「蠍」這個詞。這時，文字的字形和詞義是統一的，人們憑著文字的形體結構，便可認定他所表示的意義。這種情形下，這個字是它所表示那個詞的「本字」，那個被本字表示的詞義就是「本義」。可知本義是我們古人造字初始，賦與那個字形最原始的意義，而最早所造的字形與本義之間，基本上是一致的，它可以「由形而見義」，此爲訓詁學方法——「形訓」的立論基礎。

由於人類文明的快速發展、人類的思慮更加細密，導致語言詞彙量的快速增加，有些詞彙如數詞、虛詞、表示事物屬性的詞，以及其他一些表示抽象意義的詞是無法用表意字的方法造出來的，這時人們自然會想到**假借**聲音相同的現有字形。如數詞「萬」的讀音與「」相同，於是假借「」來代表數詞「萬」。由於「」代表數詞「萬」被久借不還，於是人們便在「」下加上「虫」旁造出分化字「蠆」來代表本義「蠍」這個詞。這種情況下，這個被借來表音的字是「假借字」，而對這個假借字來說，它所代表的是「假借義」。如「（萬）」是「數詞萬」義的「假借字」；而「數詞萬」義便是「（萬）」的「假借義」了。而「（萬）」既可表示「蠍子」，又可用來表示「數詞萬」，既是「本字本用」，又是「借字借用」，這就是「一字多用」的現象，也就是俗稱「多義字」。「假借」還有一種情形是所謂「本有其字的假借」，即「其始書之也，倉卒無其字，或以音類比方，假借爲之，趨於近之而已。」（《經典釋文·敘錄》引鄭玄）此爲有本字的假借，即「通假字」的來源，如我們熟知的《孟子·離婁下》：「蚤起，施從良人之所之」，「蚤起」即「早起」。總之，「假借」是透過「聲音」條件，把原來沒有文字的語言，透過借用別的字形，寄託了字義，而使這語言有了文字。這個被借用的字形，它的本義跟假借義之間，不必有意義上的

---

⑧⑧《合》是《甲骨文合集》的簡稱。

關聯。「假借」的現象在古籍的訓讀上是非常常見的，假如我們不知「破假字，讀本字」的話，一味以「專字專用」的原則去讀古書，就會出現「望文生義」的弊端。正如王引之引王念孫的意見說：「詁訓之指，存乎聲音，字之聲同聲近者，經傳往往假借。學者以聲求義，破其假借之字，而讀以本字，則渙然冰釋；如其假借之字，而強爲之解，則詰𥷕爲病矣。」（〈經義述聞序〉）

至於「引申義」，則是在本義的基礎上有詞義「擴大」、「縮小」或「轉移」的現象，王力《漢語史稿》說：「依照西洋的傳統說法，詞義的變遷，大約有三種情況：㈠詞義的擴大；㈡詞義的縮小；㈢詞義的轉移。漢語詞義的『引申』情況大致也可以歸入這三類。」[89]我們在第三章「詞義的引申」還會談到。先舉「行」字爲例，「行」甲骨文作（《合》4093），本義是道路（讀爲ㄒㄧㄥˊ），《爾雅‧釋宮》：「行，道也。」古書裡當道路講的「行」字很常見，如《詩‧小雅‧小弁》「行有死人，尚或墐之」。「行走」和「行列」這兩個意義，顯然是分別從道路這個本義引申出來的。從行走這個意義又引申出流行、通行、施行、經歷（《國語‧晉語四》：「行年五十矣」，韋注：「行，歷也。」）、巡視（《呂氏春秋‧季夏紀》：「乃命虞人入山行木」，高注：「行，察也。」）、行爲等意義。從行列這個意義又引申出排行、行業等意義。商行、銀行的〔行〕大概又是行業之〔行〕的引申義。字義發展變化的途徑很清楚。如果像《說文》那樣，把行走當作本義，「行」字等意義的發展變化就得不到確切的說明了。[90]

以上我們可以知道本義就是詞義系統的根本，了解本義之後才能進一步判斷詞義的走向是引申或假借。而本義通常可藉由字形得知，所以文字學的研究對訓詁學有極大的助益。

由於地不愛寶，考古發掘出大量先秦以及秦漢時期的古文字材料，前輩學者已利用這些材料對古史、古文獻的考證作出巨大的貢獻，前者如王國維《古史新證》、陳直《史記新證》、《漢書新證》；後者以于省吾《雙劍誃易經新證》、《雙劍誃尚書新證》、《雙劍誃詩經新證》、《雙劍誃諸子新證》等著作爲代表。[91]于氏曾在一九四〇年出版的《雙劍誃諸子新證》的〈凡例〉中對他所說的「新證」下過一個定義：

> 是書以古文字、古器物爲佐證者約十之二三，依校勘異同、聲韻通假爲佐證者約十之七八。其發明新義，證成舊說，或爲昔賢及並世作者所未道及，故名新證。

在該書〈序〉又說：

> 清代學者輯佚叢異、考文通音，訂其違牾、疏其疑滯，微言墜緒，於以宣昭。省吾末學淺識，竊嘗有志於斯，誦覽之餘，時得新解。本之於甲骨彝器、陶石鉨化之文以窮其源；通之於聲韻假借、校勘異同之方以究其變。

可見于省吾一方面繼承清代乾嘉樸學，以文字、聲韻、訓詁之學校訂古書；另一方面又以新出

---

[89] 王力《漢語史稿》（北京：中華書局，1980.6 新一版）頁 555。
[90] 參裘錫圭：《文字學概要》（台北：萬卷樓圖書公司，1999.1 再版）頁 161。
[91] 參見于省吾：《雙劍誃群經新證・雙劍誃諸子新證》（上海：上海書店，1999）。

材料超越清人的成就，開創新的學術面向。這方面的研究成果，前面提到的馮勝君《二十世紀古文獻新證研究》一書有很好的論述，請讀者參看。以上所論相關的例證請見第四章「訓詁的方法之一——以形求義」。

二、聲韻學

南宋・戴侗《六書故》明確提出：「訓詁之士知因文以求義矣，未知因聲以求義也。夫文字之用莫博于諧聲，莫變于假借。因文以求義，而不知因聲以求義，吾未見其能盡文字之情也。」王念孫〈廣雅疏證自序〉：「竊以詁訓之旨，本於聲音。故有聲同字異，聲近義同；雖或類聚群分，實亦同條共貫。譬如振裘必提其領，舉網必挈其綱。故曰『本立而道生』，『知天下之至嘖而不可亂也』。……今則就古音以求古義，引伸觸類，不限形體。」段玉裁〈廣雅疏證序〉：「小學有形、有音、有義，三者互相求，舉一可得其二。有古形、有今形，有古音、有今音，有古義、有今義，六者互相求，舉一可得其五。……聖人之制字，有義而後有音，有音而後有形；學者之考字，因形以得其音，因音以得其義。治經莫重於得義，得義莫切于得音。」前人已經把話說得很明白，提示了我們「聲音」對「字義」的重要性。通常「形訓」著重在單一詞義的解釋，但是「聲訓」（推因）卻能夠突破文字形體的侷限，將同源的字串聯起來，可知其「根源義」，即「稱名之所以然」。爲什麼「聲訓」有這麼大的功效呢？原因在於「聲義同源」的現象。大家知道，語言的聲音和意義是同時產生的，他們互相依存，是無法分離的，語音是語言的「外在包裝」，語義是語言的「精神內容」。當使用這一語言的人們約定俗成之後，通常某一種聲音，就會代表著某種的意思。《荀子・正名》曾說：「名無固宜，約之以命，約定俗成謂之宜，異于約則謂之不宜。」也就是說以前可以呼「天」爲「地」，指「鹿」爲「馬」。但是一旦語音與語義的關係建立之後，這種情況就不被允許了。在這之後，「顚」者只能稱爲「天」，再不能叫「地」；有角的只能叫「鹿」，不能叫「馬」，這時我們就有可能透過「字根」或「語根」來探求語義，也才有「凡從某聲多有某義」的說法，如讀爲「ㄏㄨㄥˊ」的音，絕大多數有「宏大」之義，如「洪水」、「宏大」、「鴻鳥」、「黌宮」、「弘願」、「天地之大，至紘以大」。

訓詁方法中的「聲訓」以及「右文說」、「同源詞」、「通假字」等課題皆與聲韻學有關，可見聲韻學與訓詁學有非常密切的關係。其中尤以「上古音」——先秦至兩漢，關係又更爲密切，因爲我們討論「同源詞」、「通假字」等等，必須以上古音爲判別的依據。換言之，對清朝迄民國以來幾位著名聲韻學家所主張的上古聲、韻分部必須有所了解，才能進一步加以取捨運用。王力《同源字典》一書有「從語音方面分析同源字」一節，對上古音聲紐與韻部有簡要的介紹，同時對聲韻學的術語，如雙聲、疊韻、韻部對轉、旁轉、旁對轉、聲紐旁紐、鄰紐皆有舉例說明，本書第六章「訓詁的方法之三——破假借」亦有說明，請讀者參看。其他如陳新雄《訓詁學（上冊）》〈訓詁與聲韻之關係〉一節中，對前賢古音學的成就有簡明扼要的概述；竺家寧《聲韻學》中，第十四講「上古韻部」、第十六講「上古的聲母」寫得明白易懂，非常值得閱讀。

對於「通假字」問題來說，更重要的是「音例」的佐證，亦即傳世文獻、出土文獻的「用字習慣」問題，先秦以及秦漢時期的文獻雖多通假，但總體來說用字習慣往往相當穩定，所以當我們閱讀文獻資料碰到通假字時，便可以根據用字習慣來考察這個通假字的本字（或正字）是什麼。高亨、董治安編纂的《古字通假會典》；張儒、劉毓慶編纂的《漢字通用聲素研究》；王輝編著的《古文字通假字典》；白於藍編纂的《戰國秦漢簡帛古書通假字彙纂》等書都是學界經常使用的查詢通假例證的工具書。[92]相關討論請見第六章「訓詁的方法之三——破假借」。

底下我們各舉運用「音理」與「音例」來考證典籍的例證：

(1)《呂氏春秋．重言》曰：

齊桓公與管仲謀伐莒，謀未發而聞於國，桓公怪之曰：「與仲父謀伐莒，謀未發而聞於國，其故何也？」管仲曰：「國必有聖人也。」……東郭牙至。管仲曰：「此必是已。」乃令賓者延之而上，分級而立。管子曰：「子邪，言伐莒者？」對曰：「然。」管仲曰：「我不言伐莒，子何故言伐莒？」對曰：「臣聞君子善謀，小人善意。臣竊意之也。」管仲曰：「我不言伐莒，子何以意之？」對曰：「臣聞君子有三色：顯然喜樂者，鐘鼓之色也；湫然清靜者，衰絰之色也；艴然充盈、手足矜者，兵革之色也。日者臣望君之在臺上也，艴然充盈，手足矜者，此兵革之色也。**君呿而不唫，所言者『莒』也**；君舉臂而指，所當者莒也。臣竊以慮諸侯之不服者，其惟莒乎！臣故言之。」

東郭牙的觀察力很驚人，能從臉色、肢體動作、唇形，輔以當時局勢猜測齊桓公、管仲計劃攻打莒國，果然是聰明人（聖人）。[93]其中他觀察到管子「君呿（音「區」）而不唫」所發出的音是「莒」是很有意思的材料。《管子．小問》記載此事作「開而不闔」、《說苑．權謀》作「吁而不吟」，《顏氏家訓．音辭》作「開而不閉」，可見「呿」相當於「開」、「吁」；「唫」即「吟」，閉也、闔也。[94]汪榮寶〈歌戈魚虞模古讀考〉（《北大國學季刊》一卷二期）是第一篇用音標擬測上古韻值的著作，他指出魏晉以上，凡魚虞模之字皆讀〔a〕音。錢玄同作了〈附記〉贊同汪說，所舉例證便是上述「君呿而不唫，所言者『莒』也」。

謹案：依照後世的讀音，不論是「莒」或「呿」韻母都是「ㄩ」，即國音的「撮口呼」。但古音沒有「撮口呼」，國音的「ㄩ」音全是唇化[95]的產物，也就是以〔i〕之舌位（前元音），加以

---

92 高亨、董治安：《古字通假會典》（濟南：齊魯書社，1997.7）、張儒、劉毓慶：《漢字通用聲素研究》（太原：山西古籍出版社，2002.4）、王輝：《古文字通假字典》（北京：中華書局，2008.2）、白於藍：《戰國秦漢簡帛古書通假字彙纂》（福州：福建人民出版社，2012.5）。

93 《清華九・治政之道》十二「聖人聽聰視明」，可以對應管仲的話。另外，《北大秦簡・教女》〇三二：「今夫威公，固有嚴剛。與婦子言，弗肎（肯）善當。今夫聖婦，自教思長。……」「威公」，公婆也。「聖婦」，當是賢能、聰明的媳婦。「聖」的用法與《呂氏春秋》此處用法相同。此外，我們懷疑「巧婦」的說法可能跟「聖婦」有關。

94 裘錫圭指出古書中「吟」有閉口的意思。《史記・淮陰侯列傳》：「雖有舜、禹之智，吟而不言，不如瘖聾之指麾也。」《索隱》：「吟，鄭氏音巨蔭反。又音琴。」「巨蔭反」之音與「噤」字之音相同。所以當閉口講的「吟」和「噤」、「唫」可以看作一字的異體。參見裘錫圭：〈說字小記・說「去」、「今」〉，載《北京師院學報》1988年2期；又《古文字論集》（北京：中華書局，1992）頁648-649。

95 使某個音變成圓唇的作用叫做「唇化作用」。

〔u〕之脣形，即成〔y〕（即「ㄩ」音）音。由上古音來看，「莒」及「呿」均爲魚部字，如汪榮寶、錢玄同所說讀爲〔a〕（前a），是個「口開而不閉」的音，那「所言者莒」就容易明白了。附帶一提，《上博五・君子爲禮》簡六「毋欽（唫、噤）毋去（呿），聖（聲）之疾徐，稱其衆寡……」意思是說，講話時嘴巴不要近乎閉上，也不要張得太大，聲音的大小要符合聽衆的人數。「毋欽（唫、噤）毋去（呿）」可以與《管子》「君呿（音「區」）而不唫」參看。

(2)《尚書・費誓》記魯侯跟徐戎作戰前的誓師之辭，有如下一句：

> 馬牛其風，臣妾逋逃，勿敢越逐，祇復之，我商賚汝。

比對西周作冊般甗「王商（賞）作冊般貝」，春秋秦公鎛「秦公曰：我先祖受天命，商（賞）宅受或（國）」。可見〈費誓〉的「商賚」正是「賞賚」。裘錫圭說：

> 《僞孔傳》釋末一句爲「我則商度汝功賜與汝」。把「商」解釋爲「商度汝功」，有增字解經之嫌，而且從情理上說，魯侯在當時也沒有必要去強調進行賞賜必須先「商度汝功」，《僞孔傳》的解釋顯然難以相信。在殷周金文裡，常常用「商」字來表示賞賜之「賞」這個詞。《費誓》的「商賚」無疑應該讀爲「賞賚」，就是賞賜的意思。這一點，清末研究金文的學者方濬益、劉心源都已經指出來了。如劉氏就說：「商用爲賞，古刻通例……不見雅訓，惟《費誓》云『我商賚汝』，僅存古文。後儒不識通假，乃以商度解之，非也。」（《奇觚室吉金文述》1.27下）這是利用金文釋讀古書中後人不理解的通用字的一個例子。

後來于省吾《尚書新證》、楊筠如《尚書覈詁》也都持與劉氏相同的見解。[96]

「商」讀爲「賞」可從，〈費誓〉保留了這條通假例證，可謂難得。另外，「牛馬其風」的解釋可參看《左傳・僖公四年》：「君處北海，寡人處南海，唯是風馬牛不相及也。」這是比喻事物彼此毫不相干，詞意大致有兩種說法：(1)「風」：走失；「及」：到。本指齊楚相去很遠，即使馬牛走失，也不會跑到對方境內。(2)「牝牡相誘謂之風」，即使馬或牛雌雄發情，由於物種不同，也不會交配。〈費誓〉這句話是說牛馬走失了，男女奴僕逃跑了，不許離開隊伍去追趕！得到了的，要恭敬送還原主，我會賞賜你們。

至於我們如何考察字詞的聲韻呢？其實只要了解古音學家在審定讀音或是解釋某個語音現象時依據那些書面材料便可以明白了。請見底下三個例證：

【1】錢大昕爲證明「古無輕唇音」的聲韻現象，曾運用底下的材料爲證：

㈠異文

異文是指凡不同版本、不同典籍中所記內容相同或相關，而字、詞、句使用方面存有差異的情形。比如：

1.《詩經》：「凡民有喪，匍匐救之」，《禮記・檀弓》引詩作「扶服」，《孔子家語》作「扶

---

[96] 裘錫圭：〈閱讀古籍要重視考古資料〉《古代文史研究新探》（南京：江蘇古籍出版社，1992）頁67。

伏」。

2.《書經•禹貢》：「至于陪尾」，《史記》作「負尾」，《漢書》作「倍尾」。

3.《詩經》：「敷政優優」，《左傳》引作「布政」。

4.《論語》：「且在邦域之中矣」，《釋文》：「邦或作封」。

5.《詩經》：「天立厥配」，《釋文》：「本亦作妃」。

6.《說文》：「朋、鵬」即古文「鳳」。

㈡諧聲

即考察形聲字與所从聲符讀音的差異。「旁」從「方」聲、「盆」從「分」聲、「圃」從「甫」聲、「播」從「番」聲、「蓬」從「逢」聲、「撥」從「發」聲、「茫」從「亡」聲等。

㈢方言資料

例如閩南話的輕唇音字往往唸作重唇，正反映古無輕唇音的現象。像「蜂」音〔paŋ丶〕、「飛」音〔pue〕、「腹」音〔pak〕、「肥」音〔pui〕、「飯」音〔pŋ〕、「分」音〔pun〕等。

㈣譯音資料

很多佛經譯音也反映了「古無輕唇音」的現象。例如梵音 Buddha 譯爲「佛陀」、Namah 譯爲「南無」、Yambu 譯爲「閻浮」、Muni 譯爲「文尼」、Chamanda 譯爲「遮文荼」、Punyayasas 譯爲「富那夜奢」。

㈤反切資料

在《廣韻》中，唇音類隔的現象觸目皆是，說明了到中古早期輕唇音仍是唸重唇。例如「卑，府移切」、「篇，芳連切」、「不，甫救切」、「彌，武移切」、「平，符兵切」、「盲，武庚切」

等。

㈥同源詞資料

如「不」與「弗」、「爸」與「父」、「無」與「莫」、「眇」與「微」、「抱」與「孵」、「蒙」與「霧」、「晚」與「暮」等。

㈦一字二讀（異讀）資料

如「費」音ㄈㄟˋ，又音ㄅㄧˋ；「否」音ㄈㄡˇ，又音ㄆㄧˇ；「馮」音ㄈㄥˊ，又音ㄆㄧㄥˊ。[97]

【2】殷墟甲骨文「亡文」的考釋過程也可以給我們啓發。陳劍認為「亡文」與卜辭「亡囚（憂）」、「亡蚩（害）」、「亡災」一類說法意思相近。他認為「文」當是「拇」（之部）的初文，卜辭的「亡文」應該讀為「文部」的「愍」、「旻」、「閔」和「文」等詞。所以陳先生舉了之部字跟文部字有密切關係的證據：

王念孫《讀書雜志・荀子第五》「隱忌」條謂《荀子・致士》的「隱忌」即它書的「意忌」，云「凡之部之字，或與諄部（按即文部）相轉」，舉了不少之部字與文部字相通的例子。（江蘇古籍出版社影印本，694頁）楊樹達《古韻咍德部與痕部對轉證》一文也有集中舉證。（《積微居小學金石論叢》，中華書局版148-154頁）今將他們舉出的比較可靠

---

97 以上參見竺家寧：《聲韻學》（台北：五南圖書出版公司，2002.10）頁557-558。

的例證羅列如下，並略加補充：

《左傳》昭公十年《春秋》經人名「季孫意（之部）如」，《公羊傳》昭公十年經文作「隱（文部）如」。《史記・文帝紀》「故楚相蘇意」，《漢書・文帝紀》作「蘇隱」。《荀子・性惡》「驊騮騹驥纖離綠耳」，楊倞注：「騹（文部）讀爲騏（之部）。」郭店簡《窮達以時》篇簡一〇亦以「騹」爲「騏」。《禮記・射義》「旄旗稱道不亂」鄭玄注：「旄旗或爲旄勤。」《詩經・大雅・行葦》「序賓以賢」毛傳引作「耄勤」。《莊子・逍遙遊》「不龜手之藥」，「龜」（之部）當讀爲「皸」（文部）。（王先謙《莊子集解》、郭慶藩《莊子集釋》引李楨說。李楨指出，玄應《一切經音義》卷五十二「皸坼」下云：「《通俗文》：『手足裂曰皸。』經文或作『龜坼』，《莊子》『宋人有善爲龜手之藥者』。」可證。上海古籍出版社1986年10月影印《正續一切經音義》，第二冊，2096頁。）

《左傳》成公十三年人名曹公子欣（文部）時，《公羊傳》成公十六年作「喜（之部）時」。《禮記・樂記》「天地訢合」鄭玄注：「訢（文部）讀爲熹（之部）。」《說文・言部》：「訢，喜也。」欣喜之「欣」或作「訢」，與「喜」音義皆近，當爲同源詞。（王力：《同源字典》，88-89頁）「在」（之部）和「存」（文部）皆从「才」得聲，二字聲義皆近，亦當同源。（王力：《同源字典》，101頁）[98]

分析他使用的材料有：

㈠異文

1.《左傳》昭公十年《春秋》經人名「季孫意（之部）如」，《公羊傳》昭公十年經文作「隱

（文部）如」。

2.《史記·文帝紀》「故楚相蘇意」，《漢書·文帝紀》作「蘇隱」。

3.《禮記·射義》「旄旗稱道不亂」，鄭玄注：「旄旗或爲旄勤。」

4.玄應《一切經音義》卷五十二「皸坼」下云：「《通俗文》：『手足裂曰皸。』經文或作『龜坼』，《莊子》『宋人有善爲龜手之藥者』。」

5.《左傳》成公十三年人名曹公子欣（文部）時，《公羊傳》成公十六年作「喜（之部）時」。

㈡讀為、讀若

1.《荀子·性惡》「驊騮騹驥纖離綠耳」，楊倞注：「騹（文部）讀爲騏（之部）。」

2.《禮記·樂記》「天地訢合」，鄭玄注：「訢（文部）讀爲熹（之部）。」

㈢同源詞

1.《說文·言部》：「訢，喜也。」欣喜之「欣」或作「訢」，與「喜」音義皆近，當爲同源詞。

2.「在」（之部）和「存」（文部）皆從「才」得聲，二字聲義皆近，亦當同源。

【3】陳劍考釋上博竹書的「盉」字（《上博（五）·三德》簡13、《上博（六）·平王與王子木》簡3）和「盥」字（《上博（二）·容成氏》簡21、《上博（四）·曹沫之陳》簡11）以及春秋金文的「鬻」字（徐王櫑鼎、庚兒鼎）等字爲「羹」時，其中一條重要的證據是「韻文」：

---

⑱ 陳劍：〈甲骨金文舊釋「尤」之字及相關諸字新釋〉《甲骨金文考釋論集》（北京：線裝書局，2007.4）頁75-76。

庚儿鼎「用征用行，用和用鬻，眉壽無疆」，三句末字中「鬻」處於「行」與「疆」之間。根據同類金文的通例可知「鬻」字必定當與「行」、「疆」押韻，應是一個陽部字，而「羹」字古音正在陽部。

春秋金文在講完作器時間、某人作某器等語之後，多爲表明器之功用之語以及祈福祝願之辭（「嘏辭」）等，一直到全銘結束，這部分內容常常是有韻的。最簡單的如銘末云「眉壽（或「萬年」、「眉壽萬年」等）無期，（子子孫孫）永寶用之」（期、之押之部韻），或如前引徐王糧鼎「昔（腊）、客、若」押韻（鐸部。同類之例如春秋晚期莒大史申鼎（5.2732）：「用征以迮，以御賓客，子孫是若。」）。尤其是當最後幾句出現在句末的文字有陽部字時，幾乎都是押韻的。這類現象在西周晚期金文已經屢見，春秋時期尤其是當時南方地區的金文最爲普遍，並一直延續到戰國時期。西周晚期之例如，豐伯車父簋（7.4107）「疆、享、尚」押韻（以下徑舉出韻腳字），姬鼎（5.2681）「嘗、享、疆」，伯公父簠（9.4628）「黃、粱、王、兄、疆、享」，史免簠（9.4579）「行、粱、享」，叔邦父簠（9.4580）「行、王、疆」，郜召簠（《近出殷周金文集錄》2.526）「匡、粱、兄、疆」，等等。春秋時期的如，侯母壺（15.9657）「行、疆」，爲甫人盨（9.4406）「行、尚」，吳者減鐘（1.193-197）「倉（鶬）、□（缺文）、旁（方）、尚」，徐沈尹鉦鋮（4.425）「兵、疆、享、尚」，冶仲考父壺「饗、滂、疆、尚」，要君盂（16.10319）「疆、尚」，紀伯子窒父盨（9.4442-4445）「陽、行、疆、臧」，叔家父簠（9.4615）「粱、兄、疆、亡、光」，等等。戰國時期的如，喪史寶鈚（16.9982）「行、疆、尚」，十四年陳侯午敦（9.4646、4647）、十年陳侯午敦（9.4648）「嘗、邦、忘」，陳侯因資敦（9.4649）「嘗、邦、尚」，等等。[99]

綜合以上，可以知道從事訓詁工作的古音證據可以依據異文、諧聲偏旁、方言、譯音、反切、同源詞、異讀、古籍注解（讀爲、讀若）、韻文等。

三、語法學[100]

楊樹達曾曰：「余生平持論，謂讀古書當通訓詁、審詞氣，二者如車之兩輪，不可或缺。通訓詁者，昔人所謂小學也；審詞氣者，今人所謂文法之學。漢儒精於訓詁，而疏於審詞氣；宋儒頗用心於詞氣矣，而忽於訓詁，讀者兩慊焉。有清中葉，阮芸臺、王懷祖、伯申諸公出，兼能二者，而王氏尤爲卓絕。其所爲《廣雅疏證》，通訓詁之事；《經傳釋詞》，審詞氣之事也；合二者而爲《讀書雜志》、《經義述聞》。」[101]又說：「治國學者必明訓詁，通文法，近則益覺此二事相須之重要

---

[99] 陳劍：〈釋上博竹書和春秋金文的「羹」字異體〉，2007中國簡帛學國際論壇論文，2007.11.10-11；又發表於復旦大學出土文獻與古文字研究中心網站，2008.1.6。

[100] 此部分可參考洪誠：《訓詁學》——〈第三章　閱讀必須掌握的基本規律・第七節　句法規律〉，載於《洪誠文集》頁120-154、王寧《訓詁學原理》（北京：中國國際廣播出版社，1996.8）頁215-243。

[101] 見曾星笠：《尚書正讀・序》（台北：洪氏出版社，1982.12.1再版）頁303。本文亦見於楊樹達《積微居小學金石論叢》。

焉。蓋明訓詁而不通文法，其訓詁之學必不精，通文法而不明訓詁，其文法之學亦不至也。」[102]可見語法的知識當然是從事訓詁工作所必須具備的。比如古書中「虛詞」的判讀便關係到訓讀的結果正確與否，王引之《經傳釋詞・自序》曰：「自漢以來，說經者宗尚雅訓，凡實義所在，既明著之矣，而語詞之例，則略而不究；或即以實義釋之，遂使其文扞格，而意亦不明。」在《經義述聞》卷三十二〈通說・語詞誤解以實義〉中，他指出古人有「虛實不辨」的現象，例如：

(1)如，而也。〈邶風・柏舟〉曰：「耿耿不寐，如有隱憂。」言耿耿不寐而有隱憂也。而解者云，如人有痛疾之憂，則失之矣。

(2)〈周南・葛覃〉：「言告師氏，言告言歸。」毛《傳》：「言，我也。」王引之則認爲：「言，云也。語詞也。……而解者悉用《爾雅》『言，我也』之訓，或以爲言語之『言』，則失之矣。」

底下略舉因不熟悉文法知識所造成的訓詁錯誤：

(1)《戰國策・齊策四》：「居有頃，倚柱彈其劍，歌曰：『長鋏歸來乎，食無魚！』」不少學生都把「歸來」解釋爲「回來」。其實「來」是虛詞，常用在句子末尾，清人已注意到這個現象，如劉淇《助字辨略》舉《莊子・人間世》：「雖然，若必有以也，常以語我來！」王引之《經傳釋詞》舉《孟子・離婁上》：「盍歸乎來！」晉陶淵明〈歸去來辭〉，開頭兩句：「歸去來兮，田園將蕪胡不歸。」其中「來」亦是語助。

(2)學生常將「不亦悅乎」譯作「不是也讓人高興嗎？」其實「不亦……乎」亦作「不已……乎」，

「不亦」、「不已」皆是一個完整的單位，「亦」不是「也」的意思，正如同「已」不能理解爲「也」一樣。「不亦……乎」應該譯爲「不是很……嗎？」、「不是太……嗎？」則「不亦樂乎」當翻譯作「不是很（令人）高興嗎？」。[103]

(3)《左傳‧襄公二十年》：「冬，季武子如宋，報向戌之聘也。褚師段逆之以受享，賦〈常棣〉之七章以卒。」學生將末一句理解爲「吟詠〈常棣〉的七章就結束了」。但王引之解釋說：「竊謂以猶與也。（說見《釋詞》）卒，卒章也。**言賦常棣之七章及卒章也。卒下無章字者，蒙上而省**。」[104]這則訓詁牽涉到「虛詞理解」與「蒙上省略句法」的問題。[105]

另外，我們也舉幾個根據語法知識而得出正確訓解的例證：

(1)《石鼓文‧田車》：「宮車其寫」，此爲「B‧其A」式主謂句式，此種句式多見於《詩經》。如《邶風‧北風》「北風其涼」、《小雅‧桑扈》「兕觥其觩」等均是。以名詞「宮車」、「北風」、「兕觥」等爲主語，以形容詞「其寫」、「其涼」、「其觩」等爲謂語。楊合鳴說：「以上『A其、其A、彼A、A彼、有A、斯A、思A』之類雙音節形容詞均可以重言詞『AA』觀之。若不明此理，

---

[102] 楊樹達：《高等國文法‧序例》（上海：上海書店，1990）頁1。

[103] 參見中國社會科學院語言研究所古代漢語研究室編：《古代漢語虛詞詞典》（北京：商務印書館，2000.1 二刷）頁42。

[104] 〔清〕王引之：《經義述聞》（南京：江蘇古籍出版社，2000.9）頁436。

[105] 有興趣者，可進一步閱讀楊伯峻、何樂士：《古漢語語法及其發展》頁814-849。

即使訓詁學大家也不免往往誤訓。」又說：「此式之其亦爲形容詞詞綴。」[106]所以《田車》「宮車其寫」可以理解爲「宮車寫寫」，雖然「寫寫」如何理解尚有爭議，但是句法的理解無疑是對的。金文中亦有相同句式，如虢季子白盤「彤矢其央」，「其央」猶「央央」，與《詩・小雅・出車》「旂旐央央」之「央央」同意，毛傳：「央央，鮮明也。」[107]

(2)《周南・葛覃》：「其鳴喈喈」，這是「其B有A」句式。楊合鳴說：「値得指出的是，即使B本爲動詞，但在代詞『其』後也活用爲名詞。……（其鳴喈喈），其代指黃鳥。動詞鳴在代詞『其』後爲鳴之聲。黃鳥的叫聲響喈喈。」[108]《石鼓文・田車》：「其𧾩又旆」，徐寶貴說：「其𧾩」也是活用爲名詞。「又旆」即「有旆」，「有A」中的「有」是形容詞前綴，「有A」相當「AA貌」、「AA然」，[109]即前人所言「重言形況字」。「其𧾩又旆」，即「其𧾩旆旆」。「其」指代上面的麋、豕、雉、兔。動詞「旆」指上述動物的奔逃。「其𧾩旆旆」是說動物逋逃之迅速。[110]

(3)《合集》七九四二「丁巳卜，穷貞：王出于𦎫。貞：王勿出于𦎫。」「貞：于庚申出于𦎫。」裘錫圭說「出于」表面上一看，很像我們熟悉的「青出於藍」的「出於」，就是「從……出來」，但其實只是表面一樣。再看一條：《合集》七九四一：「壬辰卜，亘貞：王往出于𦎫。」這條我覺得能說明問題，按照我們解釋「青出於藍」的辦法來解釋，應是「王去從𦎫出來」，這話就不通，其實「出于𦎫」就是王出去到𦎫的意思。所以「出于」就是「出到」，關鍵在「于」的訓釋，古書裡「于」是可以訓「往」的。甲骨文的「出于」跟後來的「出於」不同。[111]此外，在《清華大學藏戰國竹簡》第一冊的〈楚居〉簡一有句話說：

季連初降於郻山，氐于穴窮，前出于喬山

裘錫圭指出：

在古漢語裡，「出于」某地本來是出去到某地的意思（見殷墟卜辭）；最晚在東周時代，「出于」的用法一般已經變得跟「出自」相似，「出于／於」某地一般已經當從某地出來或出去的意思講了，至少從傳世文獻看大體是這個情況。但是《楚居》篇開頭三小句，接連說「降於」、「氐于（意即『至于』）」、「出于」，「出于」前還加了「前」字；從

---

(106) 楊合鳴：《詩經句法研究》（武昌：武漢大學出版社，1994.5）頁 8、19。

(107) 徐寶貴：《石鼓文整理研究》（北京：中華書局，2008.1）頁 817。

(108) 楊合鳴：《詩經句法研究》頁 13-14。

(109) 相同例證亦可參考春秋時期的王孫誥鐘說「有嚴穆穆，敬事楚王。」「有嚴」即「嚴嚴」，《荀子•儒效》：「井井兮其有理也，嚴嚴兮其能敬己也。」「嚴」的意義側重點在「敬」而非「威」。見陳劍：〈金文「彖」字考釋〉《甲骨金文論集》（北京：線裝書局，2007.4）頁 254。

(110) 徐寶貴：《石鼓文整理研究》頁 819。

(111) 裘錫圭：〈談談進行古代語文的學習和研究的一些經驗教訓——基礎要扎實些，考慮要全面些〉《裘錫圭學術文集•語言文字與古文獻卷》第四冊，頁 316。亦參見裘錫圭：〈談殷墟甲骨卜辭中的「于」〉《裘錫圭學術文集•甲骨文卷》第一冊，頁 527-551。

文義看，似乎只能把「出于」理解爲「出到」。喬山在上文沒有提到過，如果將緊接在「氏于穴窮」後的「前出于喬山」理解爲「向前從喬山出去」，顯然是不合適的。所以，「氏于穴窮，前出于喬山」應該包含「至于穴窮，出自穴窮，前至于喬山」的意思。不這樣理解，「出于」二字難以解釋。[112]

其說正確可從，也說明清華簡《楚居》確實有比較古老的來源。從這個例子可以清楚知道語法的討論必須要有時間的觀念，同時也證明出土文獻對語法的研究的重要性。

(4)我們知道漢語詞序的基本格式是：主語——謂語——賓語；修飾語——中心詞。[113]但古代句法的規律是：否定句或疑問句中，賓語是代詞的話，就得置於支配它的動詞之前，如：《論語•學而》：「不患人之不己知，患不知人。」賓語「己」和「人」的性質不同，「己」是代詞，「人」是名詞。又如《左傳•僖公七年》：「予取予求，不女疵瑕也。」〈離騷〉：「已矣哉！國無人，莫我知兮。」其他像「未之見」、「不我告」、「莫我肯顧」，道理相同。不過《戰國策•魏策三》：「臣以爲天下之始分，以至於今，未嘗有之也。」「未嘗有之」的寫法有違於上述原則，但是馬王堆《戰國縱橫家書》正作「臣以爲自天地始分，以至於民，未之嘗有也。」可見《戰國策•魏策三》的「未嘗有之也」可能經過後人的修改。這種情況如同《新序•義勇》：「白公勝將弒楚惠王，王出亡，令尹司馬皆死，拔劍而屬之於屈廬曰：『子與我，將舍之；子不與我，將殺子。』」寫作「子不與我」，但是相同記載亦見一九七三年河北定州八角廊漢墓出土的《儒家者言》竹簡云：「（子）與我，將舍子，子不我與，將殺子。」[114]可見寫作「子不與我」可能也是經過後人的修改。

(5)古書常見有「數詞活用」的現象，汪中《述學•釋三九》曰：「生人之措辭，凡一二所不能盡者，則約之以三以見其多；三之所不能盡者，則約之以九以見其極多；此言語之虛數也。實數可指也，虛數不可執也，推之十百千萬，莫不皆然。」這是一大發明，所以劉師培認爲：「自汪氏發明斯說，而古籍膠固罕通之義，均渙然冰釋矣。」劉師培在《古書疑義舉例補》中的「虛詞不可實指之例」一文中也談過這個現象。[115]底下舉幾個例子以明之：

《論語・述而》：「三人行，必有我師焉。」

照字面解釋就是：三個人一塊走路，他們中間必定有值得當我老師的人。其實這裡的「三人」

---

⑪² 裘錫圭：〈說從「⿱止目」聲的從「貝」與從「辵」之字〉《文史》2012 年第 3 輯（北京：中華書局，2012.8）。

⑪³ 這部分的問題牽涉較廣，詳細可參洪誠：《訓詁學》，載於《洪誠文集》頁 120-127；楊伯峻、何樂士：《古漢語語法及其發展》（北京：語文出版社，2003.1 三刷）頁 784-785。

⑪⁴ 定縣漢墓整理組（國家文物局古文獻研究室、河北省博物館、河北省文物研究所）：〈《儒家者言》釋文〉《文物》1981 年第 8 期。

⑪⁵ 劉師培：《古書疑義舉例補》，載〔清〕俞樾等著：《古書疑義舉例五種》（北京：中華書局，1956.1）頁 170-176。

不一定果眞是三個人，三人往往是一種虛指，言其數量不大。下面這些例子裡面的「三」都表示少。如：

《史記・項羽本紀》：「楚雖三戶，亡秦必楚也。」

無名氏〈孔雀東南飛〉：「三日斷五匹，大人故嫌遲。」

第一例的「三」表示數目不多。第二例的「三日」表示織布的時間短。「三」也有表示多的。例如：

《詩經・魏風・碩鼠》：「三歲貫女，莫我肯顧。」

《水經・江水注》引漁者歌：「巴東三峽巫峽長，猿啼三聲淚沾裳。」

杜甫〈茅屋爲秋風所破歌〉：「八月秋高風怒號，卷我屋上三重茅。」

《左傳・宣公十三年》：「三折肱知爲良醫。」

第一例的「三歲」裡面的「三」就是表示多，「貫」即「慣」，養而驕縱之曰慣。意思是說：多年來養你。第二例的「三峽」是實指，但「三聲」顯然不能是只啼了三聲，應該是啼了很多聲，比對李白〈朝發白帝城〉：「兩岸猿聲啼不住，輕舟已過萬重山。」便可理解「三」字的用法。第三例的「三重茅」也未必只有三重，而是說很多。第四例的「三」也應該表示多數，可以比較：《楚辭・九章・惜誦》：「九折臂而成醫兮，吾至今而知其信然」的「九」也是虛詞，言其多。

「三」表示多數。經常與「百」、「千」等詞組合成「三百」、「三千」都表示多數，不必實指：例如：

《左傳・僖公二十八年》：「且乘軒者三百人焉。」

《禮記・禮器》：「禮經三百，曲禮三千。」

《禮記・中庸》：「曲禮三百，威儀三千。」

《上博二・容成氏》四二及四四：「紂不述其先王之道，自爲改爲。於【四二】是乎作爲九成之臺，寘盂炭其下，加圜木於其上，使民道之。能遂者遂，不能遂者墜而死。不從命者，從而桎梏之。於是【四四】乎作爲金桎三千。既爲金桎，又爲酒池。」

〈容成氏〉楚竹書裡面的「九成之臺」，「九成」猶「九重」，言極高。「金桎三千」的「三千」言其多。

第二章

古籍注釋概論

閱讀古籍，首先遇到的困難就是語言文字的古今隔閡。時代越久遠，困難就越大。要想順利地讀懂古書，一般都要參看注釋。注解古書的工作起源於漢代，秦以前的許多典籍傳到漢代，由於種種原因（如語言的發展、口授和傳抄的錯誤等），漢代人已經不能完全讀懂；於是有一些人專門爲這些古書做注解，如果沒有漢代學者的這些努力，有許多先秦的古籍我們今天是很難讀懂的。本章介紹古書中常見的注釋名稱、古書注疏常用的術語以及古書訓詁的內容。

第一節　古書注釋的名稱①

注釋的名稱很多，最初叫做「傳」、「說」、「解」、「詁」、「訓」，後來又有「箋」、「注」、「釋」、「詮」、「述」、「學」、「訂」、「校」、「考」、「證」、「微」、「隱」、「疑」、

① 本節撰寫參考了胡楚生：《訓詁學大綱》（台北：華正書局，1995.9 六版）、周大璞主編：《訓詁學初稿【修訂版】》（武昌：武漢大學出版社，2002.7 修訂版）、時永樂：《古籍整理教程》（保定：河北大學出版社，2003.2 二版）、趙振鐸：《訓詁學綱要【修訂本】》（成都：巴蜀書社，2003.10）、許威漢：《訓詁學導論【修訂版】》（北京：北京大學出版社，2003.7）、白兆麟：《新著訓詁學引論》（上海：上海辭書出版社，2005.6）、李零：《蘭臺萬卷——讀《漢書・藝文志》》（北京：三聯書店，2011.1）。

「義」、「疏」、「音義」、「章句」等別名。這些名稱，有的名異實同，有的意義微殊，有的互相結合成爲新的名稱，如「訓詁」、「詁訓」、「解詁」、「校注」、「義疏」、「疏證」等等。茲介紹如下：

一、**傳**

章炳麟《國故論衡‧文學總略》：「世人以經爲常，以傳爲轉，以論爲倫，此皆後儒訓說，非必睹其本眞。……傳者，專之假借。《論語》：『傳不習乎？』魯作『專不習乎』。《說文》訓專爲六寸簿。**簿即手版，古謂之忽（今作笏）。書思對命，以備忽忘，故引伸爲書籍記事之稱**。書籍名簿，亦名爲專。專之得名，以其體短，有異於經。鄭康成《論語序》云：『《春秋》二尺四寸，《孝經》一尺二寸，《論語》八寸』。此則專之簡策當復短於《論語》，所謂六寸者也。（漢《藝文志》言劉向校中古文《尙書》，有一簡二十五字者。而服虔注《左氏傳》則云：『古文篆書，一簡八字。』蓋二十五字者，二尺四寸之經也。八字者，六寸之傳也。古官書皆長二尺四寸，故云二尺四寸之律。舉成數言，則曰三尺法。經亦官書，故長如之。其非經律，則稱短書，皆見《論衡》。）」一說「傳」的本義是古代供傳遞政府文書的人中途更換馬匹或休息、住宿的驛站。傳是由一個地方到達另一個地方的中間站。引申之，凡由此達彼者皆曰傳。注釋，是經典與讀者的中間環節，所以解釋古今之言語者亦謂之傳。《公羊傳‧定公元年》：「主人習其讀而問其傳。」何休注曰：「讀謂經，傳爲訓詁。」《漢書‧古今人表》：「傳曰：『譬如堯、舜、禹、稷、卨與之爲善則行』。」顏師古注：「傳謂解說經義者也。」清代馬瑞辰《毛詩傳箋通釋‧毛詩詁訓傳名義考》說：「蓋詁訓第就經文所言者而詮釋之，傳則並經文所未言者而引伸之。」

從前人的解釋和古書的實際情況來看，傳大致可以分爲兩類：一類是解釋字詞義爲主的，即何休所說的訓詁，如《詩經》的毛傳、《三禮》的鄭注；另一類是以闡述、引申經義或補充事實者，如《春秋》三傳：《左傳》、《公羊傳》、《穀梁傳》。《左傳》偏重於史實的補充，也有少量詞語的解釋。《公羊傳》和《穀梁傳》則偏重於定義的闡釋和事理的說明。

傳有內傳、外傳、大傳、小傳、補傳、集傳之分。西漢時，燕人韓嬰解說《詩經》，撰有《韓詩內傳》、《韓詩外傳》，這才創立內傳、外傳的名目。《四庫全書總目提要》云：「其書雜引古書古語，證以詩詞，與經義不相比附，故曰**外傳**。」可見「內傳」就是與經義相比附的注解了。自東漢以來，有些學者稱《左傳》爲《春秋內傳》，《國語》爲《春秋外傳》。韋昭《國語解序》以爲「其文不主於經，故號外傳。」可見它的命名是和《韓詩外傳》、《齊詩外傳》相類似的。「**大傳**」這個名稱，從漢代的張生和歐陽生的《尚書大傳》（亦有人直接稱「伏生《尚書大傳》」）開始。鄭玄《尚書大傳序》：「伏生爲秦博士，至孝文時年且百歲，張生、歐陽生從其學而授之，音聲猶有訛誤，先後猶有差舛，重以篆隸之殊，不能無失。生終後，數子各論所聞，以己意彌縫其闕，別作章句又特撰其大義，因經屬指，名之曰傳。」可見所謂「大傳」，就是「大義」的意思，即要旨、重要的意義，也是解釋經書要旨的一種注釋。「**小傳**」和「大傳」相對，大概是「不賢識小」的意思，是一種謙詞，猶言「裨傳」或「稗傳」。〔宋〕劉敞有《七經小傳》，吳棫有《書裨傳》，吳儀有《春秋稗傳》。「**補傳**」是補充前人的傳注，與「**補注**」同義，如南宋范處義《詩補傳》。《集傳》與《集注》同義，乃集合多家的傳解，擇善而從，如蘇轍、朱熹都著有《詩集傳》。

二、**說**

《說文》：「說，說釋也。一曰：談說。」「釋，解也。」《墨子・經上》：「說，所以明也。」「說」即說明、解釋的意思。《墨子》有〈經上〉、〈經下〉，它記載墨家的邏輯學與自然科學的觀點。還有〈經說上〉、〈經說下〉，這是解釋〈經上〉、〈經下〉的，這四篇統稱「墨經」。如〈經上〉：「任，士損己而益所為也。」〈經說上〉：「任：為身之所惡，以成人之所急。」《韓非子》有〈內儲說上〉、〈內儲說下〉兩篇和〈外儲說左上〉、〈外儲說左下〉、〈外儲說右上〉〈外儲說右下〉四篇，這是韓非為了游說列國諸侯而收集的原始資料，它的方式是每篇之前列出題目或經文，然後逐一解說，用許多小故事來論證自己的觀點。這些都是「說」這種形式的最早狀況。以後解釋經書用「說」的不少。《漢書・河間獻王傳》：「獻王所得書皆古文先秦舊書……皆經、傳、說、記，七十子之徒所論。」可見「說」和「經」是相輔而行的。《漢書・藝文志》記載《易》有《五鹿充宗略說》；《書》有《歐陽說義》；《詩》有《魯說》、《韓說》；《禮》有《中庸說》、《明堂陰陽說》；《論語》有《齊說》、《魯夏侯說》、《魯安昌侯說》、《魯王駿說》；《孝經》有《長孫氏說》等等。此外，《馬王堆帛書》中《老子》甲本卷後古佚書之一的《五行》亦有經、說兩體裁。

三、記

「記」的作用很接近於「傳」與「說」。清皮錫瑞在《經學歷史》中說：「孔子所定謂之經，弟子所釋謂之傳，或謂之記。」西漢時期設於學官的五經是指《易》、《書》、《詩》、《禮》、《春秋》，其中《禮》，是指《士禮》，也就是東晉以來所習稱的《儀禮》。而《禮記》是「禮之記」，「禮」指儀禮，「記」是經的補充資料，或闡述、或發揮，除《禮記》外，還有《周禮・考工記》、《大戴禮記》。《漢書・儒林傳・孟卿》云：「后倉說《禮》數萬言，號曰《后氏曲臺記》。」《漢書・藝文志》：「記百三十一篇」，李零說：「《(禮)記》，蒙上省『禮』字。『記』是讀經的參考資料，不同於說、解、訓、詁。」②

四、解

《說文》：「解，判也。從刀判牛角。」「判，分也。從刀，半聲。」「解」是分析的意思，訓詁就是分析語義，所以也叫做解。《管子》有〈牧民解〉、〈形勢解〉、〈版法解〉、〈明法解〉等，它們是對前面相應那幾篇的解釋。《韓非子》書中有〈解老〉，是解釋《老子》一書某些觀點的。《禮記》有〈經解〉。漢以後的人也有用「解」這個名稱的，或者稱爲「解誼」，如服虔的《春秋左傳解誼》；或者稱爲「解故」，如《漢書・藝文志》中《尚書》類著錄有《大小夏侯解故》各二十九卷；又稱「解詁」，如何休《春秋公羊傳解詁》。後世又有所謂的「集解」，其義有二：一是通釋經傳，如杜預《春秋經傳集解》；一是集各家的解說，如范寧的《春秋穀梁傳集解》。

五、詁

「詁」，也作「故」。章炳麟《國故論衡・明解故上》云：「然則先民言故，總舉之矣，有故事者，有故訓者。《毛詩》以外，三家亦有《魯故》、《韓故》、《齊后氏故》、《齊孫氏故》，斯故訓之流也。《書》、《春秋》者，記事之籍，是以有故事。《太誓》有故，猶《春秋》有傳。」章氏所言「故」有「故事者」、「故訓者」，「故訓」用以釋義，「故事」用以記事。「故訓」即「詁訓」，指訓解古代的詞語。

六、訓

「訓」的解釋請參見第一章「緒論」。訓常與詁連言，或稱詁（故）訓，如毛亨《詩詁訓傳》。

② 李零：《蘭臺萬卷——讀《漢書・藝文志》》（北京：三聯書店，2011.1）頁32。

七、注

卜辭有□、□、□諸形（《類纂》1027 頁 2159 號字頭「益」），裘錫圭指出，其字象雙手持一器皿向另一器皿中注水之形，就是「注」的表意初文。③《說文》：「注，灌也。」段玉裁《說文解字注》：「注之云者，引之有所適也，故釋經以明其義曰注。」意思是說古書讀不通，如同水道淤塞一樣，必須灌注才能暢通。段玉裁還指出：「漢、唐、宋人經注之字無有作註者，**明人始改注爲註**，大非古義也。古惟註記字从言，如《左傳敘》：『諸所記註』，韓愈文：『市井貨錢註記』之類。《通俗文》云：『記物曰註。』《廣雅》：『註，識也。』古起居註用此字，與注釋字別。」段玉裁認爲明代之前的「註」多用作「記識」、「記載」的意思，明代之後「註」才有「注解」的意思。此說恐不確，《詩・周南・關雎序》「鄭氏《箋》」，唐孔穎達《疏》曰：「記識其事，故特稱爲箋，餘經無所遵奉，故謂之註。**註者，著也，言爲之解說，使其義著明也。**」《一切經音義六》引晉呂忱《字林》曰：「註，解也。」可見注釋字作「註」顯然早於明代。

孔穎達在《左傳正義》中說：「毛君、孔安國、馬融、王肅之徒，其所注書皆稱爲傳，鄭玄則謂之爲注。」這說明注釋稱注是從東漢鄭玄開始的。傳、注二者皆爲解釋經義的一種體例，故後人將對經書的注釋統稱爲「傳注」。不過傳的起源早於注。在西漢，解釋經書稱「傳」者爲多，東漢至魏晉，「注」被廣泛用於經書的注釋，成爲古書訓解的通稱，「傳」的使用則漸趨減少。孔穎達指出馬融、王肅所注書皆稱爲「傳」，但是在《隋書・經籍志》則改爲「注」了。

八、箋

《說文》：「箋，表識書也。」本指狹條形小竹片，④古代無紙，用簡策，有所表識，削竹爲小箋，繫之於簡。《毛詩》篇首「鄭氏《箋》」，孔穎達《疏》曰：

> 鄭於諸經皆謂之「注」。此言「箋」者，呂忱《字林》云：「箋者，表也，識也。」鄭以毛學審備，遵暢厥旨，所以表明毛意，記識其事。故特稱爲箋。」

注書叫箋，從漢代的鄭玄開始。後因以稱注釋古書，以顯明作者之意爲箋。宋洪邁《容齋五筆・經解之名》：「又如鄭康成作《毛詩箋》，申明傳義，他書無用此字者。」余嘉錫《書冊制度補考・箋》：「古無紙，專用簡牘，簡則以竹爲之，牘則以木爲也。康成每條自出己說，以片竹書之，而列毛公之旁，故特名鄭氏箋。」鄭玄〈六藝論〉云：「注《詩》宗毛爲主，毛義若隱略，則更表明；如有不同，即下己意，使可識別也。」⑤可見鄭玄爲《詩》作「箋」，雖也是解經，但主要目的在於訂正與補充毛亨的「傳」。「箋」作爲注釋的一種方式，一般是既注正文，也注前人的解釋。

九、疏

《說文》曰：「疏，通也。」注水於道仍不能通，因而要進一步疏浚水道以求暢通。「疏」作爲注釋的一種，正是由這種意義引申出來的。前面提到漢代是傳注大興的時代，爲典籍做了不少注

---

③ 裘錫圭：〈殷墟甲骨文字考釋（七篇）〉，第七「釋注」，《湖北大學學報》1990年第1期，頁55-57。

④ 從「戔」聲的字有「淺小」一類的意思，所以「箋」是一種狹條形小竹片。見第五章第四節的說明。

⑤ 《全上古三代秦漢三國六朝文》（北京：中華書局，1958）頁928。

釋。但是到了唐代，距離漢代六、七百年了，許多漢人的注解在唐代人看起來，又不是那麼容易理解了，於是出現了一種新的注解，作者不僅解釋正文，而且還給前人的注解做注釋。這種注解一般叫做「疏」，也叫做「正義」。一般情況下疏和注要保持一致，即「疏不破注」。故後世常常「注疏」連稱，如《爾雅注疏》就是晉代郭璞注，宋邢昺疏。

十、正義

唐代距離漢代已經六七百年，漢人對經典的注釋，唐人已經不能全懂，有重新做注的必要。當時儒家的著述頗多，各家學說不盡一致，人們往往無所適從，需要制定一種官方學說，來統一人們的思想。唐太宗李世民便下詔，令孔穎達等人撰寫《周易正義》、《尚書正義》、《禮記正義》、《左傳正義》、《毛詩正義》，即所謂《五經正義》。最初本名「義贊」，後才改用「正義」之名。「正義」與「疏」有同有異。兩者的體例作用基本相同，均是既解釋經文，又解釋前人的傳注，而且皆要與前人的注釋保持一致，恪守「疏不破注」的原則。在以「正義」為書名的著作中，「正義」這部分內容之前常用「疏」字作標誌。有人甚至將這種體例稱為「義疏」，《隋書・經籍志》所載六朝義疏很多，流傳到今天的只有皇侃的《論語義疏》一種。清代學者郝懿行撰有《爾雅義疏》，近人高步瀛撰有《文選李注義疏》。兩者的不同之處是，疏一般由私人撰寫，而正義最初是奉上命完成的，代表一種官方學說。但後來這種差別消失了，私人著述也有稱為正義的，如清代焦循有《孟子正義》、邵晉涵有《爾雅正義》、孫詒讓有《周禮正義》。

十一、章句

「章句」是經學家解說經義的一種方式，亦泛指書籍注釋。作法是在詞義的解釋之外，再串講一次文句的大意。這種辦法使文章的意義更為明白易懂。《東觀漢記・明帝紀》：「親自制作五行章句。每饗射禮畢，正坐自講，諸儒並聽，四方欣欣。」漢代採用這種方式注釋古書的很多，著錄於《漢書・藝文志》的《易經》類有施、孟、梁丘三家《章句》各二篇，《尚書》類有歐陽《章句》三十一卷；大、小夏侯《章句》各二十九卷。東漢時期，章句之學更爲發達，如蔡邕《月令章句》、趙岐《孟子章句》、王逸《楚辭章句》都是很著名的作品。章句和傳、注並不相同，劉師培在《國學發微》中說：「故、傳二體，乃疏通經文之字句者也；章句之體，乃分析經文之章句者也。」陳國慶在《漢書藝文志注釋匯編》中說：「章句者，指經師在教授的時候，對於經書分其章節，斷其句讀，指括其文，敷暢其義的一種注釋工作。」章炳麟《國故論衡・明解故上》說：「古之爲傳，異於章句。章句不離經而空發，傳則有異。《左氏》事多離經，《公羊》、《穀梁》二傳，亦空記『孔子生』。」歸納來說，其別有二：一是傳、注比較簡明扼要，而章句較繁瑣。因爲前者只解釋經文難懂的字詞，而略其易者。後者除解釋字詞外，還必須串解句意。好處是通俗易懂，缺點是容易流於繁瑣。二是章句的解釋不離正文的原意，緊扣原文，傳則未必一定如此。

十二、音義

「音義」是包括辨音、釋義兩個部分的訓詁專著。據記載，漢魏之際就已有這方面的書了，三國魏孫炎曾作《爾雅音義》。現在保存下來最早而又最有名的音義書要推南朝陳陸德明的《經典釋文》，內容包含〈周易音義〉、〈古文尚書音義〉、〈毛詩音義〉、〈周禮音義〉、〈儀禮音義〉、〈禮記音義〉、〈春秋左氏音義〉、〈春秋公羊音義〉、〈春秋穀梁音義〉、〈孝經音義〉、〈論語音義〉、〈老子音義〉、〈莊子音義〉、〈爾雅音義〉，可見「釋文」是「音義」的別名。清朝末年在甘肅敦煌曾經發現了一些音義殘卷，除了《經典釋文》外，還有《毛詩》、《楚辭》和《文選》的一些音義，它們書寫的年代比《經典釋文》早。佛經也有音義，如唐朝玄應、慧琳的《一切經音義》、遼希麟的《續一切經音義》、慧苑的《華嚴經音義》等，這些音義裡面保存了不少訓詁資料。音義又稱「音」。晉朝徐邈作《毛詩音》，日本藤原佐世編的《日本國見在書目》就著錄爲《毛詩音義》。

第二節　古書注疏常用的術語

古人作注疏有一套常用的術語，所以了解這些術語的定義對我們正確理解古人注疏，進而領會文章表達的意涵，有提綱挈領的作用。現在只舉常用的，略加解釋如下：

一、某，某也；某者，某也

這一組術語，採用判斷句的形式，解釋字、詞的意義。被解釋的字、詞和用以解釋的字、詞彼此是義同或義近的關係。例如：

《周易・彖上傳》：「師，眾也。」

《周禮・天官・大宰》：「掌建邦之六典。」鄭玄注：「典，常也，經也，法也。」

《說文》：「壻，夫也。从士，胥聲。《詩》曰：『女也不爽，士貳其行。』士者，夫也。讀與細同。婿，壻或从女。」

也有解釋專名，指出被釋詞是什麼的，例如：

《國語・周語上》：「穆王將征犬戎。」韋昭注：「穆王，周康王之孫、昭王之子、穆王滿也。」

上面的例句有個特點，就是被釋詞都是單詞。下面則是用這種格式解釋一個詞組或一個句子的，例如：

《詩・邶風・簡兮》：「日之方中，在前上處。」箋：「在前上處者，在前上列也。」

《周禮・天官・冢宰》：「惟王建國。」鄭玄注：「百物阜安，乃建王國焉。」賈公彥疏：「乃建王國者，於百物盛安之處乃立王國，王國則洛邑王城是也。」

二、曰、爲、謂之、之謂

這組術語，主要用來下定義，立界說。「曰」、「爲」、「謂之」大致相當於現代漢語中的「叫」、「叫作」和「稱作」。這組術語的特點是被解釋的詞語總是置於其後，解說的話語置於其前，即「解釋的詞——曰（爲、謂之、之謂）——被解釋的詞」。例如：

《詩・周南・漢廣》：「之子于歸，言秣其馬。」毛傳：「六尺以上曰馬。」

《左傳・文公三年》：「執事不以釁鼓。」杜注：「以血塗鼓爲釁鼓。」

《詩・小雅・巧言》：「彼何人斯？居河之麋。」《傳》：「水草交謂之麋。」

《爾雅・釋草》：「木謂之華，草謂之榮。不榮而實者謂之秀，榮而不實者謂之英。」

《爾雅・釋宮》：「宮謂之室，室謂之宮。」

《詩經・魏風・伐檀》：「不稼不穡，胡取禾三百囷兮。」毛傳：「圓者爲囷。」

《荀子・勸學》：「故不積跬步，無以至千里。」楊倞注：「半步曰跬。」

以上解釋名物制度，如「馬」、「麋」、「華（花）」、「榮」、「宮」、「室」、「囷」、「跬」等都是表示事物名稱的詞。或是解釋某一種禮制，如「鼖鼓」。

還可以用對比爲訓，區別同義詞或近義詞之間的細微差別者，例如：

《詩・小雅・雨無正》：「降喪饑饉，斬伐四國」，孔疏云：「二穀不升謂之饑，三穀不升謂之饉。」

《爾雅・釋天》：「穀不熟爲饑，蔬不熟爲饉。」

《論語・先進》：「加之以師旅，因之以饑饉。」朱熹注：「穀不熟曰饑，菜不熟曰饉。」

《論語・學而》：「有朋自遠方來，不亦說乎？」鄭玄注：「同門曰朋，同志曰友。」

〈離騷〉：「各興心而嫉妒。」王逸注：「害賢爲嫉，害色爲妒。」

《詩・衛風・淇奧》：「如切如磋，如琢如磨。」毛傳：「治骨曰切，象曰磋，玉曰琢，石曰磨。」

《爾雅・釋宮》：「一達謂之道路，二達謂之歧旁，三達謂之劇旁，四達謂之衢，五達謂之康，六達謂之莊，七達謂之劇驂，八達謂之崇期，九達謂之逵。」

《爾雅・釋天》：「春獵爲蒐，夏獵爲苗，秋獵爲獮，冬獵爲狩。」

《詩經・小雅・鴻雁》：「鴻雁於飛，肅肅其羽。」毛傳：「大曰鴻，小曰雁。」

三、謂

「謂」與「謂之」不同。使用「謂之」時被解釋的詞總是放在其後，而用「謂」時，被解釋的詞均置於其前，其格式是「甲謂乙」。「謂」字相當於現代漢語中的「是指」、「是說」或「指的是」、「說的是」。

「謂」主要用來說明被釋句中某一特定事物，所以有人認爲它的涵義是「指某而言」。出土文獻我們也能找到「謂」表「解釋、補充說明」的例子，如《敦煌懸泉月令詔條》：

(1) ●毋夭蜚鳥。 ●謂夭蜚鳥不得使長大也，盡十二月常禁。（行13）

意思是說爲何「毋夭蜚鳥」，因爲「夭蜚鳥」是使鳥無法順利長大，整個十二月都禁止這種行爲。

(2) ●毋作大事，以防農事。 ●謂興兵正伐，以防農事者也，盡夏。（行25）

「大事」指兵戎之事。意思是說爲何不能興作兵戎之事，因爲會妨害到農事，整個夏天都該禁止。⑥

(3) ●毋焚山林。 ●謂燒山林田獵，傷害禽獸□蟲草木……。（行27）

---

⑥參中國文物研究所、甘肅省文物考古研究所編：《敦煌懸泉月令詔條》（北京：中華書局，2001.8）頁18。

(4) ●愼毋發蓋。●謂毋發所蓋藏之物，以順時氣也，盡冬。（行 74）

(5) ●毋發室屋。●謂毋發室屋，以順時氣也，盡冬。（行 75）

《敦煌懸泉月令詔條》共六十六條，「謂」字句占四十條，達百分之六十一。作爲一種實用性（應用性）的文書，需要對詔條中的概念加以解釋或補充說明，使表達的意思具體化，這樣讀者（一般大衆）才能明白。《詔條》每一條詔令皆用「謂」字句。[7]

《睡虎地秦簡・法律答問》也有用「謂」字句者：

(1) 可（何）謂「四鄰」？「四鄰」即伍人謂殹（也）。（簡 99）

意思是說：什麼叫「四鄰」？「四鄰」就是同伍的人。[8]

(2) 「盜及者（諸）它罪，同居所當坐。」可（何）謂「同居」？●戶爲「同居」，坐隸，隸不坐戶謂殹（也）。（簡 22）

意思是說：「盜竊和其他類似犯罪，同居應連坐。」什麼叫「同居」？同戶就是「同居」，但奴隸犯罪，主人應連坐，主人犯罪，奴隸則不連坐。[9]

這些「謂」字句皆是對前面「何謂」的解釋、補充。後世訓詁學術語的「謂」，即來源於「謂」的解釋義用法。如：

《詩・鄘風・柏舟》：「母也天只。」毛傳：「天謂父也。」

《荀子・勸學》：「不聞先王之遺言，不知學問之大也。」楊倞注：「大謂有益於人。」

《詩・邶風・谷風》：「何有何亡。」毛傳：「有謂富也，亡謂貧也。」

柳宗元〈捕蛇者說〉：「永州之野產異蛇，黑質而白章。」孫汝聽注：「白章謂白文。」

作注的時候，注文靠近被解釋的詞。這個被解釋的詞可以不寫出來。例如：

《史記・項羽本紀》：「項王按劍而跽【七】曰……」。【七】《索隱》：「其紀反，謂長跪。」

《說文》曰：「跽，長跪」，「長跪」者直身而跪。古時席地而坐，坐時兩膝據地，以臀部著足跟。跪則伸直腰股，以示莊敬。司馬貞直接在「跽」字下出注，所以不再把這個被解釋的詞寫出來。

「謂」可指以具體的東西解釋抽象的東西，例如：

〈離騷〉：「恐美人之遲暮。」王逸注：「美人謂懷王也。」

《論語・爲政》：「道之以政，齊之以刑，民免而無恥。」孔安國注：「政謂法教。」

《論語・陽貨》：「子游對曰：『昔者偃也聞諸夫子曰：君子學道則愛人，小人學道

---

⑦ 參見楊錫全：〈出土文獻「是＝」句淺析補證一則〉，復旦網，2009.12.2，http://www.guwenzi.com/SrcShow.asp?Src_ID=1004。

⑧ 睡虎地秦墓整理小組：《睡虎地秦墓竹簡》（北京：文物出版社，1990.9）頁 116。

⑨ 睡虎地秦墓整理小組：《睡虎地秦墓竹簡》（北京：文物出版社，1990.9）頁 98。

則易使也。』」孔疏：「道謂禮樂也。」

「美人」是個通稱，爲抽象概念，在〈離騷〉中指楚懷王。楚懷王則是個具體的人物了。同樣，「政」是抽象概念，用具體概念「法教」來解釋。「道」用「禮樂」解釋也是相同道理。

「謂」也可用來以一般釋特殊：

《論語・子罕》：「後生可畏。」何晏注：「後生謂少年。」

〈九章・橘頌〉：「受命不遷，生南國兮。」王逸注：「南國謂江南。」

「後生」和「南國」是兩個比較特殊的詞語，所以用「少年」和「江南」這兩個更爲通行，更爲一般的詞語去解釋。

「謂」有時用於以狹義釋廣義，以別名解釋共名：

《左傳・僖公三十年》：「且君嘗爲晉君賜矣。」杜注：「晉君謂惠公也。」

《詩・小雅・大東》：「有饛簋飧。」毛傳：「飧，熟食，謂黍稷也。」

《國語・吳語》：「執玉之君皆入朝。」韋昭注：「玉謂珪璧。」

《禮記・曲禮》：「君無故玉不去身。」孔穎達疏：「玉謂佩也。」

「謂」可用來串講句意。例如：

《詩・鄭風・野有蔓草》：「野有蔓草，零露漙兮。」鄭箋：「零，落也。蔓草而有露，謂仲春之時，草始生，霜爲露也。」

《史記・陳涉世家》：「陳勝、吳廣乃謀曰：『今亡亦死，舉大計亦死，等死，死國可乎？』」司馬貞《索隱》：「謂欲經營圖國，假使不成而敗，猶愈爲戍卒而死也。」

「謂」還有一個用法，格式是「謂甲乙」，意思是把甲叫做乙。這種格式起源很古：

《左傳・宣公四年》：「楚人謂乳穀，謂虎於菟。」

意思是中原雅言的「乳」，楚國方言稱爲「穀」。中原雅言的「老虎」，楚國方言稱爲「於菟」。這種格式被漢代訓詁家繼承，如：

《詩・周南・葛覃》：「言告師氏，言告言歸。」毛傳：「婦人謂嫁曰歸。」

對於毛傳：「婦人謂嫁曰歸。」阮元《校勘記》曰：

小字本、相臺本同。案：《正義》云：定本歸上無曰字，《釋文》云：本亦無曰字，此依公羊傳文考，此即楚人「謂乳穀，謂虎於菟」之類。毛傳古文，故其語亦如此，當以定本爲長。其鄭箋則有曰字，見〈江有汜〉、〈南山〉。

可見毛傳的原文確實本作「婦人謂嫁歸」，「曰」是後人所加。

四、言、此言、言此者

「言」可以解釋單詞，如：

《詩經‧豳風‧東山》：「我徂東山，滔滔不歸。」毛傳：「滔滔，言久也。」

「言」有時與「謂」同義，也常用來串講文意，有「說明」的意思。例如：

《詩‧曹風‧候人》：「彼候人兮，何戈與祋。」毛傳：「言賢者之官，不過候人。」

《詩‧周南‧卷耳》：「陟彼砠矣，我馬瘏矣。我僕痡矣，云何吁矣。」鄭箋：「此章言臣既勤勞於外，僕馬皆病，而今云何乎？其亦憂矣。深閔之辭。」

此外，林尹《訓詁學概要》說：「言者，有推衍之義。」「言」也用於闡述和發揮原文的內在涵義，例如：

《詩‧魏風‧葛屨》：「其君儉嗇褊急。」孔穎達疏：「儉嗇言愛物，褊急言性躁。」

孔疏用「言」分別解釋出「儉嗇」和「褊急」的言外之意，有所發揮。

漢朝出現了章句，它在詞義解釋之後再串講一次文句大意，這種辦法使文章的意思更爲明顯。在串講文意的時候常常用「言」這個訓詁用語。下面從王逸《楚辭章句》對〈九歌‧國殤〉的解釋中舉幾個例子：

「車錯轂兮短兵接。」《章句》：「錯，交也；短兵，刀劍也。言戎車相迫，輪轂交錯，長兵不施，故用刀劍以相接擊也。」

「矢交墜兮士爭先。」《章句》：「墜，墮也。言兩軍相射，流矢交墮，壯夫奮怒，爭先在前也。」

還有一種「此言」或「言此者」的格式。使用這些格式，被解釋的詞可以不再重複舉出。下面各舉兩個例子。用「此言」例：

〈小雅‧北山〉：「溥天之下，莫非王土。率土之濱，莫非王臣。」鄭箋云：「此言王之土地廣矣。王之臣又眾矣，何求而不得，何使而不行。」

用「言此者」，如：

《莊子‧則陽》：曰：「則陽游於楚，夷節言之於王，王未之見，夷節歸。」彭陽見王果曰：「夫子何不譚我於王？」王果曰：「我不若公閱休。」彭陽曰：「公閱休奚爲者邪？」曰：「冬則擉鼈於江，夏則休乎山樊。有過而問者，曰：『此予宅也。』」郭象注：「言此者，以抑彭陽之進趨。」

文中「則陽」即「彭陽」；「擉」音戳；本文以公閱休來諷刺類似彭陽這種急功近利的人，所以郭象說「抑彭陽之進趨」。

五、猶

「猶」字的用法，概括起來有四種：

(1) 說明被釋詞和解釋詞不是同一含義，只是某一方面詞義相當，或引申可通，即段玉裁所說的「凡漢人作注云猶者，皆義隔而通之」（《說文》「讎」字注）、「凡漢人訓詁，本異義而通之曰猶。」（《說文》「寏」字注）用現代漢語翻譯，就是「某跟某差不多」，「某相當於某」，「某有某的意思」。例如：

《孟子•梁惠王上》：「老吾老，以及人之老。幼吾幼，以及人之幼。」趙岐注：「老猶敬也，幼猶愛也。」焦循《正義》：「老無敬訓，幼無愛訓，故云『猶敬』、『猶愛』。」

焦循的意思是說「老」沒有「敬」的解釋，所以說相當於「敬」；「幼」沒有「愛」的解釋，所以說相當於「愛」。

《詩・鄭風・蘀兮》：「蘀兮蘀兮，風其漂女。」毛傳曰：「漂猶吹也。」

段玉裁在《說文》「飃」字下解釋說：「漂猶吹也。謂漂本訓浮，因吹而浮，故同首章之吹。」意思是說第二章的「漂」相當於〈蘀兮〉首章「蘀兮蘀兮，風其吹女」的「吹」。

《詩・魏風・伐檀》：「坎坎伐輻兮，寘之河之側兮，河水清且直猗。」毛傳：「側猶厓也。」

「側」和「厓」意義本來不相關。因爲這詩的第一章是「坎坎伐檀兮，寘之河之干兮」。毛傳：「干，厓也。」第二章爲承接上章所作的解釋，所以用「猶」。這裡附帶說明「干，厓也。」的道理。「厂」字表示山崖或水邊的高地（請比對下圖），本義是「山崖」、「河岸」。

比如「厃」，即「厃」，象人站在「厂（岸／厓）」上，是「危」的初文。「原／源」寫作原，象水从山厓流出來。而「厂」加上「干」聲即爲「厈」，加上「圭」聲即爲「厓」。這是因爲「厂」、「干」、「圭」聲音相近，因此皆有資格作爲「厂」的聲符。由於「厈」、「厓」都是水邊的高地，於是再加上意符「山」遂寫成「岸」、「崖」。總之，「厂」、「厈」、「厓」、「岸」、「崖」本同出一源，古書可見連文書寫，如《水經注・河水一》：「其道艱阻，崖岸險絕。」

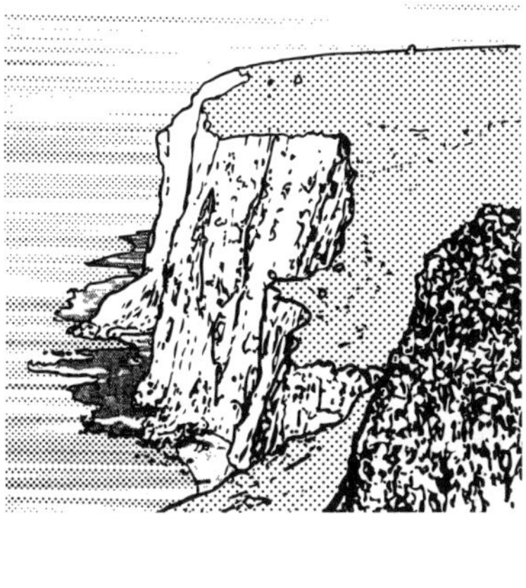

回頭看《毛傳》云：「干，厓也。」這裡的「干」當讀爲「厈/岸」，所以原文即「岸，厓也。」

《左傳‧莊公十年》：「十年，春，齊師伐我，公將戰，曹劌請見。其鄉人曰：『肉食者謀之，又何間焉？』」杜注：「間猶與也。」

楊伯峻注釋曰：「間，去聲，參與其間也。」⑩「間」本來不表示參與，但是它有空隙、縫隙的意思，因而引申出了參與其間的意思。

(2)以今語釋古語。通古今語以示人，就是用後代通俗的語詞去解釋前代難懂的詞語。這種情況解釋的詞語和被解釋的詞語之間不一定有歷史上的淵源關係。例如：

《說文‧㸚部》：「爾，麗爾，猶靡麗也。」段注曰：「麗爾，古語。靡麗，漢人語。以今語釋古語，故云猶。《毛傳》云：『糾糾猶繚繚也，摻摻猶纖纖也。』是此例也。」

「靡麗」是漢代的詞語，《說文》的作者許愼是東漢人，所以段玉裁說是「以今語釋古語」。

《詩‧魏風‧葛屨》：「摻摻女手，可以縫裳。」毛傳：「摻摻，猶纖纖也。」

《方言》：「摻，細也。」戴震《疏證》：「摻，細小也。」毛傳解釋「摻摻」相當於「纖纖」，二者都是形容女手柔細貌，如《古詩十九首‧青青河畔草》：「娥娥紅粉妝，纖纖出素手。」唐常沂《靈鬼志・柳參軍》：「華州柳參軍……上巳日於曲江見一車子，飾以金碧，從一青衣，殊亦俊雅；已而翠簾徐搴，見摻手如玉。」二者只是古今語不同而已。

《文選・司馬遷・報任少卿書》：「諺曰：『誰爲爲之，孰令聽之？』」李善注：「誰爲猶爲誰也。」

「誰爲」，古語常見句法；「爲誰」，今語常見句法。先秦時代疑問代詞作賓語放在支配它的動詞之前，漢朝還有這種用法（請見本書第一章「三、語法學」）。李善在這裡用唐朝的句子結構去解釋前代的句子結構，這當然是「通古今之語以示人」，所以也用「猶」。

附帶一提，段注中還有不少「古今語」的資料，茲介紹如下：

《說文・刀部》：「副，判也。」段玉裁注：「鄭仲師注周禮云：『貳，副也。』貝部貳下因之。《史記》曰：『藏之名山，副在京師。』《漢書》曰：『臧諸宗廟，副在有司。』周人言貳，漢人言副。古今語也。」

《說文・穴部》：「竇，空也。」段玉裁注：「空孔古今語。凡孔皆謂之竇。古亦借瀆爲之。」

---

⑩ 楊伯峻：《春秋左氏傳》上冊（台北：洪葉出版社，1993.5）頁182。

《說文・人部》：「什，相什保也。」段玉裁注：「後世曰什物，古曰任器。古今語也。」

(3)也有用作解釋同義詞、近義詞的。例如：

《詩・小雅・小明》：「政事愈蹙。」箋：「愈猶益也。」

《詩・小雅・四月》：「冬日烈烈。」箋：「烈烈猶栗烈也。」

枚乘〈七發〉：「淹沉之樂，浩唐之心。」李善注：「唐猶蕩也。」

「唐」本義爲大言，引申爲大，廣大；浩蕩。《莊子・天下》：「莊周聞其風而悅之，以謬悠之說，荒唐之言，無端崖之辭，時恣縱而不儻，不以觭見之也。」陸德明《釋文》：「荒唐，謂廣大無域畔者也。」「荒唐」還可以引申爲誇大不實或荒謬無理，這便是我們常用的「荒唐」的意思。所以〈七發〉「浩唐之心」猶「浩蕩之心」，二者意義相近。

《詩・豳風・鴟鴞》：「鴟鴞鴟鴞，既取我子，無毀我室。」鄭箋：「室，猶巢也。」孔穎達正義曰：「人居謂之室，鳥居謂之巢，故云『室猶巢也』。」

「鴟鴞」是一種猛禽，即今天所說的鴟鷹。按照鄭玄和孔穎達的解釋，「室」與「巢」是近義詞，都是居住的地方，不過一種是人的住處，一種是鳥的住處罷了，所以用「猶」字來加以解釋。

(4)用來解釋同源關係的。例如：

《尚書．洪範》「農用八政」的「農」字，古代學者的解釋是不一致的。到清代的王念孫，才把它訓爲「努」。不過，王念孫並非把它看作「努」的通假字，而是視爲同源詞。王氏在《廣雅疏證》卷三上「薄、恕、文、農，勉也」條下說：「農猶努也，語之轉耳。《洪範》云『農用八政』，謂勉用八政也。」王引之《經義述聞》卷四「農殖嘉穀」條引述王念孫的意見，也說「農力猶努力，語之轉也」。裘錫圭說：「語之轉」或「一語之轉」，是過去的語言文字學者常用的術語，是用來指出**詞語之間的同源關係**，而不是用來指出通假、通用關係的。[11]依照裘先生的意見則王念孫此處的「農猶努也」是講述二字的同源關係的。也就是說農、努二字是音義皆有關係的同源詞而不僅僅限於聲音相近的通假關係。

六、貌

「貌」指事物的形狀。使用「貌」字時，被解釋的詞往往是表示某種性質或某種狀態的形容詞或副詞，其格式是「甲，乙貌」。「貌」字一般用在動詞或形容詞之後。例如：

《詩．衛風．氓》：「桑之未落，其葉沃若。」朱熹注：「沃若，潤澤貌。」

《論語．陽貨》：「夫子莞爾而笑。」何晏注：「莞爾，小笑貌。」

《楚辭．涉江》：「冠切雲之崔嵬。」王逸注：「崔嵬，高貌也。」

[11] 裘錫圭：《文字學概要》（台北：萬卷樓圖書公司，1999.1 再版二刷），頁311。

《九歌·湘夫人》：「嫋嫋兮秋風。」王逸注：「嫋嫋，秋風搖木貌。」

《周易·咸卦》：「憧憧往來，朋從爾思。」《釋文》引王肅注：「憧憧，往來不絕貌。」

五個例句中，被解釋的對象「沃若」、「莞爾」、「嫋嫋」、「憧憧」、「崔嵬」，都是形容詞、副詞性質的詞語。例一中，「貌」字用在形容詞「潤澤」之後；例二中，「貌」字用在動詞「笑」之後；例三中，「貌」字用在形容詞「高」之後；例四中，「貌」字用在動詞性（動賓）詞組「搖木」之後；例五中，「貌」字用在動詞性結構之後。這種用法的「貌」字，略等於現代漢語中的「……的樣子」。⑫

除了這些格式以外，還有其他一些格式。這些格式可以說是從這個基本格式派生出來的。常見的有以下三種：

一種是「甲，乙之貌。」例如：

《詩經·衛風·氓》：「氓之蚩蚩，抱布貿絲。」毛傳：「蚩蚩，敦厚之貌。」

《莊子·逍遙遊》：「夫列子御風而行，泠然善也。」郭象注：「泠然，輕妙之貌。」

第二種是「甲，乙貌也。」例如：

《管子·小問》：「（苗）至其壯也，莊莊乎何其士也。」尹知章注：「莊莊，矜直貌也。」

《史記·項羽本紀》：「鯫生」，《集解》云：「駰案：服虔曰：『鯫音淺。鯫，小人貌也。』」

第三種是「甲，乙之貌也。」例如：

《漢書・成帝紀》：「丞相、御史其與中二千石、二千石雜舉可充博士位者，使卓然可觀。」顏師古注：「卓然，高遠之貌也。」

《文選・東京賦》：「（安處先生）乃莞爾而笑曰：『若客所謂，末學膚受，貴耳而賤目者也！』」李善注：「莞爾，舒張面目之貌也。」

和「貌」的情況相似的還有一個「然」字。試比較下面的注釋：

《詩經・小雅・蓼莪》：「南山烈烈，飄風發發。」毛傳：「發發，疾貌。」鄭箋：「飄風發發然，寒且疾也。」

這裡毛傳用「貌」，鄭箋用「然」，它們的作用是相同的，都是描寫一種狀態。「然」有的時候也寫作「爾」。再比較下面這個例子：

---

⑫ 時永樂：《古籍整理教程》頁179。

《詩經・衛風・氓》：「總角之宴，言笑晏晏。信誓旦旦，不思其反。」毛傳：「信誓旦旦然。」鄭箋：「女與我言笑晏晏然而和柔；我其以信，相誓旦旦耳，言其懇惻款誠。」

阮元〈毛詩注疏校勘記〉云：「案：段玉裁云：『耳當作爾。』其說是也。傳云旦旦然，箋云旦旦爾，『然』、『爾』一也。」⑬

七、之言、之爲言

其格式是「甲之言乙也」、「甲之爲言乙也」，表示「甲說的是乙的意思」，其中的「甲」是被釋詞。使用這兩個術語時，必然是聲訓。除了釋義之外，解釋者與被釋者之間，有時是同音的關係，有時是雙聲或疊韻的關係。也就是用一個音義相通的詞來注解被釋詞，目的是說明被釋詞的語源。比如：

《周禮・春官・大宗伯》：「以禋祀祀昊天上帝，以實柴祀日月星辰，以槱燎祀司中、司命、風師、雨師。」鄭玄注：「禋之言煙。」

孫詒讓《周禮正義》曰：「鄭於禋祀之下正取義於煙，故言禋之言煙也。」其說可從。「禋」，祭名，升煙祭天以求福。「實柴」，是古代一種祭禮。把犧牲放在柴上燒烤，以爲享祀。《周禮・春官・大宗伯》：「以實柴祀日月星辰。」鄭玄注：「實柴，實牛柴上也。」「槱燎」，是古代封禪祭天的一種儀禮。以牲體置柴堆上焚之，揚其光炎上達於天，以祀天神。《文選・張衡・東京賦》：「颺槱燎之炎煬，致高煙乎太一。」薛綜注：「謂聚薪焚之，揚其光炎，使上達於天也。」可知「實柴」、「槱燎」都與燃燒木柴有關，則「禋祀」與燃燒木柴的「煙」有關也是很自然的事了。《詩・大雅・生民》：「厥初生民，時維姜嫄。生民如何？克禋克祀，以弗無子。」鄭玄箋：「乃禋祀上帝於郊禖，以祓除其無子之疾而得其福也。」孔穎達疏：「經傳之中，亦非祭天而稱禋祀者，諸儒遂以禋爲祭之通名……**然則精意以享，宜施燔燎，精誠以假，煙氣之升，以達其誠故也。**」

又如：

《爾雅・釋訓》：「鬼之爲言歸也。」

古人稱死爲歸，如《論衡・異虛》：「生，寄也；死，歸也。」古代迷信，認爲人死了會變成鬼，所以又稱鬼爲歸。如《論衡・論死》：「人，物也；物，亦物也。物死不爲鬼，人死何故獨能爲鬼？」這是王充爲反駁時人的觀念所提出的疑問，可以證明當時人們確實認爲人死變成鬼。「鬼」和「歸」在上古都是微部見母字，讀音相同。當時的人認爲變成「鬼」是人最後的「歸」宿，故曰「鬼之爲言歸也。」

又如：

《荀子・修身》：「以不善先人者謂之諂。」楊倞注曰：「諂之言陷也。」

---

⑬ 趙振鐸：《訓詁學綱要【修訂本】》頁62。

「先」是引導的意思，《周禮・夏官・大司馬》：「若師有功，則左執律，右秉鉞以先，愷樂獻於社。」鄭玄注：「先猶道也。」《荀子》這句話的意思是說：用不好的言行去引導人，叫作諂。這實際上也就是陷害別人，所以楊倞解釋說：「諂之爲言陷也。」「諂」與「陷」都是形聲字，其聲符相同，讀音相近。

又如：

《周禮・地官・司徒》：「媒氏」，鄭玄注：「媒之言謀也，謀合異類使和成者。今齊人名麴麩曰媒。」賈公彥疏云：「云『今齊人名麴麩曰媒』，麴麩和合得成酒醴，名之曰媒。」

「媒」和「謀」聲符相同，讀音相近。賈公彥已將齊人爲何名「麴麩」曰「媒」說得很清楚了。段玉裁《周禮漢讀考》曰：「此舉方俗語證成其義也。」

八、詞、辭

古代訓詁中把虛詞叫做「辭」，或作「詞」。東漢以後又叫「語助」。例如：

《詩・周南・芣苢》：「采采芣苢，薄言采之。」毛傳：「薄，辭也。」

《說文・矢部》：「矣，語已詞也。」

《詩・邶風・柏舟》：「日居月諸。」孔穎達疏：「居諸者，語助也。故〈日月〉傳曰，『日乎月乎』，不言居諸也。〈檀弓〉云：『何居？我未之前聞也。』注云：『居，語助也。』」

《左傳》曰：『臯陶庭堅不祀忽諸。』服虔云：『諸，辭。』是居諸皆不爲義也。」

「辭」和「詞」在漢朝人的訓詁書中並沒有嚴格的區別，在同一個人的著作中同一個詞或者用「辭」，或者用「詞」。試比較：

《楚辭•九歌•湘君》：「君不行兮夷猶，蹇誰留兮中洲。」王逸《章句》：「蹇，詞也。」

〈九章•惜誦〉：「紛逢尤以離謗兮，謇不可釋。」王逸《章句》：「謇，辭也。」

「蹇」和「謇」是《楚辭》裡面常用的虛詞。王逸作章句，一處用「詞」，另一處用「辭」。足見在漢人的著作中「辭」和「詞」是沒有分別的。

漢語的虛詞非常豐富，它的意義和用法又各有特點，單純用一個「辭」（或「詞」）去解釋它，無法表示出衆多虛詞的細微差別，也不免失之籠統。因此，前代學者說明虛詞：一方面用「辭」來表示；另一方面也採用在「辭」的前面加修飾語的辦法。比如毛公爲《詩經》作傳的時候就已經使用了「歎辭」這個名詞。例如：

〈周南•麟之趾〉：「振振公子，于嗟麟兮。」毛傳：「于嗟，歎辭。」

〈齊風•猗嗟〉：「猗嗟昌兮，頎而長兮。」毛傳：「猗嗟，歎辭。」

〈大雅•文王〉：「文王在上，於昭于天。」毛傳：「於，歎辭。」

後來學者使用這種辦法的就更多了。如：

《說文・八部》：「曾，詞之舒也。」

《說文・只部》：「只，語已詞也。」

《禮記・檀弓上》：「爾毋從從爾，爾毋扈扈爾。」鄭玄注：「爾，女也。從從謂大高。扈扈謂大廣。爾，語助。」

《公羊傳・隱公元年》：「且如桓立，則恐諸大夫之不能相幼君也。」何休解詁：「且如，假設之辭。」

《史記・項羽本紀》：「亞父受玉斗，置之地。拔劍撞而破之曰：『唉！豎子不足與謀。』」司馬貞索隱：「唉，歎恨發聲之辭。」[14]

九、屬、別

古代訓詁中常用「屬」和「別」表示事物的種類。例如：

《說文・艸部》：「著，蒿屬。」

《說文・禾部》：「秔，稻屬。」「稗，禾別也。」段注：「凡言屬者，以屬見別也。言別者，以別見屬也。重其同，則言屬，秔爲稻屬是也；重其異，則言別，稗爲禾別是也。」

這就是說，強調事物之間的共同性，就說某是某之屬。「秔」（音ㄐㄥ）是稻米的一種，故曰「秔，稻屬。」若強調事物之間的區別，就說某是某之別。「稗」（音ㄅㄞˋ），形狀像稻，是稻田的害草，故曰「稗，禾別也。」

「屬」又叫做「醜」。例如：

《爾雅•釋艸》：「藒之醜，秋爲蒿。」郭璞注：「醜，類也，春時各有種名，至秋老成，皆通呼爲蒿。」

十、讀若、讀如

「讀若」、「讀如」的作用在於注音。古書中有些難認的字，在沒有發明反切注音方法以前，當時的學者除採用直音的注音方法外，也用譬況的辦法。「讀若」、「讀如」就是譬況注音。請看底下《說文》的例證：

《說文》：「匚，受物之器。象形。凡匚之屬皆从匚。讀若方。」

《說文》：「甗，甑也。一曰穿也。从瓦甗聲。讀若言。」

這些都是譬況讀音的。

使用「讀若」或「讀如」的時候，爲了讓讀者更加明白所指，往往要加上一些輔助的語句，它們的表現方式有以下一些。

---

⑭ 趙振鐸：《訓詁學綱要【修訂本】》頁 76-79。

第一，利用古籍中常見的語句，例如：

《禮記・中庸》：「明乎郊社之禮，禘嘗之義，治國其如示諸掌乎。」鄭玄注：「示，讀如寘諸河干之寘。寘，置也。」

「寘諸河干」就是《詩經・魏風・伐檀》「寘之河之干」，只是鄭玄注所引用的「之」作「諸」，是《齊詩》的本子。「治國其如示諸掌」當讀作「治國其如寘諸掌」。

《墨子・天志下》：「踰人之欄牢，竊人之牛馬者，與入人之場園，竊人之桃李瓜薑者，數千萬矣，而自曰義也。故子墨子言曰：『是蕡我者，則豈有以異是蕡黑白甘苦之辯者哉！』」孫詒讓《閒詁》曰：顧云：「蕡，讀若治絲而棼之棼。」案：顧說是也，棼亦與紛同。尚同中篇云「本無有敢紛天子之教者」，與此文例略同。急就篇云「芬薰脂粉膏澤筩」，「芬」，皇象本作「蕡」。此以「蕡」為「棼」，與彼相類。

依照顧千里、孫詒讓的說法，上引文章的「蕡」（本義是大麻子）、「芬」均應讀為「治絲而棼」（出自《左傳・隱公四年》）之「棼」或是「紛亂」的「紛」。由於「棼」與「紛」是音義相近的同源詞，所以「蕡」、「芬」讀為「棼」或「紛」並沒有本質的差別。墨子的意思是說：「這是混亂我的說法。它和把黑白甘苦混淆在一起有什麼區別呢！」這裡的「讀若」已經不只譬況讀音，而是指出通假字了，這是很重要的觀念。

第二，是用當時的熟語或方言比況讀音，如：

《禮記・少儀》：「祭祀之美，齊齊皇皇。」鄭玄注：「皇，讀如『歸往』之往。」

《禮記・儒行》：「身可危也，而志不可奪也；雖危起居，竟信其志，猶將不忘百姓之病也。」鄭玄注：「信，讀如屈伸之伸，假借字也。」

第一個例子只是譬況讀音，「齊齊皇皇」的「皇」讀爲「往」。第二個例子則是指明通假關係，「信」是通假字，本字是「伸」。以上「歸往」、「屈伸」都是當時的熟語，如《白虎通德論・卷一》：「王者，往也，天下所**歸往**。」《穀梁傳・莊公三年》：「其日王者，民之所**歸往**也。」《禮記・樂記》：「**屈伸**俯仰」、《荀子・不苟》：「與時**屈伸**」。《說文》：「伸，屈伸。」段注曰：「**屈伸**，謠俗共知之語。故以爲訓。」至於方言的例證，如：

〈食部〉：「餽，讀若楚人言恚人。」

〈人部〉：「傉，讀若汝南溽水。」

第三，是被釋詞乃多音多義之字，故加上限制語使讀者明白，如：

《周禮・天官・大宰》：「以九兩繫邦國之民，……六曰主，以利得民。」鄭玄注：「鄭司農云：『主謂公卿大夫，世世食采不絕，民稅薄利之。』玄謂利讀如上思利民之利，謂以政教利之。」

按：「利」是一個多音多義詞，鄭玄在這裡強調它是利民的利，而不是其他的意義和用法。段玉裁在《周禮漢讀考》裡面指出：「此蓋一字而有數音數義，利民之利與財利別。」⑮

綜合以上的討論，「讀若」、「讀如」的功能有：

(1) 用來比況注音。用「讀若」、「讀如」來注音，前後兩字有時同音，有時讀音並不完全相同，只注其大概讀音，二字只是音近。

(2) 指明通假字。一般情況下，被釋字是通假字，「讀若」字是本字。如：《禮記・儒行》：「起居竟信其志。」鄭玄注：「信，讀若『屈伸』之伸，假借字也。」

(3) 「讀若」、「讀如」等都有以本字相釋的情況。有時一字一音數義，用「讀若」、「讀如」指出該字在此處應是何義。例如：《周禮・天官・大宰》：「以利得民。」鄭玄注曰：「利讀如『上思利民』之利。」

十一、讀爲、讀曰、某與某同、某與某通

段玉裁在《說文・示部》「禀」字下注釋云：

凡言「讀若」者，皆擬其音也。凡傳注言「讀爲」者，皆易其字也。注經必兼茲二者，故有「讀爲」，有「讀若」。「讀爲」亦言「讀曰」，「讀若」亦言「讀如」。字書但言其本字本音，故有「讀若」，無「讀爲」也。「讀爲」、「讀若」之分，唐人作《正義》已不能知，「爲」與「若」兩字，注中時有訛亂。

段氏提出「讀若」者，皆擬其音也；「讀爲」者，皆易其字。段氏在其他地方亦有類似意見，

如：「『讀爲』之易其字、『讀如』之定其音。」（《說文》「祼」字下段注）。又如「易其字以釋其義曰『讀』。凡言『讀爲』、『讀曰』、『當爲』皆是也。」（《說文》「讀」字下段注）所謂「易其字」，意思是改讀爲某字，即用本字本義來說明通假字。例如：

> 《詩經・衛風・氓》：「淇則有岸，隰則有泮。」鄭玄箋：「泮，讀爲畔。畔，涯也。」

「泮」字的本義是泮宮，周代諸侯設立的大學，也是舉行射禮和宴會的地方，在詩文中的本字應該是「畔」，涯岸、邊際的意思。

古文字學家考釋古文字時也常用這個術語，比如甲骨文「旬有求」，裘錫圭說：「求與咎都是群母字，上古音都屬幽部，所以求可讀爲咎。」⑯則「旬有求」當讀爲「旬有咎」，即未來十天有災咎。

此外，「某與某同」與「某與某通」亦可用來說明通假，所以我們將之與「讀爲、讀曰」擺在一起。如：

> 《漢書・高帝紀上》「毋得鹵掠」顏注：「應劭曰：鹵與虜同。」

---

⑮ 時永樂：《古籍整理教程》頁182。

⑯ 裘錫圭：《古文字論集》（北京：中華書局，1992.8）頁67。

《文選》卷二張衡《西京賦》「惨則尠於歡」李善注：「少也，與鮮通也。」

後來的訓詁學家在注釋中有時也單說「讀」或「音」，其作用有時與讀爲、讀曰相同，（請見上引《說文》「讀」字下段注）也是用本字來解釋通假字。例如：

《漢書・息夫躬傳》：「京師雖有武蜂精兵，未有能窺左足而先應者也。」蘇林注：「窺音跬。」顏師古注：「跬，半步也，言一舉足也。」

意思是說如果匈奴入侵，京城中雖然有裝備精良的部隊，也沒有人動半步迎敵。「蜂」是「鋒」的通假字。

綜上，「讀爲」、「讀曰」跟「讀如」、「讀若」的區別在於：「讀爲」、「讀曰」一定是用本字破通假字，「讀如」、「讀若」則既指用本字破通假字，還有其他用法。

十二、當爲、當作

這是漢代注釋家們創造的術語，並被歷代注釋家所沿用。這是兩個改正錯字誤字的術語，意思是某字是錯字，應當改爲某字，所以亦屬校勘術語。段玉裁《周禮漢讀考・序》說：

當爲者，定爲字之誤、聲之誤而改其字也，爲救正之詞。……字誤聲誤而正之，皆謂之當爲。

字之誤，即因二字形體相近而誤；聲之誤，即因二字聲音相同或相近而誤。

例如：

《禮記・緇衣》：「資冬祈寒。」鄭玄注曰：「資當爲至，齊魯之語，聲之誤也。」

《戰國策・楚策四》：「以其類爲招。」王念孫《讀書雜志》：「類當作頸，字之誤也。」

《周禮・夏官・訓方氏》：「誦四方之傳道。」鄭注：「故書『傳』爲『傳』，杜子春云：『傳當作傳。』」

第二例中，「類」應該作「頸」，「招」義爲靶子。全句是說把黃雀的頸作爲靶子。第三例〈訓方氏〉：「誦四方之傳道」，因爲「傳」、「傳」形體相近，所以有異文誤寫作「誦四方之傳道」。鄭玄注曰：「傳道，世世所傳說往古之事，爲王誦之，若今論聖德堯、舜之道矣。」更直白地說是：向王誦說四方諸侯國世代傳說的往古聖賢事蹟。如果讀爲「誦四方之傳道」是完全讀不通的。這種「字之誤」的現象就是文字形近而混，從古文字到今文字可謂層出不窮。

十三、渾言、析言；統言、通言；散言、對言；散文、對文

「渾言」意思是籠統地說，是指著眼於近義詞共同性的一面，而不計較其中細微的差別；所謂「析言」，就是分開來說，指近義詞同中有異，強調其中異的一方面。也就是說，這兩個術語是用來辨析近義詞的，說明近義詞的「同」和「異」的。如：

《說文・口部》：「哯，不歐而吐也。」段玉裁注：「欠部曰：『歐，吐也』，渾言之；

此云『不歐而吐也』者，析言之。歐以匈喉言，吐以出口言也。有匈喉不作惡而已吐出者，謂之哯。」

〈走部〉：「走，趨也。」段注：「《釋名》：『徐行曰步，疾行曰趨，疾趨曰走。』此析言之。許渾言不別也。」

〈鳥部〉：「鳥，長尾禽總名也。」段注：「短尾名隹，長尾名鳥，析言則然，渾言則不別也。」

「渾言」又稱爲「統言」。段玉裁《說文解字注》就用了這兩個不同的名稱。用「統言」的例子者，如：

〈行部〉：「行，人之步趨也。」段注云：「步，行也。趨，走也。二者一徐一疾，皆謂之行，統言之也。《爾雅》：『室中謂之時，堂上謂之行，堂下謂之步，門外謂之趨，中庭謂之走，大路謂之奔』，析言之也。」【引按：馬王堆帛書《周易》渙卦「九二，渙奔其階（機）」；上博楚簡《周易》作「九二：渙走丌（其）尻」，「走」與「奔」爲異文，二者意思相近。】

〈草部〉：「茅，菅也。」段注：「按統言則茅菅是一，析言則菅與茅殊。」

〈宮部〉：「宮，室也。」段注：「按宮言其外之圍繞，室言其內，析言則殊，統言不別也。」

〈革部〉：「革，獸皮治去其毛革更之。」段玉裁更改爲「獸皮治去其毛曰革。」並注釋曰：「皮與革二字對文則分別，如『秋斂皮，冬斂革』。」【引按：出自《周禮・天官冢宰・掌皮》是也。散文則通用，如〈司裘〉之皮車即革路，《詩・羔羊》傳『革猶皮也』是也。】〈羽部〉：「翔，回飛也。」段注曰：「高注《淮南》曰：『翼上下曰翱，直刺不動曰翔。』〈曲禮〉：『室中不翔。』」【引按：原文是「室中不翔，並坐不橫肱。」鄭曰：「行而張拱曰翔。」此引伸假借也。按翱翔統言不別，析言則殊，高注析言之也。】

「渾言」也稱「通言」，唐代就有這個名稱。如：

《禮記・曲禮下》：「生曰父，曰母，曰妻；死曰考，曰妣，曰嬪。」孔穎達正義：「此生死異稱，出《爾雅》文，言其別於生時耳。若通而言之，亦通也。」

「渾言」，還可以稱爲「散言」或「散文」，析言也可以叫做「對言」或「對文」。「對言」就是相對而言。相對而言的文辭稱爲「對文」，不相對而言的文辭叫做「散文」。「對文」、「散文」這兩個名稱也是唐代就有的，後世訓詁書也常見。如：

〈詩大序〉：「聲成文謂之音。」正義：「此言『聲成文謂之音』，則聲與音別……對文則別，散則可以相通。」【引按：「聲」、「音」散文無別；對文則音有善意，聲有惡意。「音」往往指「樂音」，或用於褒義。例如「德音」（〈小雅・南山有臺〉：「樂只君子，德音不已。」）、「德音秩秩」（《詩・假樂》））、「佳音」、「福音」等。「聲」

則可指「惡聲」，如《莊子・山木》：「一呼而不聞，再呼而不聞，於是三呼邪，則必以惡聲隨之。」「耳不聽惡聲」（《孟子・萬章下》）。】

散則可以相通。」【引按：《詩・齊風・南山》：「南山崔崔，雄狐綏綏。」正義：「對文，則飛曰雌雄，走曰牝牡，《銀雀山漢簡・守法守令等十三篇・田法》簡九四三：「上家畜一豕、一狗、鷄一雄二雌。⑰」出土文獻記載鳥類以雄、雌來區分。】

《爾雅・釋詁》：「祿，福也。」清郝懿行《爾雅義疏》：「福祿二字，若散文則祿即是福……若對文則祿福義別。」

《爾雅・釋畜》：「未成豪，狗。」郝懿行疏：「狗犬通名，若對文，則大者名犬，小者名狗。散文，則〈月令〉言『食犬』，〈燕禮〉言『烹狗』，狗亦犬耳。今亦通名犬爲狗矣。」【引按：《馬王堆・一號墓竹簡遣策》記載「狗醢羹一鼎。」（簡6）又有「犬其脅炙一器。」（簡41）、「犬肝炙一器。」（簡42）。意思是說有狗肉、醃菜所作的肉羹，也有裝著燒烤犬肋骨及犬肝的器。可見狗與犬確實有所不同。⑱】

《說文・目部》：「（瞍），無目也。」段注曰：「無目與無牟子別。無牟子者，黑白不分。無目者，其中空洞無物。故《字林》云：『瞍，目有眹無珠子也。』瞽者，才有眹而中有珠子。瞍者才有眹而中無珠子。此又瞽與瞍之別。凡若此等皆對文則別。散文則通。」【引按：段玉裁云：「眹从舟，舟之縫理也。引伸之凡縫皆曰眹。」所以依段玉裁的意見，「瞽」是眼睛有縫，且有眼珠，但視力不佳；「瞍」則是眼睛有縫，但無眼珠，所以完全看不到。附帶補充，甲骨文「瞽」作（《合》16013）、（《屯南》1066），表示目有殘疾，目不能見。⑲第二種寫法甚至眼珠子都省略了，與段說不同。可見商朝人對

詞義分類並無如此細緻，「瞽」、「瞍」恐怕沒有分別。】

馬瑞辰《毛詩傳箋通釋》卷二十亦有例證：

「家父作誦」，「誦」與「諷」，對文則異，散文則通。《周官•大司樂》注：「倍文曰諷，以聲節之曰誦。」此對文則異也。《說文》：「諷，誦也。」「誦，諷也。」此散文則通也。

總之，說「渾言」、「散文」等，是異中求同；說「析言」、「對文」等是同中求異，旨在辨別外延相同而內涵有別的概念之間的差異。[20]

最後要說明的是，「對文」亦可指在平行的相同結構中處於相對應地位的兩個詞，它們的意義

---

⑰「一雄二雌」之「二」係根據紅外照片釋出，參見陳劍：〈以銀雀山漢簡為例談談竹書整理的一些問題　資料長編〉（南京大學文學院講座，2017.12.8）。

⑱參見裘錫圭編著：《長沙馬王堆漢墓簡帛集成》第六冊，頁175。

⑲裘錫圭：〈關於殷墟卜辭的「瞽」〉《2004年安陽殷商文明國際學術研討會論文集》（北京：社會科學文獻出版社，2004.9）頁1-5。

⑳周大璞主編：《訓詁學初稿【修訂版】》頁244-245、時永樂：《古籍整理教程》頁184。

相對或相反。最早提出「對文」的概念，就現有的材料看，始於唐朝的孔穎達。他在〈尚書正義序〉裡面說：「古人言誥，惟在達情，雖復時或取象，不必辭皆有意。若其言必托數，經悉對文，斯乃鼓怒浪於平流，震驚飆於靜樹，使教者煩而多惑，學者勞而少功，過猶不及，良爲此也。」這裡說的「對文」就是說《尚書》的經文使用對文，兩兩相對。如：〈大禹謨〉：「滿遭損，謙受益」就是兩個平行分句的對文。其中「滿」和「謙」、「遭」和「受」、「損」和「益」又是對文。有的書裡面把對文叫作「對言」。清朝阮元在一篇文章中說：「《左傳》（襄公二十五年）：『度山林，鳩藪澤。』『鳩』與『度』對言，『鳩』乃『雉』之訛，雉即度也。度，以繩尺爲度數也。」（《揅經室一集》卷一「釋矢」）這裡說「度」和「雉」是對言，也就是孔穎達所說的對文。其實在這個結構裡面「度山林」和「雉藪澤」也是對文。[21]這種對文對於詞義的考證非常重要，我們在第七章有舉例說明，請讀者參看。

十四、通語、凡語

揚雄《方言》中常用「通語」和「凡語」這兩個術語。通語指全國範圍或全民族間的普通詞語。如：

卷一：「娥，嬿，好也。秦曰娥，宋、魏之間謂之嬿。秦、晉之間，凡好而輕者謂之娥。自關而東，河、濟之間謂之媌，或謂之姣。趙、魏、燕、代之間曰姝，或曰妦。自關而西，秦、晉之故都曰妍。好，其通語也。」

卷三：「膠、譎，詐也。涼州西南之間曰膠，自關而東西或曰譎，或曰膠。詐，通語也。」

「通語」也可以指幾個地區內普遍使用的詞語，如：

卷二：「朦、龐，豐也。自關而西，秦、晉之間，凡大貌謂之朦，或謂之龐；豐，其通語也。」

卷一：「悼、惄、悴、憖，傷也。自關而東，汝、潁、陳、楚之間通語也。」

「凡語」即普遍使用的詞語，相當於現在所謂共同語或普通話。如：

卷一：「嫁、逝、徂、適，往也。自家而出謂之嫁，由（猶）女而出爲嫁也。逝，秦、晉語也。徂，齊語也。適，宋、魯語也。往，凡語也。」

十五、互文

古代的文章中，常有前後參互見義、互相補充的地方，叫做「互文」，也稱爲「互辭」或「互言」，有時又在「互文」二字中間插入一個「其」字，或者改稱爲「文互相備」、「互相足」、「互相見」、「互相成」、「互相挾」。名稱雖各有不同，其實都是同一種修辭手段。《南史‧儒林傳‧司馬筠》：「經傳互文，交相顯發。」《唐詩別裁集‧王昌齡‧出塞》：「秦時明月漢時關」清沈

㉑ 趙振鐸：《訓詁學綱要【修訂本】》頁 278-279。

德潛注：「備胡築城，起於秦漢。明月屬秦，關屬漢，互文也。」詩中言「秦時明月」，也包括了漢時明月，說「漢時關」也包括了秦時關。全句的意思是說「秦漢時明月秦漢時關」。漢代的經師一般都兼長文學，他們注經，往往要闡明這種修辭手段。像鄭玄的〈毛詩箋〉和〈三禮注〉就是這樣。例如：

《詩．小雅．采芑》：「鉦人伐鼓，陳師鞠旅。」箋云：「鉦也鼓也，各有人焉。言『鉦人伐鼓』，互言爾。」【引按：「鳴鉦止兵」、「擊鼓進兵」，二者功用各有不同，故曰「鉦也鼓也，各有人焉」，故「鉦人伐鼓」是「互文」。《荀子．議兵》：「聞鼓聲而進，聞金聲而退」、《墨子．兼愛中》：「越王擊金而退之。」這些「金」是什麼，沒有註釋說明。到《漢書．卷五四．李廣傳》：「聞鼓聲而縱，聞金聲而止。」顏師古注：「金謂鉦也，一名鐲。」則是明白指出「金」就是「鉦」，後來不少的字典、辭典都依據顏師古的說法，如《漢語大詞典》「金」字條下有「指軍中作信號用的樂器鉦」、「敲鉦」兩條義項，可知古代所謂「鳴金收兵」的「金」當是「鉦」。曾有某博物館的導覽說明認為「鳴金收兵」就是「鳴鑼收兵」，這是受到明清小說的影響。初步檢索大概要到宋朝才有「鑼」字，之前的文獻，至少先秦兩漢的「鳴金」的「金」絕不可能是「鑼」。考古材料也未見自名為「鑼」的樂器。教育部重編國語辭典「金聲」條下云：「鉦聲。借指止兵。」這很好！但是在「鳴金收兵」條下又說「以敲鑼作信號，指揮兵士速退。」則未免又前後矛盾了！】

《周禮．天官．大府》：「大府掌九貢、九賦、九功之貳，以受其貨賄之入。頒其貨於受藏之府，頒其賄於受用之府。」鄭玄注：「凡貨賄皆藏以給用耳。良者以給王之用，其餘以給國之用。或言受藏，或言受用，又雜言貨賄，皆互文。」賈公彥疏：「言受藏謂內府，言受用謂職內，皆藏以給用。言藏亦用，言用亦藏，是互文也。雜言貨賄者，言貨兼有賄，言賄亦兼有貨，亦是互文。但二者善惡不同，故別言之耳。」

《儀禮・公食大夫禮》：「雍人以俎入，陳於鼎南。旅人南面，加匕於鼎，退。」注云：「雍人言『入』，旅人言『退』，文互相備也。」【引按：雍人必有退，旅人必有入，舉其一而已。】

《周禮・天官・籩人》：「羞籩之實，糗餌、粉餈。」注：「餌言糗，餈言粉，互相足。」【引按：古書正有「粉餌」、「糗餈」的說法。】

《儀禮・既夕禮》：「丈夫髽，散帶垂，即位如初。」注：「此互文以相見耳。」【引按：原文應當是：「丈夫散帶垂，（婦人）髽，即位如初。」「髽」，音抓。是古代婦女服喪時用麻紮成的髮髻。】

唐人注疏中也有談到這種修辭手段的，孔穎達的《毛詩正義》就有許多處。例如：

〈詩大序〉：「動天地，感鬼神。」正義云：「天地言動，鬼神言感，互言耳。」

《詩・邶風・旄丘》：「何其處也？必有與也。」「何其久也？必有以也。」正義云：「言『與』言『以』者，互文。」【引按：意思是說詩文亦可作「何其處也？必有以也。」「何其久也？必有與也。」「與」、「以」，皆可理解爲「原因」。】

「互文」、「互辭」，有時也指錯綜使用同義詞以避免字面重複的修辭手法。比如唐劉知幾《史通・題目》：「子長《史記》別創八〈書〉，孟堅既以漢為書，不可更標〈書〉號，改〈書〉為〈志〉，義在互文。」此外，顧炎武《日知錄》第二十四卷亦云：

> 《易》：「幹父之蠱，有子考無咎」，言父又言考。《書》：「予恐來世以台為口實」，言予又言台。「汝猷黜乃心」，言汝又言乃。「予念我先神後之勞爾」，言予又言我。「越予沖人，不卬自恤」，言予又言卬。《詩》：「豈不爾受？既其女遷」，言爾又言女。《論語》：「吾不欲人之加諸我也」，《孟子》：「我善養吾浩然之氣」，言我又言吾，《左傳》：「爾用而先人之治命」，言爾又言而。「女喪而宗室」，言女又言而。《史記・張儀傳》：「若善守汝國，我顧且盜而城」，言若言汝又言而。《詩》：「王於出征，以佐天子」，言王又言天子。「乃命魯公，俾侯於東」，言公又言侯。《穀梁傳》：「言君之不取為公也」，言君又言公。《左傳》：「以其子更公女而嫁公子」，言公女又言公子。《史記・齊世家》：「子我盟諸田於陳宗」，言田又言陳。皆互辭也。

古文字材料也有這種互文避複的現象，比如：

> 上博八《王居》、《志書乃言》記載楚王對觀無畏說：「吾安爾而設爾，爾無以助匡正我，抑忌違讒媢，以毀惡吾【乃言三】外臣。而居吾左右，不稱賢進可以屏輔我……」意思大概是說：「我安頓你、安排你當官，你沒有輔助匡正我，反而忌妒毀謗我的外臣——彭徒。你位居我左右，不晉用賢人來輔助我……。」同樣的第二人稱代詞前用「爾」，後用「而」。

十六、古今字

「古今字」是跟「一詞多形」現象有關的一個術語。一個詞的不同書寫形式，通行時間往往有前後。在前者就是在後者的古字，在後者就是在前者的今字。指出古今字的關係，通常用「A，古B字」或「A、B，古今字」等說法，A和B可以是一字的異體。比如：

《漢書・司馬相如傳上》顏注：「絝，古袴（褲）字」。

《後漢書・光武帝紀上》李注：「珤，古寶字」。

《國語・吳語》韋注：「北，古之背字」

《漢書・禮樂志》顏注：「屮，古草字。」

《禮記・曲禮下》「予一人」，鄭玄注：「余、予，古今字。」

在古代，「A，古B字」、「A、B，古今字」等說法，主要也是用來注釋古書字義的。用來注釋某個詞的古字的今字，通常就是這個詞在當時習用的書寫形式。古今字的「古今」是相對的。由於新的今字出現，前一個時代的今字變成古字的情況是常見的。例如：上引《漢書・司馬相如傳》顏注把「絝」和「袴」看做古今字。「褲」字通行之後，「袴」也成了古字（「褲」字不見於《康熙字典》，大概出現得很晚）。《段注》「誼」字條說：「古今無定時，周為古則漢為今，漢為古則晉、宋為今。隨時異用者，謂之古今字。」這是很正確的。

所謂「古今」並不一定反映一個詞的不同書寫形式開始使用的時間的早晚。如果A開始使用的時間晚於B，但是到後來A已經不再通行而B仍在通行的話，就可以把A看做B的古字。例如：

《漢書・武帝紀》「氐羌徠服」句顏注說：「徠，古往來之來也。」往來之〔來〕顯然是先假借本義為麥的「來」字，然後才造出後起本字「徠」字來表示它的。但是在顏師古的時代，假借字「來」仍在通行，「徠」卻已經不通行了。所以顏師古把「徠」看作往來之「來」的古字。

有時候，還會出現古今字地位互異的情況。前一時代的今字到後一時代變成了古字。前一時代的古字到後一時代反而變成了今字。例如：《說文》「綫」下收古文「線」。《漢書・高惠高後文功臣表》：「不絕如綫」句顏注所引晉灼注說：「綫，今線縷字也。」（意謂「綫」相當於今之『線』。晉灼是晉代人）。所以《段注》說：「許（指許慎）時古『線』今『綫』，晉（指晉灼）時則為古『綫』今『線』，蓋文字古今轉移無定如此。」㉒

第三節 古書訓詁的內容

談到古書注疏，人們往往會認為只不過是解釋字義和詞義，其實仔細分析，古書訓詁的內容非常豐富，涉及到許多領域，請看底下的介紹：

一、解釋詞義

注疏雖然不僅僅是解釋字詞的意義，但解釋字詞的涵義畢竟是注疏的主要任務，對文獻裡正文的訓詁以及傳、注、疏都是一樣的。自古及今，作注疏，首先就要把正文中一個個的詞義解釋清楚。本書已多有舉例，這裡就省略不談了。

二、串講文意

我們閱讀古文古書，有時一句話中並沒有難懂的字詞，可是對整句話的意思卻不甚明瞭，前後句意不能相聯。所以，在對難解的字詞進行注釋之後，往往還要對句子甚至全章的大意加以串講，以幫助讀者了解全句或整章的意思。漢代學者把這種注解叫做章句。當時的章句流傳到今天的，有趙岐的《孟子章句》和王逸的《楚辭章句》。各舉例如下：

《孟子・梁惠王上》：「孟子見梁惠王，王立於沼上，顧鴻雁麋鹿，曰：『賢者亦樂此乎？』」趙岐章句：「沼，池也。王好廣苑囿，大池沼，與孟子游觀，顧視禽獸之眾多，心以爲娛樂，誇咤孟子曰：『賢者亦樂此乎？』」㉓

「沼，池也」是解釋詞義，其餘幾句都是串講句意。

再舉一例，如：

《孟子・公孫丑上》：「公孫丑問曰：『夫子當路於齊，管仲晏子之功，可復許乎？』」東漢趙岐注：「夫子，謂孟子。許，猶興也，如使夫子得當仕路于齊而可以行道，管夷吾晏嬰之功，寧可復興乎？」㉔

㉒ 裘錫圭：《文字學概要》頁304-306。

㉓ 〔清〕焦循：《孟子正義》上（北京：中華書局，1987.10）頁44-45。

㉔ 〔清〕焦循：《孟子正義》頁173。

「夫子，謂孟子」、「許，猶興也」是解釋詞義，其餘幾句都是串講句意，接近我們現在的白話翻譯。

王逸的《楚辭章句》：

《楚辭・離騷》：「日月忽其不淹兮，春與秋其代序。」王逸章句：「淹，久也。代，更也。序，次也。言日月晝夜常行，忽然不久，春往秋來，以次相代，言天時易過，人年易老也。」

「淹，久也」至「序，次也」是解釋詞義，下面是串講文意。

在其他傳注裡亦有「串解句意」的訓詁方式，例如毛亨的《毛詩詁訓傳》（即「毛傳」）和鄭玄的《毛詩箋》（即「鄭箋」）：

〈鄘風・柏舟〉：「之死矢靡它。」毛傳曰：「矢，誓；靡，無；之，至也。至己之死，信無它心。」

「矢，誓」至「之，至也」，是解釋詞義。「至已之死，信無它心」，是串講全句的意思。底下再舉〈衛風・伯兮〉爲例：

「自伯之東，首如飛蓬。」（第二章）毛傳曰：「婦人夫不在。無容飾。」

這一句詩，毛亨在傳中只串講了句意，沒有解釋詞義，大概因爲全句並無難詞不需要逐字解釋。

「其雨其雨，杲杲出日。」（第三章）毛傳曰：「杲杲然，日復出矣。」鄭箋云：「人言其雨其雨而杲杲然日復出，猶我言伯且來伯且來則復不來。」

〈衛風・伯兮〉：「願言思伯，甘心首疾。」（第三章）毛傳曰：「甘，厭也。」箋云：「願，念也。我念思伯，心不能已。如人心嗜欲所貪口味不能絕也，我憂思以生首疾。」

第三章中毛傳都是解釋詞義，鄭箋除「願，念也」一句外，其餘都是串講句意。

《小雅・采薇》第六章箋：「上三章言戍役，次二章言將率之行，故此章重序其往反之時，極言其苦以說之。」

這是說明章旨，某一方面來說也是串講文意。

三、說明修辭手法

說明修辭手段，也是注疏中常見的。所謂修辭，就是修飾文字詞句，運用各種表現方式，使語言表達得準確、鮮明而生動。修辭的方式叫修辭格，如比喻、對偶、排比等。當然，古代漢語還有自己特殊的修辭方式。在古書的注釋中，則是在文學作品的注釋中，說明修辭方式，有助於正確理解作品。《毛傳》裡，凡言「興也」的地方，都是說明修辭手段的。「興」是詩的「六義」之一，即先言他物以引起所詠之事的修辭手段，毛亨因爲《詩》的表現手法比較深婉，所以特意把它標明。

例如：

〈小雅•鶴鳴〉：「鶴鳴於九皋，聲聞於野。」「它山之石，可以爲錯。」

毛傳：「興也。皋，澤也。言身隱而名著也。」「錯，石也，可以琢玉。舉賢用滯，則可以治國。」

這就是說，詩人用「鶴鳴於九皋，聲聞於野」來比喻賢人隱居荒野，他的名聲仍然傳聞到很遠的地方去。詩人又用「它山之石，可以爲錯」，來比喻任用賢者以及滯留下層的才士可以治理好國家。透過毛亨的解釋，可以讓讀者懂得詩人所運用的這種修辭手段，知道這些比喻的涵義，以加深他們對詩意的理解。又如：

《詩•周南•關雎》：「關關雎鳩，在河之洲，窈窕淑女，君子好逑。」朱熹《詩集傳》：「興也。……興者，先言他物以引起所詠之詞也。……言彼關關然之雎鳩，則相與和鳴於河洲之上矣。此窈窕之淑女，則豈非君子之善匹乎？言其相與和樂而恭敬，亦若雎鳩之情摯而有別也。後凡言興者，其文意皆放此云。」

朱熹在這裡首先指出這四句詩用了「興」的修辭手法，接下來再說什麼是「興」，然後結合作品，具體說明是如何運用這種手法的。最後說，以後凡是說到「興」，意思均與此處相同。透過朱熹的解釋，使讀者對「興」的修辭手法有深一層的理解。

又朱熹〈偶讀謾記〉提到：

> 《孟子》：「決汝、漢，排淮、泗，而注之江。」此但作文取其字數，以足對偶而云耳。若以水路之實論之，便有不通，而亦初無所害於理也。說者見其不通，便欲強爲之說，然亦徒爲穿鑿而卒不能使之通也。㉕

朱熹認爲《孟子》「決汝、漢，排淮、泗，而注之江。」是一種對偶的修辭法，不用落實去考證。又《莊子・人間世》：「瞻彼闋者，虛室生白」，陸德明《釋文》曰：

> 「虛室生白」崔云：白者，日光所照也。司馬云：室比喻心，心能空虛，則純白獨生也。㉖

陸德明引司馬彪之說，認爲「虛室生白」的「室」是一種比喻的手法。

四、分析句讀

所謂「分析句讀」，是指在注解中分析句子的斷句，例如：

㉕ 陳俊民校編：《朱子文集・雜著七・偶讀謾記》（台北：德富文教基金會，2000）頁3548。

㉖ 〔清〕郭慶藩撰：《莊子集釋》（北京：中華書局，1995）頁150。

《莊子‧養生主》：「指窮於爲薪，火傳也，不知其盡也。」陸德明《經典釋文》：「『指窮於爲薪』如字。絕句。」【引按：一般將「指」通讀爲「脂」，與《經典釋文》理解爲如字讀不同。文意是說：油脂做成燭薪被燃燒盡了，但火種還是流傳下去，不知道它的盡期。】

《左傳‧僖公二十五年》：「昔趙衰以壺飧從，徑，餒而弗食。」《經典釋文》：「一讀『以壺飧從』絕句，讀『徑』爲『經』，連下爲句。」【引按：引文根據楊伯峻《春秋左傳注》標點。楊伯峻解釋說：「趙衰爲晉文帝攜帶飯食，隨之而行，有時晉文帝行大道，趙衰行小道，趙衰雖餓，亦弗食。」（中華書局版，頁436）】

以上是解釋虛詞。

五、闡述文法

闡述語法，在注疏中也是常見的現象。例如：

《詩‧周南‧麟之趾》：「于嗟麟兮！」毛傳：「于嗟，嘆辭。」

《詩‧大雅‧行葦》：「戚戚兄弟，莫遠具爾。」毛傳：「戚戚，內相親也。」正義：「相者，兩相之辭。」

注疏中不僅有闡述語法的，也有闡述句法的。如：

《詩・周南・汝墳》：「既見君子，不我遐棄。」孔疏：「不我遐棄者，猶云不遐棄我。古之人語多倒。詩之此類衆矣。」

《詩・大雅・崧高》：「申伯還南，謝於誠歸。」鄭箋：「謝於誠歸，誠歸於謝。」孔疏：「言謝於誠歸，正是誠心歸於謝國。古人之語多倒，故申明之。」㉗

這是說明了上古漢語的倒裝句。

六、解釋用典

古籍中爲加強論述的力道，有時會引用習用的古語，即所謂「成語」，這些話多是前代名篇或名人的語句，也有不知來源的古語，也有流行諺語、俗語和格言等。與我們現在的「成語」是指長期習用，結構定型，意義完整的固定詞組不同。如：

《左傳・僖公五年》：「諺所謂輔車相依，唇亡齒寒者，其虞虢之謂也。」

《左傳・成公二年》：「衆之不可已也，大夫爲政，猶以衆克，況明君而善用其衆乎？〈太誓〉所謂『商兆民離，周十人同』者，衆也。」【引按：文意是說大衆是不可以不用的。大夫執政，尚且可以利用大衆來戰勝敵人，何況是賢明的國君而且又善於使用大衆呢？〈太

㉗ 申伯與謝國的關係可參見拙文：〈《清華二・繫年》中的「申」及相關問題討論〉，第四屆古文字與古代史研討會論文，台北：中央研究院歷史語言研究所，2013.11.22-24。

誓〉曰：商朝人億萬人離心離德，周朝十個人同心同德，這都是說明大眾所起的作用啊。】《國語・周語中》：「古人有言曰：『兄弟讒鬩，侮人百里。』周文公之詩曰：『兄弟鬩於牆，外禦其侮。』若是，則鬩乃內侮，而雖鬩不敗親也。」【引按：「鬩」，爭吵也。文意是說：古人說：「兄弟雖因讒言而爭吵，可是仍然一起抵禦外來的侵侮者。」周文公的詩也說：「兄弟在家裡吵架，一起在外面打仗。」照這樣說，爭吵是內部衝突，雖然爭吵，卻不傷害血親之間的關係。】

《郭店楚簡・成之聞之》簡六及七「昔者君子有言曰：『戰與刑，人君之墜德也。』[28]是故【六】上苟身服之，則民必有甚焉者。」

《上博一・緇衣》簡二三及二四「子曰：宋人有言曰：『人而無恆，不可爲卜筮也。』其古【二三】之遺言歟？」

這些成語就是一種「用典」，指詩文等作品中引用的古代故事和有來歷出處的詞語。清昭槤《嘯亭續錄・大戲節戲》：「其時典故如屈子競渡[29]，子安題閣[30]諸事，無不譜入，謂之月令承應[31]。」清趙翼《甌北詩話・查初白詩一》：「語雜詼諧皆典故。」我們這裡所說的典故即是指此。運用這種典故，古人叫作「用事」。古人用典時，常常把一個故事概括成一句話，甚至壓縮成幾個字，不了解作者所用典故，有時會無法理解作品。對於這些內容，古今的注釋家們或追溯其來源出處，或者解釋其意義，或者說明引用的目的、用法等。如：

《左傳・隱公元年》：「《詩》曰：『孝子不匱，永錫爾類。』其是之謂乎？」楊伯峻《春秋左傳注》曰：「《詩》見今《詩經・大雅・既醉》。匱，竭盡也。永，長也，久也。錫，賜也。言孝子爲孝，無有竭盡之時，故能以此孝道長賜予汝之族類。」㉜

楊伯峻先生除了注明兩句引文的詳細出處之外，還解釋了難懂的字詞，並串講了引文的大意。東漢以後，用典這種修辭手段逐漸盛行，有的文章甚至句句用典。於是詮釋成語典故成了注疏的一個重要內容。唐代李善的《文選注》，向來被認爲是注解的典範，其中成語典故的解釋就占了很大的比重。

請看王粲〈登樓賦〉注：

登茲樓以四望兮，聊暇日以銷憂。

馮衍〈顯志賦〉曰：「伏朱樓而四望，采三秀之華英。」《孫卿子》曰：「多暇日者，

㉘ 此句依裘錫圭讀，見荊門市博物館：《郭店楚墓竹簡》（北京：文物出版社，1998.5）頁 168。

㉙ 即「龍舟競渡懷屈子」。

㉚ 即王勃所著〈滕王閣序〉。

㉛ 清代宮廷承應戲之一，又稱「節令承應戲」。

㉜ 楊伯峻：《春秋左傳注》（台北：中華書局，1981）頁 16。

其出入不遠也。」賈逵《國語注》曰：「暇，閒也。」「暇，爲假。」《楚辭》曰：「遷逡次而勿驅，聊假日以消時。」邊讓〈章華臺賦〉曰：「冀彌日以銷憂。」《漢書》：「東方朔曰：銷憂者莫若酒。」

覽斯宇之所處兮，實顯敞而寡仇。

《說文》曰：「宇，屋邊。」謂樓之宇也。〈西京賦〉曰：「雖斯宇之既坦。」李尤〈高安館銘〉曰：「增臺顯敞，禁室靜幽。」〈蒼頡篇〉曰：「敞，高顯也。」《爾雅》曰：「仇，匹也。」

昔尼父之在陳兮，有歸歟之歎音。

《左氏傳》曰：「孔丘卒，公誄之曰：『尼父，無自律。』」《論語》：「子在陳曰：『歸歟！歸歟！』」

鍾儀幽而楚奏兮，莊舄顯而越吟。

《左氏傳》曰：「晉侯觀於軍府，見鍾儀，問曰：『南冠而縶者誰也？』有司對曰：『鄭人所獻楚囚也。』使稅之，問其族，對曰：『伶人也。』使與之琴，操南音。公曰：『樂操土風，不忘舊也。』」《史記》曰：「陳軫適楚，秦惠王曰：『子去寡人之楚，亦思寡人不？』陳軫對曰：『昔越人莊舄仕楚執珪。有頃而病。楚王曰：「舄，故越之鄙細人也，今仕楚執珪，富貴矣，亦思越不？」對曰：「凡人之思故在其病也。彼思越則越聲，不思越則且楚聲。」使人往聽之，猶尚越聲也。今臣雖棄逐之楚，豈能無秦聲者哉？』」

人情同於懷土兮，豈窮達而異心？

窮謂鍾儀，達謂莊舄。《論語》：「子曰：小人懷土。」孔安國曰：「懷，思也。」《呂氏春秋》曰：「道德於此，窮達一也。」

惟日月之逾邁兮，俟河清其未極。

《尚書》云：「日月逾邁，若弗云來。」《左氏傳》：「鄭子駟曰：周詩有之，『俟河之清，人壽幾何？』」杜預曰：「逸詩也。」《爾雅》曰：「極，至也。」

冀王道之一平兮，假高衢而騁力。

賈逵《國語注》曰：「覬，望也。」冀與覬同。《尚書》曰：「王道正直。」孔安國曰：「王道平直也。」高衢，謂大道也。薛君《韓詩章句》曰：「騁，馳也。」

懼匏瓜之徒懸兮，畏井渫之莫食。

《論語》：「子曰：吾豈匏瓜也哉，焉能繫而不食？」鄭玄曰：「我非匏瓜，焉能繫而不食者，冀往仕而得祿。」《周易》曰：「井渫不食，爲我心側。」鄭玄曰：「謂已濬渫也，猶臣修正其身以事君也。」張璠曰：「可爲惻然，傷道未行也。」然不食，以被任用也。

「賦」這種文體，句句有典，李善注則幾乎字字有所交待。一部《昭明文選注》，旁徵博引，就像一部典故百科全書，對保存古詞古義，增進讀者文史知識大有助益。

再看一首李白詩〈行路難三首〉之三的例子：「子胥既棄吳江上，屈原終投湘水濱。」清王琦《李太白全集》注曰：

《吳越春秋》：「吳王聞子胥之怨恨也，乃使人賜屬鏤之劍，子胥伏劍而死。吳王取子胥屍，盛以鴟夷之器，投之于江中。子胥因隨流揚波，依潮來往，蕩激崩岸。」《拾遺記》：「屈原以忠見斥，隱於沅、湘，披榛茹草，混同禽獸，不交世務，採柏實以和桂膏，用養心神。被王逼逐，乃赴清冷之水，楚人思慕，謂之水仙。其神游于天河，精靈時降湘浦。」㉝

這個注釋已經很清楚了。如果要求完備，還可以加上：

《郭店楚簡・窮達以時》簡九「子胥前多功，後戮死，非其智衰也。」

《上博五・鬼神之明》簡三「及伍子胥者，天下之聖人也，鴟夷而死。」

《韓非子・人主》：「子胥忠直夫差而誅於屬鏤。」

《史記・李斯列傳》：「吳王夫差殺伍子胥。」

《論衡・書虛》曰：「《傳書》言：吳王夫差殺伍子胥，煮之於鑊，乃以鴟夷橐投之於江。子胥恚恨，驅水爲濤，以溺殺人。今時會稽丹徒大江，錢唐浙江，皆立子胥之廟。蓋欲慰其恨心，止其猛濤也。」

對於「煮之於鑊」，劉盼遂認爲：

俞樾曰：「案子胥之死，左傳止曰『使賜之屬鏤以死』（杜預注：「屬鏤，劍名。」），國語始言『使取申胥之尸盛以鴟夷，而投之於江』，然上文但言吳王還自伐齊。乃訊申胥曰云云，并不載賜劍之事。賈誼新書耳痺篇『伍子胥見事之不可爲也，何籠而自投水』，則又以爲自投於水矣。是子胥之死，言人人殊，而鑊煮之說，惟見此書，疑傳聞過實也。」本書命義篇：「屈平、子胥，楚放其身，吳烹其尸。」刺孟篇：「比干剖，子胥烹，子路菹。」是仲任于子胥被戮之事，別有所聞，不如俞說也。㉞

劉盼遂對於王充（字仲任）《論衡》記載伍子胥被「煮之於鑊」感到懷疑，故徵引俞樾的意見認爲這個說法「惟見此書」。

七、講解典章制度

所謂「典章制度」即「典故」，本指典制和成例。「故」，故事，成例。《後漢書・東平憲王蒼傳》：「親屈至尊，降禮下臣，每賜讌見，輒興席改容，中宮親拜，事過典故。」《北史・高隆之傳》：「隆之性好小巧，至於公家羽儀，百戲服制，時有改易，不循典故，時論非之。」《宋史・宋敏求傳》：「敏求家藏書三萬，皆略誦習，熟於朝廷典故。士大夫疑議，必就正焉。」所謂「熟於朝廷典故」，就是熟悉朝廷中的典章制度。廣義的典章制度，包括禮制、法制、道德規範、風俗習慣等。在我國的古籍中，有《周禮》、《儀禮》等講典制的專書，即使後來出現的正史，其中的「書」和「志」，再往後出現的政書，包括《十通》及歷代會要，也可以看作是記載典章制度的專史。注釋這些古籍，固然需要講解典章制度。其他各種古籍，如《詩經》、《尚書》、《左傳》以

㉝ 中華書局 1977 年版，頁 192。

㉞ 黃暉：《論衡校釋》（北京：中華書局，1996.11 三刷）頁 180。

及各種子書、文人的文集，也都不同程度地要涉及前代或當代的典章制度。而典章制度又是人們研讀古書的主要障礙之一。因此，解釋典章制度，成爲古書注釋必不可少的一項內容。比如：

「飲至」之禮意在慶功，習見於《左傳》，如桓公二年《春秋》：「公及戎盟於唐。冬，公至自唐。」《左傳》進一步解釋曰：「『公及戎盟於唐』，修舊好也。『冬，公至自唐』，告於廟也。凡公行，告於宗廟；反行飲至，舍爵，策勳焉，禮也。」《左傳正義》引用《禮記・曾子問》之義解釋說：「孝子之事親也，出必告，反必面，事死如事生，故出必告廟，反必告至。」楊伯峻《春秋左傳注》解釋說，師返，於宗廟「祭告後，合群臣飲酒，謂之飲至」，並說明「舍爵」是「設置酒杯，猶言飲酒」。《左傳》一段意思是說桓公從唐回來，祭告於宗廟。桓公出行祭告於宗廟，回來也祭告於宗廟，宴請臣下，互相勸酒，把功勳寫在簡冊上。《清華一・耆夜》也有類似記載，如簡一：

武王八年征伐耆，大戡之。還，乃飲至于文太室。

這是說周武王八年征伐耆國大勝之後，回國後在祭祀文王的太室喝酒。㉟「飲至」上面已有解釋。至於「文太室」相當於《左傳・桓公二年》「告於宗廟」的「宗廟」。清華簡整理者說：「文太室，祭祀文王的太室。《書・洛誥》：『王入太室，祼。』疏：『太室，室之大者。故爲清廟，廟有五室，中央曰太室。』」㊱

八、考證古音古義

注疏中考證古音古義，漢代就已開始，如《周禮・天官・醢人》：「豚拍魚醢。」鄭玄注云：

「鄭大夫、杜子春皆以『拍』爲『膊』，謂脅也。」《詩・小雅・常棣》：「常棣之花，鄂不韡韡。」鄭玄箋：「不當作拊……古聲不拊同。」《禮記・緇衣》：「資冬祁寒。」鄭玄注：「資當爲至，齊魯之語，聲之誤也。」這些例子我們在前面已有提過。到清代乾嘉以後，樸學大興，戴震、段玉裁、錢大昕、王念孫、王引之父子以及章炳麟、黃侃等人對考證古音古義作出巨大的貢獻，如戴震的《方言疏證》、王念孫的《廣雅疏證》等書則成爲中國語文學的重要著作，爲注疏中考證古音、古義作了很好的示範。我們在第五章「訓詁的方法之二——因聲求義」舉了不少例證，請讀者參看。

九、序事考史

章炳麟《國故論衡・明解故上》指出古代的「故」有故訓和故事兩種，故訓用以釋義，故事用以記事。「傳」也有釋義和記事兩種，漢代以後，故、訓、傳、注，一般都只用以釋義，其用以記事的，只有《尚書大傳》、《韓詩外傳》等。此外也有在故訓當中偶然夾敘一些故事的，例如：

〈小雅・巷伯〉：「哆兮侈兮，成是南箕。」毛傳：「哆，大貌。南箕，箕星也。侈之言是必有因也。斯人自謂辟嫌之不審也。昔者，顏叔子獨處於室，鄰之嫠婦又獨處於室。

㉟ 參李學勤：〈清華簡〈郘夜〉〉，《光明日報》2009年8月4日、商艷濤：《西周軍事銘文研究》（廣州：華南理工大學出版社，2013.8）頁178-179。

㊱ 清華大學出土文獻研究與保護中心編，李學勤主編：《清華大學藏戰國竹簡》（上海：中西書局，2010）頁151。

夜，暴風雨至而室壞，婦人趨而至，顏叔子納之，而使執燭[37]，放乎旦而蒸[38]盡，搯屋而繼之[39]，自以爲辟嫌之不審矣。若其審者，宜若魯人然。魯人有男子獨處於室，鄰之嫠婦又獨處於室。夜，暴風雨至而室壞，婦人趨而託之，男子閉戶而不納。婦人自牖與之言曰：『子何爲不納我乎？』男子曰：『吾聞之也，男子不六十不閒居。今子幼，吾亦幼，不可以納子。』婦人曰：『子何不若柳下惠然，嫗不逮門之女，國人不稱其亂。』男子曰：『柳下惠固可，吾固不可。吾將以吾不可，學柳下惠之可。』孔子曰：『欲學柳下惠者，未有似於是也。』」

「哆」是張口貌。這是描寫箕星的形狀像張開大口。「南箕」是南方的箕星，共四星聯成梯形，形似簸箕，所以名箕。古說箕星主口舌（見《史記·天官書》），象徵讒人。所以〈巷伯〉詩云「哆兮侈兮，成是南箕。彼譖人者，誰適與謀？」這是詩的作者寺人孟子因遭人讒毀，發洩怨憤的詩。《毛傳》在解釋這句話時，還附帶說了一個故事：以前，顏叔子一個人在家時，隔壁的寡婦也獨處家室。某一天晚上，暴風雨將寡婦的家摧毀了，寡婦便跑到顏叔子家避難，顏叔子請她入內，並請她拿著火把，使屋子裡像白天一樣明亮。等到柴火燃盡，就抽取屋草繼續燃燒。顏叔子是爲了避男女之嫌，但他還不夠謹慎。他要是謹慎的話，應該像下面這個魯國男人一樣。魯國有一個男人，也是獨居，鄰里也有一個寡婦獨處家室。一天夜裡，突然下暴雨，寡婦的房子被暴風雨打壞，寡婦便來到魯男子的屋前以求托身之所。魯男子緊閉著門不讓寡婦進來。寡婦從窗外對魯男子說：「你爲什麼不讓我進去？」魯男子說：「我聽說，男女不到六十歲是不可以間雜相居的。現在你還年輕，我也還年輕，所以不可以讓你進來。」寡婦說：「你怎麼就不能像柳下惠那樣，用身子溫暖無家可歸的女子，也沒有人說他苟且淫亂啊。」魯男子說：「柳下惠可以（做到坐懷不亂），我不可以。我現在用我的拒絕，也就是學柳下惠那樣的坐懷不亂。」孔子說：「想要學柳下惠的，從沒見過像這樣的呢。」後世的成語「**縮屋稱貞**」、「**魯男拒色**」，都與這個典故有關，都是頌揚對危難中的婦女不加侵侮的美德。前者可見於《北齊書・廢帝紀》：「顏子縮屋稱貞，柳下嫗[40]而不亂，未若此翁白首不娶者也。」後者見於清・夏敬渠《野叟曝言》第九回：「昔柳下坐懷，不聞貯之金屋；魯男拒色，惟知閉之柴門。」

至於注釋史書，則有以敘事考史爲主的，如裴松之的《三國志注》就是這樣。它「上搜舊聞，傍摭遺逸」，保存了魏晉時期大量史料，使陳壽的《三國志》得到了充實。比如：《三國志・魏書・武帝紀》：

嵩生太祖。太祖少機警，有權數，而任俠放蕩，不治行業，故世人未之奇也。

㊲「燭」是火炬、火把的意思，《儀禮・士昏禮》：「從車二乘，執燭前馬。」鄭玄注：「使徒役持炬火居前炤道。」

㊳「蒸」是細薪也。

㊴「縮」，束也。縮屋而繼之，就是抽取屋上茅草，繼續點火。

㊵「嫗」音「ㄩˇ」，是以體相溫，或是解釋爲懷抱亦可。

裴松之注曰：

〈曹瞞傳〉云：太祖少好飛鷹走狗，游蕩無度，其叔父數言之於嵩。太祖患之，後逢叔父於路，乃陽敗面喎（按：讀若歪）口；叔父怪而問其故，太祖曰：「卒中惡風。」叔父以告嵩。嵩驚愕，呼太祖，太祖口貌如故。嵩問曰：「叔父言汝中風，已差乎？」太祖曰：「初不中風，但失愛於叔父，故見罔耳。」嵩乃疑焉。自後叔父有所告，嵩終不復信，太祖於是益得肆意矣。㊶

〈武帝紀〉只說曹操「少機警，有權數，而任俠放蕩，不治行業」之類的形容詞，裴松之則徵引〈曹瞞傳〉給曹操有血有肉的描寫，讓人對曹操的言行印象深刻。

十、記載地理

這種注疏的內容，多見於地理書的注解。最有名的例子當是酈道元的《水經注》，此書記述中國河流一百三十七條，都窮源竟委，加以記述，而且，「因水以證地」，「即地以存古」，穿插以人物、故事以及各地的風俗、產物，有很強的文學性，所以歷來受到人們的重視。這裡節錄其中記述江水的一段。

自三峽七百里中，兩岸連山，略無闕處；重岩疊嶂，隱天蔽日，自非亭午夜分，不見曦月。至於夏水襄陵，沿溯阻絕。或王命急宣，有時朝發白帝，暮到江陵，其間千二百里，雖乘奔御風，不以疾也。春冬之時，則素湍綠潭，回清倒影。絕巘多生怪柏，懸泉瀑布，飛漱其間，清榮峻茂，良多趣味。每至晴初霜旦，林寒澗肅，常有高猿長嘯，屬引淒異，空谷傳響，哀轉久絕。故漁者歌曰：「巴東三峽巫峽長，猿鳴三聲淚沾裳！」

此外，《左傳》、《史記》、《漢書》等書的注疏對於古地理的考證也非常重要，比如對於「南申」一地的考察：

《左傳・隱公元年》：「初，鄭武公娶于申，曰武姜。」杜預注：「申國，今南陽宛縣。」孔穎達疏：「申國今南陽宛縣。正義曰：『外傳說伯夷之後曰：申、呂雖衰，齊、許猶在，則申呂與齊許俱出伯夷，同為姜姓也。……申之始封君亦在周興之初，其後中絕，至宣王之時申伯以王舅改封于謝。……《漢書・地理志》南陽郡宛縣故申伯國者，謂宣王改封之後也，以前則不知其地。』」[42]《漢書・地理志・南陽郡》：「宛」下注曰：「故申伯國」。[43]《續漢書・郡國志・南陽郡》：「宛，本申伯國。」[44]《水經注・淯水》亦云：「（淯水）又南逕宛城東，其城，故申伯之都，楚文王滅

---

41 〔晉〕陳壽撰；〔南朝宋〕裴松之注：《新校本三國志注》（台北：鼎文書局，1980）頁2。

42 《重刊宋本十三經注疏附校勘記——左傳》（台北：藝文印書館，1965）頁35。

43 〔漢〕班固撰；〔唐〕顏師古注：《新校本漢書集注并附編二種》（台北：鼎文書局，1986）頁1563。

44 〔劉宋〕范曄撰；〔唐〕李賢等注；〔晉〕司馬彪補志：《新校本後漢書并附編十三種》（台北：鼎文書局，1981）頁3476。

申以為縣也。」㊺《史記・齊太公世家》：「太公望呂尙者，東海上人。其先祖嘗為四嶽，佐禹平水土甚有功。虞夏之際封於呂，或封於申」，《索隱》曰：「〈地理志〉申在南陽宛縣，申伯國也。呂亦在宛縣之西也。」㊻唐《括地志》亦云：「故申城在鄧州南陽縣北三十里，晉《太康地理志》云：『周宣王舅所封。』」㊼這與《左傳・莊公六年》「楚文王伐申，過鄧」路線相同。可見「南陽之申」與南陽宛縣、鄧州相去不遠。㊽

十一、發凡起例

傳注中發凡起例，起源於上古，如《春秋左氏傳》中就有不少凡例。後來的傳注也往往有凡例，有的列在卷首或卷末，有的仍附注中。其所附凡例，有的是原書的凡例，《春秋左氏傳》的凡例屬於此類；有的是注解的凡例，李善《文選注》的凡例屬於此類；有的兼此二者，段玉裁《說文解字注》就是這樣。現在節引李、段兩書的凡例各若干條如下：

㈠《文選・兩都賦序注》

諸引文證，皆舉先以明後，以示作者必有所祖述也。他皆類此。

文雖出彼，而意微殊，不可以文害意，他皆類此。

㈡《說文解字注・一部》：

1.「一」字下「凡一之屬皆从一。」注：凡云「凡某之屬皆從某者」、〈自序〉所謂「分別部居、不相襍廁也。」

2.「一」字下「於悉切。古音第十二部。」注：凡注言一部、二部、以至十七部者，謂古韻也。

玉裁作〈六書音均表〉，識古韻凡十七部。自倉頡造字時至唐虞三代秦漢、以及許叔重造說文曰「某聲」、曰「讀若某者」，皆條理合一不紊。故既用徐鉉切音矣，而又某字志之曰古音第幾部。又恐學者未見六書音均之書，不知其所謂，乃於說文十五篇之後，附〈六書音均表〉五篇。俾形聲相表裏，因耑推究，於古形、古音、古義可互求焉。

3.「一」字重文「弌，古文一」注：凡言「古文」者，謂倉頡所作古文也。

4.「元，从一，兀聲。」下注：凡言「從某某聲」者，謂於六書爲形聲。

5.「天，顚也。」下注：此以同部疊韻爲訓也。凡「門，聞也」；「户，護也」；「尾，微也」；「發，拔也」；皆此例。凡言「元，始也」；「天，顚也」；「丕，大也」；「吏，治人者也」；皆於六書爲轉注，而微有差別。元始可互言之，天顚不可倒言之。葢求義則轉移皆是。舉物則定名難假。然其爲訓詁則一也。顚者，人之頂也。以爲凡高之偁。始者，女之初也。以爲凡起之偁。然則天亦可爲凡顚之偁。臣於君、子於父、妻於夫、民於食皆曰天是也。

6.「天，从一大」下注：凡會意，合二字以成語，如「一大」、「人言」、「止戈」，皆是。

㊺ 陳橋驛著：《水經注校釋》（杭州：杭州大學出版社，1999）頁546。

㊻〔漢〕司馬遷：《史記》（北京：中華書局，1964.4）頁1477。

㊼〔唐〕李泰著、賀次君輯校：《括地志輯校》（北京：中華書局，1980.2）頁194。

㊽ 參見拙文：〈《清華二•繫年》中的「申」及相關問題討論〉，第四屆古文字與古代史研討會論文，台北：中央研究院歷史語言研究所，2013.11.22-24。

7.「丕，从一。不聲。」下注：丕與不音同，故古多用不爲丕，如不顯即丕顯之類。凡假借必同部同音。

8.「吏，从一。从史。史亦聲。」下注：凡言「亦聲」者，會意兼形聲也。凡字有用六書之一者，有兼六書之二者。

9.在一部最末「文五，重一」下注：凡部之先後，以形之相近爲次。凡每部中字之先後，以義之相引爲次。

第三章

詞義的引申

第一節　「字」和｛詞｝是兩個層次的符號

文字是記錄語言（詞）的符號。作為語言的符號的文字，跟文字本身所使用的符號是不同層次上的東西，也就是說「字」與｛詞｝[1]是兩個不同的概念。「字」是書寫單位，重在形體；｛詞｝是語言單位，重在音、義。例如：古漢字裡的「⊙」，作為表示｛日｝這個詞的符號來看，是一個有音有義的字；作為「日」字所使用符號來看，則僅僅是象太陽之形的一個象形符號。我們所以把古漢字「⊙」（日）叫做表意字（象形字），是因為「⊙」作為字符，即太陽的象形符號來看，跟｛日｝這個詞只有意義上的聯繫，沒有語音上的聯繫。如果作為｛日｝這個詞的符號來看，它也是音、義兼備的。這種區別在拼音文字裡同樣存在。例如：英文裡的「a」，作為英文裡不定冠詞｛a｝的符號來看，是一個有音有義的字；作為英文所用的符號來看，則僅僅是一個表示一定語音的字母。又如英文的「sun」是英語裡｛sun｝這個詞的符號。它既有音，即｛sun｝這個詞的音（[sʌn]），也有義，即｛sun｝這個詞的義——太陽。但是「sun」所使用的字符s、u、n，跟它所代表的詞只有語音上的聯繫，沒有意義上的聯繫，所以我們把它叫做表音字或拼音文字。[2]總之，我們在學習訓詁學時，必須注意字與詞是不同層次的符號。古籍訓讀的根本關鍵在於詞義。

古代漢語的詞彙以單音節詞為主，一個字就代表一個詞，如「月」代表｛月｝這個詞。現代漢

---

① ｛　｝，在本書中是用來表示詞的符號，如｛江｝，代表「江」這個詞。底下不再注出。

② 以上內容參考裘錫圭：《文字學概要》（台北：萬卷樓圖書公司，1999.1再版二刷）頁13-15。

語則多是複音節詞（雙音節詞），即由兩個或兩個以上音節構成的詞，所以由兩個或兩個以上的字代表一個詞，如「月亮」代表〔月〕這個詞。再看《左傳》僖公三十二年「蹇叔之子與師」，「子」現代漢語翻成「兒子」；「與」翻成「參與」；「師」翻成「軍隊」，古代單音節詞到現代都變成雙音節詞了。古代漢語的假設連詞用「如」、「若」，現代漢語都湊成雙音節詞，有「如果」、「假如」、「假使」、「假若」、「倘若」等不同說法。現今以「如果」最通行。③這種轉變有三種情形：第一種情況是換了完全不同的詞，如「與」變成「參加」、「師」變成「軍隊」。第二種情況是加上詞頭詞尾，如「虎」變成「老虎」、「石」變成「石頭」。第三情況是利用兩個同義詞做為詞素，構成一個複音節詞，如「兒」和「子」是同義詞，合起來成為複音詞「兒子」。④當然古漢語也有雙音節詞，分為「單純詞」（如「聯綿詞」）與「複合詞」，我們後面還會提到。

第二節　詞義與訓詁學的關係

郭在貽認為訓詁學的內容，主要是「釋詞與解句」及「辨析古書異例」。所謂「釋詞」，就是解釋古書中詞義，這可以說是訓詁的核心內容。有人甚至稱訓詁學為「詞義學」，這種稱呼現在還有爭論，但卻反映了「釋詞」在訓詁學中占有何等重要的地位。前代學者對於釋詞的重要性，曾有精闢的論述，如乾嘉學派著名學者錢大昕，在《經籍纂詁序》一文中說：「有文字而後有詁訓，有詁訓而後有義理。詁訓者，義理之所由出，非別有義理出乎詁訓之外者也。」黃侃也說：「訓詁之事，在解明字義和詞義。」⑤因為解釋句子正是建立在解釋詞義的基礎上的，只有先弄懂了詞義，然後才能進一步弄通句意。舉例來說：《詩經》開卷第一篇〈關雎〉第一章：「關關雎鳩，在河之洲。窈窕淑女，君子好逑。」要讀懂這四句詩，首先必須懂得關關、雎鳩、洲、窈窕、淑、逑這些詞是什麼意思。

又如我們後面會提到的王弼本《老子》第五十七章：「天下多忌諱，而民彌貧」，研究者只就字面上翻譯作「天下的禁忌越多，人民越陷於貧困。」接著在這樣的解釋上做義理的發揮，殊不知這根本不是老子的原意！目前由於教育觀念的轉變，一般人甚至教育單位的老師多認爲字詞訓詁是相對比較枯燥的學問，中學國文教科書也多將文言文的注釋簡單化，有時會造成語焉不詳的情況。比如〈漁父〉：「安能以身之察察，受物之汶汶者乎！」高中教科書直接將「汶汶」釋爲骯髒、汙穢，令人摸不著頭緒。王弼本《老子》二十章：「俗人察察，我獨悶悶」，「悶悶」，傅奕本作「閔閔」，北大漢簡本《老子》簡一七四作「昏昏」，可見「悶悶」、「閔閔」對應「昏昏」，這些都是「重言形況字」，或說是「聯綿詞」。這種詞彙的重點在「讀音」，字形則可以寫作任何音近的形體。很明顯，〈漁父〉的「汶汶」就是《老子》的「悶悶」、「閔閔」、「昏昏」，彼此聲音相近，都是昏昧不明貌。「察察」自然是明審清晰貌。放在〈漁父〉中，「察察」可以解釋潔淨；自

---

③ 梅廣：《上古漢語語法綱要》（台北：三民書局，2015.4）頁 84。

④ 王力主編：〈古漢語通論（三）——單音詞，複音詞，同義詞〉，載《古代漢語》第一冊（校訂重排本）（北京：中華書局，1999.5 第 3 版）頁 88。

⑤ 《文字聲韻訓詁筆記》頁 195。

然「汶汶」就是骯髒、汙穢了。〈赤壁賦〉：「是造物者之無盡藏，而吾與子之所共適。」曾有高中老師問我「適」注釋為「享用」如何理解？謹按：「適」由「前往、歸向」，引申為「嫁人」。「嫁人」引申為「符合、適合」，再引申為「美好、滿足」一類的意思，如《漢書‧賈山傳》：「秦王貪狼暴虐，殘賊天下，窮困萬民，以適其欲也。」顏師古注：「適，快也。」與其訓為「享用」，還不如理解為「滿足、稱快」。

高中課文顧炎武〈廉恥〉中「松柏後凋於歲寒」，這句話是化用《論語‧子罕》：「歲寒，然後知松柏之後凋也」而來。其中一家出版社的課本注釋云：「後凋，不凋」。據教科書的編輯向筆者指出，他們的根據是《莊子‧讓王》記載：「孔子窮於陳、蔡之間，……子路曰：『如此者，可謂窮矣！』孔子曰：『是何言也？君子通於道之謂通，窮於道之謂窮。今丘抱仁義之道，以遭亂世之患，其何窮之為？故內省而不窮於道，臨難而不失其德。天寒既至，霜雪既降，吾是以知松柏之茂也。陳、蔡之隘，於丘其幸乎！』」所述正足與《論語》此章相發明，「天寒既至，霜雪既降，吾是以知松柏之茂也」意同「松柏後凋於歲寒」，用「茂」來表示「後凋」之意，可見孔子的本意是「不凋」。

謹按：曾是筆者學生的某校高中老師根據課本所說，向學生解釋說「後凋」就是「不凋」的意思，但馬上有學生提問「所以『後』等同於『不』」嗎？這位老師竟然一時語塞，不知如何回答！其實這種說法是有問題的。過去王叔岷在《古籍虛字廣義》卷三「後」字下曾說：「後猶不也。後蓋與不同義，後凋猶言不凋耳。」（王先生還有〈《論語》「傷人乎不問馬」新解〉，《慕廬論學集㈠》亦闡發相同的意見）。但奇怪的是，我們翻閱《故訓匯纂》完全找不到「後」、「不」互訓的例證，證明古人的訓詁書中沒有這樣的說法。上海復旦大學汪少華在〈再論「松柏後凋」與「孔子不問馬」〉一文曾對王氏之說有所討論，⑥他對王文所舉古書中看起來是「後」、「下」異文的例證一一商榷，認爲「沒有一條能成立」，此處不用一一轉引，讀者可以自行翻閱。這裡只引一段文中的話：

> 時間副詞「後」，與「先」相對，表示時間上的滯後或遲緩，行爲動作終將完成或結果終將出現；否定副詞「不」，則表示行爲動作沒有完成或結果沒有出現。這兩個詞出現在敘事中，表達相反的結果或情態，豈能等而同之？

這段話是十分中肯的！「我晚一點到」跟「我不到」，怎麼能畫上等號呢？植物的天性本會掉葉，松柏自然也不例外，只要到山上一看就清楚了。所謂「不凋」、「後凋」只是時間性的問題。從長時間來看，松柏是最後凋謝的，對比其他花早就凋謝、人早就拋棄立場，這當然是堅守氣節。也就是說「後凋」的時間範圍內，松柏比起其他植物是「不凋」的。「後凋」一詞本含「不凋」的意思在其中，上引《莊子‧讓王》的「松柏之茂」也應該這樣來理解，這才是孔子的原意！絕不能毫無訓詁根據逕將「後凋」解爲「不凋」。古書兩種說法都有，比如北大秦簡《教女》云：「松柏不落，秋尚反黃」，這句話翻譯爲「不凋落」，自然沒有問題。日本竹添光鴻《論語會箋》云：「凋，

⑥ 載《出土文獻與古文字研究》第二輯，頁 369-376。又見其著：《古詩文詞義訓釋十四講》，頁 34-45。

泛係衆木。後，獨係松柏。後之而不凋也，非後而後凋之謂。春秋傳播人之善，往往言『後亡』者，後於人之亡，而獨不亡也。『後凋』亦同。」這是很有道理的。就像《風俗通義・六國》：「然社稷血食者八九百載，於姬姓獨後亡，非盛德之遺烈，豈其然乎?」「姬姓獨後亡」當然不能解釋爲周王朝沒有滅亡，而是說周王朝綿延久遠，晚於其他國家滅亡。也就是說在周朝後亡時間點內，比起其他國家周朝是沒有滅亡的。準此，我們建議注釋最好改爲：

松柏後凋於歲寒：歲末冬寒時，比起同時間其他草木已經落葉，松柏是沒有落葉的，它是堅持到最後才落葉的。比喻君子處亂世，仍堅守正道，禁得起考驗。化用《論語・子罕》：「歲寒，然後知松柏之後凋也。」

我們在講文言文的時候，應該力求將每個字詞講得落實，在正確的訓詁上再發揮文學與義理的賞析。

第三節　詞義引申與引申的規律

一、詞的本義與引申義

漢語詞義分爲三種，即本義、引申義、假借義，本節先介紹本義、引申義，假借義將與通假字一併介紹。

(1)本義：裘錫圭認爲：「表意字字形在詞義研究上的重要性，主要在於它們能夠幫助我們確定字的本義。**字的本義就是造字時準備讓它表示的意義，通常也就是作爲造字對象的詞在當時的常用意義。**」⑦我們今天要探索字詞的本義，除了透過甲骨文、商周金文等古文字字形，別無它法，這也是所謂「初形本義」的觀念，也就是訓詁學「形訓」的方法。當我們透過古文字字形來詮釋文字的本義時，也不能被字形形體所侷限，將文字的本義說得太過狹窄，也就是清人陳澧在《東塾讀書記》「小學」條所指出的某些表意字「字義不專屬一物，而字形則畫一物」的道理。比如「大」的字形作（《合》3216），象一個成年大人，這是以一種具有「大」這個特徵的具體事物來表示一般的「大」。如果根據「大」的字形得出結論，認爲「大」的本義專指人的大，其他事物的大也叫「大」，是詞義引申的結果，那就錯了。又如「相」作（《合》2824），字形象人省視樹木之形。但是「相」的本義不限於此，如「相鼠有皮」（〈鄘風‧相鼠〉）、「相彼鳥矣」（〈小雅‧伐木〉）、「相爾矛矣」（〈小雅‧節南山〉），可見省視任何東西都可以叫做「相」。《說文》：「相，省視也。从目从木。《易》曰：**地可觀者，莫可觀于木**」，《段注》：「目所視多矣，而从木者，地上可觀者莫如木也」，由於地上最明顯的地標是樹木，所以「相」字造字時便以「木」爲偏旁，但不能倒果爲因說「相」的本義是「觀木」。又如文字產生前應該就有「起初」、「開始」的概念，後來造一「初」字作（《合》36423），「從刀從衣」，用「裁衣之始」來表達「起初」、「開始」的概念。因此，我們就不能以爲「初」的本義果眞如許愼所說的，是指「裁衣」，然後再引申成「起

⑦裘錫圭：《文字學概要》頁161。

初」、「開始」之義。再如「高」字作（《合》33138），字形上是畫一高大的建築，我們也不能以為「高」的本義是指房屋，後來才引申為「天高」、「山高」。「逐」字作（《合》3362反），字形上是表示追豬，但事實上要表達的是追趕獵物這個概念。甲骨文「逐」字或從豕、或從犬作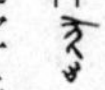（《合》28888）、或從兔作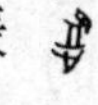（《合》10612）、或從鹿作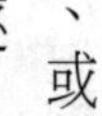（《合》10654），可以說明造字者只能選擇獵物中的一種來代表，我們不能以為「逐」的本義是追豬，後來引申為追逐其他事物。「牧」字不僅僅是牧牛，其他動物也是可以放牧的，所以甲骨文既作（《合》36969），又作（《合》774），從牛或羊旁。「群」，《說文》曰：「輩也。从羊，君聲。」徐鉉曰：「羊性好群，故从羊。」但我們不能因此就說「群」本來專指羊的類聚，用「群」指其他動物的類聚都是引申的用法。段玉裁說：「羊為群，犬為獨。引伸為凡類聚之偁。」是有問題的。又如「衍」字从水，因此「衍」字的字形本義是「水的流布」，但是其詞本義卻並非專指水的流布，而是所有有形與無形的物質的流布都可以稱為「衍」。這正如「生」字的字形本義象「屮」的生長，可是其詞本義卻顯然並非專指「屮」的生長，而是一切物質的生長都可以稱為「生」一樣。在解釋詞義時，不能用字形本義來取代詞本義。所以「牧」寫作，我們可以說字形表示放牧牛隻，本義是牧養動物。或是說「牧」的「字本義」是牧牛，「詞本義」是牧養動物。這也呼應了前面所說字與詞是不同層次的符號。

(2)引申義：詞由本義產生引申義是詞義演變的基本方式。段玉裁說：「凡字有本義，有引申、假借之餘義焉。守其本義，而棄其餘義者，其失也固；習其餘義，而忘其本義，其失也蔽。」（《經韻樓集》卷一）黃侃說：「凡字於形、音、義三者完全相當，謂之『本義』；於字之聲音相當，意義相因，而於字形無關者，謂之『引申義』；於字之聲音相當，而形、義皆無關者，謂之『假借義』。」[8]陸宗達認爲：「本義是詞義引申的起點，一個多義詞，不論有多少義項，都要根據它與本義的相關關係確定其爲引申義，或根據它與本義毫不相干確定其爲假借義。」[9]蔣紹愚也說：「引申，顧名思義，是指新舊詞義之間在意義上是有聯繫的。正如朱駿聲所說：『凡一意之貫注，因其可通而通之，爲轉注。』（他說的『轉注』，就是一般所說的『引申』。）」[10]例如「砥」字的本義爲「礪石」即磨刀石，《淮南子•修務訓》：「劍待砥而後能利。」高誘注：「砥，厲石也。」它的其它常見義，如「平直」（「砥直」）、「安定」（「砥平」）之類，也都是由此引申而來的。

「過」的本義是「經過」，《說文》：「過，度也。」《孟子•滕文公上》「禹八年於外，三過其門而不入。」《莊子•知北遊》：「若白駒之過隙。」所謂「經過」的特點是不斷地越過某條界線，所以「超過」、「過分」、「過錯」、「過人」等代表超出、勝過的意義都是由這個特點引申出來的。從時間的角度來說，越過時間軸線自然可以分爲過去與現在、未來，所以「過」也可以引申爲「過去」、「過後」，如「雨過天晴」。「經過」是從這兒到那兒，如果賓語是「人」，則有「前往拜訪、探望」之意，如《戰國策•齊策四》：「於是乘其車，揭其劍，過其友。」亦可以引申爲「交往」，如「過從甚密」。如果賓語是「物」，則有「遞給」之意，如《論衡》：「郵人

---

⑧ 黃侃述，黃焯編：《文字聲韻訓詁筆記》頁47。

⑨ 陸宗達、王寧：〈《說文解字》與訓詁學〉《訓詁學的理論與應用》（內蒙古出版社，1986.4第一版）頁37。

⑩ 蔣紹愚：〈論詞的「相因生義」〉《漢語詞匯語法史論文集》頁94。

之過書，門者之傳教也。』」如果賓語是「處所」，則有「到達」意。如漢・張仲景《金匱要略・肺痿肺癰咳嗽上氣病》：「熱之所過，血為之凝滯。」⑪

又如「刊」字本來當砍除、削除講。《左傳・襄公二十五年》：「陳侯會楚子伐鄭，當陳隧者，井堙木刊，鄭人怨之六月」，杜預注：「隧，徑也。堙，塞也。刊，除也。」意思是說「陳侯會合楚王攻打鄭國，陳軍經過的路上，水井被填，樹木被砍，鄭國人很怨恨。」《周禮・秋官・柞氏》：「夏日至，令刊陽木而火之」，《正義》：「謂先刊削以去其皮乃燒之。」中國古代以竹木簡牘為書寫材料，寫錯的和作廢的文字往往用刀削去，所以校正文字叫「刊正」、「刊誤」、「刊謬」。認為某種著作寫得好，內容不可更改，並永遠不會喪失價值，則可以用「不刊」來形容，意即其文字永遠不會被刊削。贊揚正確言論的「不刊之論」這一成語，今天還在使用。從「刊削」的意思又引申出了「刊刻」的意思。王充《論衡・實知》：「上會稽，祭大禹，立石刊頌，望於南海。」「刊頌」的意思就是刊刻頌文。因此，雕板印刷術出現之後，就把刻書叫做「刊板」，把印刷發行叫做「刊行」。這是「刊」字的後起用法。⑫

又如「行」本象衢道之形，即四通八達的道路，從「行」旁的字都繼承了這個意思。《睡虎地秦簡・法律答問》簡一〇一云：「有賊殺傷人衝術，偕旁人不援，百步中比野，當貲二甲。」其中「衝」、「術」本義都是道路。意思是說「有人在大道上殺傷人，在旁邊的人不知援救，其距離在百步以內，應與在郊外同樣論處，應罰二副鎧甲或是說與二副鎧甲等值的錢。」《左傳・昭公元年》：「（子晰）欲殺之而娶其妻。子南知之，執戈逐之。及衝，擊之以戈。」杜預注：「衝，交道。」即「交通要道」的意思。《漢書・燕刺王劉旦傳》：「王自歌曰：『歸空城兮，狗不吠，雞不鳴，橫術何廣廣兮，固知國中之無人！』」顏師古注引臣瓚曰：「術，道路也。」「衝術」連稱也見於《墨子・號令》：「以行衛術及里中」。

《說文解字・肉部》：「胙，祭福肉也。」古禮，祭祀完畢，祭肉當分賜臣下，祭肉爲「胙」，賞賜祭肉亦爲「胙」。《國語・晉語》：「王饗醴，命公胙侑。」韋昭注：「胙，賜祭肉。」又由專指「賞賜祭肉」引申爲通指「賞賜」。《左傳・隱公八年》：「胙之土而命之氏。」《國語・齊語》：「反胙於絳。」韋昭注：「胙，賜也。」

「假」，《說文》曰：「非眞也。」《睡虎地秦簡・法律答問》簡一九「『父盜子，不爲盜。』●今假父盜假子，何論？當爲盜。」其中「假父」、「假子」，整理者認爲是「義父」、「義子」，並翻譯說：「父親竊盜兒子的東西，不作爲盜竊。」如義父盜竊義子的東西，應如何論處？應作爲盜竊。[13]但《嶽麓秦簡（五）》記載一道律令指出「●廿六年十二月戊寅以來，禁毋敢謂母之後夫叚（假）父，不同父者，毋敢相仁（認）爲兄、姊、弟」1025/001，意思是說秦始皇廿六年十二月戊寅以後，不能再稱母親之後夫爲「假父」。可知「假父」是秦統一前後對母親後夫的稱謂，同于現在所說的「繼父」。而「義父」則是「非本生之父而拜認爲父者。」與拜認者之母親並無事實上

---

⑪ 參見王云路等著：《漢語詞彙核心義研究》（北京：北京大學出版社，2014年4月），頁85-86。

⑫ 參裘錫圭：〈研究古代文化應該有訓詁常識〉《裘錫圭學術文集・語言文字與古文獻卷》第四冊（上海：復旦大學出版社，2012.6）頁256。

⑬ 睡虎地秦墓整理小組：《睡虎地秦墓竹簡》（北京：文物出版社，1990.9）頁98。

的夫妻關係，甚至毫無關聯。再看「假子」，睡虎地秦簡整理者釋為「義子」也不確切。「假子」，在漢代文獻中多指前妻或前夫之子。《漢書・王尊傳》：「春正月，美陽女子告假子不孝，曰：『兒常以我為妻，妒笞我。』尊聞之，遣吏收捕驗問，辭服。」《三國志・魏志・何晏傳》：「晏，何進孫也。」裴松之注引《魏略》：「太祖為司空時，納晏母並收養晏……故文帝特憎之，每不呼其姓字，常謂之為『假子』。」「義子」即「義兒」是無血緣關係而收認為子者，與養子類似。⑭總之，「假父」、「假子」相當於「繼父」、「養子」，不是個人真正的父親或兒子，合於「假，非真也。」

「假」也可以引申為「代理」的意思，如「假吏」，暫時代理職務的官吏；「假守」，古代稱權宜派遣而非正式任命的地方官。《韓非子・難二》：「周公旦假為天子七年。」《上博九・邦人不稱》提到葉公子高，即沈諸梁，「假為司馬」，即葉公子高兼任司馬，或代理司馬之職。

《詩・豳風・狼跋》：「狼跋其胡。」朱熹《集傳》：「胡，頷下懸肉也。」是指鳥獸下巴的垂肉或皮囊。「胡」可引申指物體下垂部分，如南朝梁元帝《金樓子・箴戒》：「帝紂垂胡，長尺四寸，手格猛獸。」「胡」今日寫作「鬍」。又兵器「戈」的戈援下刃呈弧狀延長稱為「胡」（如下圖）。

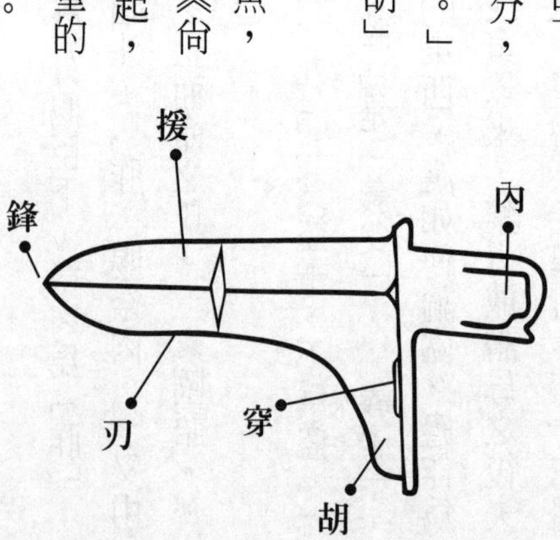

「爯」，甲骨文寫作，从「爪」从「魚」，象以手拿起一條魚，本義是拿起、升舉。「爯」是「稱」的初文，古書「稱」亦有舉義，《尚書・牧誓》：「稱爾戈」即舉起你們的戈。「爯」、「稱」的本義是舉起，引申之，言語上把別人抬高即是「稱讚」。亦可引申為測量事物輕重的動作與器具，如「磅稱」、「稱重」，這種意義的「稱」俗作「秤」。

王弼本《老子》第五十七章「天下多忌諱，而民彌貧」，研究者或翻譯作「天下的禁忌越多，人民越陷於貧困。」[15]但是「禁忌」與「貧困」並無對應的因果關係。《郭店楚簡・老子甲》簡三十：「夫天多期（忌）韋（諱）而民爾（彌）畔（叛）」；馬王堆帛書《老子》甲本四十行作「夫天下【多忌】諱，而民彌貧」；北大漢簡《老子》簡五四~五五作「夫天多忌諱而民彌貧」，以上異文當以戰國楚簡《老子》爲是。裘錫圭先生指出：《說文・三上・言部》：「誋，誡也。」「諱，誋也。」《說文》學家指出，「誋」經典多作「忌」，「誋諱」即「忌諱」。[16]則「忌諱」之初義當爲「告誡、警誡」（《廣雅・釋詁三》釋「誋」爲「告」），引申而有「禁忌」之義。《淮南子・天文》：「虹蜺、彗星者，天之忌也。」高誘注：「忌，禁也。」這個「忌」就應該讀爲訓「誡」的「誋」，高注訓「禁」，不夠精確。「天多忌諱，而民彌叛」的意思是說，天頻繁地以特殊的天象警誡下民，下民反而更叛離天意。老子是以此比喻人主教令愈多人民反而愈不聽話。[17]

《說文》：「褒，衣博裾。」段注：「『博裾』謂大其褒囊也。《漢書》：『褒衣大紹』，謂

---

⑭ 參見王博凱：〈讀《嶽麓書院藏秦簡（伍）》札記〉，武漢大學簡帛網，2018.3.12。

⑮ 陳鼓應注釋：《老子今注今譯》（北京：商務印書館，2013.12）頁 282。

⑯ 《說文詁林》（台北：鼎文書局，1977.3）頁 3．525。

⑰ 參看裘錫圭：〈中國古典學重建中應該注意的問題〉，《裘錫圭學術文集・簡牘帛書卷》頁 339-340、裘錫圭主編：《長沙馬王堆漢墓簡帛集成》第四冊（北京：中華書局，2014.6）頁 28 注 110。

大其衣綺之上也。引伸之爲凡大之偁，爲褒美。」「褒」之「大」爲動詞，使衣袍寬大之意，故稱譽人亦曰「褒」。

訓詁學上第一次涉及詞義引申問題的是南唐徐鍇的《說文解字繫傳》。這部書除了解釋《說文》外，還有不少地方說明了詞義的引申。例如：

(1)辵部：「遽，傳也。一曰窘也。」徐鍇《繫傳》：「傳，馹車也。故《禮》曰：大夫稱傳遽之言。傳車尙速，故又爲窘迫也。」

(2)木部：「極，棟也。」徐鍇《繫傳》：「按：極，屋脊之棟也。今人謂高及甚爲極，義出於此。」

到了清朝，段玉裁注《說文》，也闡發了不少詞的引申義。例如：

(1)气部：「气，雲气也。」段玉裁《注》：「引申爲凡气之稱。」

(2)走部：「起，能立也。」段玉裁《注》：「起本發步之稱。引申之訓爲立，又引申之爲凡始事、凡興作之稱。」

(3)門部：「間，隙也。」段玉裁《注》：「隙者，壁際也。引申之凡有兩邊有中者均謂之隙。」

朱駿聲《說文通訓定聲》對每個字除解釋本義外，另外會加上轉注（即「引申」）、假借，頗便理解。如「舟」字下：

(1)船也（本義）

(2)尊彝下的承盤（引申）

(3)《詩・公劉》：「何以舟之。」傳：「舟，帶也。」（假借）

孫詒讓《周禮正義》，也多次談到詞義的引申。如：

(1)《天官・序官》：「惟王建國。」鄭玄《注》：「建，立也。」孫詒讓《周禮正義》：「《說文》：『建，立朝律也。』引申之，凡立皆爲建。」

(2)《天官・大宰》：「以生萬民。」鄭玄《注》：「生猶養也。」孫詒讓《周禮正義》：「《說文・生部》云：『生，進也。』引申爲生養之義。」

(3)《天官・大宰》：「以統百官。」鄭玄《注》：「統猶合也。」孫詒讓《周禮正義》：「《說文・糸部》云：『統，紀也。』『紀，別絲也。』別絲必總合之，故又引申爲統合之義。」【引按：「紀」本是絲縷的頭緒，即線頭。《墨子・尚同上》：「古者聖王爲五刑，請以治其民，譬若絲縷之有紀，罔罟之有綱，所連收天下之百姓不尙同其上者也。」由「線之端緒」引申爲「事物的端緒」。《韓非子・主道》：「明君守始以知萬物之源，治紀以知善敗之端。」「紀」作爲動詞則是整理散絲的頭緒，引申爲治理，綜理。《詩・大雅・棫樸》：「勉勉我王，綱紀四方。」】

前人雖然對引申有所關注，但限於學科剛起步，對於引申規律的歸納仍有不足之處，底下我們將進一步介紹詞義引申的四種規律。

二、詞義引申的規律

引申是基於聯想作用產生的一種詞義發展，甲義引申爲乙義，兩個意義之間必然有某種聯繫，或者說意義有相關的部分。詞義引申的規律可以從三個角度來觀察，分別是根據語言邏輯歸納出的引申規律，即詞義的「擴大」、「縮小」與「轉移」，這是全世界的語言都有的現象；第二是根據漢語材料歸納出的引申規律；第三是根據引申義列歸納出的引申規律，現介紹如下：

(1) **根據語言邏輯歸納出的引申規律：**

王力《漢語史稿》說：「依照西洋的傳統說法，詞義的變遷，大約有三種情況：㈠詞義的擴大；

㈡詞義的縮小；㈢詞義的轉移。漢語詞義的『引申』情況大致也可以歸入這三類。」[18]蔣紹愚也贊同這個意見，[19]所以將這三種情況視爲詞義引申的規律之一。透過詞義的擴大、縮小與轉移可以孳乳新義，這與「引申」的本質是一樣的。

1. 詞義的擴大

指詞的本義引申出來的意義比它的本義所表示的範圍大。如：

(1)《說文・女部》：「好，美也。」段玉裁《注》：「好本謂女子，引申爲凡美之稱。」《方言二》：「凡美色或謂之好。」「好」這個詞本來的意思就是指貌美，特指女子的美。《史記・滑稽列傳》：「當其時，巫行視小家女好者，云是當爲河伯婦。」又：「呼河伯來，視其好醜。」後一句「好醜」對言，更說明「好」表示女子貌美。《淮南子・修務》：「曼頰皓齒，形夸骨佳，不待脂粉芳澤而性可說者，西施、陽文也。」高誘注：「西施、陽文，古之好女。」[20]許慎注：「陽文，楚之好人也。」「陽文」相傳爲古代楚國美女，所以「好女」、「好人」皆指美女、美人。北大漢簡第四冊〈反淫〉第一九簡也記載了「陽文」這位美女。《樂府詩集・陌上桑》：「秦氏有好女。」亦可爲證。後來引申出表示一般事物的優良。如《漢書・貢禹傳》：「商賈求利，東西南北，各用智巧，好衣美食。」杜甫〈江南逢李龜年〉：「又是江南好風景。」岳飛〈池州翠微亭〉：「好水好山看不足，馬蹄催趁月明歸。」這些「好」就是好壞的好，已經超出了表示女子貌美的範圍，屬於詞義的擴大。

(2)「絕」的本義是把絲弄斷。所以《說文・糸部》說：「絕，斷絲也。」《史記・滑稽列傳》：「淳于髡仰天大笑，冠纓索絕。」用的是本義。後來引申爲其他東西折斷，如《史記・秦本紀》：「武王有力好戲，力士任鄙、烏獲、孟說皆至大官。王與孟說舉鼎，絕臏。」秦武王力氣很大，喜歡角鬥，爭強好勝。國內大力士任鄙、烏獲、孟說等人均被他任命爲達官顯宦，經常進行決鬥比賽。有一次，秦武王跟孟說打賭誰能舉起龍紋赤鼎。秦武王親自舉鼎，結果折斷膝蓋骨而死。這是成語「舉鼎絕臏」的出處，比喻能力小，不能負擔重任。《史記・刺客列傳》：「秦王驚，自引而起，袖絕。」《韓非子・內儲說上》：「絕頭刳腹」。以上的「絕」都屬於詞義的擴大。

(3)「睡」，古義是打瞌睡，《說文》：「睡，坐寐也。」《莊子・列禦寇》：「夫千金之珠，必在九重之淵而驪龍頷下。子能得珠者，必遭其睡也。」《史記・商君列傳》：「孝公既見衛鞅，語事良久，孝公時時睡，弗聽。」中古以後詞義擴大爲睡著的意思，柳宗元〈童區寄傳〉：「童微伺其睡，以縛背刃，力下上，得絕，因取刃殺之。」意思是說「區寄暗暗看著匪徒睡著了，就把捆綁自己的繩子靠在刃刃上，用力地上下磨動，繩子斷了，便拿起刀殺死了那個強盜。」

(4)「幣」從「巾」旁，本來指用作禮物的絲織品，《說文》：「幣，帛也。」《周禮・大宰》「四曰幣貢。」鄭司農注：「繡帛。」由於詞義引申也可以指用作禮物的「馬匹」和「玉」等物品，《儀禮・士相見禮》：「凡執幣者。」孔疏：「玉馬皮圭璧帛，皆稱幣。」這些物品都是古人比較重視的財物，「幣」既然成了它們的通稱，後來就進一步演變成了貨幣的通稱，《管子・國蓄》：

⑱ 王力《漢語史稿》（北京：中華書局，1980.6 新 1 版）頁 555。

⑲ 蔣紹愚：《古漢語詞匯綱要》（北京：商務印書館，2005.9）頁 77。

⑳ 其他與之齊名者，如：《文選》枚乘〈七發〉：「使先施、徵舒、陽文、段干、吳娃、閭娵、傅予之徒……」，李善注：「皆美女也。」

「先王爲其途之遠，其至之難，故託用於其重，以珠玉爲上幣，以黃金爲中幣，以刀布爲下幣。」《史記・吳王濞列傳》：「吳王濞倍德反義，誘受天下亡命罪人，亂天下幣。」裴駰《集解》引如淳曰：「幣，錢也。以私錢淆亂天下錢也。」《漢書・食貨志下》：「於是乎量資幣，權輕重，以救民。」顏師古注：「凡言幣者，皆所以通貨物、易有無也，故金之與錢，皆名爲幣也。」[21]

(5)「江」本來是指長江，《書・禹貢》：「江漢朝宗于海。」《孟子・滕文公上》：「決汝漢，排淮泗而注之江。」文中的「江」都是長江。後來範圍擴大，變成一切河流的通稱，如《書・禹貢》：「九江孔殷。」孔穎達疏：「江以南水無大小俗人皆呼爲江。」爲了區別起見只好加上「長」稱「長江」了。「河」本指黃河，《書・禹貢》：「島夷皮服，夾右碣石入于河。」宋曾鞏〈本朝政要策・黃河〉：「河自西出而南，又東折，然後北注於海。」後來範圍擴大，指河流的通稱。《詩・鄘風・君子偕老》：「君子偕老，副笄六珈。委委佗佗，如山如河。」《漢書・司馬相如傳上》：「罷池陂陀，下屬江河。」顏師古注引文穎曰：「冀州凡水大小皆謂之河。」

(6)「牧」本指放牧、飼養動物，如上面解釋「本義」條時所示。後來擴大爲治民的人，指國君或州郡長官。《國語・魯語下》：「日中考政，與百官之政事，師尹維旅、牧、相宣序民事。」韋昭注：「牧，州牧也。」《孟子・梁惠王上》：「今夫天下之人牧，未有不嗜殺人者也。」孫奭疏：「言今天下爲牧養人民之君，未有不好殺人者也。」

2. 詞義的縮小

詞義的縮小和詞義擴大的情況正好相反。它指詞的引申義表示的範圍比本義小。如：

(1)「瓦」本義是古代陶製器物的總稱。《說文》：「土器已燒之總名。」段注曰：「瓦謂已燒者也。凡土器未燒之素皆謂之坏，已燒皆謂之瓦。《毛詩・斯干》傳曰：『瓦，紡專也。』此瓦中之一也。」段氏說：「瓦中之一」，是說「紡塼」是瓦器其中一種，這當然是表示詞義縮小了。所引《詩・小雅・斯干》：「乃生女子……載弄之瓦。」毛傳：「瓦，紡塼也。」是指古代泥土燒製的紡錘。馬瑞辰《毛詩傳箋通釋》：「古之撚線者，以專爲錘。《說苑・雜言篇》曰：『子不聞和氏之璧乎？價重千金，然以之間紡，曾不如瓦塼。』此紡用瓦塼之證。」又可指「屋瓦」，《莊子・達生》：「雖有忮心者，不怨飄瓦。」成玄英疏：「飄落之瓦，偶爾傷人，雖忮逆褊心之夫終不怨恨。」意思是說即使是心存怨恨的人，也不會怨恨偶而飄落的屋瓦。因爲屋瓦無心、無情，不會故意傷人。後世的用法便侷限在屋瓦了。

(2)「寡」，本指喪失配偶。《小爾雅・廣義》：「凡無妻無夫通謂之寡。」《詩・小雅・鴻雁》：「之子于征，劬勞于野。爰及矜人，哀此鰥寡。」毛傳：「老而無妻曰鰥，偏喪曰寡。」此處「寡」指無夫。《左傳・襄公二十七年》：「齊崔杼生成及彊而寡，娶東郭姜生明。」杜預注：「偏喪曰寡。」此處「寡」指無妻。後漸以專指婦人喪夫，《漢書・司馬相如傳上》：「是時，卓王孫有女文君新寡，好音，故相如繆與令相重而以琴心挑之。」

(3)「臭」從自從犬，本指氣味，是中性詞。《禮記・郊特牲》提到祭祀時，「周人尚臭」。《詩・大雅・文王》：「上天之載，無聲無臭。」《孟子・盡心下》：「口之於味也，目之於色也，耳之於聲也，鼻之於臭也，四肢之於安佚也，性也。」漢仲長統《昌言・論天道》：「性類純美，臭

㉑ 可參見裘錫圭：〈貝、錢、幣——雜談古代貨幣制度對語言文字的影響〉《裘錫圭學術文集・語言文字與古文獻卷》第四冊，頁254。

味芬香。」現在都用爲「惡臭」的意思。

這裡附帶一提「銅臭」一詞的讀音。《後漢書・卷五十二・崔駰列傳第四十二子瑗孫寔》：

寔從兄烈，有重名於北州，歷位郡守、九卿。靈帝時，開鴻都門榜賣官爵，公卿州郡下至黃綬各有差。其富者則先入錢，貧者到官而後倍輸，或因常侍、阿保別自通達。是時段熲、樊陵、張溫等雖有功勤名譽，然皆先輸貨財而後登公位。烈時因傅母入錢五百萬，得爲司徒。……烈於是聲譽衰減。久之不自安，從容問其子鈞曰：「吾居三公，於議者何如？」鈞曰：「大人少有英稱，歷位卿守，論者不謂不當爲三公；而今登其位，天下失望。」烈曰：「何爲然也？」鈞曰：「論者嫌其銅臭。」

東漢崔烈入錢五百萬買官，得爲司徒。有一天他問兒子，外界對他位居三公有何議論？兒子回答說「論者嫌其銅臭」。後來人們一直用「銅臭」來譏諷買官者或有錢人，大多數人是把其中的「臭」理解爲香臭之「臭」的。《幼學瓊林・卷三・珍寶類》：「崔烈以錢買官，人皆惡其銅臭。」聞一多《死水・洗衣歌》：「銅是那樣臭，血是那樣腥。」《漢語大辭典》解釋「銅臭」說：「銅錢的臭氣。原用來譏諷用錢買官或豪富者。後常用來譏諷唯利是圖的人。」以上顯然都是將「臭」讀爲「ㄔㄡˋ」。不過教育部國語重編辭典修訂本將「銅臭」的「臭」讀爲「ㄒㄧㄡˋ」，但卻解釋說「本指銅錢的臭味，後用以指錢或譏諷富人。」依其解釋顯然應該讀爲「ㄔㄡˋ」。如果讀爲「ㄒㄧㄡˋ」的話，則應該解釋爲「本指銅錢的氣味」。此外，在「銅臭味」、「崔烈銅臭」條也將「臭」讀爲「ㄒㄧㄡˋ」。但詭異的是「渾身銅臭」條卻又讀「臭」爲「ㄔㄡˋ」。裘錫圭認爲：「崔烈之子可能並沒有把『銅臭』的『臭』當作香臭的『臭』，但是我們現在審音，並不是要正《後漢書》的讀音，而是要正一般人口中的音，似乎沒有必要去改變長期以來一般人對『銅臭』的理解。所以斷定 **chòu** 是誤讀，並不一定妥當。在誤讀之例舉不勝舉的情況下，實在沒有必要把這種其是非尚有爭議的讀音用作例子。」[22]看起來裘先生傾向於讀爲「ㄔㄡˋ」。筆者把問題點出來，希望教育部國語重編辭典修訂本可以將「銅臭」的讀音確定下來，不要再出現兩種讀音或是讀音與解釋不合的現象。

(4)「朕」作爲第一人稱代詞，甲骨文已有出現，西周金文沿用下來。[23]在典籍中亦有相同用法，如《書・堯典》：「帝曰：『咨，四岳，朕在位七十載，汝能庸命，巽朕位。』」《楚辭・離騷》：「帝高陽之苗裔兮，朕皇考曰伯庸。」漢蔡邕《獨斷》卷上：「朕，我也。古代尊卑共之，貴賤不嫌，則可同號之義也。」但是秦始皇二十六年起定爲帝王自稱之詞，沿用至清。《史記・秦始皇本紀》：「臣等昧死上尊號，王爲『泰皇』，命爲『制』，令爲『詔』，天子自稱曰『朕』。」唐玄宗〈《孝經》序〉：「朕聞上古，其風朴略。」這也是詞義縮小的例證。

(5)「邦」指國家，這是大家熟知的。秦簡中法律罪名有「邦亡」者，指逃出邦境，《睡虎地秦墓竹簡・法律答問》簡五：「人臣甲謀遣人妾乙盜主牛，買（賣），把錢偕邦亡，出徼，得。論

㉒ 裘錫圭：〈不要以不誤爲誤〉《裘錫圭學術文集・語言文字與古文獻卷》第四冊，頁245。

㉓ 武振玉：《兩周金文詞類研究（虛詞篇）》，吉林大學博士論文，2006.6，頁23-24。

各可（何）毆（也）？當城旦黥之，各畀主。」意思是說男奴甲主謀叫婢女乙偷主人的牛，把牛賣掉，帶著賣牛的錢一同逃越國境，出邊塞時，被拿獲。各應如何論處？應按城旦的樣子施以黥刑，然後分別交還主人。「儌」，讀若較，是邊塞的意思。不過在《里耶》木牘J一八．○四六云「毋曰邦門曰都門」，意思是說今後不稱「邦門」，改稱「都門」。可見此處的「邦」並非「國家」之意，而是縮小爲「都邑」。《嶽麓秦簡．占夢書》簡三五正：「夢見□□□□□及市（？）□，乃有雨，冬以衣被邦門、市門、城門，貴人知邦端，賤人爲笥，女子爲邦巫。」將「邦門」、「市門」、「城門」並列，亦可說明「邦門」當爲邑中所設之門。

3. 詞義的轉移

指詞的意義在原來的基礎上向某一個方向發生的變化，即從甲義變成乙義。或是說凡引申的意義，既不屬擴大，又不屬於縮小，都可認爲是轉移的方式。如：

(1)「腳」的本義是小腿。《說文．肉部》：「腳，脛也。」「脛」就是小腿，《論語．憲問》：「原壤夷俟……（孔子）以杖叩其脛。」，末句楊伯峻《論語譯注》翻譯作「用拐杖敲了敲他的小腿。」（159頁）「腳」和「足」古代是有區別的。足指踝骨以下的部分。司馬遷〈報任安書〉：「孫子臏腳，兵法修列。」「臏腳」就是剔去膝蓋骨。晉以後，「腳」表示的範圍向下移動了，代替了「足」表示的意義，如《爾雅．釋鳥》：「鳧，雁醜，其足蹼。」郭璞《注》：「腳指間有幕蹼屬相著。」《爾雅》用「足」，郭璞《注》則作「腳」了。

(2)「寺」，本指官署，《後漢書．劉敞傳》：「官顯職閑，而府寺寬敞。」後來指寺廟，唐代韓愈〈論佛骨表〉：「不許度人均僧尼道士，又不許創立寺觀。」

(3)「湯」，古義是開水、熱水，戰國時代《包山》楚簡二六五簡「大庖之金器：……二辻缶，一湯鼎。」「湯鼎」的用途是洗浴，「湯」是熱水的意思。《論語・季氏》：「見善如不及，見不善如探湯。」楊伯峻《論語譯注》翻譯作「看見善良，努力追求，好像趕不上似的；見到邪惡，使勁避開，好像將伸手到沸水裡。」西漢晁錯〈言守邊備塞疏〉：「赴湯火，視死如生。」今義指帶汁水的菜肴，《水滸傳》第三十八回：「宋江因見了這兩人，心中歡喜，吃了幾杯，忽然心裏想要魚辣湯吃。」

(4)「予取予求」這句成語原本見於《左傳・僖公七年》，杜預對「予取予求」的理解跟原意正好相反。裘錫圭曾加以辨析，茲轉引如下：

《左傳・僖公七年》：

> 初，申侯，申出也，有寵於楚文王。文王將死，與之璧，使行，曰：「唯我知女（汝），女專利而不厭，予取予求，不女疵瑕也。後之人將求多於女，女必不免。」

杜預解釋「予取予求，不女疵瑕」句說：「從我取，從我求，我不以女爲罪釁。」杜說一千七百多年來一直爲人們所信從，「予取予求」成爲表示任意索取、貪得無厭一類意思的常用成語。《現代漢語詞典》「予取予求」條說：「原指從我這裡取，從我這裡求（財物）（見於《左傳》僖公七年），後代用來指任意索取。」這可以代表今人對「予取予求」的理解。其實，杜預的解釋是有問題的，把「予取予求」理解爲「從我取，從我求」（即「取於予，求於予」），跟古漢語一般句法不合，而且這樣理解，下文「後之人將求多於女」就顯得很突兀，文氣難接。此文的「求多」，無疑跟《禮記・曲禮上》：「分毋求多」的「求多」義近。「求多於女」就是對你有很多要求的意思。至於「予取予求」應該解釋爲「我只取我所要求的」。《左傳・昭公四年》：「王曰：『然則吾所求者無不可乎？』」《左傳・襄公二十八年》記盧蒲癸之語曰：「賦詩斷章，余取所求焉，惡識宗？」意思是說「比如賦詩的斷章取義，我取得所需要的就是了，哪裡知道什麼是同宗？」「予求」與「吾所求」同義，「予取予求」與「余取所求」同義。古書屢言「其求」，如《左傳・昭公二十二年》「夫大國之人令於小國而皆獲其求」、〈昭公二十二年〉「其求不多」等。「其求」即「其所求」，與「予求」即「予所求」同例。按照這個的解釋，「予取予求，不女疵瑕」跟「後之人將求多於女，女必不免」，在文義上就十分連貫了。楚文王採取「無求備於一人」（《論語・微子》）的態度，對申侯的缺點能夠原諒。他知道後來的楚王一定會對申侯有多方面的要求，不會原諒他的缺點，所以要他離開楚國。由此可見杜預和後人對「予取予求」的理解跟原意正好相反，這一成語跟「出爾反爾」、「每況愈下」等成語相似，其意義跟出典中的原義是完全不同的。由「予取予求」還演化出了「予取予攜」、「予取予奪」等說法。這些可以說是歧中之歧。[24]

謹案：依照裘先生的解釋，《左傳》原文應該理解爲：楚文王對申侯說：「只有我了解你。你壟斷財貨而永不滿足，我只看我所要求的，我不挑剔你。後來的楚王將會對你有很多要求，你必然不免於罪。」其中「不女疵瑕」即「不疵瑕女」，所以翻譯作「我不挑剔你」。「予取予求」從原義「我只取我所要求的」轉移到「從我這裡取，從我這裡求」是一個詞義轉移的很好例證。

(5)又如「不稂不莠」也是相同情況。《詩・小雅・大田》：「既堅既好，不稂不莠。」朱熹《集傳》：「稂，童粱；莠，似苗。皆害苗之草也。」所以「不稂不莠」本謂田中沒有野草。但是後世轉用爲以喻不成材或沒出息。如明畢萬〈竹葉舟・收秀〉：「一身無室無家，半世不稂不莠。」《紅樓夢》第八十四回：「第一要他自己學好纔好；不然，不稂不莠的，反倒耽誤了人家的女孩兒，豈不可惜？」這可以視爲詞義的轉移。「不稂不莠」也寫作「稂不稂莠不莠」、「稂莠不齊」、「不郎不秀」，如《儒林外史》第二回：「人生世上，難得的是這碗現成飯，只管稂不稂莠不莠的到幾時？」

4. 義位與義素觀念的適時運用

對於詞義的擴大、縮小、轉移我們常常覺得難以抉擇，好像既可以是擴大，又可能是轉移。蔣紹愚認爲應該用「義素分析法」來建立一個比較明確的標準。「義素」簡單的說，就是「意義要素」。**義素是把詞的意義進一步分析而得出的區別性特徵**。一個詞，如果是單義詞，就只有一個義位。如果是多義詞，就包含幾個義位。「語義」的基本單位應該是義位，而不是詞。把若干詞的處於同一語義場中的相鄰或相關的義位加以分析和比較，就可以得出若干義素。換言之，詞可以分析爲若干義位，義位又可以分析爲若干義素。[25]《簡明語言學詞典》（內蒙古人民出版社，1984）云：把分析音位的區別性特徵的原理用來剖析詞義的構成，這就是義素分析。第一步是把一群意義相關的詞，放在一起，進行比較。提取它們之間的共同語義特徵，這同數學上提取公因子的方法相似。第二步是運用對立關係把詞義分割成最小的對立成分，從而描寫語義的相互關係。所謂對立關係就是「非此即彼」（用＋號與－號表示）。《中國語言學大詞典》（江西教育出版社，1991）云：義素，

㉔ 裘錫圭：〈一句至少被誤解了一千七百多年的常用的話——「予取予求」〉《裘錫圭學術文集•語言文字與古文獻卷》第四冊，頁235-236。

㉕ 蔣紹愚：《古漢語詞匯綱要》（北京：商務印書館，2005.9）頁23。

即 semantic component 又稱 sememe。指意義的最小單位。一個詞所具有的種種意義特徵，我們一樣一樣抽取出來，記述在方括號裡。義素可以透過一群意義相關的詞比較而呈現出來，其中的詞，意義上具有某項特徵，我們就用加＋號表示，沒有那項特徵，就用減－號表示。例如下面四個詞作比較：

男人〔＋人類〕〔＋陽性〕〔＋成年〕
女人〔＋人類〕〔－陽性〕〔＋成年〕
男孩〔＋人類〕〔＋陽性〕〔－成年〕
女孩〔＋人類〕〔－陽性〕〔－成年〕

這四個詞的區別特徵有三：人類，陽性，成年。

用這三個特徵（義素）就可以把這四個詞的共性（人類）和殊性（陽性，成年）呈現出來。我們也可以換一種表述法：

	男人	女人	男孩	女孩
人類	＋	＋	＋	＋
陽性	＋	－	＋	－
成年	＋	＋	－	－

這樣就形成一個「詞義場」——意義相關的一群詞。在詞義場中，各詞的詞義是相互牽連的一個系統。這樣的意義研究，就是「義素分析法」。義素分析法是現代語言學詞義研究的新途徑。傳統的語言觀念認爲「詞」是最基本的意義單位，現代語言學者則認爲「詞」是許多義素的組合。「義素」組合成「義位」。然後，幾個義位又組合成「詞義場」。上述的例子是一個小詞義場，如果我們再把其他相關的詞加進去，就可以組合成一個較大的詞義場，加得更多，詞義場就繼續擴大。當然，這時它們就需要有更多的「義素」來呈現詞義的區別。愈大的詞義場，在義素分析上就愈複雜，愈困難。

回頭來看義素分析法對詞義擴大、縮小、轉移判斷的幫助，先看擴大。一個義位在歷史發展過程中減少了限定性義素，[26]這個義位由下位變成上位義，這就是擴大。例如：「唱」，古代指領唱，《說文》：「唱，導也。」段玉裁注：「鄭風曰：『唱予和女』。古多以倡字爲之。」《荀子•樂論》：「唱和有應」。《廣韻•漾韻》：「唱，發歌。」現代則指一切歌唱，它的義素變化是：

唱（古）：【帶頭】＋【唱】→唱（今）：【唱】

㉖ 表示被人們共同觀察到的詞義特點，就是造字所取的理據，王寧稱作「核義素」或是「源義素」。表示詞義類別的稱爲「類義素」。見王寧：《訓詁學原理》（北京：中國國際廣播出版社，1996.8）頁150。蔣紹愚稱爲「中心義素」與「限定性義素」，見蔣紹愚《古漢語詞匯綱要》（北京：商務印書館，2005.9）頁47-48。

它在有關語義場中的位置變化是：

古代：

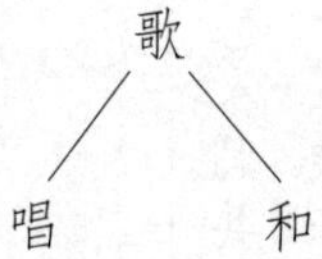

現代：

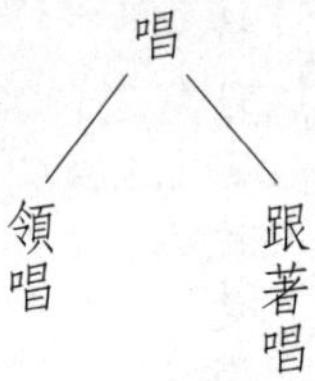

也就是說古代「歌」之下，分為「唱（領唱）」、「和（跟著唱）」，二者的地位是一樣的。現代的「唱」則是分為「領唱」、「跟著唱」，詞意有所擴大。從「唱」所代表的概念來說，就是由「種」概念變為「屬」概念（唱歌>領唱），所以這是詞義的擴大。

再看「縮小」。從義素看，是原來的義位增加了限定性義素，從語義場的上下位關係來看，是由上位義變成下位義。從概念來看，是「屬」概念變成「種」概念，例如「穀」，古代指百穀，即糧食作物的總稱。《說文》：「穀，續也，百穀之總名」；現代指「粟」。它的義素變化是：

穀（古）：【糧食作物】→穀（今）：【一種子粒圓形的糧食作物】

語義場中的位置變化是：

再看「轉移」，是指一個義位某一個限定義素保留，其他義素，特別是中心義素變化而引起的詞意變化，這就使得這個義位由一個語義場轉入另一個語義場。如上面提到的「湯」從古代的「熱水」義變爲現代的「菜湯」義，究竟是擴大、縮小還是轉移？「湯」是熱水，但並非一切熱水都是湯，有味道的、可以喝的才是湯，從這個角度說是「縮小」；「湯」是熱水，但菜湯不一定是熱的，也可以是涼的，從這個角度講又是「擴大」。因此，我們還是要從它的義素和語義場的變化來判斷。它的義素變化是：

湯（古）：【熱的】＋【水】↓湯（今）：【有味的】＋【以水製成的】＋【食物】

兩個義位中【水】的義素相同，但中心義素不同。古代的「湯」和「水」處於同一語義場，如《孟子．告子上》：「冬日則飲湯，夏日則飲水。」而現代的「湯」和「飯」、「菜」處於同一語

義場。所以，這應該是詞義的轉移。㉗

義素分析法還可以用在「同義詞」的辨析上，我們後面還會介紹。

蔣紹愚還提到對於詞義的擴大、縮小與轉移運用「義位」的概念可以將詞義的發展描述得更加清楚。他說：比如，「子」這個詞，古代包括兒子和女兒，現代只指兒子，這是詞義的縮小。但是，進一步考察一下，就會發現：「子」這個詞在六朝和唐代還有「種子」的意義（如杜甫詩：「江花結子已無多。」），現代還有「幼小的」這個意義（如「子豬」、「子雞」）。從這個角度講，也未嘗不可以說「子」這個詞從古到今詞義擴大了。如果拿古代表示「子女」的「子」和現代表示「幼小的」的「子」比較，也許會得出第三個結論：這是詞義的轉移。要是把古代「子」的又一意義「男子的美稱」考慮在內，就更說不清了。造成這種混亂的原因也在於沒有把詞區分爲義位。如果運用義位這個概念，問題就清楚了。「子」這個義位，古代和現代都有若干義位，它們的關係如下：

子（古）		子（今）
A.男子的美稱	……減少……	a. 0
B.子女	……縮小……	b.兒子
C. 0	……增加……	c.種子
D. 0	……增加……	d.幼小的

也就是說：古代的「子」有A、B兩個義位，義位A在現代漢語中消失了，義位B變爲現代漢

語中的義位 b，意義縮小了。同時，在歷史發展中，「子」這個詞義增加了兩個義位 c 和 d。這樣來描寫「子」這個詞的發展，才是全面的。㉘

(2) **根據漢語材料歸納出的引申規律**：

擴大、縮小和轉移的詞義發展三分法是一種邏輯的分類法，在世界的任何語言中都可以找到這些變化。陸宗達、王寧曾指出：「歸納引申規律必須從具體的民族語言的材料入手，而不能只靠簡單的邏輯推論。」㉙此說當是，而且由上面的討論可以知道這三種分類有時並不是很精確的。陸宗達、王寧二位先生根據傳統訓詁學的具體材料，把古代書面漢語詞義引申的規律歸納為理性的引申、狀所的引申、禮俗的引申三大類型，三大類之下又分爲十幾個小類。㉚我們參考他們的意見並增補一些例證，介紹如下：

1. 因果的引申：本義和引申義所反映的對象間有因果關係，作爲原因的事物與作爲結果的事物意義往往相通，如「厭」有「飽」義，因「飽」而「滿足」，又因「過飽」而「嫌惡」、「討厭」。

㉗ 以上參考蔣紹愚：《古漢語詞匯綱要》頁 74-78。

㉘ 蔣紹愚：《古漢語詞匯綱要》頁 59-60。

㉙ 陸宗達、王寧：〈古漢語詞義研究〉《辭書研究》1981 年 2 期。

㉚ 參陸宗達、王寧：《訓詁方法論》（北京：中國社會科學出版社，1983.12），又載於陸宗達、王寧：《訓詁與訓詁學》（太原：山西教育出版社，1994.9）頁 113-124。王寧：《訓詁學原理》（北京：中國國際廣播出版社，1996.8）頁 54-58。

又如《說文・角部》：「解，判也。」「解」的本義是分解動物的肢體。《莊子・養生主》：「庖丁為文惠君解牛。」用本義。分解的結果必然鬆懈，解由「分解」義引申為「鬆懈」義。分解還產生另一個結果，就是舒脫，「解」又從分解義引申為「舒脫」。

2. 時空的引申：表示時間、頻率、速度的意義，常常與表示空間、密度的意義相關。例如：「間」本義為「縫隙」，特點是空間距離狹小，引申為「時間短」，如「有間」、「間隔」。「緩」由「時間長」、「緩慢」義，引申為「地域寬緩」義。「時」表時間，亦可表示居住的空間，如《詩・大雅・綿》：「曰止曰時，築室于茲。」王引之《經義述聞・毛詩中》：「時亦止也，古人自有複語㉛耳……棲止謂之時，居止謂之時，其義一也。」這個意義後來寫作「塒」，如《詩・王風・君子于役》：「雞棲于塒」。又如「白駒過隙」也是很好的例證。

「所」本為「處所」的意思，如《莊子・庚桑楚》：「老子曰：『子自楚之所來乎？』」後來引申為「時間」，如《墨子・節用上》：「昔者聖王為法曰：『丈夫年二十，毋敢不處家。女子年十五，毋敢不事人。』此聖王之法也。聖王即沒，于民次也，其欲蚤處家者，有所二十年處家；其欲晚處家者，有所四十年處家。」王念孫《讀書雜志・墨子二》：「所，猶時也。」意思是說：「古代聖王制訂法則，說道：『男子年到二十，不許不成家，女子年到十五，不許不嫁人。』這是聖王的法規。聖王既已去世，聽任百姓放縱自己，那些想早點成家的，有時二十歲就成家；那些想遲點成家的，有時四十歲才成家。」清蒲松齡《聊齋志異・連瑣》：「隸捉石以投，驟如急雨，中楊腕，不能握刃。方危急所，遙見一人，腰矢野射。審視之，王生也。」文中「方危急所」猶「方危急時」。

「竟」在先秦兩漢典籍多用為「邊境」的意思，如《禮記・曲禮上》：「入竟而問禁。」《左傳・莊公二十七年》：「卿非君命不越竟。」後來加上「土」旁造出「境」字。由「邊境」可以引申出盡頭、終極一類的意思。疆界的盡頭稱爲「竟」，所以「竟」的用法最初側重在空間的盡頭，如《莊子・齊物論》：「忘年忘義，振於無竟，故寓諸無竟。」是說忘掉生死，拋棄是非，就能逍遙於無窮盡的境界，所以一切都寄託於這無窮無盡的境界。《史紀・秦始皇本紀》：「彗星見，或竟天」，是說彗星到天的盡頭。後來又引申出時間的終極，《後漢書・第五倫傳》：「吾子有疾，雖不省視而竟夕不眠。」《南史・沈懷文傳》：「孝武嘗有事圓丘，未至期而雨晦竟夜。明旦風霽，雲色甚美，帝升壇悅。」我們常說的「竟日」也是這種意思。

3. 動靜的引申：又稱「名動相因」。黃季剛《聲韻通例》曰：

> 古者，名詞與動詞，動靜相因，所從言之異耳。段君注《說文》，每加「所以」字，乃別名詞于動、靜詞，其實可不必也。即如「跨」、「胯」二者，**其初固同，其後乃分爲二**。自跨之物言之，則曰「胯」；自跨之事言之，則曰「跨」。《公羊傳》曰：「入其門，無人門焉。」上「門」舉其物，下「門」舉其事，而二義無二文。此可證「跨」、「胯」

㉛ 唐朝孔穎達撰《五經正義》，發現先秦古籍裡面有一種同義並列結構，稱之爲「複語」。如：《尚書・無逸》：「自朝至於日中昃，不遑暇食，用咸和萬民。」孔穎達《正義》：「遑亦暇也。重言之者，古人自有複語，猶云艱難也。」〈無逸〉是周公告誡成王不要貪圖逸樂的話。這裡兩句的意思是：周王朝的祖先勤奮爲政，從早上到中午，到下午，都沒有閒暇吃飯。「遑暇」是一個同義並列結構。孔穎達還提到「艱難」，也見於〈無逸〉這篇。它的原文是「不知稼穡之艱難」。

之本同矣。「胯」，苦故切，讀平聲，㉜則與「跨」之本音同。

由黃氏所說「其初固同，其後乃分為二」，可知動與靜本是一詞，如「天」，商金文作，本義是頭頂，是靜態；《周易・睽卦》：「其人天且劓。」馬融《注》：「黥鑿其額曰天」，是動態。甲骨文「獸（獸）」本是動詞狩獵之「狩」的本字，由動詞「狩獵」義引申為名詞，表示狩獵的對象──「野獸」，猶如「禽」由動詞「擒獲」義引申為名詞表示所擒獲的對象。㉝又如甲骨文「係」作，象用繩索縛係人的頸部；「係」在卜辭中除了用來表示「縛係」行為外，還可以表示「被縛係之人」。如《合》六九五二：「貞：雀以石係。」此辭似是占問雀是否會致送石地縛係的奴隸，其中「以」是「致送」的意思。甲骨文字在卜辭中的用法經常既可以表示一個具體行為動作，又可以表示與這個行為動作相關的名詞義，即通常所謂的「**名動相因**」。㉞又如第一章提到的「故」既是「故訓」，也可以是「解釋故訓」。「皮」既是皮膚，也有「剝皮」的意思。甲骨文寫作，西周金文寫作，字形象剝皮之形。「」象獸頭角尾之形，「」表示「皮」之所在，以「又」（即「手」）剝取之。《說文》：「剝取獸革者謂之皮。」「硯」既是「硯臺」，也指「研墨」，如《釋名》：「硯，研也。研墨使和濡也。」後來「硯」多用為名詞，動詞則寫作「研」，《說文》：「研，磨也。」「理」，從「玉」，「里」聲。本義是按照玉的紋理來剖析它、整治它（動詞）。故也引申指玉的紋理（名詞）。甲骨文中的「凵（坎）」除了有名詞用法外，還有動詞用法，掘地為坎或是掘地而埋物其中都可以叫『坎』」。㉟

其後派生、分化出新字來代表引申出來的名詞或動詞，此母字與分化字是同源的關係。如「封」，西周金文作（召伯簋），本義是手植林木以為地界。如《左傳・昭公二年》：「武子曰：

『宿敢不封殖此樹以無忘角弓。』」後又引申出「疆界」義，如《左傳•僖公三十年》：「又欲肆其西封。」《史記•商君列傳》：「開阡陌封疆。」這個名詞用法的「封」派生出「邦」字來，「封」、「邦」古本一字，可以通用。又如「耳」派生出割耳的刑罰「刵」、「魚」派生出捕魚勞動的「漁」等。

根據這個觀念，裘錫圭曾對《莊子•外物》「索我於枯魚之肆」有很好的解釋。睡虎地秦簡《日書》甲七二正貳：「戊己有疾，巫堪行，王母爲祟，得之於黃色索魚、堇酉（酒）。」馬王堆一號漢墓遣冊五十號：「右方索魚七䏲」，兩處的「索魚」皆指乾魚，之所以稱乾魚爲索魚，應該是由於它們通常總是穿在繩索上掛起來的緣故。此外，《韓詩外傳》卷一：「枯魚銜索，幾何不蠹。」枯魚也是乾魚。裘先生根據以上材料，認爲「索我於枯魚之肆」的「索」也是穿在繩索上掛起來的意思，他說：

> 《莊子•外物》篇有莊周貸粟的故事，其中包含一個與乾魚有關的寓言，大意說一條

㉜ 依《廣韻》來看，「胯」、「跨」俱爲苦化切，應爲去聲，禡韻。上古音同屬魚部。參郭錫良《漢字古音手冊》（北京：北京大學出版社，1986）頁12。

㉝ 姚萱：《殷墟花園莊東地甲骨卜辭的初步研究》（北京：線裝書局，2006.11）頁105、191。

㉞ 王子楊：《甲骨文字形類組差異現象研究》（上海：中西書局，2013.10）頁319。

㉟ 裘錫圭：〈釋「坎」〉，《古文字論集》（中華書局，1992）頁48。

困於車轍的鮒魚要莊子救他，莊子答應說：「我且南遊吳越之王，激西江之水而迎子，可乎？」鮒魚聽了大怒說，我想得到斗升之水以活命，「君乃言此，曾不如早索我於枯魚之肆」。《釋文》引李注：「（枯魚）猶乾魚也。」讀這段文字的人，幾乎都認爲最末一句的「索」字是求索的意思。如果眞是這樣，這一句就應該說成「則索我於枯魚之肆矣」，不應該加上「曾不如」等語。莊周貸粟故事也見於《說苑・善說》，內容大致相同。其中相當於這一句的話是「汝即求我枯魚之肆矣」。看來寫《說苑》這一段文字的人也把《莊子》的「索」理解爲「求」。但是他由於用了「求」字，就不得不把「曾不如早」這幾個字丟掉不管了。這正好說明《莊子》的「索」字不能當「求」講。我們認爲這個「索」字正與索魚之「索」同義，就是穿在繩索上挂起來的意思。鮒魚的那句話可以翻譯爲：「像您那樣說，還不如早一點把我挂在乾魚鋪子裡算了！」古漢語名動相因。《說文・木部》「梳」字段玉裁注：「器曰梳，用之理髮，因亦曰梳，凡字之體用同稱如此。」所以，用繩索把魚穿起來、挂起來，也可以叫做「索」。[36]

謹案：鮒魚乾掉之後，在魚店求得乾魚是必然的結果，沒有時間早晚的差別。只有過程——將鮒魚掛在架上的動作才有早晚的問題。所以前者當說「則索求我於枯魚之肆。」後者可說「曾不如早懸掛我於枯魚之肆。」

4. 實虛的引申：古漢語中實詞虛化爲虛詞，是由詞義引申來實現的。如《說文・又部》：「及，逮也，從又從人。」徐鍇說：「及前人也。」本義是追趕上。引申到達某處所，《左傳・僖公三十三年》：「及諸河，則在舟中矣。」「及」的詞義是具體的、實在的。在使用過程中，「及」

的用法逐漸擴大，不只用在處所這個具體義上，《左傳・隱公元年》：「將自及」的「及」指達到某種境遇；《戰國策・趙策》：「願及未塡溝壑而托之」的「及」指趁著某個時間；《左傳・僖公二十二年》：「傷未及死，如何勿重」的「及」指達到某種程度。隨著所及的對象由具體到抽象，及的實義也逐漸變弱，終於成爲介詞「及」和連詞「及」。㊲

5. 施受的引申：漢語中存在著施受同詞的現象，發出動作與接受動作往往用同詞表示，因爲動作發出與接受是一體之兩面。比如大家熟知的「受」訓「接受」，又訓「付予」，如晉葛洪《神仙傳・沈羲》：「有三仙人，羽衣持節，以白玉簡、青玉介丹玉字受羲，羲不能識。」

「乞」有「求討」的意思，《左傳・定公二年》：「邾莊公與夷射姑飲酒，私出。閽乞肉焉，奪之杖以敲之。」意思是說邾莊公與夷射姑飲酒，夷射姑出去小便。守門人向他討肉，他奪過守門人手裡的棍子就打過去。又訓爲「給予」，《漢書・朱買臣傳》：「居一月妻自經死，買臣乞以其夫錢另葬之」，是說一個月後朱買臣的前妻自縊，朱買臣給予前妻的丈夫錢財以埋葬其妻。

《馬王堆帛書・養生方》：「疾行：【一日】：行欲毋足痛者，南鄉（嚮）禹步三，曰：『何水不越，何道不枯〈栝—泄〉㊳，氣（乞）我□□末。』即取突墨【□】196/195」，陳劍指出：本

㊱ 裘錫圭：〈讀書札記九則——三、說「索我於枯魚之肆」〉《裘錫圭學術文集・語言文字與古文獻卷》第四冊，頁391-392。

㊲ 陸宗達、王寧：《訓詁與訓詁學》（太原：山西教育出版社，1994.9）頁118。

㊳ 陳劍認爲「枯」當爲「栝」，周波據此讀爲「泄（或作跇）」。泄，越過。《史記・樂書》：「騁容與兮跇萬里，今安匹兮龍爲友」，裴駰集解引如淳說云：「跇，謂超踰也。」

條屬於「疾行」一題，主題是祈求「行欲毋足痛」，故祝辭末說「氣我□□末」。「氣」應讀爲「乞」，意爲給、給予。《廣雅・釋詁三》：「⿰乞欠、匄、貸、稟、乞，與也（從王念孫校改）。」王念孫《疏證》：「乞、匄爲求又爲與，貸爲借而又爲與，稟爲受而又爲與，義有相反而實相因者，皆此類也。⿰乞欠與乞聲相近，故亦訓爲與。」《漢書・朱買臣傳》又：「妻自經死，買臣乞其夫錢，令葬。」睡虎地秦簡《日書》乙種《夢》簡一九五壹祝夢之辭云：「宛奇強飲食，賜某大畐（富），不錢則布，不璽（繭）則絮。」《日書》甲種簡一三～一四背略同：「……賜某大幅（富），非錢乃布，非繭乃絮。」帛書此處「氣（乞）」字用法與「賜」字相同。㊴

「致」字初文作（乖伯簋），即「侄」字，從人從至，至亦聲。字形表示人有所送詣，後來形體訛變爲「致」。所以「致」可以解爲「給予、讓給」，如「致謝」是表示謝意，也就是給予謝意。《公羊傳・莊公三十二年》：「莊公病，將死，以病召季子。季子㊵至，而授之以國政，曰：『寡人即不起此病，吾將焉致乎魯國？』」何休注：「致，與也。」陳立《義疏》：「言國將誰與也。」「致」亦有「求取、獲得」的意思，如「致勝」是獲得勝利、「致富」是獲得財富。《論語・子張》：「百工居肆以成其事，君子學以致其道。」意思是說：各種工人居住於其製造場所完成他們的工作，君子則用學習獲得那個道。《韓非子・五蠹》：「人主兼舉匹夫之行，而求致社稷之福，必不幾矣。」意思是說：君主既學習了匹夫的行爲，卻又想求得國家的繁榮富強，這是沒機會的。要說明的是，「至」與「致」都有「到達」的意思。不同之處在於「至」表示主語指稱的事物主動到達，如《公羊傳》的「季子至」是季子來到。「致」的基本用法是使什麼到達，如「致勝」自然可以理解爲「獲得勝利」，但實際上就是使勝利到來。「致富」就是使財富到來。「致其道」就是使「道」到來。《莊子・逍遙遊》：「彼於致福者，未數數然也。」「致福」是求福、得福，也就是「使福到」。《周禮‧夏官司馬‧懷方氏》：「掌來遠方之民，致方貢，致遠物，而送逆之，達之以節。」其中「致方貢」、「致遠物」即「使方貢（或遠物）至」的意思。這也是「招致」、「導致」詞義產生的緣故。裘錫圭也提到漢簡文書屢次提到稱作「致」的文書，既有「致物於人所用的文書」，也有「領東西所用的文書」，原因是：「在古漢語裡，『致』既可以當『送給』、『給與』講，也可以當把東西弄到自己這裡來講，所以送東西和領東西用的文書都可以叫做致。」㊶

《說文‧貝部》：「賦，斂也。」段玉裁注：「斂之曰賦，班之亦曰賦。經傳中凡言以物班布與人曰賦。」「賦」既是徵收或繳納賦稅。《孟子‧滕文公上》：「請野九一而助，國中什一使自賦。」《史記‧平準書》：「量吏祿，度官用，以賦於民。」唐韓愈〈送許郢州序〉：「財已竭而斂不休，人已窮而賦愈急。」《嶽麓書院藏秦簡（參）‧識劫㛪案》簡一一五正「里人不幸死者出單賦」，㊷「單」，亦作「僤」，是秦漢時期鄉里的居民組織。里人出錢助葬，每人分派一定的款額，稱為「賦」。與國家班布的稅額道理相同。簡文意思是說「有里人不幸死亡時，我承擔里僤分

㊴ 陳劍：〈馬王堆帛書《五十二病方》、《養生方》釋文校讀箚記〉，《出土文獻與古文字研究集刊》第五輯。

㊵ 「季子」指「季友」，莊公之同母弟曰公子友。

㊶ 裘錫圭：〈漢簡零拾——十一、致〉《裘錫圭學術文集‧簡牘帛書卷》第二冊，頁 79-80。

㊷ 朱漢民、陳松長主編：《嶽麓書院藏秦簡〔三〕》（上海：上海辭書出版社，2013.6）頁 155、164 注 14。

配的奠儀。」又可以解爲「授」、「給與」。《莊子・齊物論》：「狙公賦芧[43]曰：『朝三而暮四。』衆狙皆怒。曰：『然則朝四而暮三。』衆狙皆悅。」《漢書・哀帝紀》：「太皇太后詔外家王氏田非冢塋，皆以賦貧民。」顏師古注：「賦，給與也。」

6. 反正的引申：漢語中有一詞而包正反兩義的現象，這表示相反或相對立的兩個意義可以互相引申出來。如：「特」有「獨特」，也就是「無雙」的意義，《詩・秦風・黃鳥》：「唯此奄息，百夫之特」即此義。「奄息」，子車氏，是秦國的良人。又有「配偶」的意思，《詩・鄘風・柏舟》：「髧彼兩髦[44]，實維我特。」《傳》曰：「特，匹也。」又如「面」，《廣雅・釋詁》訓爲「向」，如「南面」、「北面」等；同時「面」又訓爲「背」，又寫作「偭」，《楚辭・離騷》：「偭規矩而改錯。」王逸《注》：「偭，背也。」《漢書・項籍傳》：「馬童面之。」顏師古《注》：「面，謂背之不面向也。」可見「背」可以由「面向」引申出「背向」這一相反的意義。

《詩・大雅・文王》「假哉天命，有商孫子」，其中「假」應該是「各（格）」之假借。金文常言某人各（格[45]）於某地。如《詩・雲漢》「昭假無贏」[46]、《詩・烝民》「昭假于下」、《周頌・噫嘻》「既昭假爾」、《詩・魯頌・泮水》「昭假烈祖」、《詩・商頌・長發》「昭假遲遲」之「昭假」，即金文習見之「卲（昭）各」[47]。所以「假哉天命」即「各（格）哉天命」。格有「至」義，「各（格）哉天命」乃「天命各（格）哉」之倒裝，意思是說天命至哉。天命既至，故下句承上而言，遂「有商孫子」。如此解釋，文義可通，文氣亦洽。[48]以此觀點，可以探討《詩・商頌・烈祖》「以假以享，我受命溥將。……來假來饗，降福無疆。」的文意。「以假以享」是從祭祀者的角度而言，「來假來饗」是從被祭者的角度而言。屈萬里《書傭論學集・詩經零拾》：「神降臨謂之昭假，祈神降臨亦謂之昭假。」此亦可視爲反正引申之一例。

《說文·貝部》：「舍，市居曰舍。」段注曰：「舍可止。引伸之爲凡止之偁。〈釋詁〉曰：『廢、稅、赦，舍也。』凡止於是曰舍，止而不爲亦曰舍，**其義異而同也。猶置之而不用曰廢，置而用之亦曰廢也**。《論語》：『不舍晝夜。』謂不放過晝夜也。不放過晝夜，即是不停止於某一晝一夜。以今俗音讀之，上去無二理也，古音不分上去，舍捨二字義相同。」段注所謂「義異而同也」正是反正引申的特點。段氏所云「置而用之亦曰廢也」，是指「廢」有「留置，放置」的意思，如《公羊傳·宣公八年》：「其言萬入去籥何？去其有聲者，廢其無聲者，存其心焉爾。」何休注：「廢，置也。置者，不去也。齊人語。」意思是說「萬舞上場去掉籥舞是爲什麼？是去掉有聲音的留下的

㊸「芧」讀若續，櫟樹；亦指櫟實。

㊹「髧」，讀若但，頭髮下垂狀。「髦」，讀若毛，男子未成年時剪髮齊眉，分向兩旁。

㊺格，至也。凡《尚書》：「格于上下」，「格于藝祖」，「格于皇天」，「格于上帝」，是也。此接於彼曰至。見〔清〕段玉裁注《說文解字注》（台北：漢京文化，1980.3）頁254（六上二八）。

㊻贏，餘也。余培林《詩經正詁》下冊頁462注53：「祭祀祈神降臨而不遺餘力」。

㊼「卲各」或解釋爲昭明善德，使神降格。陳英傑：《西周金文作器用途銘辭研究（上）》（北京：線裝書局，2008.10）頁310。

㊽參見謝明文：《〈大雅〉、〈頌〉之毛傳鄭箋與金文》（北京：首都師範大學碩士論文，2008.5）頁11。

沒有聲音的，保留一點心意罷了。」《莊子・徐無鬼》：「於是爲之調瑟，廢一於堂，廢一於室。」馬敘倫說：「《說文》：『廢，屋頓也。』廢今言猶安頓矣。故《音義》曰：『廢，置也。』」意思是說將一瑟置於堂，一瑟置於室。

「廢」的這種情形跟「置」一樣。「置」既有設立、設置之意，《史記・穰侯列傳》：「四歲，而使白起拔楚之郢，秦置南郡。」《呂氏春秋・異用》：「湯見祝網者置四面，其祝曰：『從天墜者，從地出者，從四方來者，皆離吾網。』」高誘注：「置，設。」也有廢棄、捨棄的意思。《晏子春秋・諫上十一》：「置大立少，亂之本也。」《國語・周語》：「今以小忿棄之，是以小怨置大德也。」韋昭注：「置，廢也。」清・蒲松齡《聊齋志異・書癡》：「家苦貧，無物不鬻，惟父藏書，一卷不忍置。」秦漢私印中人名有「可置」、「可舍」、「可遺」者，如《秦漢印統》七・四著錄有「宋可置」，《中國古印圖錄》七〇四著錄有「趙可置」，《十鐘山房印舉》一四a・五三著錄有「金可置・金置」。「可置」的意思與「可舍」、「可遺」相近，都是廢棄、捨棄的意思。古書中「遺」有用作「捨棄」義的例子，如《論語・泰伯》：「君子篤于親，則民興於仁；故舊不遺，則民不偷。」人名「可舍」、「可遺」、「可置」，皆言輕賤可棄，易於養活。[49]本來「放置」與「丟棄」是同一行爲相銜接的過程，放置而不再拾取就是棄置。[50]

「逆」既有違背、拂逆、違逆義，如《書・太甲下》：「有言逆於汝心，必求諸道。」又有迎受、接受義，這個意思當由「逆迎」引申而來，如《書・呂刑》：「爾尙敬逆天命，以奉我一人。」因此「逆命」一詞也有兩種意思。一是違抗命令，《左傳・昭公四年》：「慶封唯逆命，是以在此，其肯從於戮乎？」杜預注：「逆命，謂性不恭順。」也有接受命令之意，《儀禮・聘禮》：「宰命司馬戒衆介，衆介皆逆命不辭。」鄭玄注：「逆，猶受也。」

「捨己救人」與「負薪救火」同是「救」卻代表兩種不同的動作。前者是「救助」，《廣雅・釋詁二》：「救，助也。」《廣韻・宥韻》：「救，護也。」後者是「禁止」，《說文》：「救，止也。」《集韻》：「救，禁也。」由於「救」的阻止、禁止義總是與某種災害、禍患所導致的危險有關，制止、消除這種危險的目的（或同時），也即援助、挽救這些遭受到不良狀況的人或物，故「禁止」與「救助」是屬於同一行爲相銜接的過程。同一個「救」既作「助」解，又作「止」解，具體分辨的方法主要是看「救」的對象是什麼，如是遭受災禍侵害的事物，則爲「助」義，如是災禍等不好的事物本身，則爲「止」義。[51]

我們常說「打一把鑰匙」，字面是擊打、破壞，但實際上打造完成一把鑰匙，這也是屬於同一行爲相銜接的過程。《詩經》的「伐輻」、「伐輪」、「伐柯」、「伐琴瑟」，這些「伐」都是攻治，既攻且治，最終完成某一件作品。[52]這也可以視爲一種反正的引申。

㊾ 魏宜輝：〈秦漢璽印人名考釋（九題）〉，《中國文字學報》第七輯（北京：商務印書館，2017 年 7 月），頁 140。

㊿ 參見王云路等著：《漢語詞彙核心義研究》（北京：北京大學出版社，2014 年 4 月），頁 78。

[51] 參見王凱博：《出土文獻資料疑義探研》，吉林大學博士論文 2018 年，頁 244。

[52] 王挺斌：〈關於「伐」字訓爲攻治之義的問題〉，《出土文獻》第 11 輯（上海：中西書局，2017 年 10 月），頁 413。

7.同形的引申：事物形狀相似也可以成為詞義引申的依據。如「斗」的主要功能是挹取之用，有時與其他盛酒器相伴而出（請見下圖）。其形體與北斗七星相似，因此有「斗星」的說法，如《公羊傳・文公十四年》何休注：「北斗，天之樞機玉衡七政所出。」既為挹取之用，自然也可作為舀水木杓，如《太平御覽》卷七六二引《通俗文》：「木瓢為斗。」又如我們現在所說的「車斗」，是指貨車後面裝卸貨品的地方；「菸斗」是裝菸草的地方，總之都是一種帶柄、凹狀的容物形。「斗」從一種挹取的器具引申為北斗星、舀水器、車斗、菸斗，都由形狀相似所致。又如「花瓣」何以名「瓣」？《說文》：「瓣，瓜中實。從瓜，辡聲。」段玉裁注：「瓜中之實曰瓣，實中之可食者當曰人，如桃杏之人。」「瓣」的本義就是我們現在所說的「瓜子」，是由冬瓜種子洗淨曬乾而來的。瓜子殼內可吃者稱為「人」即「仁」，如「杏仁」。由於「瓜瓣」（瓜子）的形狀與一片一片的花朵相似，於是稱為「花瓣」。其他如「橘瓣」、「蒜瓣」也都是相同的原理。

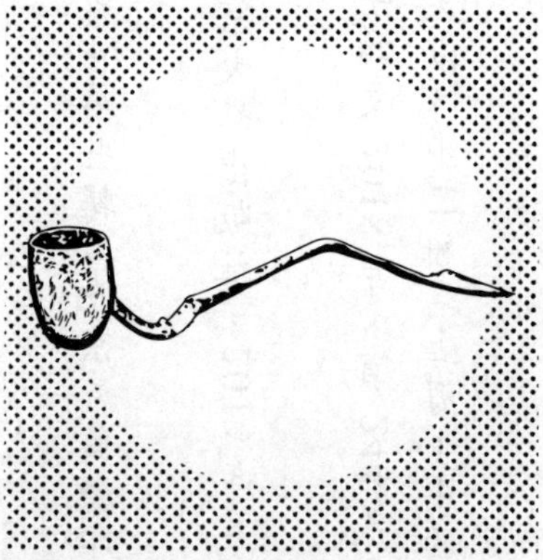
▲隨州葉家山西周墓地出土銅斗

「管」本是「竹管」，長圓而中空。《莊子・秋水》：「是直用管窺天，用錐指地也，不亦小乎？」《世說新語・方正》：「此郎亦管中窺豹，時見一斑。」凡是符合竹管形狀者皆可稱「管」。吹奏的中空樂器稱「管」，《詩・周頌・有瞽》：「既備乃奏，簫管備舉。」「筆」可稱「管」，如「筆管」、「彤管」。清・沈復《浮生六記》：「先生循循善誘，余今日之尚能握管，先生力也。」古代的「鑰匙」是中空的管狀。《左傳・僖公三十二年》：「鄭人使我掌其北門之管。」《北史・

李靈傳》：「元等入城，收管籥（鑰）。」

8. 同感覺的引申：詞義所反映的感覺相類似也可以導致詞義引申。例如：《說文》：「緊，纏絲急。」指物體受拉力或壓力後呈現的緊張狀態，亦可引申為時間迫近的感覺也叫做「緊」，這因為物體壓迫與時間近逼，感覺上類似。「酸」本指味覺所受酸味，也用以指心情的悲苦，這因為酸味感覺與悲苦的感覺相類似。又如味道美好為「甘」，如《孟子・梁惠王上》：「為肥甘不足於口與？」甘是一種美好的味道，有的時候「甘」也引申表示甜味。如《荀子・榮辱篇》：「口辨酸鹹甘苦。」「甘」、「苦」二字連用，「甘」表示甜味。味道美好給人以美好的感受。因此，感覺良好也稱為「甘」。如《左傳・僖公十年》：「幣重而言甘，誘我也。」意思是說：「財禮重而說話甜，這是在引誘我們。」這裡的「甘」表示講的話聽起來好聽。這樣，「甘」的意義從味覺轉到聽覺上來了。再如「聞」的本義是聽見。郭店楚簡〈五行〉簡一五「聰則聞君子道，聞君子道則玉音」、簡二二～二三「未嘗【二二】聞君子道，謂之不聰。」《書・君奭》：「我則鳴鳥不聞，矧曰其有能格。」[53]都是這種用法。但是在戰國後期，這個詞出現了新

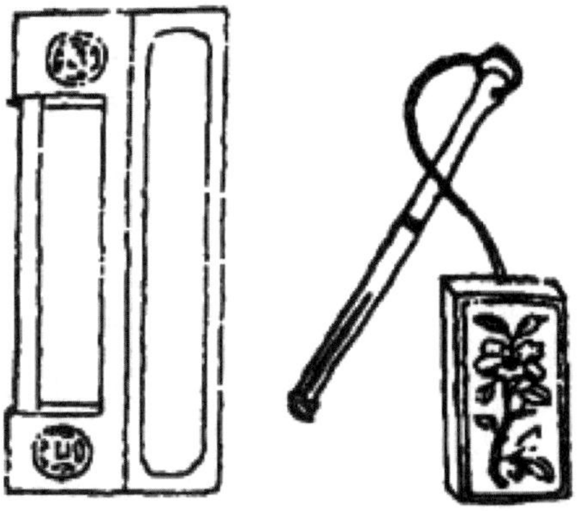

▲管與鎖，取自《三才圖會》

53 孫詒讓《駢枝》指出「鳴鳥」比喻「讜言」。〈君奭〉的文意是說：聽不到足以提高我的讜言高論，更何況還能說格知天命嗎？見顧頡剛、劉起釪：《尚書校釋譯論》第三冊，頁1584、1595。

的意義，由聽見轉變成用鼻子嗅到。《韓非子・十過》：「戰既罷，（楚）共王欲復戰，令人召司馬子反，司馬子反辭以心疾。共王駕而自往，入其幄中，聞酒臭而還。……於是還師而去，斬司馬子反以爲大戮。」這是由聽覺轉變到嗅覺上去了。長期以來，「聞」的這兩個意義同時並存，後來表示嗅覺的意義佔優勢，最後終於取代了聽覺的意義。[54]

9. 同狀態的引申：事物的狀態類似也是詞義引申的依據。如：「醒」本指酒醉消除，恢復常態。《左傳・僖公二十三年》：「姜與子犯謀，醉而遣之。醒，以戈逐子犯。」晉公子重耳在齊國的夫人姜氏擔心重耳耽於逸樂，忘卻重返晉國的使命，於是與子犯商量，灌醉了重耳，然後把他送離齊國。公子酒醒，拿起戈追逐子犯。「醒」還可以引申指從睡眠中清醒的狀態，杜甫〈早發〉詩：「積倚睡未醒，僕夫問盥櫛。」兩種狀態相類似。又如：劈木叫「斯」，《詩・陳風・墓門》：「墓門有棘，斧以斯之。」聲音撕裂叫「嘶」，把東西扯開叫「撕」，這些詞都由同一個源詞分化而來，它們所表示的事物都有破裂的狀態，所以可能引申。馬王堆帛書《繆和》：「（吳人）斯壘爲三遂（隊），而出擊荊人，大敗之。」「斯」，析，分開。意思是說吳國人將軍營中的軍隊分爲三隊。

10. 同作用的引申：事物的功能作用相同也是詞義引申的根據。如《說文・門部》：「關，以木橫持門戶也。」本指門閂，其作用在於控制出入，以防不虞，引申之，邊界上的要塞亦稱「關」，如《呂氏春秋・仲夏》：「關市無索。」高誘《注》：「關，要塞也。」《藝文類聚》引蔡邕〈月令章句〉：「關，在境所以察出御入。」門閂的作用與要塞關防作用類似，故得引申。

(3) 根據引申義列歸納出的引申規律：

詞義引申造成一詞多義，或者產生同源詞。多義詞的各個意義間，同源詞的各個意義間，都有或深或淺，或近或遠的各種聯繫，形成了系統，語言學家把這種意義系統稱爲「引申義列」。從引申義列的形式看，可分爲三種類型：一種是連鎖式，即一環套一環的引申；一種是輻射式，即從本義出發，向不同的方向引申出幾個引申義；還有一種是混合式，即混合連鎖式與輻射式兩種。

1. 連鎖式引申：即從甲義引申乙義，又從乙義引申丙義，再從丙義引申丁義。如「責」的本義是「債務」，如《左傳・昭公二十年》：「使有司寬政、毀關、去禁、薄斂、已責」；《戰國策・齊策四》：「誰習計會，能爲文收責于薛者乎？」；《嶽麓書院藏秦簡（參）・猩、敞知盜分贓案》：簡五一正「達曰：『亡，與猩等獵漁。不利，負責（債）。』」[55]意思是說：達說：「我們逃亡，與猩等人捕魚。不順利，負債。」由「債務」引申爲「索取」，如《左傳・桓公十三年》：「宋多責賂于鄭」；又由「索取」引申爲「要求」，如《論語・衛靈公》：「躬自厚而薄責于人。」又由要求引申爲要求別人回答，即「詰問」，如《史記・絳侯周勃世家》：「吏薄責條侯。」又由詰問引申爲「責備」，如王安石〈答司馬諫議書〉：「如君實責我以在位久」。這一引申過程可以圖示如下：

債務→索取→要求→詰問→責備[56]

---

[54] 趙振鐸：《訓詁學綱要【修訂本】》（成都：巴蜀書社，2003.10）頁230。

[55] 朱漢民、陳松長主編：《嶽麓書院藏秦簡〔三〕》（上海：上海辭書出版社，2013.6）頁121。

[56] 參楊劍橋：《實用古漢語知識寶典》（上海：復旦大學出版社，2003.8）頁328。

「要」，戰國文字作〓（上博《昭王與龔之脽》簡7），[57]本義是「腰」，《墨子・經說》：「昔楚靈王好士細要。」引申為「中間」，如《戰國策・秦策》：「是王之地一經兩海，要絕天下也。」又引申為「攔截」，如《左傳・襄公三年》：「吳人要而即之。」《孟子・公孫丑下》記孟仲子「使數人要於路」，「要」即「遮攔之意」。[58]《論衡・儒增篇》引「書言」，有「晉襄公率羌（姜）戎要擊於崤塞之下」之語，「要擊」就是「阻擊、截擊」。又引申為「要挾」，《論語・憲問》：「雖曰不要君，吾不信也。」又引申為「求得」，《孟子・公孫丑》：「非所以要譽于鄉黨朋友也。」再引申為「需要」，如白居易〈紅線毯〉：「地不知寒人要暖，少把人衣作地衣。」其引申義列如下圖：

腰→中間→攔截→要挾→求得→需要[59]

「突」，《說文》曰：「犬从穴中暫[60]出也。」段注曰：「引伸為凡猝乍之稱。」「突」字形是表示犬從洞穴中突然竄出，所表示的意義就是「忽然、猝然」的意思。「突」可以解釋為「襲擊」，如《墨子・備城門》：「今之世常所以攻者，臨、鉤、衝、梯、堙、水、穴、突、空洞、蟻傅、轒轀、軒車。」意思是說：「現在世上常用的進攻方法有：築山臨攻、鉤梯爬城、衝車攻城、雲梯攻城、填塞城溝、決水淹城、隧道攻城、穿突城墻、城墻打洞、如蟻一般密集爬城、使用蒙上牛皮的四輪車、使用高聳的軒車。」岑仲勉《注》：「突之義為猝攻。」這個自然是「猝然」的引申。其後再引申為「突圍」，《三國志・魏志・武帝紀》：「青州兵奔，太祖陣亂，馳突火出。」「襲擊」、「突圍」都是指人數相對較少的行動，故意義相關。「突圍」再引申為「穿、破」，如《左傳・襄公二十五年》：「鄭子展、子產帥車七百乘伐陳，宵突陳城，遂入之。」杜預《注》：「突，穿也。」由「穿、破」再引申爲「豎起、凸出」。《莊子・說劍》：「吾王所見劍士，皆蓬頭、突鬢、垂冠，曼胡之纓，短後之衣，瞋目而語難。」成玄英《疏》：「髮亂如蓬，鬢毛突出。」〈說劍〉這段意思是說「我們國王所接見的劍士，都是頭髮蓬亂，鬢毛突起，帽子低垂，頸圍粗實的長纓，身著短後的上衣，怒目相視，說話結結巴巴。」《呂氏春秋・任地》：「子能以窐爲突乎？」高誘《注》：「突，理出豐高也。」由「豎起、凸出」再引申爲「煙囪」，《漢書・霍光傳》：「臣聞客有過主人者，見其灶直突，傍有積薪，客謂主人，更爲曲突，遠徙其薪，不者且有火患。」此爲成語「曲突徙薪」的由來，意爲搬開灶旁柴禾，將直的煙囪改成彎的。本謂預防火災。後來比喻先採取措施，防患於未然。葛洪《抱朴子・辨問》：「突無凝煙，席不暇煖。」宋陸游〈雨夜〉詩：「麥熟家家喜墮涎，龜堂依舊突無煙。」其引申義列如下圖：

忽然、猝然→襲擊→突圍→穿、破→豎起、凸出→煙囪

---

57 郭永秉：〈談古文字中的「要」字和從「要」之字〉。

58 楊伯峻：《孟子譯注》（北京：中華書局，1960.1）頁 92。

59 參蔣紹愚：《古漢語詞匯綱要》（北京：商務印書館，2005.9）頁 71-72。

60 「暫」是倉卒、突然的意思，文獻例證如《左傳・僖公三十三年》：「婦人暫而免諸國。」

一〇七年大學學測國文作文的範文是楊牧的〈夭〉。考題問到：作者描寫春天的美麗新世界，但詩題爲何命名爲〈夭〉？這個答案不少文學家已有很好的詮釋，這裡僅就「夭」的文字、詞意演變作一補充：

(1)「夭」字寫作，本義是「腰」。

(2)由於「腰」在人體中間，故「夭」可引申爲中間、長到一半未熟成。如同「要」可用爲「腰」，於是「要」便有「攔截」的意思。什麼是「攔截」？就是你在路途「中間」被擋下來。《孟子．公孫丑下》：「使數人要於路，曰：『請必無歸而造於期。』」

(3)由於「腰」可屈折，所以《說文》：「夭，折也。」

(4)結合「(2)+(3)」，於是「夭」便有年少而折、年少而死的意思，即「夭折」。《釋名．釋喪制》：「少壯而死曰夭，如取物中夭折也。」這是極有道理的！

(5)由(2)或(4)可以引申出稚嫩的、年少的。

(6)至於桃之「夭夭」，一般釋爲「盛美貌/茂盛的樣子」，由於距離本義已遠，加上看不出引申義列，最好是看做「假借」。本字寫作「枖」或「𡝩」。《說文》：「枖，木少盛皃。从木，夭聲。《詩》曰：『桃之枖枖。』」《說文》：「𡝩，巧也。一曰女子笑皃。《詩》曰：『桃之𡝩𡝩。』从女，芺聲。」這也符合一般認爲「夭夭」是聯綿詞，謹記其「音」不論其字。

2. 輻射式引申：即幾個引申義都是從一個共同的語義中心引申出來，甲義引申乙義，甲義又引申丙義，甲義又引申丁義。如「引」本義是「開弓」，如《說文》：「引，開弓也。」《孟子．盡心下》：「君子引而不發，躍如也。」開弓須用手拉弓弦，因此由開弓引申爲「拉」，如《史記．廉頗藺相如列傳》：「左右或欲引相如去。」開弓射箭時，箭被導向後方，因此又由開弓引申爲「引導」，如《管子．法法》：「引而使之，民不敢轉其力。」開弓時弓弦被「延長、伸長」，如《左傳．成公十三年》：「我君景公引領西望。」開弓時箭被拿住，並拉向自己身邊，因此又由開弓引申爲「取過來」，如《戰國策．齊策二》：「一人蛇先成，引酒且飲之。」又東漢王充《論衡．問孔》：「子游引前言以距孔子。」其引申義列如下圖：[61]

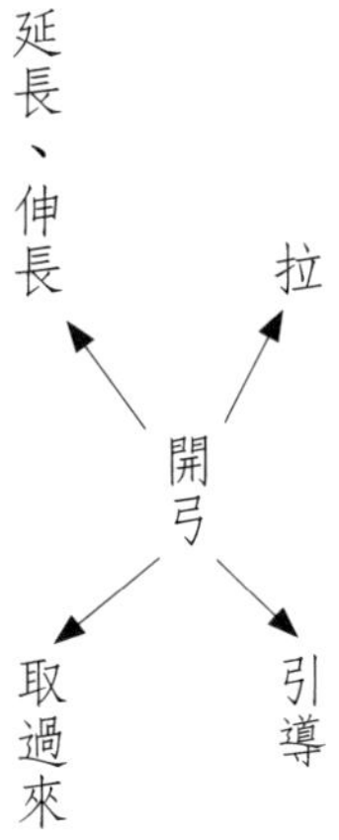

3. 混合式引申：就是混合上述兩種引申方式的方式。實際上，一個詞的引申往往是兩種方式兼而有之，如：「信」的本義是「言語眞實」，如《老子》：「信言不美，美言不信。」從「言語眞實」可以引申出「對人眞誠，有信用」，如《論語．學而》：「與朋友交，而不信乎？」從「言語眞實」還可以引申出「相信」的意思，如《左傳．襄公三十一年》：「人謂子產不仁，吾不信也。」從「言語眞實」還可以引申出「的確、眞實」的意思，如《韓非子．難一》：「舜其信仁乎？」而由「言語眞實」的意思可以引申出「憑證」的意思，如《史記．外戚世家》：「用爲符信，上書自陳。」由「憑證」的意思可以引申出「信使」，如杜甫〈寄高適〉：「書成無信將」。由「信使」

[61] 參楊劍橋：《實用古漢語知識寶典》頁328-329。

的意思可以引申出「音訊」，如杜甫〈得弟消息〉：「近有平陰信，遙憐舍弟存。」由「音訊」的意思可以引申出「書信」，如白居易〈謝寄新茶〉：「紅紙一封書後信。」其引申義列如下圖：[62]

信（言語真實）

→ 1有信用

→ 2相信

→ 3的確

→ 4憑證→5信使→6音訊→7書信

從本義引申為1、2、3、4義，是輻射式的；從本義到4、5、6、7義，是連鎖式的。

(4) 相因生義的引申規律：

詞語藉由「類推作用」可以產生新的詞義，即A、B兩詞語，A詞語有A1、A2兩個義項；B詞語有B1一個義項，由於B1和A1意義相同（或相反），結果B詞語由於類推而產生跟A2意義相同（或相反）的B2義項，這就叫做詞的「相因生義」，[63]有學者稱為「同步引申」[64]或「詞義滲透」。[65]詞的「相因生義」與「遞訓」、「互訓」並不相同，「遞訓」、「互訓」是一種訓釋詞義的方法，「遞訓」的公式是：A＝B，B＝C，如《莊子・齊物論》：「庸也者，用也；用也者，通也；通也者，得也。」；「互訓」的公式是：A＝B，B＝A，如《說文》：「善，吉也。」又有「吉，善也。」《爾雅・釋宮》：「宮謂之室，室謂之宮。」而「相因生義」是詞義發展的一種途徑，[66]公式是：

A（A1）＝B1，因而A（A2）＝B2；或是A1＝B（B1），因而B（B2）＝A2。

這種方式在古漢語的詞義發展中確實是存在的，如《說文》：「歇，息也。一曰气越泄。从欠

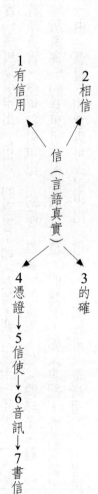

曷聲。」段玉裁注曰：「息也。息者，鼻息也。息之義引伸爲休息，故歇之義引伸爲止歇。」這便是相因生義。也就是說因爲「歇，息也」，既然「息」可引伸爲「休息」，則「歇」亦可引申爲相同的意思——「止歇」。

「謂」與「言」在上古都有「說」的意思，如《韓非子‧外儲說左上》：「楚王謂田鳩曰」、《墨子‧公輸》：「吾知所以距子矣，吾不言。」由於「謂」又有「作爲」之意，如李商隱〈無題〉：「人生豈得長無謂，懷古思鄉共白頭。」結果「言」也產生了「作爲」之意，如王維〈宿鄭州〉：「此去欲何言？窮邊徇微祿。」

「兵」、「戎」的本義都是「兵器」，如《周禮‧夏官‧司兵》：「掌五兵五盾。」鄭玄《注》引鄭司農曰：「五兵者，戈、殳、戟、酋矛、夷矛也。」後者如《說文‧戈部》：「戎，兵也。」又比如「五兵」也叫「五戎」，《禮記‧月令》：「天子乃教於田獵，以習五戎。」鄭玄《注》：「五戎謂五兵。」由於「兵」由「兵器」這個意義引申出使用兵器的人，也就是「士卒、軍隊」，

---

⑥② 參蔣紹愚：《古漢語詞匯綱要》頁71、74。

⑥③ 蔣紹愚：《古漢語詞匯綱要》，頁82、蔣紹愚〈論詞的「相因生義」〉《漢語詞匯語法史論文集》（北京：商務印書館，2000.8）頁97。

⑥④ 許嘉璐：〈論同步引申〉《中國語文》1987年1期。

⑥⑤ 孫雍長：《訓詁原理》（北京：語文出版社，1997.12）頁325-346。

⑥⑥ 蔣紹愚：〈論詞的「相因生義」〉《漢語詞匯語法史論文集》頁102-103。

段玉裁在《說文》「兵」字下注曰：「械者器之總名。器曰兵，用器之人亦曰兵。」《戰國策・西周策》：「所以進兵者，欲王令楚割東國以與齊也。」結果「戎」也發展出「士卒」的意義，如《國語・吳語》：「王不如**設戎**，約辭行成，以喜其民，以廣侈吳王之心。」韋昭《注》：「言不如設兵自守。」段玉裁在《說文》「戎」字下注曰：「兵之引申爲車卒，步卒，**故戎之引申亦爲卒旅**。**兵可相助**，故引申之義，〈小雅〉『丞也無戎』，《傳》曰『**戎，相也**。』」看來「戎」受到「兵」的影響，除引申出「士兵」的意思外，還有「相助」的意思。

我們前面討論「時空引申」時提到「所」本是「處所」的意思，可引申爲「時間」的意思，由於「黨」也有「處所」的意思，故得同步引申而有「時間」的意思。《左傳・哀公五年》：「師乎，師乎，何黨之乎？」杜預注：「黨，所也。」《禮記・玉藻》：「不退，則必引而去君之黨。」王引之《經義述聞・禮記中》：「家大人曰：『黨，所也，謂君所坐之處。』」後來也引申爲「時間」，《公羊傳・文公十三年》：「往黨，衛侯會公於沓，至，得與晉侯盟；反黨，鄭伯會公于斐。」何休注：「黨，所也；所猶時，齊人語也。」孔廣森《公羊春秋經傳通義》：「《莊子》曰：『物之黨來，寄也。』其義來時來。《荀子》曰：『怪星之黨見。』其義爲時見。**是黨訓所**。轉訓時也。」上引《公羊傳》的意思是說：「**去的時候**（往黨），衛成公在沓邑會見文公，到了晉國又能與晉靈公結盟；**返回的時候**（反黨），鄭繆公在斐邑會見文公。」由於「黨」與「所」意思相近，所以有相同的引申序列。

在現代北方的口語中，「讀中學」和「念中學」的意思是一樣的（見《現代漢語詞典》）。「念」的這個意義是怎樣發展來的呢？也是通過這種類推作用。(1)《說文》：「念，常思也。」這是「念」在上古的主要用法。到了中古，在佛教中產生了「念誦」一詞，《普賢觀行語》：「在心曰念，發言曰誦，言由于心，故曰念誦。」這裡的「念」還是「思念」的意義，但因爲和「誦」連用，它就取得了「誦」的意義，因此就有了「念經」、「念佛」等說法（但其中的「念」，有時指朗讀，有時仍指思念）。(2)「念」既與「誦」同義，因此也就和「讀1」（朗讀）同義。但「讀2」是「學習」的意義，如《莊子・駢拇》：「問臧奚事，則挾策讀書。」由於類推作用，「念」也取得了「學習」的意義。在宋朝，就有「念書」的說法，如《程子遺書》：「憂子弟之輕俊者，只教以經學念書，不得令作文字。」(3)在現代漢語中，產生了「讀中學」的說法。同樣，由于類推作用，也就產生了「念中學」的說法。這種說法可能產生得較晚，在《國語辭典》中「念」還只有「諷誦」義，而到了《現代漢語詞典》中就有了「念：讀3：他念過中學」這樣的義項。簡單地說，「念」的詞義發展過程是：「念」同「誦」，因而同「讀1（誦讀）」；「讀2」爲「學習」義，因而「念」也有「學習」義；「讀3」爲「上學」義，因而「念」也有「上學」義。這就是詞的「相因生義」。[67]

這種「相因生義」的現象，不但在同義詞之間有，而且在反義詞之間也有。如古代稱僧人爲「黑衣」，稱世俗之人「白衣」。如《佛祖統記》卷三十六：「（玄暢、法獻）時號黑衣二傑。」《維摩詰經上・書權品》：「雖爲白衣，奉持沙門。」僧人因穿黑衣，故稱之爲「黑衣」和「黑」，這是好理解的。但是世俗之人並非全穿白衣，比如官員可穿青衫，權要可以著紫衣，爲什麼稱爲「白衣」或「白」呢。這是因爲「黑」、「白」是一對表顏色的反義詞，「黑」既指「僧」，則「白」自然可受其影響，指「僧」的反義即「俗」了。

---

67 此例見蔣紹愚：〈論詞的「相因生義」〉《漢語詞匯語法史論文集》頁103-104。

又如「紅」與「白」。在近代，「紅」可以表示喜事，「白」可以表示喪事。由此構成一對反義詞。在現代漢語中，「紅」可以表示革命，與此相應「白」就表示反革命。又如現代漢語中「快」、「慢」是一對反義詞。但「快」除迅速義外，還有「鋒利」義，而「慢」卻無「鈍」義。可是，現在可以聽到這樣的用法：「這把刀子很慢。」把「慢」用於「鈍」義，與其說是從「緩慢」義引申而來，還不如說是講話者的心中是以「慢」來代替「不快」，所以這種用法也是一種「相因生義」。所以對於「相因生義」的定義，就應當加以補充：A詞原來具有和B詞的一個義位B1相反的意義，由於類推的作用，A詞又產生了和B詞的另一個義位B2相反的意義。這也叫做詞的「相因生義」。[68]

---

[68] 蔣紹愚：〈論詞的「相因生義」〉，《漢語詞匯語法史論文集》頁106。

第四章

訓詁的方法之一——以形求義

第一節　形訓的定義與資料的來源

文字是紀錄語言的符號，透過文字的形體可以了解所記錄的語詞的意義，這便是「以形求義」，也稱作「形訓」，透過文字形體所得到的「義」多是字詞的「本義」。早在春秋戰國時期的古人就已經開始分析漢字的結構了，如：

《左傳•宣公十二年》：「楚子曰：『非爾所知也，夫文，止戈爲武。』」

《左傳•宣公十五年》：「（晉伯宗曰）：『亂則妖災生，故文反正爲乏，盡在狄矣。』」

《左傳•昭公元年》：「趙孟曰：『何謂蠱？』（醫和）對曰：『淫溺惑亂之所生也。於文，皿蟲爲蠱。』」

《韓非子•五蠹》：「古者蒼頡之作書也，自環者謂之私，背私謂之公，公私之相背也，乃蒼頡固以知之矣。」

這些分析多有其政治背景，而且以現在的文字學觀點來看某些說法是有問題的，但這說明「形訓」的使用很早就開始了，而這些說法後來都被許慎所編著的《說文解字》所吸收，所以《說文解字》等歷代字書都可以提供「形訓」的資料。此外，考古發掘的古文字材料對於「形訓」的重要性更是不言可喻，底下我們分別舉例說明。

第二節　《說文解字》與形訓

《說文解字》是東漢許愼在公元二世紀編寫的，是中國第一部比較完整的字典，共收單字九千三百五十三字加上重文共一萬零五百一十六字（〈說文敘〉），這是最豐富最有系統的一份秦系文字資料。《說文》是最重要的一部文字學著作。如果沒有《說文》，有很多字的結構就會弄不清楚，有很多字在古文字裡的寫法跟在隸、楷裡的寫法就會聯繫不起來，還有不少字甚至會根本失傳。總之，要研究漢字的結構和歷史，是離不開《說文》的。以往文字學家在講漢字構造的時候，一般都遵循六書的說法，把漢字分成象形、指事、會意、形聲、轉注、假借等六類。

「六書」一語最早見於《周禮》。《周禮・地官・保氏》列舉了周代用來教育貴族子弟的「六藝」的項目，其中有「六書」：

> 六藝：一曰五禮，二曰六樂，三曰五射，四曰五馭，五曰六書，六曰九數。

但是《周禮》並未具體說明六書的內容。

漢代學者把六書解釋爲關於漢字構造的六種基本原則。《漢書・藝文志》云：

> 古者，八歲入小學，故周官保氏掌養國子，教之六書，謂象形、象事、象意、象聲、轉注、假借，造字之本也。

鄭衆注《周禮・地官・保氏》云：

六書，象形、會意、轉注、處事、假借、諧聲也。

許慎《說文・敘》給六書分別下了定義，並舉了例字，我們徵引裘錫圭加了按語的文字如下：

周禮八歲入小學，保氏教國子，先以六書。一曰指事。指事者，視而可識，察而見意（今本作「察而可見」，《段注》據《漢書・藝文志》顏注改），「上」、「下」是也。二曰象形。象形者，畫成其物，隨體詰詘（「詘」通「屈」。「詰詘」的意思就是曲折），「日」、「月」是也。三曰形聲。形聲者，以事爲名，取譬相成（一般認爲前一句指形旁而言，後一句指聲旁而言），「江」、「河」是也。四曰會意。會意者，比類合誼（「誼」通「義」），以見指撝（「撝」通「麾」。「指麾」在這裡當「意之所指」講），「武」、「信」是也。五曰轉注。轉注者，建類一首，同意相受，「考」、「老」是也（《說文》以「老」爲會意字，訓爲「考」。「考」字在「老」部，「从老省，丂聲」，訓爲「老」）。六曰假借。假借者，本無其字，依聲託事，「令」、「長」是也。①

① 裘錫圭：《文字學概要》（台北：萬卷樓出版社，1999.1 再版二刷）頁 119-120。

以上的內容都是我們所熟悉的。隨著古文字材料的持續出土，文字學家也理解到「六書說」不是金科玉律，畢竟商代甲骨文、西周金文、戰國文字的時代是沒有六書理論的，六書對於研究古文字來說未必適用，所以有學者提出「三書說」②——表意字、形聲字、假借字或「二書說」③——無聲符的字、有聲符的字的理論。此外，同一個字在不同時代的文字材料中也有不同的六書分類，王國維《觀堂集林・釋天》云：「文字因其作法之不同而所屬之六書亦異，知此可與言小學矣。」就是這個道理。至於「六書亦異」的原因可能是字形訛變或是添加聲符、形符或是變形音化等等。每年暑假期間，教學碩士班的國高中老師常常詢問筆者某字的六書為何？我常反問他們是指什麼時代的文字。一位國中老師問到某年台北市國中聯合模擬考考題中關於六書分類的問題，題幹是要選出哪一組字的六書分類符合象形、指事、會意、形聲，我認為象形、指事、形聲的答案都是沒問題的，但是「會意」的答案是「東」則有爭議。方位義的「東」字一般認為它是假借「橐」或「東」來的，所以「東」寫作（《合》20963）既有可能是象袋子之形或是象束木之形，但不管如何，六書為「象形」是肯定的。標準答案之所以認為是會意，應該是受了《說文》引官溥說「从日在木中」的影響。

另外，我也曾調查過班上的國高中老師對於「大」字六書分類的看法，結果有人認為是象形，也有人認為是指事，這都說明六書的分類確實存在盲點的。反過來說即使我們不確定「大」字六書分類，這也不妨害我們理解「大」字的本義。我們學習文字學是為了知道字詞的本義進而了解它的引申義與假借義，終極目的是為了輔助訓詁學以及研讀古書。「六書說」是輔助我們學習文字學的工具，應該是不用陷在六書分類的泥淖中的。

《說文解字》記載不少形訓的資料，值得我們妥善使用。但是《說文》成書於東漢中期，當時人所寫的小篆字形，有些已有訛誤。此外，包括許慎在內的文字學者，對小篆的字形結構免不了有些錯誤的理解，這種錯誤理解有時候也導致對篆形的篡改。《說文》成書後，屢經傳抄刊刻，書手、刻工以及不高明的校勘者，又造成了一些錯誤。因此，《說文》小篆的字形有一部分是靠不住的，需要用秦漢金文等實物資料上的小篆來加以校正。例如「戎」字，《說文》分析爲「戎，兵也。从戈从甲。」但根據西周金文作戎（《集成》2837 大盂鼎）、戎（《集成》2824 𢦏方鼎），左下所從明顯是盾牌之形，後來線條化之後爲「十」形，如戎（《集成》2835 多友鼎），與「甲」無關。秦嶧山刻石作戎、《睡虎地》秦簡作戎，均從「十」形，而不寫作秦文字的「甲」形作甲（新郪虎符），可見《說文》「戎」字小篆確實經過後人的篡改。④在古代，戈和盾分別是進攻和防衛的主要器械，所以兵戎的「戎」字由戈、盾之形所組成是合理的。又如更改的「改」，在已發表的先秦古文字資料裡，皆作從巳聲的「**攺**」，沒有從己聲的「改」。在出土秦漢篆文表示更改的「改」仍然用「**攺**」字，因此，《說文》「改」的小篆字形恐怕是根據後代的文字而杜撰的。⑤我們在根

---

② 同上，頁 127-132。

③ 黃天樹：〈商代文字的構造與「二書」說〉，復旦網，2008.5.12。

④ 裘錫圭：《文字學概要》（台北：萬卷樓出版社，1999.1 再版二刷）頁 80、季旭昇：《說文新證》（福州：福建人民出版社，2010.12）頁 899-900。

⑤ 參沈培：〈甲骨文「巳」、「改」用法補議〉，第四屆古文字與古代史論文，中研院史語所主辦，2013.11。

據《說文》作形訓的訓詁時應該避免受到這些錯誤字形的影響。⑥

又如《說文》：「染，以繒染爲色。从水杂聲。」徐鍇曰：「《說文》無杂字。裴光遠云：『从木，木者所以染，梔、茜之屬也；从九，九者染之數也。』未知其審。」段玉裁注曰：「『以繒染爲色』，此據《周禮‧染人》言也。染人掌染絲帛。繒者，帛也。不言絲者，舉帛以該絲也。夏纁玄，秋染夏。『从水，杂聲』，此當云从水木，从九。裴光遠曰：『从木，木者所以染，梔、茜之屬也。从九，九者，染之數也。』按裴說近是。《禮》：一入爲縓，再入爲赬，三入爲纁，朱則四入，五入爲緅，玄則六入，七入爲緇，字从九者，數之所究。言移易本質必深入之也。而琰切。八部。」

謹案：「染」字先秦古文字未見，秦漢帛書和金文中作：

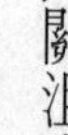《關沮秦簡》三一五

《養生方》五九 《養生方》四九 平安侯家染鑪

由於《說文》並無「杂」字，故「染」字結構舊時說文學家雖衆說紛紜，但皆不得其解。⑦《說文》篆形作，右半已經斷裂爲「九」和「木」兩部分。一般都從「九」去理解，分析說是形容浸染次數之多，實際上是不可信的。根據上舉較《說文》篆形原始的秦漢文字來看，右半顯然就是從「朵」的。請比對下列「朵」字：

《上博（七）‧凡物流形》二七號簡⑧

秦印「李朵」秦印「畢朵」

、馬王堆帛書《十六經》正亂一○三 上、一○三下

《說文》：「朵，樹木垂朵朵也。从木，象形。此與采同意。」段玉裁注：「凡枝葉華實之垂者皆曰朵朵，今人但謂一華爲一朵。」從古文字來看，朵字下部從禾且於禾上加一短豎，爲指事字。《說文》小篆「朵」作朵上下形體已經斷裂。「朵」應分析爲聲符，「染」（談部）從「朵」（歌部）得聲，與「那」（歌部）從「冉」（談部）得聲相類。⑨總之，從出土文獻來看，「染」當分析爲從水朵聲的形聲字，後世根據字形已經訛變的《說文》小篆以爲從「九」旁，再附會《周禮・天官冢宰・染人》云云，都是不可信的。

其次，對於《說文》字義的解釋也需要比對古文字材料，方可確保無誤。舉例來說，《說文》將「从」與「從」分爲兩字兩義，其實從古文字材料來看是沒有必要的。

《說文・从部》：「从，相聽也。从二人。凡从之屬皆从从。」段注曰：「相聽也。聽者，聆也。引伸爲相許之偁。言部曰：『許，聽也。』按从者今之從字。從行而从廢矣。《周禮・司儀》：『客从拜辱於朝。』陸德明本如此。許書凡云『从某』，大徐作『从』，小徐作『從』。江氏聲曰：『作从者是也。』以類相與曰从。从二人。」

《說文・从部》：「從，隨行也。从辵从，从亦聲。」段注曰：「从辵者，隨行也。主从不主

---

⑥ 李家浩：〈《說文》篆文有漢代小學家篡改和虛造的字形〉舉了不少例證，可以參看。

⑦ 參看丁福保編纂：《說文解字詁林》（中華書局，1988）頁11167-11168。

⑧ 鄔可晶先生釋，2014.2.27電子信件內容。

⑨ 以上參見陶安、陳劍：〈《奏讞書》校讀札記〉《出土文獻與古文字研究》第四輯（上海：上海古籍出版社，2011.12）頁395。

辵，故不入辵部。」

有學者據此認為《說文》的「从」和「從」是有區別的。「从」是聽從的意思，「從」是隨行的意思。所以主張古籍中聽從的「從」都應該寫作「从」，如《尚書・洪範》：「言曰從。」《左傳・隱公元年》：「公從之」照理都應該寫作「从」。[10]此說求之過深，實無必要。「从」、「從」本為一字，「從」為「从」加上義符而來，所加義符不一，或加「彳」，或加「止」，或加「辵」。以古文字材料來看，二字用法並無區別，比如中山王鼎「唯傅姆是⿱从止（從）」，聽從的「從」並不寫作「从」便是很好的證據。

底下依照表意字（大略相當於象形、指事、會意）、形聲中的「形符」的順序，將《說文》中關於「形訓」的資料揀選介紹如下：

(1)《說文・自部》：「自，鼻也，象鼻形。」「自」字的這一本義未見於現存古書中。不過殷墟甲骨卜辭裡既有「疒（疾）首」、「疒目」、「疒耳」、「疒口」、「疒齒」、「疒趾」、「疒身」等語，也有「疒自」的說法（《甲骨文合集》11506正、反）。疾自就是鼻子有病，可以證明《說文》對「自」字的解釋是有根據的。

(2)《說文・工部》：「巨，規巨也。从工，象手持之。」《說文》認為「コ」象持「工」的「手」形，乍看之下很難令人相信，但比對金文「矩」字作「⿰工夫」，像人手握「工」形，可以證明《說文》對「巨」字的分析是有道理的。

(3)《說文・豆部》：「豆，古食肉器也。从口，象形。」《說文》的解釋符合古器物的形制，可從。後世假借為豆類植物。請

▲豆，古食肉器。

看右頁圖。

(4)《說文・厂部》：「厂，山石之厓巖，人可居。象形。」段注曰：「厓，山邊也。巖者，厓也。人可居者，謂其下可居也，屋其上則謂之广。象形，謂象嵌空可居之形。」段玉裁說山厓嵌空人可居之處謂之「厂」，如果在「厂」上架屋叫做「广」，請看《說文・广部》：「广，因厂為屋，象對刺高屋之形。」是說依傍山巖架屋。不過後世的用法比較廣，並不限於「因厂為屋」，只要是構造較為簡單者皆可從「广」旁。裘錫圭指出：「『广』像比『宀』簡單的建築。字書音ㄧㄢˇ。表示建築物名稱的字，有很多是以『宀』或『广』為表意偏旁的。如果所指的建築是比較簡單的，或者主要不是供人居住的，字形往往从『广』，如『廬』、『廊』、『廡』、『府』、『庫』、『廚』、『廄』、『廁』等。」⑪《說文・宀部》：「宀，交覆深屋也。象形。凡宀之屬皆从宀。」段注曰：「古者屋四注，東西與南北皆交覆也。有堂有室是為深屋。」段玉裁意思是說古代的房屋有四處屋檐滴水的地方，東西和南北互相交接覆蓋，有堂有室，所以是深邃的房子。

(5)《說文・攴部》：「父，矩也。家長率教者。从又舉杖。」段注曰：「家長率教者，率同逹，先導也。經傳亦借父為甫。從又舉杖，〈學記〉曰：『夏楚二物，收其威也。』故從又舉杖。」由《說文》的解釋可以知道古代父親的角色是一家之長，又是引導教育子女的人，而且體罰子女是免不了的。

⑩ 趙振鐸：《訓詁學綱要【修訂本】》（成都：巴蜀書社，2003.10）頁 90。

⑪ 裘錫圭《文字學概要》（台北：萬卷樓出版社，1999.1 再版二刷）頁 138-139。

(6)《說文・來部》：「□，周所受瑞麥來麰。一來二縫，象芒朿之形。天所來也，故爲行來之來。《詩》曰：『詒我來麰。』」「來」本象麥子，麥穗直上，所以「來」字上端不下垂。《說文》所載「來」的形體及字義與甲骨文作□（《合》7168）、金文作□（《集成》10175）相符合。本義是「麥子」的「來」在古文字材料中多假借用爲「往來」之「來」，這個用法被後世典籍繼承下來。至於「往來」之「來」本來是寫作「麥」的，以其下從「夂」，故可表行動之義。一說「麥」是由「來」字添加「夂」旁分化出來表示行動的意思。

(7)《說文・疋部》：「□，足也。上象腓腸，下从止。〈弟子職〉曰：『問疋何止。』古文以爲《詩・大疋》字。亦以爲足字。或曰胥字。一曰疋，記也。」《說文》的寫法與金文作□（《集成》2118疋作父丙鼎）相似，「疋」字像連腿帶腳的整個下肢。《管子・弟子職》：「問疋何止」，意思是說弟子服侍老師安息，問老師腳放在哪一頭，用「疋」字本義。「足」（□）、「疋」形近，是一字的分化。

(8)《說文・冊部》：「□，符命也，諸侯進受于王也。象其札一長一短，中有二編之形。𠕋，古文冊从竹。」徐灝《段注箋》曰：「凡簡書皆謂之冊，不獨諸侯進受於王。此舉其大者而言。符、冊亦二事。」

謹案：「冊」，甲骨文作□，金文作□，象「竹簡」用「繩子」編聯起來的形狀，這是古代的書，所以我們閩南方言叫做「讀冊」。對於「冊」的「繩子」的材質，從文獻記載和出土簡冊來看，大概戰國時期竹簡多用絲線，而秦漢以後的竹簡亦是多用絲線，少數用麻繩，而木簡多用麻繩。⑫《史記・孔子世家》曾記載：「（孔子）讀易，韋編三絕。」《史記會注考證》云：「古者用韋編簡，故曰韋編。三絕，言披閱之勤。」「韋」通常解爲「熟牛皮繩」，教育部重編國語辭典修訂本說：

「『韋』編三絕本指孔子勤讀易經，致使編聯竹簡的『皮繩』多次脫斷。」這恐怕有問題。竹簡價值低廉，牛皮價格昂貴，顯不相稱。而且使用皮繩作爲編繩的簡冊，在出土文物中尚未見到。商承祚認爲「韋編」的「韋」當讀爲「緯」，他說：

> 我認爲「韋編」之韋，爲「緯」的初字。在緯字未產生以前，凡緯皆用韋，讀爲橫線的緯，不讀獸皮之韋……。**簡爲直的經，編線是橫的緯，這就把竹簡編聯在一起，故曰「韋編」**。如以皮繩編簡，簡損若干皮繩還不會斷，何止「三絕」（古以三泛指多數）。……絲線編簡不但伸卷自如，而且卷起來面積小，細麻線則稍硬，且易傷簡。於是斷言，用皮繩編簡，肯定不行。⑬

其說應屬可信。李零也認爲「《史記・孔子世家》說孔子讀易，『韋編三絕』，前人以爲是以皮繩編簡，難以置信，恐怕還是讀爲『緯編三絕』，（即三道編繩都斷了）更合適。」⑭李氏解釋「三絕」爲三道編繩都斷了恐有問題，但認爲「韋」讀爲「緯」則是可取的。總之，「韋編三絕」應讀

⑫ 參程鵬萬：《簡牘帛書格式研究》（長春：吉林大學古籍所博士論文，2006.6）頁37-38。

⑬ 商承祚：〈韋編三絕中的韋字音義必須明確〉，載《商承祚文集》（廣州：中山大學出版社，2004.11）頁462。原載1978年《大公報在香港復刊三十周年紀念文集》。

⑭ 李零：《簡帛古書與學術源流》（北京：三聯書店，2004.4）頁119。

爲「緯編三絕」，是說橫編的繩子多次脫斷。還有一種解釋是將「緯」訓爲動詞「拴繫、紮束」。《墨子・迎敵祠》：「令命昏緯狗、纂馬，掔緯，靜夜聞鼓聲而譟。」孫詒讓《閒詁》引蘇時學曰「緯，束也。」岑仲勉《墨子城守各篇簡注》：「緯，纂，皆繫也。」《大戴禮記・夏小正》：「農緯厥耒。緯，束也。」孔廣森補注：「束其耒者，使耜與柄相堅著也。」那麼，「緯編三絕」就是紮束的編繩多次脫斷。

(9)《說文・刀部》：「刪，剟也。从刀冊。冊，書也。」象以刀刪削竹冊。古人在竹簡寫錯字時，方法之一是用刀將之刮除，所以古人書史記事，除了「筆」外，還要「刀」，所以「刀筆」便成了書寫工具的泛稱。我們在考古挖掘中也常可看到「書刀」與「毛筆」一起出土的現象，比如居延曾出土毛筆、書刀和習字簡、觚等。二〇一七年青島土山屯墓群挖掘的一四七號墓，據遣冊及印章所載，墓主人是「堂邑令劉賜」。墓主左腿部出土有竹笥一件，內裝有木牘、書刀、雙管毛筆、板硯盒、刷、髮簪、梳篦等。[15]可見牘、毛筆、硯臺、書刀同出一處，這是極好的例證。以使用刀筆爲業者，又稱「刀筆吏」。《史記・卷九十六・張丞相列傳第三十六》：「周昌笑曰：『(趙)堯年少，刀筆吏耳，何能至是乎！』」《正義》曰：「古用簡牘，書有錯謬，以刀削之，故號曰『刀筆吏』」。《漢書・卷三十九・蕭何曹參傳第九》：「贊曰：蕭何、曹參皆起秦刀筆吏。」顏師古注曰：「刀所以削書也，古者用簡牒，故吏皆以刀筆自隨也。」南宋晁公武《郡齋讀書志・卷十二・子類雜家》曰：「論衡三十卷，後漢王充仲任撰。王充好論說，始如詭異，終有實理。以俗儒守文，多失其眞，乃閉門潛思，戶牖牆壁各置刀筆，著論衡八十五篇。」以上皆可爲證。我曾不只一次在公開場合聽到有人說簡牘是用刀刻寫的，這是不合考古事實的說法，恐不可信。[16]書刀是用來刮削簡牘的，是校讎書籍時的修改工具。

古時校書方法有一人校，也有二人對校，所謂「一人讀書，校其上下，得謬誤，爲校；一人持本，一人讀書，若冤家相對，爲讎。」（劉向〈別錄〉）湖南長沙金盆嶺九號西晉墓出土的青瓷「對書俑」（見下頁圖），身著交領長袍，相對而坐。中間置書案，案上有筆、硯、簡冊及一件手提箱，一人執筆在板狀物上書寫，另一人手執一板，上置簡冊。二人若有所語。根據俑的衣冠特徵、人物神態，以及案上的文具，二俑當是文獻中記載的「校書吏」，因此稱之爲「校讎俑」更爲貼切。這件對書俑正是若冤家相對的讎。校對時一旦發現錯誤，便用刮刀將簡牘上的字刮掉，再重新塡寫，

---

⑮〈青島土山屯墓群考古發掘獲重要新發現——發現祭台、人字形槨頂等重要遺跡，出土溫明、玉席和遣冊、公文木牘等珍貴文物〉，《中國文物報》2017年12月22日第4版；彭峪、衛松濤：〈青島土山屯墓群147號墓木牘〉，復旦網，2017年12月27日。

⑯胡平生、馬月華在《簡牘檢署考校注》頁48注5根據「1993年，韓國咸安城山城出土新羅王朝約六世紀中期的木簡27枚，25枚有字，皆爲漢文書寫（應當從新羅語讀音），其中一枚正背兩面文字皆用刀刻寫而成。見韓國國立昌原文化財研究所《學長調查報告第五輯：咸安城山山城發掘調查報告》，1998年。」認爲「現在還無法否定有刻字書刀及刻字簡牘的存在。」但是就中國目前所見到的簡牘來看，從未見有刻字簡牘的存在，僅有在竹簡背面可以見到用刀劃出的劃痕，對於今天整理研究竹簡的學者來說，可以作爲竹簡編排的輔助依據。賈連翔：〈試借助數字建模方法分析清華大學藏戰國竹簡簡背劃痕現象〉（出土文獻與中國古代文明學術研討會，2013.6，清華大學）。

案上筆、硯就是爲重新塡寫備置的。⑱

▲對書俑，湖南長沙金盆嶺西晉墓出土⑰

馬怡也指出：「自二十世紀初以來，一批又一批的簡牘在中國各地陸續出土，目前已達數十萬枚。這些簡牘的年代屬戰國至魏晉，秦漢時期的最多。其中，既有細長的簡支，又有較寬的牘板。查看這些出土簡牘上的書跡，知其幾乎全部是用毛筆和墨寫就的。在該時期的墓葬和遺址中，亦往往有文具出土，包括毛筆、硯、墨和書刀等。⑲毛筆、硯、墨是供應書寫的，書刀則是用來修治簡牘和刪削墨跡的。」⑳從出土的戰國竹簡上看，許多竹簡上也存在刮削後的痕跡，如：《上博五・鬼神之明》簡一上段中部有約七釐米空白，並可見刪削痕跡。㉑信陽簡的整理者也曾提到一些遺策上常發現有明顯削改的痕跡，如簡二・二八，中間削去幾個字，有的削去三、四個字，有的削去下半簡。㉒《上博一・孔子詩論》許多簡「留白」處較多，周鳳五曾指出這些「留白」簡「可能先寫後削，是削除文字所造成的……竹簡留白處似乎比有字的部份要薄些」。㉓范毓周等學者在目測竹簡實物

⑰ 湖南省博物館編：《湖南省博物館》（北京：文物出版社，1983）頁 201、圖 158。

⑱ 參見湖南省博物館「藏品數據庫—青瓷對書俑——古人校對書籍的具體形象」的說明，http://www.hnmuseum.com/hnmuseum/collection-info/collection-info!frontCollectionDetail.

action?id=15cfcc9c295444f8a81f87541f29e845。亦參見馬怡：〈簡牘時代的書寫——以視覺資料爲中心的考察〉，簡帛網，2014.3.7，http://www.bsm.org.cn/show_article.php?id=1995。

⑲ 毛筆的例子，如內蒙古額濟納旗破城子遺址所出的「居延筆」，甘肅武威磨嘴子漢墓所出的「白馬作」、「史虎作」筆，以及江陵鳳凰山168號漢墓、甘肅敦煌馬圈灣漢代烽燧遺址、敦煌西湖漢代高望烽隧遺址、江蘇連雲港尹灣6號漢墓所出的毛筆等。石硯的例子，如湖北雲夢睡虎地4號秦墓、河北望都2號漢墓、河南南樂宋耿洛1號漢墓、江蘇連雲港尹灣6號漢墓、安徽天長19號漢墓、山東日照海曲漢墓所出的石硯等。墨的例子，如廣州西漢南越王墓、江陵鳳凰山168號漢墓所出的墨丸，湖北雲夢睡虎地4號秦墓、寧夏固原漢墓、河南陝縣劉家渠漢墓所出的墨錠等。書刀的例子，如四川成都天迴山漢墓、河北滿城漢墓、廣西貴縣風流嶺31號漢墓、湖北江陵鳳凰山168號漢墓、安徽天長19號漢墓所出的書刀等。

⑳ 馬怡：〈簡牘時代的書寫——以視覺資料爲中心的考察〉，簡帛網，2014.3.7，http://www.bsm.org.cn/show_article.php?id=1995。

㉑ 馮勝君：《郭店簡與上博簡對比研究》（北京：線裝書局，2007.4）頁52。

㉒ 河南省文物研究所：《信陽楚墓》（北京：文物出版社，1986.3）頁68。

㉓ 周鳳五：〈論上博《詩論》竹簡留白問題〉《上博館藏戰國楚竹書研究》（上海：上海書店出版社，2002.3）頁187。

後指出這些「原簡兩端確實經過書刀一類工具削去一層」。[24]《張家山・奏讞書》一六九「●此以下刮削。」《論衡》量知篇：「斷木為槧，枅（析）之為板。力加刮削，乃成奏牘。」講簡牘的製作出現了「刮削」一語，簡文則是說因刪改而「刮削」原簡。簡一六九此上文字與一七〇開頭是直接連讀的，可以推測，此處本有寫錯之文，在刪改之後留下了約全簡三分之一的大段空白，為防止誤解以及改竄，於是寫上「此以下刮削」數字以作標記，並在前頭用小圓點隔開（上與正文間隔約三字空白）。跟今天一些重要文件或券證在空白處劃上斜杠並注明「以下空白」，其用意頗為類似。寫錯之文加以刮削，在簡牘中還是首次見到如此明確的記錄，很值得注目。[25]同時對於剛練習寫字的書手或是資源匱乏的漢代西北邊塞地區，往往使用廢棄簡牘或是多面體的「觚」來書寫，這時也需要使用書刀來削掉使用過的部分。從觚或簡牘削下來，帶字的薄片即為「柹」（讀若「費」），或稱為「削衣」。

這裡附帶一提毛筆發明的時間，以往認為毛筆是秦朝將軍蒙恬發明的，這是與歷史不符的謬說。吉林大學林澐先生認為毛筆的發明，起碼新石器時代就已經有了，證據是當時的彩陶的花紋肯定是拿毛筆畫的，彩陶上的記號很多也是毛筆畫的。

到了商朝正有堅強證據證明當時已有毛筆，一是甲骨文上除用刀刻外，用毛筆寫者也不少；二是甲骨文「聿」字作，正象手持毛筆之形。三是《尚書・多士》記載周公訓誡殷遺民時說，「惟爾知，惟殷先人有冊有典，殷革夏命。」這段話明確說殷商時期已經有簡冊，上面記載著「殷革夏命」這樣的歷史事件。

至於「紙」的發明，最遲西漢已有。敦煌漢簡中有「赤蹏」的記載，裘錫圭曾經指出「赤蹏」就是文獻所記載的「赫蹏」，即早期的紙。《漢書・外戚傳》記載西漢哀帝時司隸解光奏言所述「武發篋中有裹藥二枚，赫　書」。[26]

㉔ 范毓周：〈《詩論》留白簡問題的再探討〉，「簡帛研究」網，2002.8.3，http://www.jianbo.org/Wssf/2002/fanyuzhou10.htm#_edn5。

㉕ 陶安、陳劍：〈《奏讞書》校讀札記〉，《出土文獻與古文字研究》第四輯（上海：上海古籍出版社，2011.12）。

㉖ 胡平生：〈敦煌馬圈灣木簡中關於西域史料的辨證〉，《胡平生簡牘文物論稿》（上海：中西書局，2012 年 12 月），頁 212；另參同作者：〈渥窪天馬西北來，漢簡研究新飛躍——讀《敦煌馬圈灣漢簡集釋》〉，《出土文獻與古文字研究》第六輯（上海：上海古籍出版社，2015 年 2 月），頁 472。

▲中國國家博物館人面魚紋彩陶盆，河南安陽出土

▲鸛魚石斧圖彩陶甕

(10)《說文・木部》：「本，木下曰本。从木，一在其下。」「本」字的本義是樹根，字形在「木」的根部加一個指事符號以示意。

(11)《說文・又部》：「取，捕取也。从又从耳。《周禮》：『獲者取左耳。』《司馬法》曰：『載獻聝。』聝者，耳也。」《說文》所載字形、字義與甲骨文作取（《甲》2926），金文作取（衛盉）相同，表示以手取耳。古代田獵獲獸或戰爭殺敵，一般取下左耳作爲計功的憑據。《說文》的解釋保留了「取」的本義。

(12)「羡」字下從「次」，孔廣居分析「羡」爲從「次」從「羊」，表示「垂次羊肉」之意。「次」，即「涎」字，甲骨文作次，象人張口流涎之形。㉗《說文》云：「次，慕欲口液也。從欠從水。」如此有助於讓學生理解「羡」不該寫作從「次」。

(13)《說文・皀部》：「即，即食也。从皀卪聲。子力切。〔注〕徐鍇曰：『即，就也。』」林義光《文源》：「卪，即人字。即，就也……象人就食之形。」二說皆是。《說文》的字形與字義與甲骨文作即（《甲》717）、金文作即（盂鼎）相同。從卪（節的初文，象跪坐的人）、從皀（簋的初文，盛放煮熟的黍、稷、稻、粱等飯食的器具），會人就簋而食之義。所以「即」有靠近之義，如《論語》曰：「即之也溫」。其他一些常用的詞，如「即日」、「即刻」、「即將」、「即身成佛」莫不如此。

(14)《說文・又部》：「友，同志爲友。从二又，相交友也。」高鴻縉《中國字例》：「（友）字从二又（手）合作，原爲動詞，周末漸與朋字同稱，遂爲名詞。」

(15)《說文・宀部》：「宂，散也。从宀儿，人在屋下，無田事。《周書》曰：『宮中之宂食。』」段玉裁注云：「从宀儿。儿即人也。會意。人在屋下，無田事也。說會意之恉。《周書》曰：『宮中之宂食。』書當作禮，轉寫之誤。《周禮・槀人》：『掌共外內朝宂食者之食。』」按：《說文》的意思是說：「宂」是「閒散」的意思。人在屋子底下，沒有農田之事。《周禮・地官・槀人》的職責是：供給內外朝吃閒飯的臣吏的飲食。「閒飯」就是公家給食。由「閒散」再引申爲「多餘」，即所謂的「宂員」。「宂」亦可作「冗」。

(16)《說文・斤部》：「，析也。从斤其聲。《詩》曰：『斧以斯之。』」「斤」是斫木斧，所以《說文》所訓是本義。劈木叫「斯」、聲音撕裂叫「嘶」、把東西扯開叫「撕」，水用到盡頭而竭盡叫「澌」（《說文》曰：「澌，水索也」。徐鍇《繫傳》：「索，盡也。」），都是由「斯」分化出來的。後世假借「斯」訓爲「此」。

(17)「毆」本是「驅」的古字，《說文》：「驅，馬馳也。从馬，區聲。毆，古文驅从攴。」段注曰：「古文驅从攴。攴者，小擊也。今之扑字。鞭，箠，策所以施於馬而驅之也，故古文从攴，引伸爲凡駕馭追逐之偁。《周禮》：『以靈鼓毆之』、『以炮土之鼓毆之』。《孟子》：『爲淵毆魚』、『爲叢毆爵』、『爲湯武毆民』，皆用古文，其實皆可作驅。與殳部之毆義別。」其說甚是。雖然後來也假借爲「毆」，但本質上應該分辨清楚。其實藉由分析偏旁有助於認識此二字的不同：「毆」從攴，《說文》曰：「攴，小擊。」甲骨文作。「毆」從「殳」，「殳」分爲有刃與無刃者，

㉗ 有趣的是，「涎」本義是「出口水」，可以引申爲水多而漫溢出來。如《合集》10156「今早泉來水，次。」「泉」指「洹泉」。此辭是貞問，今天早上洹水的源頭（上游之水）來到，洹水是否會漫出來。學者或認爲表示水多漫溢的「涎」當讀爲「羨」，亦可。

有刃者如下圖所示，可見是有殺傷力的武器，確實是可以拿來「捶毀」人的。

(18)《說文・水部》：「澗，山夾水也。从水閒聲。」是指山間流水的溝。楚文字「澗」寫作（《包山》簡 10）、（上博《周易》簡 50），正符合山夾水之貌。

(19)「詹」的本義是「話多」，《說文》：「詹，多言也。」《莊子・齊物論》：「大言炎炎，小言詹詹。」成玄英疏：「詹詹，詞費也。」「詹詹」指言語細碎瑣屑，說話喋喋不休。戰國楚文字「詹」寫作，即「⿱八言」，是「詹」字的初文，從「八」從「言」。《說文》：「八，別也，象分別相背之形。」從「八」之字多與相背、分解、分散有關，可見「⿱八言」即表示言語細碎瑣屑，與典籍意思正合。西漢隸書寫作，加上「厃」（職廉切，ㄓㄢ）聲，即為「詹」。「詹」的「話多」義，後來也寫作「譫」。《集韻・平聲・鹽韻》：「譫，多言。」

(20)聯合報二〇一八年三月二十一日以【異體字之亂！黃、黄一橫之差慘被銀行退票】為標題，報導了因為「黃」字的異體寫法，導致無法在銀行開票，甚至差點引發信用危機，其後有幾家媒體報導也跟進報導。其實這條新聞並非「新聞」，二〇〇八年十一月七日自由時報也以【姓「黃」一輩子，老師說寫錯字】為標題，報導「黃」字異寫的問題。有趣的是，該報導最後一段提到「學者強調，字體是文化的一部分，改變速度很緩慢，部頒黃的字體迄今二十幾年，仍有許多人沒注意到兩字差別，或許再過十年，民眾對於黃的寫法，認知上會較為一致。」想不到十年後社會大眾對「黃」字的認知依然沒有太大的進步，爭議依舊存在。

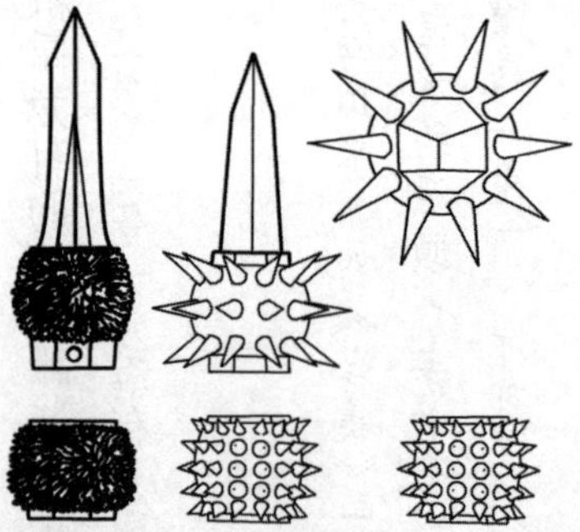

▲殳頭。採自《曾侯乙墓》292 頁

寫作廿一的「黃」，是從西周時代的「黃」傳承下來，字形表示人仰面向天，兩隻手下的腹部脹大。是一種仰面向天，胸肚隆起的殘廢人，這種人稱為「尪」。古人在大旱不雨時，有焚燒尪人，冀求上天降雨的風俗。《左傳》：「夏，大旱，公欲焚巫尪。」杜預注：「瘠病之人，其面上向，俗謂天哀其病，恐雨入其鼻，故為之旱，是以公欲焚之。」所以「黃」的本義是「尪」，假借為「黃色」。後世多通行假借義。這樣就可以理解「黃」為何要寫作「廿」（相當於「口」）、「一」（相當於「手臂」）。到了戰國中晚期開始出現筆畫省簡，秦漢隸書便出現所謂草頭「黃」的寫法。可見兩種寫法都有很早的淵源，但以正確性來說當然是廿一的「黃」。

所謂「異體字」是相對於「正體字」來說的，但是標準不好拿捏。比如「黃」字以字形源頭的「廿一」寫法為正，以隸變的「艸頭」寫法為異。以此標準來看「染」可能就有問題了。「染」字，一般認為是上下結構，歸在「木」部。但是地下出土的秦漢古隸書、西漢銅器文字以及《說文》所載的秦小篆都是寫作左右結構，我們前面已指出當分析為從水朵聲，歸在「水」部下，一直到宋代的《類篇》都在水部。到了明朝《字彙》誤入為「木」部，《康熙字典》加以沿用，但按語已指出「按《說文》收水部，今誤入。」目前市面上字典沿用《康熙字典》都歸木部，只能說是「歷史共業」。這樣看來寫作「⿰氵朵」反而有憑有據，不能說是異體字，甚至是錯字了。這方面的問題很複雜，有待有志之士持續努力，將矛盾與錯誤減至最低。

文字演變有其序列，甲骨文、西周金文比較象形，對於國小學童來說就像畫圖一般活潑有趣，倘若老師可以適時引導，絕對有助於正確理解字形結構，自然不容易寫錯字。大學端的中文系文字學老師也當肩負起社會教育功能，編制正確且簡明扼要的教材供國中小的老師參酌。從另一方面來說，文字是人們所書寫的工具，肯定會出現各種異體的寫法。即便法律嚴密的秦朝規定要「書同文」，但檢視秦朝青銅器上的字體依然存在異體字。有理據的異體字，政府機關或許可以考慮放寬，不要再讓「異體字之亂」的新聞於十年後再次出現。㉘

第三節　古文字材料與形訓

「古文字」的範疇指商代文字、西周春秋文字、六國文字、秦小篆以迄秦漢時期的古隸書都是。《說文解字》所載的小篆、古文、籀文無疑都屬古文字的範疇，但為突顯《說文》的價值，所以上一節我們獨立出來介紹。我們要了解古書的意思，一般大概借助傳、箋、疏等古人注釋及字書。但有時某些古義並不保存在字書中，這時就需要出土文獻來輔助傳統訓詁的不足。王力說：「如字書中雖然說某詞有某種意義，但是在古人的著作中無從證實。例如《說文》：『殿，擊聲也。』又如《廣雅・釋言》：『鄉，救也。』根據語言的社會性質，在這種情況下，我們寧願不相信字書。」㉙當傳統字書無法採信時，這時就需要古文字學的知識，來幫助我們了解文字的初形本義，底下我們舉幾個例子來說明：

(1)「男」，甲骨文作（《合》3456），從田，從力，字形從古到今沒有變化。「力」，甲骨文作，是由原始農業中挖掘植物的尖頭木棒發展而成的工具。「耜」是由力形農具發展而成的。力形農具改「窄尖」為「寬刃」，就成為木耜了。商代實際使用的「力」已經發展到了「木耜」、「銅耜」的階段。

「力」、「耜」二者之別只有刃部寬窄的不同。後來，耜加上了金屬的刃套，逐漸演變成為戰國、秦漢時代最常用的發土工具——「臿」。從形制上，力、耜、臿爲一系。至於「耒」則是單齒刃或是雙齒刃，如□（《集成》8429耒父乙爵）、□（《集成》1618耒父己鼎），與「力」不同。㉚

《說文》：「□，丈夫也。从田，从力，言男用力於田也。」此說不完全正確。根據上面的古文字字形可知「男」的本義當是「耕田」，是動詞。而耕作是男人的主要職責，故「男」可引申爲「男人」之義。《說文》解爲「丈夫」是引申義。

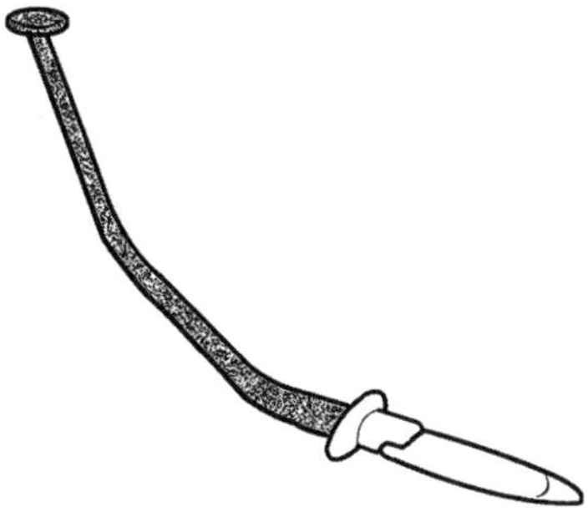

▲力

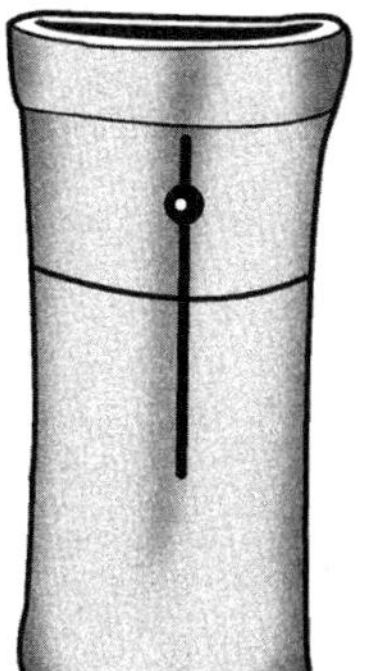

▲銅耜，商，河南安陽出土

㉘ 參見葛希谷：【異體字之亂　十年輪迴　誰來終結】，聯合報民意論壇，2018年3月25日。按：「葛希谷」爲本書作者筆名。

㉙ 王力〈訓詁學上的一些問題〉《王力語言學論文集》（北京：商務印書館，2000.8）頁524。

㉚ 參裘錫圭：〈甲骨文中所見的商代農業〉《裘錫圭學術文集•甲骨文卷》第一冊，頁240-243、揚之水：《詩經名物新證》（北京：北京古籍出版社，2000.2）頁69-71

(2)「農」，甲骨文作□、□、□，從艸或木，從辰，從又。西周金文作□（《集成》3575農簋），象持「辰」在田中耨除草木。《說文》：「蓐，陳艸復生也。從艸，辱聲。」徐灝《段注箋》：「陳艸復生曰蓐，因之除艸曰薅，除艸之器謂之耨，義相因聲相轉也。古祗作蓐。」「薅」、「耨」都是由「辰」發展而來。「農」字爲什麼象芟除草木之形呢？楊樹達解釋說：「初民之世，森林徧布，營耕者於播種之先，必先斬伐其樹木，故字从林也。」（《積微居甲文說・釋農》28頁）這種說法是有道理的。古文字學家認爲「農」與「耨」音義關係密切，應該是同源的關係。「辰」，甲骨文作□（《合》131）、西周金文作□（《集成》9901矢令方彝），郭沫若、楊樹達都認爲像蜃之形，乃「蜃」之初文。「蜃」本是「大蛤」，《左傳・昭公二十年》：「海之鹽蜃，祈望守之。」杜預《注》：「蜃，大蛤也。」《莊子・人間世》：「夫愛馬者，以筐盛矢，以蜄盛溺。」陸德明《釋文》：「蜄，蛤類。」「蜃」在古代可作「耨器」，《淮南子・氾論訓》：「古時剡耜而耕，摩蜃而耨」。宋《太平御覽・鱗介部・卷九百四十一鱗介部十三・蚌》亦引《淮南子》這段文字，並注釋說「剡，利也；耜，臿屬也；蜃，大蛤，摩令利用之耨，耨除苗穢。」可見將大蛤磨利即可用來耨除樹木或雜草。裘錫圭則認爲□字的「刃」部與「石」作□相近，可能是一種石質的辰（蜃）頭梱在木柄上的繩索一類的東西。[31]《說文》：「□，耕也。从□，囟聲。□，籀文農从林。□，古文農；□，亦古文農。」解釋爲「耕也」並不精準，同時所謂的「囟」可能是由「田」形訛變來的，[32]可以比對西周金文散氏盤「農」作□，其上亦從二「爪」形，與小篆相似。

(3)「既」，甲骨文作□（《燕》2）、金文作□（保卣），從皀、從旡，旡亦聲。李孝定《甲骨文字集釋》：「契文象人食已，顧左右而將去之也，引申之義爲盡。」其說可從。「旡」，下從卩，上從張口形，口形不向食物而向身後，表示食畢之義，再引申有完畢、已經、停止之義。如「既來之則安之」、「既然」、「既往不咎」。「癸丑卜，貞：旬。五月庚申寐（？）人雨自西，夗既。」（《合集》20964及21310，黃天樹先生綴合，自組小字類）卜辭的意思是說：「到了庚申『寐人』（睡眠之時）的時段，從西面下起小雨來。到庚申夕和辛酉夕交接的『夗』時，雨才止住。」「夗既」的「既」是動詞，當「止住」、「停止」講。如「雨不既」（《小屯》1105）就是「雨不止」。㉝《說文・皀部》：「，小食也。从皀，旡聲。《論語》曰：『不使勝食既。』」徐灝《段注箋》：「小食易盡，故引申爲盡也、已也。」將「既」解釋爲「小食」是有問題的。

(4)《說文解字》對「武」字的說解是：「楚莊王曰：『夫武定功戢兵，故止戈爲武。』」所引楚莊王話語來自《左傳・宣公十二年》，這種思想顯然不是當初造「武」字的人所能具有的，也就是說將「止」解爲「停止」，也有問題。「止」，甲骨文作（《甲》600）、（《甲》2486），象「腳掌（足）」之形。「武」，甲骨文作（《甲》3339），上從戈，下從止表示「行動」之義，表示持戈行動，自然是戰爭的意思，所以「武」是會意字。後世「止」才因詞義引申有了「停止」的意思，也才有了所謂「止戈爲武」的說法。

㉛ 裘錫圭：〈甲骨文中所見的商代農業〉《裘錫圭學術文集・甲骨文卷》第一冊，頁246。

㉜ 季旭昇：《說文新證》（福州：福建人民出版社，2010.12）頁185。

㉝ 黃天樹：〈甲骨文「夗」字補論〉《黃天樹古文字論集》（北京：學苑出版社，2006.8）頁194-198。

(5)「前進」之「前」，古文字寫作「歬」，如金文作歬，《說文》曰：「歬，不行而進謂之歬，從止，在舟上。」由「武」字知道「止」代表「腳」，所以古文字字形「止在舟上」象人站在船頭，也就是說人雖然不走路，但船朝前行進，人也就前進了。《太平御覽》卷七五八所引〈衡波傳〉曰：「孔子使子貢，久而不來。孔子謂弟子：『占之』，遇鼎，皆言：『無足，不來。』顏回掩口而笑。子曰：『回也哂，謂賜來也？』曰：『無足者，乘舟而來至矣。』明旦，子貢乘潮至。」原來孔子弟子占到了《鼎》卦九四爻，爻辭曰：「九四，鼎折足，覆公餗，其形渥，凶。」鼎折足，所以說「無足」，無足當然不能走路，所以說「不來」了。但是顏回另闢蹊徑，根據「歬」字的字義認為「無足」實寓「乘船前來」的意思，後來證明顏淵是對的。後世寫作「前」者，原是「翦」的本字，《說文》曰：「前（前），齊斷也。從刀，歬聲。」又如《史記・魯周公世家》：「周公乃自『揃』其蚤沉之河，以祝於神。」意為周公自己把指甲剪下來扔到河裡去。

(6)曾經有學生向我提出有趣的見解，認為「出」從二「山」，應是「重」的意思。這位學生沒有遵從「初形本義」的觀念，以現代楷書的形體分析文字結構，所得出的結論自然是不可信的。「出」，甲骨文作出，西周金文作出，《說文》小篆作出，與後世寫法相近。古人大多穴居，「凵」象坎穴之形，整個字形象足部離開坎穴，自然是表示外出。《說文》曰：「出，進也。象艸木益滋，上出達也。凡出之屬皆从出。」不可信。

(7)諸葛亮〈出師表〉：「陟罰臧否，不宜異同。」教育部重編國語辭典解「陟」曰「升遷、進用」。但「陟」何以有此義？原來甲骨文作陟，左邊從阜，象豎山之形，右邊從二止為「步」，字形表示人腳往上爬，故「陟」的本義是升也。比對「降」作降的腳形位置便可以理解。

(8)「豊」、「豐」二字形體相近，但音義完全不同。「豊」音「ㄌㄧˇ」，《說文》曰：「行禮之器也。」而「豐」，《說文》曰：「豆之豐滿者也。」段注曰：「豆之豐滿也，謂豆之大者也，引伸之凡大皆曰豐。《方言》曰：『豐，大也。』凡物之大皃曰豐。」西周金文「豐」作（長囟盉）；「豐」作（豐兮簋）。「豐」可分析爲從二「丰」從「壴」，「丰」即「玉」字，所以二「丰」即「珏」字。而「壴」就是「鼓」字。《論語．陽貨》：「子曰：『禮云禮云，玉帛云乎哉？樂云樂云，鐘鼓云乎哉？』」可見古代禮儀活動正是以玉帛、鐘鼓爲代表物。所以「豐」上從二「丰」（玉），下從「壴」，即「鼓」，就是這個道理。「壴」旁寫作，其上的「U」象徵「鼓」上的裝飾。與古代的鼓形完全相同，參下圖的漢代畫像石[34]。

(9)「貝」是古代貨幣之一，《史記．平準書論》：「農工商交易之路通，而龜貝金錢刀布之幣興焉。」商代金文「買」作（買車觚），其所從「貝」旁寫得很象形。「得」，甲骨文作（《鐵》29.1）、商金文作（得觚）、西周金文作（克鼎），從又持貝，表示獲得珍貴財貨之意。至於加上「彳」旁者，如（《京都》2113），可能是表示爲了得到貝，需要外出進行交易。此

㉞「畫像石」是刻在石材上的畫，濫觴於西漢，興盛於東漢，三國以降急遽衰落，故通稱「漢畫像石」。參見孫機：〈仙凡幽明之間——漢畫像石與「大象其生」〉，載氏著：《仰觀集——古文物的欣賞與鑑別》（北京：文物出版社，2012.6）頁165-217。

種形體為後世所繼承，只是《說文》小篆誤為從「見」作□。

商周時期上位者賞賜有功的部屬亦以「貝」，如《合集》一一四三八：「庚戌貞，易（賜）多女㞢（有）貝朋。」《集成》五三五二小臣豐卣：「賞小臣者貝」、《詩經・小雅・菁菁者莪》：「既見君子，賜我百朋」，「朋」是計算「貝」的單位。一定數量的貝穿成兩串，稱為「一朋」。王國維認為「朋」與「玨」本為一字，他根據古文字字形說「古制貝玉皆五枚為一系，合二系為一玨若一朋」，又說：「殷時，玉與貝皆貨幣也。……其用為貨幣及服御者，皆小玉、小貝，而有物焉以系之。所系之貝玉，於玉則謂之玨，於貝則謂之朋，然二者於古實為一字。」[35]裘錫圭指出「朋」字的「朋友」一義可能就是由「貝朋」的意思引申出來的。[36]姚萱也指出指人的「朋」跟指貝玉的「朋」顯然是關係極近的親屬詞，「朋友」之朋的「二人相配、相合、相比並」等的意義特點與「兩串玉」之「玨」也極為密切。[37]

(10)《說文・鳥部》：「□（鳳），神鳥也……從鳥，凡聲。□，古文鳳，象形。鳳飛，群鳥從以萬數，故以為朋黨字。□（鵬），亦古文鳳。」這段文字有字形與字義上的問題。先看字形，文中像「鳳」的「首及羽翼」的古文寫法「□」其實就是「朋」，也可以比對「鵬」寫作「□」。這是漢代學者根據「朋」作□（朋尊）所捏造出來的寫法。大概漢代的小學家對這樣寫法的「朋」的字形結構及其所表示的意思都不清楚，加上「朋（鵬）」有用為「鳳」的例子，[38]如《莊子・逍遙遊》：「北溟有魚，其名為鯤……化而為鳥，其名為鵬。」陸德明《釋文》：「鵬，即古鳳字。」《上博八・李頌》簡一：「□（鵬——鳳）鳥之所寨（集）」。敦煌卷子〈秦將賦〉：「龍競鬥，朋復征。」「朋」與「龍」對言，當讀為「鳳」。[39]所以將字形有點像「鳳」的□形體加以篡改。「朋」本來寫作□（朋，朋尊），演變為□（《秦漢魏晉篆隸字形表》第 247 頁熹平石經）、□（《睡虎地秦墓竹簡》圖版第108頁《日書》甲種65背），最後演變爲後世的「朋」。至於字義的問題則是以爲「朋黨」是「鳳」的引申義，這也是有問題的。「朋」是計算「貝」的單位，一定數量的貝（很多學者認爲是十個貝）穿成兩串，稱爲「一朋」。「朋」的「朋友」一義，可能是由貝朋的意思引申出來的，㊵與「鳳」義不相關。㊶

(11)曾有人以爲「射」從寸身當爲「矮」、「矮」從委矢當爲「射」，二字應該互換。從古文字來看，並不準確。「射」，甲骨文作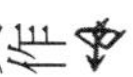，金文作，可見手持弓箭發射之形，其本義確實是「射」。

㉟ 王國維：〈說玨朋〉，載《觀堂集林》（北京：中華書局，1959），頁160-163。

㊱ 裘錫圭：〈貝、錢、幣——雜談古代貨幣制度對語言文字的影響〉《裘錫圭學術文集•語言文字與古文獻卷》第四冊，頁254。

㊲ 姚萱：〈從古文字資料看量詞「個」的來源〉《中國文字》新37期，頁34-54。

㊳ 參看錢大昕：《十駕齋養新錄》（上海：上海書店，1983）卷五，頁109-110。

㊴ 參看伏俊璉：《敦煌文學文獻叢稿》（北京：中華書局，2004）頁276。

㊵ 裘錫圭：〈貝、錢、幣——雜談古代貨幣制度對語言文字的影響〉《裘錫圭學術文集•語言文字與古文獻卷》第四冊，頁254。

㊶ 李家浩：〈《說文》篆文有漢代小學家篡改和虛造的字形〉，第二屆許慎文化國際研討會論文，漯河，2010.10。又載《安徽大學漢語言文字研究叢書——李家浩卷》（合肥：安徽大學出版社，2013.5）頁366-369。

後代弓箭部分訛變為「身」，手形變為「寸」，如《睡虎地》秦簡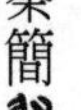。

(12)《論語・述而》：「子路曰：『子行三軍，則誰與？』子曰：『暴虎馮河，死而無悔者，吾不與也。必也臨事而懼，好謀而成者也。』」其中「暴虎」傳統典籍注釋都說「空手以搏之」（《詩・鄭風・大叔于田》毛傳：「暴虎，空手以搏之」；《詩・小雅・小旻》毛傳、《爾雅・釋訓》釋為「徒搏」）。但是「馮河」則說「徒涉，即無舟渡河」，二者意思對不起來。原來「暴」是假借字，本字是「虣」，甲骨文寫作（《合》5516），詛楚文寫作，表示用戈搏虎。可見「暴虎」應是徒步搏虎，並不是一定不拿武器。古代盛行車獵，對老虎這樣兇猛的野獸不用車獵而徒步跟他搏鬥，是很勇敢的行為。馮河的「馮」也是通假字，本應作「淜」，《說文》曰：「無舟渡河也。从水朋聲。」「淜河」是無舟渡河，「虣虎」是無車搏虎，這兩件事是完全對應的。[42]總之，「暴虎馮河」若還其本字，本來應該寫作「虣虎淜河」。

(13)裘錫圭指出小篆的「兀」有兩個來源，如「髡」或做「髨」，其所從「兀」是「元」的變體。另一種讀為「五忽切」的「兀」，亦即通常所用的「兀」（音ㄨˋ），應該是由刖足人形訛變的，甲骨文作（《合》6007），象人腳被施刑人拿工具鋸掉。《莊子・德充符》數稱刖足者為「兀者」，用的正是兀的本義。兀者既失去了腳，就不能像常人那樣安穩。「兀」及從「兀」之字大都有危險義或動搖不定之義，也許正是從刖足之義引申而來。[43]這也可以用來理解「杌隉」一詞解為「傾危不安的樣子」的原因，因為「杌」本身亦有「搖、動搖」的意思。

(14)學生常容易將「戍」與「戌」字形寫錯，其實從古文字字形來看是很容易解決的。戍守的「戍」甲骨文寫作，表示人持戈防守，左下從「人」正與「戍」的左下相同。

(15)兵，甲骨文作，從廾持斤，會雙手持兵器之意，斫木之斧亦可爲兵器，可見「兵」上從「斤」，但是文字隸變之後已經看不出來了。又如「徒」，金文作，《說文》曰：「步行也，從辵土聲。」可見並非一般人所認爲的從「彳」從「走」。其實「徒」所從的「𢓊」就是「辵」，如同繁體字的「從」是在本來的寫法「从」加上「𢓊」（辵）一樣。

(16)追、逐二字有何分別？根據甲骨文來看，非常清楚：「追」作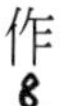，其上偏旁「𠂤」本是「𨸏」字，可以通讀爲「師」，比如《集成》一五三「鄦子盟𠂤鎛」，「盟𠂤」是許子的名字，讀爲「將師」，即率領軍隊的意思。「師」本義是軍隊，軍隊必有師長、師正，「老師」之義便由此引申而來。則「追」的本義是追逐軍隊，所追對象是「人」；「逐」作，字形看起來是追豬，所逐對象是「動物」。此爲二者之別。

(17)戴，《說文》曰：「分物得增益曰戴。」段注曰：「〈釋訓〉曰：『蓁蓁，孽孽，戴也。』毛傳云：蓁蓁，至盛皃。孽孽，盛飾。』是皆謂加多也。引伸之凡**加於上皆曰戴**。如土山戴石曰崔嵬」。《說文》所說非「戴」本義，應如段玉裁所說「加於上」方是。「戴」爲何有「加於上」的意思？原來「異」是「戴」的意符兼聲符。「異」甲骨文作，金文作，正可以理解「加於上」的意思。學生容易將「戴帽」寫作「帶帽」，亦可依此分析使其了解。

(18)《尚書・大誥》：「寧王遺我大寶龜」、「寧王惟卜用克綏受茲命」，「寧王」二字前人

㊷ 裘錫圭：《文字學概要》（台北：萬卷樓出版社，1999.1 再版二刷）頁 163。

㊸ 裘錫圭：《古文字論集》頁 211。

一直不得確解。到清朝著名古文字學家王懿榮、吳大澂才指出「寧」字是「文」字之訛。如西周金文中「文」作（利鼎）、（師酉簋），字形與小篆「寍（寧）」作形體相近。㊹也就是說《尚書》這段文字原本是用西周金文抄寫的，後人不識，便將其中的「文」字誤以為是「寍（寧）」。「寧王」實際上就是大家熟悉的「周文王」。另外，王國維根據史頌簋的「里君百生（姓）」，指出《尚書・酒誥》「越百姓里居」的「里居」當即「里君」之誤，都是為人所稱道的佳例。

(19)《大雅・瞻卬》：「天何以刺？何神不富？舍爾介狄，維予胥忌」，鄭玄《箋》云：「介，甲也。王之為政，既無過惡，天何以責王見變異乎？神何以不福王而有災害也？王不念此而改脩德，乃舍女被甲夷狄來侵犯中國者，反與我相怨。謂其疾怨群臣叛違也。」㊺孔《疏》曰：「故知被甲夷狄來侵犯中國者，臣若阿諛順旨，必不為王所怨，故知反與我相怨，謂其疾怨群臣叛違也。以正直不肯從邪，故為王所怨。」㊻可見《箋》、《疏》都將「胥」解為「相」，但文意並不妥帖。向熹不同意《箋》、《疏》的意見，但解釋為「表示動作偏指一方」恐怕也有問題。㊼裴學海《古書虛字集釋》指出：「胥猶是也。『胥』訓『是』，猶『斯』訓『是』。『胥』、『斯』古字通」。裴氏所舉例證有《大雅・瞻卬》：「舍爾介狄，維予胥忌」以及〈閟宮〉：「黃髮台背，壽胥與試」。㊽其中〈閟宮〉之釋還有待斟酌，但是前一例「胥」理解為「是」顯然是合理的。余培林先生也贊同裴氏的意見，並翻譯此句說：「爾棄置爾之重大戎狄之患不問，反惟忌恨我也。」㊾高亨本將「胥」解為「相」，但是他的翻譯卻是「你放開武裝的狄國不管，只是忌恨我。」㊿也可見「胥」解為「相」確實無法讀通經文，只有理解為「是」方能符合文義。但是「胥」的義項引申序列看不出來有「是」的意思，同時其他訓詁書籍也未見此義項者。(51)裴氏認為「胥」通假為「斯」，「斯」猶「是」也。古籍中「斯與胥」確實有通假的例證，如《詩・小雅・角弓》：「民胥傚矣」，「胥」，《潛夫論・班祿》引作「斯」。[52]不過「斯與胥」韻部支魚距離稍遠，少見相通，故僅見此一例。且如裴氏所解釋，則是顯得曲折了。根據《上海博物館藏戰國楚竹書（六）・平王問鄭壽》簡7曰：「溫恭淑惠，民是瞻望」、《上博八・志書乃言》簡1「是楚邦之強梁人」，兩個「是」字分別作、，字形與「疋」相近，如（《郭店・老子甲》28）。所以比較可能的情況是：今本的「維予胥忌」本來是寫作「維予是忌」，「是」字後世誤

㊹ 參裘錫圭〈談談清末學者利用金文校勘《尚書》的一個重要發現〉《古代文史研究新探》（南京：江蘇古籍出版社，2000.1 二刷）頁 73-80。

㊺ 李學勤主編、龔抗雲等整理：《毛詩正義》（北京：北京大學出版社，1999.12）頁 1261。

㊻ 同上，頁 1262。

㊼ 向熹：《詩經詞典》（成都：四川人民出版社，1997.7 三刷）頁 743。

㊽ 謝紀鋒編纂：《虛詞詁林》（哈爾濱：黑龍江人民出版社，1993.1 三刷）頁 436。

㊾ 余培林：《詩經正詁》（台北：三民書局，1993.10）下冊頁 501 注 31

㊿ 高亨：《詩經今注》（台北：里仁書局，1981.10）頁 471 注 30。

51 宗福邦、陳世鐃、蕭海波主編：《故訓匯纂》（北京：商務印書館，2004.3 初版二刷）頁 1856。

52 張儒、劉毓慶：《漢字通用聲素研究》（太原：山西古籍出版社，2002.4）頁 514。

抄為「疋」，並進而讀為「胥」。古書中「疋」、「是」相混的例證一定還有，[53]值得我們持續關注。[54]

(20)《說文》曰：「保，養也。」「養」其實並不是「保」的本義。《尚書・召誥》：「夫知保抱攜持厥婦子以哀籲天……」，以「保」與「抱」並提。甲骨文「保」字作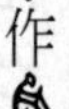，象背負子形，因此「保」字最初應是動詞而非名詞。所以唐蘭認為「保」的本義是負子於背，襁褓的「褓」是「保」的孳生字，「養」是「保」字的後起意義。這個意見是很正確的。[55]

(21)王弼本《老子》七十三章：「天之道，不爭而善勝，不言而善應，不召而自來，繟然而善謀。」李零解釋這段話的意思是：「老天喜歡的是不跟敵人交戰卻善於取勝的人，不下命令卻能得到士兵響應的人，不召敵人來敵人卻自動來的人，以及襟懷坦蕩而長於計謀的人。」同時討論說：

> 此段可參看《孫子》的三段話。《孫子・謀攻》：「是故百戰百勝，非善之善者也；不戰而屈人之兵，善之善者也」，就是這裡的不戰而勝。《孫子・九地》：「施無法之賞，懸無政之令，犯三軍之眾，若使一人。犯之以事，勿告以言，犯之以利，勿告以害」[56]，就是這裡的「不言而善應」；《孫子・虛實》：「故善戰者，致人而不致於人，能使敵人自至者，利之也；能使敵人不得至者，害之也」，就是這裡的「不招而自來」。「坦而善謀」是對生死坦然，又長於計謀。「坦」，帛書甲本作「彈」，乙本作「單」，河本、王本作「繟」，嚴本作「坦」，傅本作「默」。「彈」、「單」、「繟」是坦的通假字，「默」字則可能是「塵」字之誤。[57]

其說可從。特別是指出傳奕本《老子》「默」字則可能是「壥」字之誤是很有道理的。「壥」可以讀爲「坦」。後出的北大簡《老子》第三十七章（簡100）亦有此段文字，其中與「繟」相對

---

53 《孟子‧公孫丑上》：「今國家閒暇，及是時般樂怠敖，是自求禍也。」趙岐《注》曰：「孟子傷今時之君，國時適有閒暇，且以大作樂，怠惰敖遊，不修政刑，是以見侵而不能距，皆自求禍者也。」（〔清〕焦循撰，沈文倬點校：《孟子正義》（北京：中華書局，1987.10）頁224。）看的出來，趙岐是以「皆自求禍者也」來解釋「是自求禍也」，蕭旭根據這條注釋認爲「是猶皆也」。（蕭旭：《古書虛詞旁釋》（揚州：廣陵書社，2007.2）頁368。）不過其他古籍注釋似未見「是」有「皆」的意思，參見《故訓匯纂》頁1020-1021、謝紀鋒編纂：《虛詞詁林》頁398-403。則此處「是」是否本作「胥」，寫作「胥自求禍者也」，待考。

54 以上內容見拙文：〈論《平王問鄭壽》簡7「民是瞻望」的兩個問題〉，【簡帛‧經典‧古史國際論壇】，香港浸會大學，2011.11.30-12.2。

55 裘錫圭：〈談談古文字資料對古漢語研究的重要性〉《裘錫圭學術文集‧語言文字與古文獻卷》第四冊，頁47、謝明文：〈說抱、包〉，未刊稿。

56 這裡的「犯」讀爲「範」，約束的意思。這句話意思是說：高明的將軍，不靠賞罰和命令去約束士兵。當將軍的把三軍之眾管的像一個人一樣，主要靠兩個原則：一是以兵事任務約束他們，而不是用口頭告誡；二是只跟士兵說好處，不跟他們說壞處。

57 李零：《人往低處走——《老子》天下第一》（北京：三聯書店，2008.3）頁225-226。

應之字，北大簡《老子》作「𬤊」。整理者將「𬤊」讀爲「默」，並註釋云：

> 「𬤊然」，帛甲作「彈而」，帛乙作「單而」，王本、河本作「繟然而」（《經典釋文》引河本「繟」作「墠」），嚴本作「坦然而」，傅本作「默然而」。「𬤊」即「默」之異體，「彈」、「單」、「繟」、「墠」皆讀爲「坦」。漢簡本與傅本爲同一系統，作「默然」；帛書與王本、河本、嚴本爲同一系統，作「坦然」。疑此字本作「𬤊（默）」，先訛爲「單（彈、繟、墠）」，再讀爲「坦」。58

整理者認爲此處應理解爲「坦」是對的，但他們解釋「𬤊」演變爲「坦」的過程則有問題。魏宜輝認爲「𬤊」實爲「廛」之誤，他說：清人王念孫指出古書中多有「纆」字誤寫作「纏」的情況。《淮南子・內篇》「臣有所以供儋纏采薪者」一句中，王念孫認爲：

> 「纏」當爲「纆」字之誤也。《說文》作「纆」，云「索也」。劉表曰：「三股曰徽，兩股曰纆。」故高注云：「纆，索也。」若作「儋纏」，則義不可通矣。《列子》及《郤正傳》注、《白帖九十六》「纆」字亦誤作「纏」。蓋世人多見「纏」，少見「纆」，故傳寫多誤耳。《管子・乘馬篇》「鎌纆」亦誤作「纏」，唯宋本不誤。《韓子・說疑篇》：「或在囹圄縲紲纆索之中」，今本亦誤作「纏」。59

這些分析都是有一定道理的。我們再將簡文中的「𬤊」字與漢碑中的「廛」字進行比較，不難看出「𬤊」字所從之「黑」旁與「廛」字中間部分基本相混無別了。

	北大・老子一〇〇
	石經魯詩殘碑[60]

由此，可以推斷「⿰言黑」字所從之「黑」很可能是一個誤字，其來源於「廛」所從之「⿱里土（廛之聲符）」，「⿱里土」旁訛變作「墨」旁，「墨」旁又變作「黑」旁。「墨」與「黑」的音、義關係皆近，二者常常相通，作爲形聲字聲符亦互換，如上舉「纆」字，《說文》即作「⿰糸黑」。總之，簡文可能本寫作「⿰言⿱里土」，後來訛變爲「⿰言黑」。「⿱里土」（廛之聲符）字古音爲定母元部字，與「單、彈、繟、坦」諸字的讀音非常近。古書中還常見有「廛」及從「廛」得聲之字與從旦得聲之字相通或互爲異體的例子，如：「廛」通「壇」、「纏」通「壇」，「鸇」或作「鸇」、「纏」或作「繵」。[61]從文義上看，亦以「坦然」爲優。此處的「坦然」應指內心平靜無慮，如《抱朴子・安塉》：「怡爾執待免之志，坦然無去就之謨。」從上文「不爭而善勝，不言而善應，不召而自來」來看，「而」是表轉折關係，其前後意思是相逆的，「繟（坦）然而善謀」意思是說內心平靜無慮，卻善於謀畫。

---

58 北京大學出土文獻研究所編：《北京大學藏西漢竹書（貳）》（上海古籍出版社，2012）頁 140 注三。

59 〔清〕王念孫撰：《讀書雜志》（江蘇古籍出版社，1985）頁 870 下。

60 〔清〕顧藹吉編撰：《隸辨》（中國書店，1982）頁 181。

61 高亨纂著：《古字通假會典》（齊魯書社，1989）頁 204。

從文義上看，這種解釋顯然要比「默然而善謀」要好。[62]

(22)「天」，甲骨文作□（《合》36542），《說文》云：「天，顚也。」這是聲訓的解釋，今由商代甲骨文的字形可以知道「天」的本義就是「首」，《說文》分析爲「从一大」以爲是會意字是不可信的。《山海經・海外西經》：「形天與帝至此爭神，帝斷其首，葬之常羊之山，乃以乳爲目，以臍爲口，操干戚以舞。」這位斷首的神話人物「形天」又稱「刑天」便是因爲「首（天）」被斷之故，請看下圖。

▲神話人物「形天（刑天）」

(23)《呂氏春秋・察傳》：「有讀史記者曰：『晉師三豕涉河。』子夏曰：『非也，是己亥也。夫己與三相近，豕與亥相似。』」這便是成語「魯魚亥豕」的由來。豕與亥現在的寫法看起來不相似，不過西周金文「亥」作□，「豕」作□；戰國楚簡「亥」作□，「豕」作□，形體都比較相近。上列文字資料符合《呂氏春秋》所載子夏的時代，可爲子夏所說「豕與亥相似」提供證據。

(24)《詩經・小雅・楚茨》云「濟濟蹌蹌，絜爾牛羊。以往烝嘗，或剝或亨，或肆或將。」鄭箋解釋「或剝或亨，或肆或將」說：「各有其事，有解剝其皮者，有煮熟之者，有肆其骨體於俎者，或奉持而進之者。」[63]鄭箋解釋「肆」爲「肆其骨體於俎」，大抵可從。可以比對西周金文的□（員鼎）、□（婦姑鼎），陳劍將此二字釋爲「肆解牲體」之「肆」。[64]王子楊進一步分析說：「『肆』字下部从『鼎』，上部象以刀分割俎案上牲體之肉，整個形體包括了上古『肆』的全部含義。分割肆解牲體，這是核心意義；肆解牲體一般要在俎案上進行，因而从『爿』；而俎案連同牲體又放置在大鼎之上，這是因爲牲體本身就在湯鼎中烹煮，用匕撈出後直接在鼎上設俎進行肆解，十分方便。」[65]至於「將」解釋爲「奉持而進之」，可以比對「將」字甲骨文作（《合》27604）、西周金文作（章叔將簋）、（將嗌卣）。甲骨文「將」象雙手奉肉（肆解牲體之後的祭肉）之形；西周金文畫出俎案，可能表示從俎案拿取祭肉雙手奉將之意，同時「爿」也表音。將嗌卣之「將」下部从「鼎」，造字意圖跟甲骨金文的「肆」相類。古書中「將」多訓「奉」、訓「送」、訓「行」、訓「進」，皆爲「奉持而進」之引申。如《詩經・周頌・我將》：「我將我享，維羊維牛」，諸家多訓「將」爲「奉」。《孟子・盡心上》「幣之未將者也」，朱熹集注：「將，猶奉也。」[66]

(25)「若」字的解釋，一般人的第一印象是解釋爲「如果、好像」，比如「假若」、「天若有情天亦老」等等。但是《詩・小雅・大田》：「大田多稼，既種既戒。既備乃事，以我覃耜。俶載南畝，播厥百穀。既庭且碩，曾孫是若。」鄭箋云：「若，順也。」朱熹《集傳》：「故其生者皆直而大，以順曾孫之所欲。」顧廣譽《詳說》：「《詩》云是若，皆謂順於其心。」《書・說命中》：「明王奉若天道，建邦設都。」《穀梁傳・莊公元年》：「不若於道者，天絕之也。」范甯注：「若，

---

[62] 魏宜輝：〈北大漢簡《老子》異文校讀（五題）〉《學燈》第28期，2013年10月。

[63] 《十三經注疏・毛詩正義》（上海：上海古籍出版社，1997.7）頁468。

[64] 陳劍：《甲骨金文舊釋「䵼」之字及相關諸字新釋》，《出土文獻與古文字研究》第二輯（上海：復旦大學出版社，2008.8）頁13-47。

[65] 王子楊：〈釋甲骨金文中的「將」〉《出土文獻》第四輯（上海：中西書局，2013.12）。

[66] 同上。

順。」宋蘇軾〈與張朝請書〉之一：「旦夕西去，回望逾遠，後會無期，惟萬萬若時自重。」「若時」，即「順時」，順應時宜。元王實甫《西廂記》第四本第三折：「到京師服水土，趁程途節飲食，順時自保揣身體。」以上的「若」都應解釋爲「順」、「順從」的意思。爲什麼「若」有「順」的意思呢？原來「若」甲骨文寫作（《甲》205），西周金文寫作（我方鼎，《集成》2763），象人順髮之形，即閩南語「若頭毛」之「若」；一說象奴隸投降順服之形。總之，從古文字字形來看，「若」解爲「順」是沒有問題的。

(26) 文字學上有所謂的「變體字」，即改變某字的方向來表達一個不同的字義。「今」，甲骨文作，西周金文作，睡虎地秦簡作，東漢隸書寫作。字形是曰（曰）的倒寫，爲書寫方便將圓頂改爲尖頂。「曰」是開口說話，「今」的本義是閉口不言，後來被假借爲時稱「今日」等等一類的用法，遂加上「口」旁分化出「吟」（音ㄐㄧㄣˋ）表示閉口義。古書中有當閉口講的「吟」字，如《史記・淮陰侯列傳》：「雖有舜、禹之智，吟而不言，不如瘖聾之指麾也。」《索隱》：「吟，鄭氏音巨蔭反。又音琴。」「巨蔭反」之音與「噤」字之音相同。所以當閉口講的「吟」和「噤」可以看作一字的異體。這個字也可以寫作「唫」，即我們在第一章曾引到《呂氏春秋・重言》「君呿而不唫」，《說苑・權謀》作「君吁而不吟」。譚戒甫認爲《重言》的「唫」當爲「噤」。《墨子・親士》：「臣下重其爵位而不言，近臣則喑，遠臣則唫，怨結於民心，諂諛在側，善議障塞，則國危矣。」意思是說：「如果臣下只以爵祿爲重，不對國事發表意見，近臣緘默不言，遠臣閉口不談，怨恨就鬱結于民心了，諂諛阿奉之人圍在身邊，好的建議被他們阻障難進，那國家就危險了。」畢沅校注謂「唫」與「噤」音義同。

《素問・寶命全形論》：「能達虛實之數者，獨出獨入，呿吟至微，秋毫在目。」王冰注：「呿謂欠呿，吟謂吟嘆。」裘先生指出王冰釋「吟」為「吟嘆」是有問題的。同篇下文有「虛實呿吟」，可見呿、吟二字之義顯然是正反相對的。山東中醫學院、河北醫學院《黃帝內經素問校釋》解釋「呿吟」說：「與『呿唫』同，開閉也。在此指呼吸之微動而言。……《素問識》云：『按《通雅》云吟即噤，閉口也。古吟、唫、噤通用。」（上冊349頁）此說可從。㊼

不過，《說文》「吟，呻也。从口今聲。」《莊子・德充符》：「倚樹而吟。」成玄英疏：「行則倚樹而吟詠。」漢司馬相如〈長門賦〉：「孔雀集而相存兮，玄猿嘯而長吟。」這些解為「呻吟」、「吟詠」、「鳴叫」的「吟」與「閉口不言」的「吟」（音ㄐㄧㄣˋ）無關，二者只是同形字。㊽

第四節 形訓的原則與注意事項

由以上的介紹，我們已經明白「形訓」的優點。目前市面上出版不少說解漢字結構的書籍，這原本對於推廣漢字學習是好事，但由於作者素質不一、專業不同，某些說法流於看圖說話，令人啼笑皆非，讀者使用不可不慎，若因而被誤導就更得不償失了。其實想要了解文字的結構，第一步應

㊼ 裘錫圭：〈說字小記——六、說「去」、「今」〉《裘錫圭學術文集・金文及其他古文字卷》第三輯，頁419-421。

㊽ 裘錫圭《文字學概要（修訂本）》（北京：商務印書館，2013.7修訂版）139頁指出這兩個字音義不同。

該是翻閱《說文解字》或《說文解字注》，仔細研讀許慎的原文以及段玉裁的注釋，如此便不致大誤。目前已有不少網站將《說文解字》、《說文解字注》及《康熙字典》數位化，對於我們查詢資料有相當大的幫助，茲舉例介紹如下：

㈠「漢典」（http://www.zdic.net）：這是大陸所建置的電子辭書網站，只要鍵入單字，便可以馬上閱讀《說文解字》、《說文解字注》以及《康熙字典》的原文，非常方便。

㈡《說文解字》線上檢索（http://www.shuowen.org/）：這是專門提供線上檢索《說文解字》的網站，只要鍵入單字，畫面馬上呈現《說文解字》及《說文解字注》的原文。

下次碰到疑難的字詞，可以查詢上述兩個網站，便可以對字詞的意義有初步的認識，不至於被一些道聽塗說的說法所誤導。至於閱讀《說文解字》時多少會有不清楚的地方，可以進一步查詢相關書籍，比如丁福保編著的《說文解字詁林》、湯可敬編著的《說文解字今釋》、季旭昇教授撰寫的《說文新證》等等。只要勤於查閱這些書籍，每個人都可以是漢字達人。

除了《說文解字》外，古文字材料更是形訓的重要線索。這裡推薦由行政院國家科學委員會經費補助，臺灣大學中國文學系、中央研究院歷史語言研究所、資訊科學研究所共同開發的「小學堂文字學資料庫」（http://xiaoxue.iis.sinica.edu.tw/）。這個資料庫收集了甲骨文、金文、戰國文字（含楚系簡帛文字、秦系簡牘文字）以及小篆的字形。只要鍵入單字，便可以查詢到這些古文字的字形，而且每個字形都可以複製使用，非常便利，對推廣古文字的普及，居功厥偉。

至於閱讀古文字材料碰到疑難問題時，可以查詢《甲骨文字詁林》、《金文詁林》、《戰國古文字典》等基本書目，或是請教專業人士，長久下來便可以累積厚實的文字學功力，對於「形訓」自然能有深入的體會。

第五章

訓詁的方法之二

——因聲求義

第一節　因聲求義的類型

「因聲求義」，亦稱為「聲訓」是指通過語音尋求或證明語義的一種訓詁方法，可以分為兩種類型。一是採用讀音相同或相近的字來訓解詞意，如：

《論語・顏淵》：「政者，正也。子帥以正，孰敢不正？」

以「正」解釋「政」，二者聲音相同。《周禮・夏官・序官》：「使帥其屬而掌邦政」，鄭注：「政，正也；政，所以正不正者也。」《論語》的意思是說所謂「政」就是「匡正」、「使之正」。

《孟子・滕文公上》：「周人百畝而徹，其實皆什一也。徹者，徹也。」

以「徹」解釋「徹」，二者聲音相同，前一「徹」是周朝的稅法，所謂「周法什一而稅謂之徹」。後一「徹」字，東漢趙岐注云：「徹，猶人徹取物也。」是「徹取」、「割取」之義。這種稅法類似《詩・大雅・公劉》：「徹田為糧」，是指割取公田（糧田），「由居住在鄙邑內的八家或九家農民共同耕種。」①。

---

① 裘錫圭：〈西周糧田考〉，《裘錫圭學術文集・古代歷史、思想、民俗卷》，頁201、鄔可晶：〈戰國時代寫法特殊的「曷」的字形分析，並說「敢」及其相關問題〉，《出土文獻與古文字研究》第七輯，上海古籍出版社2018年。

《釋名・釋天》：「宿，宿也，星各止宿其處也。」

以「宿」解釋「宿」，前一「宿」指「星宿」，讀爲ㄒㄧㄡˋ；後一「宿」指「宿居」，讀爲ㄙㄨˋ，二者古音相近，但詞性不同。

《周易・說卦》：「乾，健也；坤，順也；……坎，陷也；離，麗也；兌，說也。」

根據上古音來看，「乾」和「健」上古聲紐和韻部相同（見紐元部）；「離」和「麗」上古聲紐、韻部和聲調都相同（來紐歌部去聲），「坎」和「陷」也是如此（溪紐談部上聲）。「坤」，溪紐文部；「順」，船紐文部，二者疊韻。

第二種情形是突破文字形體的侷限，索求語義的根本，將同源的字串聯起來，可知其「根源義」，即「稱名之所以然」，這也是「聲訓」，更明確的是稱爲「推源」（「推因」）。比如：

《釋名・釋形體》：「腕，宛也，言可宛屈也。」

意思是說「手腕」何以稱爲「腕」？那是因爲從「宛」聲的字多有「宛屈」的意思。

《說文》：「天，顚也。」

意思是說最高的地方爲何稱爲「天」？那是因爲「天」與「顚」音義相關，凡與「顚」聲音相近的詞，多有「高」的意思，故以「天」來稱名。

《孟子・盡心》：「征之爲言正也，各欲正己也，焉用戰？」

「征之爲言正」，可見「征」的本來意思並非征戰的意思，而是端正的意思。如前所述訓詁術語「之爲言」的作用在於用一個音義相通的詞來注解被釋詞，目的是說明被釋詞的語源。

《春秋繁露・執贄》：「羔食於其母，必跪而受之，類知禮者；故羊之爲言猶祥與！」

意思是說「羊」的稱名來源於「祥」。

《中論・覈辯》：「夫辯者，求服人心也，非屈人口也。故辯之爲言別也，爲其善分別事類而明處之也，非謂言辭切給而以陵蓋人也。」

意思是說辯論的作用是在分析、分別事類的利害進而妥善的處理它，而非逞口舌之快來欺凌人。

夏天常見的「痱子」語源是怎麼來的？《巢氏諸病源候總論》卷三十五：「盛夏之月，人膚腠開，易傷風熱。風熱毒氣搏於皮膚，則生沸瘡，其狀如湯之沸。輕者帀帀如粟粒，重者熱汗漬漬成瘡，因以爲名，世呼爲沸子也。」「痱子」即「沸子」、「疿子」，古人認爲體內熱氣沸起所引起的突起物，故名「沸子」。

以上兩種現象，在「同源詞」一節時還會進一步討論。

第二節 因聲求義的例證及缺點

先秦文獻已經普遍使用因聲求義的方法，茲舉例介紹如下：

《左傳・襄公三十一年》曰：

公曰：「善哉，何謂威儀？」對曰：「有威而可畏謂之威，有儀而可象謂之儀。君有君之威儀，其臣畏而愛之，則而象之，故能有其國家，令聞長世。臣有臣之威儀，其下畏而愛之，故能守其官職，保族宜家。」

威與畏，古音同爲影母微部，是一對同源詞，故以畏釋威。

中國最早的訓詁專書《爾雅》中也記載聲訓的訓詁例證，如：

〈釋詁〉：「履，禮也。」

〈釋詁〉這條材料與《詩•商頌•長發》：「率履不越。」毛傳：「履，禮也。」相同。②意思是說：「遵循禮節不逾越」。履與禮，古音都是來紐脂部，故得以聲訓。

〈釋言〉：「甲，狎也。」

〈釋言〉這條材料亦與毛傳相同。《詩•衛風•芄蘭》：「雖則佩韘，能不我甲。」毛傳：「甲，狎也。」陸德明《釋文》：「《韓詩》作狎。狎，戶甲反。」「狎」從「甲」聲，二者音近可通。《墨子•號令》：「狎郭，舉三垂」，意思是說「當敵軍接近外城時就點三堆烽煙」。畢沅云：「狎，近。」俞樾云：「狎郭、狎城，兩狎字並當作甲，後人不達而加犬旁也。甲者會也。詩大明篇『會朝清明』，毛傳曰『會，甲也』，是甲與會聲近而義通。甲郭者，會于郭外也。甲城者，會于城外也。此言甲郭、甲城，〈襍守篇〉言郭會、城會，文異而義同。」孫詒讓《閒詁》曰：「俞說是也，但甲、狎字通。詩衛風芄蘭『能不我甲』，毛傳云『甲，狎也。』釋文引韓詩『甲』作『狎』，則舊本作『狎』，於義得通，不必定改作『甲』也。」③

---

② 胡繼明先生詳細比較《爾雅》與《詩經》訓詁的關係，認爲二者既有共同的來源，又各有所宗，各有發明。見氏著：《《詩經》《爾雅》比較研究》（重慶大學出版社，1995.10）。

③〔清〕孫詒讓：《墨子閒詁》（台北：華正書局，1995.9）頁566。

〈釋訓〉：「鬼之爲言歸也。」

這是說「鬼」何以名爲「鬼」，是因爲古人有靈魂不滅的想法，人死之後魂魄歸於天地，故用與「歸」音近的「鬼」來命名。《說文》曰：「鬼，人所歸爲鬼。」段注曰：「人所歸爲鬼，以疊韻爲訓。〈釋言〉曰：『鬼之爲言歸也。』郭注引《尸子》：『古者謂死人爲歸人。』《左傳》：『子產曰：鬼有所歸，乃不爲厲。』〈禮運〉曰：『魂氣歸於天，形魄歸於地。』」《說苑・反質》：「精神者，天之有也，形骸者，地之有也；精神離形而各歸其眞，故謂之鬼。鬼之爲言歸也，其尸塊然獨處，豈有知哉？」這些說法都將「鬼之爲言歸也」解釋的非常清楚。

〈釋山〉：「獨者蜀。」

郭璞注曰：「蜀亦孤獨。」邢昺疏曰：「釋曰言山之孤獨者名蜀。案：《說文》云：『蜀，蟲名。詩云：『蜎蜎者蜀。』〈釋蟲〉云：『蚅，烏蠋』，郭云：『大蟲如指似蠶』，此蟲更無群匹。故云蜀亦孤獨。**既蟲之孤獨者蜀，是以山之孤獨者亦名蜀也。**」

《詩經》的毛傳、鄭箋都有使用聲訓的地方，如：

〈曹風・候人〉：「彼其之子，不遂其媾。」毛傳：「媾，厚也。」

〈大雅・皇矣〉：「天立厥配，受命其固。」毛傳：「配，媲也。」

〈大雅・烝民〉：「令儀令色，小心翼翼。」毛傳：「儀，宜也。」

〈曹風•鳲鳩〉：「淑人君子，其儀一兮。」鄭箋：「儀，義也。」

依毛傳所說，「媾」是厚待，寵愛的意思，不過一般多從歐陽修《詩本義》所說將「媾」解釋爲「婚媾」。「不遂其媾」是說候人欲偶大夫之季女而不得，故曰「不遂其媾」。④第二例「配」、「嬺」都是匹配的意思，《說文•女部》：「嬺，妃也。」二者音近可通。第三例的「儀」是容止儀表。鄭玄箋云：「善威儀，善顏色。」「儀，宜也」是說合適、適宜的儀態，二者也是音義相關。詩文意思是說「保持良好的儀態和容貌，恭敬謹慎」。第四例與第三例注釋基本相同，儀、義、宜均屬音義相關。

〈鄘風•君子偕老〉：「君子偕老，副笄六珈。」鄭箋：「珈之言加也。副既笄而加飾，如今步搖上飾。」

「副笄」是古代貴族婦女的頭飾。編髮爲假髻稱「副」，假髻上所插的簪稱「笄」。而在「笄」上再加首飾便是「珈」，如同古人在髮飾上再加「步搖」，所以鄭玄說「珈之言加也」。毛傳曰：「珈，笄飾之最盛者，所以別尊卑。」朱熹《集傳》云：「珈之言加也，以玉加於笄而爲飾也。」這些都有助於理解鄭玄所云「珈」與「加」的關係。

④ 余培林：《詩經正詁》（台北：三民書局，1993.10）頁 412 注 8。

〈鄘風•君子偕老〉：「展如之人兮，邦之媛也。」鄭箋：「媛者，邦人所倚以爲援助。」

毛傳曰：「美女爲媛。」，鄭玄以「援」解釋「媛」，與毛傳不同。

〈大雅•靈臺〉：「於論鼓鐘，於樂辟廱。」鄭箋：「論之言倫也。」

朱熹《集傳》曰：「論，倫也。得其倫理也。」是說鐘鼓之排列有序不紊也。

《說文解字》也有不少「聲訓」的例證：

〈上部〉：「旁，溥也。」

〈王部〉：「王，天下所歸往也。」

〈艸部〉：「葩，華也。」

〈艸部〉：「藩，屏也。」

〈土部〉：「土，地之吐生萬物者也。」

〈女部〉：「媒，謀也，謀合二姓者也。」

〈月部〉：「月，闕也。大陰之精。」

《漢書•律曆志上》云：

少陽者，東方。東，動也，陽氣動物，於時爲春。春，蠢也，物蠢生，乃動運。

「東，動也」是「聲訓」的例證，其中有陰陽五行的思想在其中。「春，蠢也」也是「聲訓」的例證。「蠢」的本義是蟲類蠕動。引申爲騷動，動亂。《書・大誥》：「有大艱於西土，西土人亦不靜，越茲蠢。」孔傳：「四國作大難於京師，西土人亦不安，於此蠢動。」孫星衍疏：「蠢者，《釋詁》云：『動也。』」《清華三・說命中》：「故（古）【二】我先王滅（滅）頣（夏），燮（變）𨛜（強），戠（捷）蓍（蠢）邦」，「蠢邦」即蠢動、不安分的外邦。至於表示愚昧義的字形可寫作「憃」，從「舂」得聲。《說文・心部》：「憃，愚也。」《淮南子・道應訓》：「憃乎若新生之犢，而無求其故。」唐韓愈〈論捕賊行賞表〉：「伏望恕臣愚陋僻憃之罪，而收其懇款誠至之心，天下之幸，非臣之幸也。」「惷」與「憃」這兩個字連王國維也偶而搞混，裘錫圭曾指出：「王國維在考釋毛公鼎的文章裏也有把《說文解字》裏的兩個字誤混的情況。『惷』的聲旁是『春』，意爲蠢動；『憃』的聲旁是『舂』，意爲愚蠢。『舂』本作『𦥯』。毛公鼎裏有一個『怨』字，一般釋爲『憃』，是對的，但王國維隸定成『忝』，讀爲訓『作』、訓『動』的『蠢』。」⑤《上博三・仲弓》簡4+26「雍也憧【4】愚」，其中「憧」或以爲當讀爲「憃」，童、舂音近可通，如《上博二・容成氏》簡21：「禹然後始行以儉：穜（舂）不毀米」，是說禹刻苦節儉，舂米不將糙米舂細。

⑤ 裘錫圭：〈談談進行古代語文的學習和研究的一些經驗教訓——基礎要扎實些，考慮要全面些〉《裘錫圭學術文集・語言文字與古文獻卷》第四冊，頁313。

其中「橦」讀爲「舂」，如同〈仲弓〉篇的「憧」讀爲「惷」。不過，陳劍指出單看「惷」字，其語源不明，聲符「春」與其義無關。而「憧」之聲符「童」，則由「童蒙」義自可引申出「不慧」義，與「愚」義近。賈誼《新書・道術》：「亟見窃察謂之慧，反慧爲童。」即其證。簡文「憧」字即此義之「童」添加義符「心」而成，本很自然，不必讀爲「惷」。反是「惷」應視爲「愚」義之「憧」的改換聲符之異體。⑥其說很有道理。東漢以後「蠢」也可以用來表示愚昧的意思，即所謂的「愚蠢」。如王充《論衡・自然》：「時人愚蠢，不知相繩責也。」唐韓愈〈答陳生書〉：「仁義存乎內，彼聖賢者能推而廣之，而我蠢焉爲衆人。」

東漢末年劉熙所撰《釋名》是第一本完全從聲音去探索事物稱名緣由的著作。《釋名》中的聲訓，從訓釋詞和被訓釋詞的聲音關係來看，大致有幾種情況：

(1)同音，如〈釋言語〉：「貪，探也。探入他分也。」

〈釋言語〉：「勇，踴也。遇敵踴躍，欲擊之也。」

〈釋言語〉：「飾，拭也。物穢者，拭其上使明。由他物而後明，猶加文於質上也。」

〈釋地〉：「廣平曰原。原，元也。如元氣廣大也。」

（貪與探、勇與踴、原與元、飾與拭皆爲雙聲疊韻。）

(2)雙聲，如〈釋水〉：「河，下也，隨地下處而通流也。」

（河，匣紐歌部；下，匣紐魚部。雙聲，韻部通轉⑦。）

(3)疊韻，如〈釋言語〉：「嗚，舒也。氣憤滿，故發此聲以舒寫之也。」

（嗚，影紐魚部；舒，書紐魚部。）

(4)音近，如〈釋言語〉：「罵，迫也，以惡言被迫人也。」

〈釋言語〉：「念，黏也。意相親愛，心黏著不能忘也。」

（罵，魚部明紐；迫，鐸部幫紐。聲紐同爲唇音，韻部對轉。）

（念，泥紐侵部；黏，娘紐談部。聲紐同爲舌音，韻部旁轉。）

《釋名》的釋義方式是先出聲訓，然後再用一句話作補充說明，如「探入他分」，說明了以「探」釋「貪」的原由，其他例證皆依此類推。也有先用「曰」的格式，然後再用聲訓，最後再作補充的，如上舉「廣平曰原」條。這樣也就從音義的結合上說明了一個名稱的來由。其他像「冬，終也，物終成也。」「彗星，光梢似彗也。」「皮，被也，被覆體也。」等等都是很好的因聲求義的範例。

早期的聲訓有不少人爲主觀的推斷，他們只從語音相同或相近上來猜測，沒有其他更多的根據。因此，各家做出的聲訓自然不盡相同。試以「地」爲例：

《釋名‧釋地》：「地，底也。其體底下，載萬物也。亦言諦也。五土所生，莫不審諦也。」

---

⑥ 參見陳劍：〈《中弓》釋文注釋〉，《儒藏》精華編第282冊，北京大學出版社，2020年4月。

⑦ 底下的旁轉、通轉等相關聲韻學術語請參見第六章所介紹的王力的語音系統：「上古聲紐表」以及「上古韻部表」。

《春秋元命苞》：「地者，易也。言養物懷任。交易變化，含土應節也。」（《藝文類聚卷六・地部・地》引）

《春秋說題辭》：「地，媲也。承天行其義也。」（《太平御覽・地部・卷三十六・地部一・地上》引）

《淮南子・墬形》：「地之所載。」許愼閒詁：「地，麗也。」

又如「未」：

《說文》：「未，味也。六月，滋味也。五行，木老於未。」

《史記・律書》：「未者，言萬物皆成，有滋味也。」

《釋名・釋天》：「未，昧也。日中則昃向幽昧也。」

《淮南子・天文》：「未，昧也。」

又如「春」：

《釋名・釋天》：「春，蠢也。動而生也。」

《春秋繁露・陽尊陰卑篇》：「春之爲言猶偆偆也。」

《尚書大傳》：「春，出也。物之出也。」

同一個字諸家的聲訓意見都不同，可能只有一家是對的，也可能全部都是錯誤的。可見聲訓在當時確實沒有一個嚴謹的學理依據，即便有些聲訓接近事實，恐怕也只是偶然猜對而已。另外，早期的因聲求義尚不能擺脫文字形體的束縛而歸納出音義相近的同源詞。到了清朝，語言文字學的水準到達了前所未有的高峰，特別是古音學取得了很大的進展，訓詁學家多能從語音以求語義，因聲求義的方法被普遍使用。王力就認為清代學者段玉裁、王念孫等人沖破了字形的藩籬，以語音求語義是「訓詁學上的革命」。

第三節　因聲求義的原理及限制

「**聲近義同**」是因聲求義的基本原理，訓詁學家亦說成「**音近義通**」、「**聲近義通**」，如：

《爾雅・釋詁》：「壯、將，大也。」郝懿行《爾雅義疏》：「壯者，與奘同，而**聲近**『將』，其**義亦相通**。」

《墨子・號令》：「凡戮人於市，死上目行。」孫詒讓《閒詁》曰：「此句有誤，疑當作『死三日彴』。彴、徇古今字，**死與尸聲近義通**。謂陳尸於市三日，以徇衆也。周禮鄉士云『肆之三日』。左襄二十二年傳『楚殺觀起三日，棄疾請尸。』是戮於市者，皆陳尸三日也。上云『離守者三日而一徇』，亦足互證。三與古文上作二相似，日目、彴行，形並相近，傳寫譌舛，遂不可通。」⑧就

⑧〔清〕孫詒讓：《墨子閒詁》（台北：華正書局，1995.9）頁569。

是說「死上目行」實際上應該是「尸三日徇（徇）」，而根據「死」與「尸」聲近義通，亦可寫作「死三日徇」。「徇」是「宣示於衆」的意思，《左傳・僖公二十八年》：「殺顛頡以徇于師。」《史記・司馬穰苴列傳》：「莊賈懼，使人馳報景公請救。既往，未及反，於是遂斬莊賈以徇三軍。」宋曾鞏《本朝政要策・軍賞罰》：「太祖之爲將也，每有臨陣逗撓不用命者，必斫其皮笠以誌之，明日悉斬以徇，自是人皆死戰。」

清代的學者對這種現象有不少精彩的論述，如戴震云：「夫六經之字多假借，音聲失而假借之意何以得？**訓詁音聲，相爲表裡**。訓詁明，六經乃可明。」（〈六書音韻表・序〉）⑨又說「疑于義者以聲求之，疑于聲者以義正之。」（《戴東原集》卷四〈轉語二十章序〉）。邵晉涵說：「聲音遞轉，文字日孳，聲近之字，文存乎聲。」（〈爾雅正義自序〉）王念孫云：「竊以訓詁之旨，本於聲音。故有聲同字異，聲近義同；雖或類聚群分，實亦同條共貫。譬如振裘必提其領，舉網必挈其綱。故曰『本立而道生』，『知天下之至嘖而不可亂也』。此之不寤，則有字別爲音，音別爲義，或望文虛造而違古義，或墨守成訓而尟會通，易簡之理既失，而大道多岐矣。今則就古音以求古義，引申觸類，不限形體。」（〈廣雅疏證自序〉）王引之引他的父親王念孫的話說：「大氏雙聲疊韻之字，其義即存乎聲，求諸其聲則得，求諸其文則惑矣。」（《經義述聞・通說上》「無慮」條）段玉裁說：「小學有形、有音、有義，三者互相求，舉一可得其二。有古形、有今形，有古音、有今音，有古義、今義，六者互相求，舉一可得其五。……聖人之制字，有義而後有音，有音而後有形；學者之考字，因形以得其音，因音以得其義。治經莫重於得義，得義莫切于得音。」（〈廣雅疏證序〉）從這些敘述可以知道清代的文字訓詁學家已經注意到文字是記錄語言的符號，透過文字知其讀音，透過讀音知其語義，所以「學者之考字，因形以得其音，因音以得其義」，探求詞義的途徑是從形到音，從音到義。但由於文獻語言中存在大量「聲同字異」、「聲近義同」的現象，所以探求詞義不能被文字形體所侷限，應該要「就古音以求古義，引申觸類，不拘形體」。

王念孫在《廣雅疏證》中常常說「聲近義同」、「聲義並同」、「聲轉義近」之類的話，我們以此為考察的對象，可以理解清人對這些術語的理解是什麼。底下我們節錄《疏證》原文，簡要介紹如下：

(1)《廣雅・釋詁一》：「殷、方、般、㚘、胡、旁、奄，大也。」《疏證》曰：

殷者，〈喪大記〉：「主人具殷奠之禮」，鄭注云：「殷，猶大也。」《莊子・秋水篇》：「夫精，小之微也；垺，大之殷也。」微，亦小也；殷，亦大也。〈山木篇〉云：「翼殷不逝，目大不覩。」《楚辭・九歎》：「帶隱虹之逶蛇。」王逸注云：「隱，大也。」**隱與殷聲近而義同**。方者，〈堯典〉云：「共工方鳩僝功」，「湯湯洪水方割」，皆大之義也。〈晉語〉：「今晉國之方。」韋昭注：「方，大也。」般者，《方言》：「般，大也。」郭璞音盤桓之盤。〈大學〉：「心廣體胖。」鄭注云：「胖，猶大也。」〈士冠禮〉注云：「弁名出於槃，槃，大也，言所以自光大也。」槃、胖並與般通。《說文》：「幋，覆衣大巾也。」《文選・嘯賦》注引《聲類》云：「磐，大石也。」義並與般同。《說文》：「伴，大貌。」**伴與般亦聲**

⑨〔漢〕許慎撰，〔清〕段玉裁注：《說文解字注》（台北：漢京文化事業公司，1985.10）所附〈六書音均表——戴序〉頁801。

近義同。㚕，《說文》：「𡘋，大也，從大弗聲。」《玉篇》作「㚕」。《周頌‧敬之篇》「佛時仔肩。」毛傳云：「佛，大也。」佛與㚕通。《爾雅》：「紼，縴也。」孫炎以為大索。〈緇衣〉：「王言如絲，其出如綸；王言如綸，其出如綍。」鄭注云：「言言出彌大。」義與㚕同也。《爾雅》：「廢，大也。」郭璞引《小雅‧四月篇》「廢為殘賊」，廢與㚕亦聲近義同。胡者，《逸周書‧謚法解》云：「胡，大也。」僖二十年《左傳》：「雖及胡耇。」杜預注云：「胡耇，元老之稱。」《說文》：「湖，大陂也。」《爾雅》「壺棗」郭璞注云：「今江東呼棗大而銳上者為壺。」《方言》：「蠭大而蜜者，燕趙之間謂之壺蠭。」義並與胡同。《賈子‧容經篇》云：「祜，大福也。」祜與胡亦聲近義同。旁者，廣之大也。《說文》：「旁，溥也。」《爾雅》：「溥，大也。」《逸周書‧大匡解》云：「旁匡於眾，無敢有違。」旁匡即大匡也。旁與方，古聲義並同。奄者，《說文》：「奄，大有餘也，從大申，申，展也。」《大雅‧皇矣篇》：「奄有四方。」毛傳云：「奄，大也。」《說文》：「俺，大也。」俺與奄亦聲近義同。⑩

看得出來王念孫藉由聲音的線索，將這些詞意為「大」的每個字都做了聲與義的聯繫。他所揭櫫的幾組聲義相關例證可以分析如下：

(一)對於「殷」字，王氏聯繫了「隱」字。「隱與殷聲近而義同」，「隱」與「殷」，上古音都是影母文部。「義同」是指多義字中某一項意義的相同或相近，隱、殷，只是同有「大」義，它們還有其他意義，各不相同。

(二)對於「方」字，王氏聯繫了「旁」與「溥」（詳下）。

㈢對於「般」字，王氏聯繫了「盤」、「胖」、「槃」、「幋」、「磐」、「伴」，其實就是兩個聲母——「般」與「半」。「**伴與般亦聲近義同**」，「伴」是並紐元部；「般」是幫紐元部。二者聲紐同爲唇音，屬於旁紐。韻部疊韻。二者在「大」的義項是同義的。

㈣對於「⿱弗大」字，王氏聯繫了「佛」、「𡘋」、「紼」、「廢」，也就是聲母「弗」與「發」。「**廢與⿱弗大亦聲近義同**」，「廢」是非紐月部；「⿱弗大」從「弗」聲，是非紐物部。二者雙聲，韻部爲旁轉。二者在「大」的義項是同義的。《說文》：「𡘋，大也。从大，弗聲。」徐灝《段注箋》：「𡘋即佛字，易人旁从大耳。」清錢大昕《十駕齋養新錄‧𡘋》：「經典不見𡘋字。《詩》云『佛時仔肩』，毛傳：『佛，大也。』佛、𡘋古今字。」[11]「廢」亦有「大」的意思，古書也常見，《詩‧小雅‧四月》：「廢爲殘賊，莫知其尤。」毛傳：「廢，大也。」《逸周書‧官人》：「華廢而誣，巧言令色，皆以無爲有者也。」朱右曾《校釋》：「廢，大也。」

㈤對於「胡」字，王氏聯繫了「湖」、「壺」、「祜」。其中「壺」與「胡」同爲匣母魚部，實爲假借，「壺」字沒有「大」的意思。《方言》提到的「壺蠭」，就是「胡蜂」。此外，「**祜與**

---

⑩〔清〕王念孫：《廣雅疏證》（南京：江蘇古籍出版社，2000.9）頁4-6。

⑪《詩‧周頌‧敬之》：「佛時仔肩」，毛傳、鄭箋訓「仔肩」爲「克」、「任」；「佛」近人多讀爲「弼」（程俊英、蔣見元《詩經注析》，下冊978頁，北京：中華書局，1991.10）「時」，作爲連詞，《古書虛字集釋》訓爲「即」，相當於「則」。總之，「佛時仔肩」即「弼則克任」之義。

胡亦聲近義同」，「祜」，見母魚部；「胡」，匣母魚部。二者聲紐喉牙二音為鄰紐，韻部疊韻。二者意義微別，「胡」訓大，而「祜」訓大福。

(六)對於「旁」，王氏聯繫了「方」與「溥」，也就是聲母「方」與「甫」。「旁與方，古聲義並同」，《說文》曰：「旁」從「方」聲，所以二者聲音相近，同時在「大」的義項是同義的。

(七)對於「奄」，王氏聯繫了「俺」。「俺與奄亦聲近義同」，「俺」、「奄」同為影紐談部；二者在「大」的義項是同義的。

可見王氏的「聲近」，包含了雙聲疊韻、雙聲韻近、聲近疊韻三種情形，需要仔細分辨，不可一概而論。至於「義同」亦非完全同義，亦存在「微別」的現象。

(2)《廣雅•釋詁三》：「啓，踞也。」《疏證》曰：

啓者，《爾雅》：「啓，跪也。」《小雅•四牡篇》：「不遑啓處。」毛傳訓與《爾雅》同。跪與踞皆有安處之義，故啟訓為跪，又訓為踞。〈采薇篇〉又云「不遑啓居。」居，踞，聲亦相近。《說文》：「居，蹲也。」「踞，蹲也。」「跽，長跪也。」「㠱，長踞也。」居、踞、跽、㠱、啓、跪，一聲之轉，其義並相近也。⑫

謹案：「居」、「踞」，見母魚部；「跽」「㠱」，群母之部；「跪」，群母支部；「啓」，溪母脂部。聲紐見、溪、群母同是舌根音（牙音）；韻部魚部、之部、支部、脂部有通轉、旁轉的現象。聲類雖不同，發音部位卻相同，韻類雖不同，卻是合乎規律的音變，王念孫說這是「一聲之轉」。何謂「一聲之轉」？語言是變化發展的。一個詞在不同的時期、不同的地域發生了語音上的變化，讀成了另外一個音，人們就用另外一個字去記錄它。這種現象清朝的學者稱之爲「一聲之轉」，或者叫「聲轉」、「語轉」，都是一個意思。王念孫晚年在給程瑤田的著作《果蠃轉語記》寫跋語的時候曾經說：

> 蓋雙聲、疊韻出於天籟，不學而能，由經典以及謠俗，如出一軌，而先生獨能觀其會通，窮其變化，使學者讀之而知絕代異語、別國方言，無非一聲之轉，則觸類旁通，而天下之能事畢矣。

其實，這種語音變化現象早在西漢時期就引起了學者的注意，揚雄在記錄方言的時候就已經提到過，不過他把這種現象稱爲「轉語」或者「語之轉」。如：

> 庸謂之倯，轉語也。（《方言》第三）
>
> 鋌，盡也……物空盡曰鋌。鋌，空也。語之轉也。（《方言》第三）
>
> 㶽（讀若毀），火也，楚轉語也。猶齊言「𤈦（讀若毀），火也。」（《方言》第十）

何九盈說：「有的地方把『庸』說成『倯』，『庸』、『倯』疊韻，懶惰無能的意思。《玉篇》：

---

⑫〔清〕王念孫：《廣雅疏證》（南京：江蘇古籍出版社，2000.9）頁97。

『㛰，嬾女也。』『庸』、『㛰』通。『憽』是現在的『悚』。《廣韻‧鍾韻》：『憽，憽恭，怯貌。』庸、憽在遠古時代可能是複聲母。庸為喻四，憽為心母，遠古當為s詞頭。」⑬「『鋌』為『空』之語轉。鋌，耕部；空，東部。二字韻相近。」⑭「楚國人把『火』叫做『㶳』，齊國人把『火』叫做『𤈦』。『火』、『㶳』、『𤈦』三字為雙聲；『火』、『𤈦』歸微部，『㶳』歸歌部，微歌旁轉。」⑮最後他的結論是：「經過以上的分析，我們就能了解到，所謂『轉語』是指兩詞聲母相同，**或韻相同，或聲韻相近，他們在意義上是相同的**，是同一詞的不同寫法。轉語與假借不同，假借字只是語音相通，意義上沒有聯繫。轉語是語音上有聯繫的方言同義詞。」⑯王力說：「在許多情況下，方言詞彙的差異實際上只是語音的對應關係。同是一個詞，在不同的方言裡，有著不同的語音形式。揚雄自己有時候也注意到這種現象。他把這種現象叫做『轉語』」。⑰裘錫圭也說：「『語之轉』或『一語之轉』，是過去的語言文字學者常用的術語，是用來指出詞語之間的同源關係，而不是用來指出通假、通用關係的。」⑱

至於詞義，「跪」與「启」不是等值的同義，它們之間只能提煉出一個共同的意義「安處」，嚴格說只能算是詞義相關，表示相近或相關的概念。

(3)《廣雅‧釋宮》：「欐、落，杝。」《疏證》曰：

杝，今籬字也。《說文》：「杝，落也。」王逸注《招魂》云：「柴落為籬。」《眾經音義》卷十四云：「籬、杝同力支反。」引《通俗文》云：「柴桓曰杝，木桓曰柵。」《釋名》云：「籬，離也，以柴作之，疏離離然也。」欐字通作羅。《六韜》：「三軍拒守天羅虎落鎖連一部。」欐之言羅羅然也。《釋名‧釋采帛》云：「羅，文羅羅疏也。」義與欐相近。落之言落落然也，古通作落。《管子・地員篇》云：「行廧落。」欏、落、杝一聲之轉，義并相近也。⑲

謹案：「欏」，來紐歌部；「落」，來紐鐸部；「杝」，來紐歌部。聲紐雙聲，韻部通轉。在雙聲情況下，韻雖不同，卻是合乎規律的音變。欏、落、杝，都有「圍籬」的意思，如《博雅》：「欏，落籬也。」王褒〈僮約〉：「鑿井浚渠，縛落鋤園。」其中「落」就是這個意思。除此之外，它們還有「形容多而連續不斷的樣子」或是「稀疏」的意思。

(4)《廣雅・釋器》：「湩謂之乳。」《疏證》曰：

《說文》：「湩，乳汁也。」《穆天子傳》：「巨蒐之人，具牛馬之湩以洗天子之

---

⑬ 何九盈：《中國古代語言學史》（廣州：廣東教育出版社，2000.6 第二版）頁 54。
⑭ 何九盈：《中國古代語言學史》頁 55。
⑮ 何九盈：《中國古代語言學史》頁 55。
⑯ 何九盈：《中國古代語言學史》頁 55。
⑰ 王力：《中國語言學史》（太原：山西人民出版社，1981）頁 26。
⑱ 裘錫圭：《文字學概要》（台北：萬卷樓圖書公司，1999.1 再版二刷）頁 311。
⑲ 同上，頁 212。

足。」郭璞注云：「湩，乳也，今江南人亦呼乳爲湩。」《史記‧匈奴傳》：「不如湩酪之便美。」《漢書》：「湩」作「重」。案湩者重濁之意，故《廣韻》云：「湩，濁多也。」卷三云：「穜、蓐，厚也。」穜與湩，蓐與乳，聲義並相近。⑳

謹案：「蓐」，日母屋部；「乳」，日母侯部；「重」，定母東部，三者聲韻皆近，且可以歸納出「厚重」這個共同的意義。

我們在第一章曾提到從事訓詁工作的古音來源可以依據異文、諧聲偏旁、方言、譯音、反切、同源詞、異讀、古籍注解（讀爲、讀若）、韻文等。上述王念孫《廣雅疏證》在論證音義相通時也應用了不少這些材料，讀者可以細心比較分析。

根據以上的說明，我們可以理解清朝訓詁家所謂「聲近義同」「聲近義通」「聲轉義通」就是指上述的這些情況。語言文字中「聲近義通」的現象確實是存在的，但也有「同義不同音」和「同音不同義」的現象。上引《廣雅疏證》中同有「大」義的字如「殷」、「般」、「胡」、「奄」，上古音既不同也不近，這就是「同義不同音」的明證。同音不同義的例子就更多了，清代惠士奇就曾在《禮說‧周禮遂師職》中駁聲近義同說，提出「曆，過也；磿，石聲也；厤，治也。皆從『秝』得聲，聲同而義殊。」更簡單的，隨意翻《廣韻》的切語，如同爲「似入切」的「襲」與「隰」，二者意義全然不相關。其實這個道理是很容易理解的。因爲事物概念無窮，漢語音節有限，在單音單詞占多數的古代漢語中，一個音節固定只表示一種詞義幾乎是不可能的。一音多詞，音同而義殊，勢所必然。從語言學原理來說，在語言發生的起點，一個詞，音與義的聯繫完全是偶然的。某一個意義，該用什麼音去表示，沒有客觀必然性，完全由人們共同約定而成。早在二千多年前，荀子已經認識到這一點，在《荀子‧正名篇》中提到：「名無固宜，約之以命，約定俗成謂之宜，異於約則謂之不宜。」這就是說，名稱對於意義，沒有必然的適合性。這一理論準確地反映了音義聯繫的社會約定性。正因如此，同一個聲音可以表達多種完全無關係的意義，語言中便產生大量同音異義詞；而相同或相近的意義又可以用不同的聲音來表示，語言中因此又產生大量異音同義詞。這些現象的產生正說明音義聯繫的偶然性。語音和語義既然沒有必然聯繫，爲什麼又會有大量聲近義通現象呢？從語言的起點看，音義結合是偶然的；但是從語言的詞彙發展過程看，音義結合關係有很多又是非偶然的，因爲客觀事物之間有聯繫，有共同點，人們既然把某種聲音規定爲某種事物的名稱，由於習慣，由於聯想，可能用與此名稱相同或相近的聲音去稱呼與此事物相關的、有共同點的事物。例如房之有楣，如人之有眉，就用「眉」的聲音去稱呼門楣。又如《儀禮‧士冠禮》：「直於東榮。」鄭玄注：「榮，屋翼也。」賈公彥疏：「榮在屋棟兩頭，與屋爲翼，若鳥之有翼。」以鳥「翼」稱屋「翼」，也同此理。另外，詞彙不斷豐富，新詞不斷產生，新詞產生的一條重要途徑，就是在舊詞語的基礎上分化出派生詞，即通過舊詞詞義引申到距離本義較遠之後，在一定條件下，脫離舊詞而獨立。這種同一源詞的派生詞，音和義是從舊詞（語源）早已約定俗成而結合在一起的音和義發展而來，所以音相近，義相通。總之，語詞的「音近義通」是以同源詞爲條件的，不能離開這個條件，把這種現象的範圍任意擴大。[21]比如下面談到同源詞系聯時必須排除假借字，就是因

⑳ 同上，頁247-248。
㉑ 參程俊英、梁永昌：《應用訓詁學》（上海：華東師範大學出版社，1989.11）頁93-98。

為這些字不可能與母字有同源的關係，當然也不會有「音近義通」的關聯。

第四節　因聲求義的運用之一——右文說

一、右文說的源流

表示同出一源的形聲字，都用同一個字用作聲旁，這個聲旁其實就是最初的聲母。比如聲母「農」，加偏旁分化出「濃、襛、醲」等字，這三字分別表示露濃厚、衣厚、酒厚的意思，可見「厚」是它們的語源義，所以段玉裁說：「凡農聲之字皆訓厚。」「農」既是形聲字的聲符，也是最初的聲母。這種聲母是研究詞源的重要線索。漢字的形聲字不僅形旁表示意義，它的聲旁也可能表示意義。有的時候聲旁表示的意義往往更接近詞源；由於形聲字的聲符多在右邊，因此這種解釋漢字意義的方法便稱為「右文說」。「右文說」簡單來講是討論「聲符兼義」的問題，也可以說是一種「同聲符」的同源詞，（關於同源詞的討論請見下一節）。造成這種現象的原因是文字的分化。為了保證文字表達語言的明確性，分散多義字職務的工作也不斷在進行。分散多義字職務的主要方法，是把一個字分化成兩個或幾個字，使原來由一個字承擔的職務，由兩個或幾個字來分擔。我們把用來分擔職務的新造字稱為「分化字」，把分化字所從出的字稱為「母字」（也就是上面所說的「聲母」）。[22]分化字與母字之間具有密切的音義關係或說是同源關係，比如上述聲母「農」，與分化字「濃、襛、醲」的例子。又如「景——影」，《說文》：「景，光也。从日，京聲。」光景之〔景〕引申而為陰影之〔影〕。這一意義本來就用「景」字表示，《周禮・地官・大司徒》：「以土圭之法測土深，正日景，以求地中。」「景」即「日影」的意思，整句話是說「以土圭測日影之法測量土地四方的遠近，校正日影，以求得地中央的位置。」後來加注「彡」旁分化出專用的「影」字，「彡」旁通常是表示文飾、花紋一類意思的。「景——影」音近義通，具同源的關係。把這個說法擴展開來，可以知道同出一源的詞彙，都用同一個字當作聲旁。

這個現象在《爾雅》、許慎《說文解字》就已經注意到了，歷經晉朝、宋朝，到清朝之後，「聲符兼義」的觀念才趨於精準，例證也比較可信。底下我們逐一介紹：

1. 先秦——秦漢

《爾雅・釋山》：「獨者蜀。」（聲母釋聲子）

這個例子我們在前面說明過，「獨」與「蜀」可能有同源的關係。

2. 漢代

許慎編《說文》，創立五百四十部首，據形系聯，分別部居，不相雜廁。但它有幾個部首沒有依形收字。請看：

(1)〈句部〉：「句，曲也。从口ㄐ聲。」
〈句部〉：「拘，止也。从句从手，句亦聲。」
〈句部〉：「笱，曲竹捕魚笱也。从竹从句，句亦聲。」

㉒ 裘錫圭：《文字學概要》（台北：萬卷樓圖書公司，1999.1 再版）頁 253-254。

〈句部〉：「鉤，曲也。从金从句，句亦聲。」

段注曰：「按句之屬三字皆會意兼形聲。不入手竹金部者、會意合二字爲一字。必以所重爲主。三字皆重句。故入句部。」

(2)〈丩部〉：「丩，相糾繚也。一曰瓜瓠結丩起。象形。」

〈丩部〉：「𦬒，艸之相丩者。从茻，从丩，丩亦聲。」

〈丩部〉：「糾，繩三合也。从糸、丩。」

段注改爲「从糸丩。丩亦聲。」，並說「按丩之屬二字不入茻糸部者，說與句部同。」

(3)〈臤部〉：「臤，堅也。从又臣聲。凡臤之屬皆从臤。讀若鏗鏘之鏗。古文以爲賢字。」

〈臤部〉：「緊，纏絲急也。从臤，从絲省。」

〈臤部〉：「堅，剛也。从臤从土。」

段注曰：「按緊、堅不入糸、土部者。說見句丩部下。」

(4)〈𠂢部〉：「𠂢，水之衺流別也。从反永。」

〈𠂢部〉：「衇，血理分衺行體中者。从𠂢，从血。」

段注曰：「會意。不入血部者，重𠂢也，𠂢亦聲。」

〈𠂢部〉：「覛，衺視也。从𠂢，从見。」

段注曰：「按覛與目部眽通用。古詩『眽眽不得語』，李善引爾雅及注作眽，今《文選》譌作脈，非也。覛不入見部者，重𠂢也。會意。𠂢亦聲。」

這四個部首的部屬字都是根據「聲旁」歸字。其中第四個「𠂢」部，其實還有「眽」（目衺視也）、「派」（別水也）也應該歸在「𠂢」部之下。《說文》歸在「目」部與「水」部之下顯然自亂體例。段玉裁在「吏，从一。从史。史亦聲。」下注：「凡言『亦聲』者，會意兼形聲也。凡字有用六書之一者，有兼六書之二者」。可見「某亦聲」者，此聲符「某」多兼義。體會「拘」、「笱」、「鉤」的共同意義，都有「彎曲」的意思，正與「句」相同，可見聲旁確實可以表示語源義。這裡補充一個例證：(1)《詩・小雅・正月》：「謂天蓋高，不敢不局；謂地蓋厚，不敢不蹐。」毛傳：「局，曲也。」今字作「跼」：彎腰；蹐：前腳接後腳地小步走。天雖高，卻不得不彎著腰；地雖厚，卻不得不小步走。形容處境困窘，戒慎、恐懼之至。(2)《詩・小雅・采綠》：「予髮曲局，薄言歸沐。」意思是說我的頭髮捲曲了，趕快回家洗頭吧。謹案：「局」為何有彎曲的意思？原來《睡虎地秦簡》「局」作局，分析為从尸从句，句亦聲。故「局」的本義是「彎曲」。《說文》云：「局，促也。」「促」其實也有「縮」、「曲」一類意思，所以《說文》所載的義項是引申義。不過《說文》小篆「局」作局，字形已經訛變，《說文》分析為「从口在尺下」自然不可信。

其他如「茻」與「糾」都有糾纏的意思，也與「ㄐ」的意思相合。至於「緊」與「堅」請見下面楊泉的分析。「𠂢」與「衇」、「覛」皆有「衺行」的意思，「衺」即「邪」，二者均從「牙」聲，用法相當於今天的「斜」。

此外，《說文》的某些聲訓也反映了「聲符兼義」的現象，如：

〈示部〉：「祫，大合祭先祖親疏遠近也。从示、合。㉓《周禮》曰：『三歲一祫。』」（聲

㉓ 對於《說文》分析為「从示、合」，段注曰：「不云『合亦聲』者，省文。」

母釋聲子）。

〈女部〉：「娶，取婦也。从取从女，取亦聲。」（聲母釋聲子）

〈古部〉：「古，故也。」（聲子釋聲母）

3. 晉代

晉朝楊泉在〈物理論〉中說：

在金石曰堅，在草木曰緊，在人曰賢。（《太平御覽‧卷四〇二‧人事部四三》）

這句話的意思是說，「臤」這個聲符可以表示品質好的意思，所以「堅」、「緊」、「賢」三個字都從它得聲。也就是說，金石品質好自然堅硬；草木品質好則韌度強，纏束物品很緊實；人的品質好自然是賢能之人。「臤」從「臣」聲，字書記載「臣」亦有「堅強」的意思。《說文》云：「臣，牽也。」段注：「《春秋說》、《廣雅》皆曰：『臣，堅也。』《白虎通》曰：『臣者，續也。屬志自堅固也。』」王念孫《廣雅疏證》云：「《說文》堅、賢並从臤聲，臤从臣聲。《廣雅》：『藖、賢、臣、掔，堅也。』堅、緊、賢、藖、掔、掔、臤、臣八字並聲近而義同。」根據這個認識，可以釋讀睡虎地秦簡《日書》乙種簡二五九：「庚亡，盜丈夫，其室在西方，其北壁臣，其人黷黑。」劉釗讀「臣」爲「堅」。方勇贊同此說，「其北壁臣（堅）」應該是說「他房子北面牆壁是很堅硬的」，這是形容盜者所在房屋的具體特徵。[24]其說可從。若根據上引《春秋說》、《廣雅》的說法，簡文的「臣」亦不妨如字讀，訓爲「堅也」。至於「腎臟」之「腎」字與「臤」聲何關？如何理解？《說文》將「腎」歸在「肉」部，解釋說：「水藏也。从肉臤聲。」似乎不認爲「臤」聲兼義。不過，

《素問・臟氣法時論》曰：「腎者作強之官，伎巧出焉。」王冰注：「強於作用，故曰作強。選化形容，故云伎巧。在女則當其伎巧，在男則正曰作強。」張志聰注：「腎藏志，志立則強於作用，能作用於內，則技巧施於外矣。」馬蒔注：「惟腎爲能作強，而男女構精，人物化生，伎巧從是而出。」古人認爲腎主生長發育與生殖，故腎氣充盛則筋骨強健，動作敏捷，精力充沛，生殖機能正常，胎孕得以化生。可見「腎」的「臤」聲可能也有兼義，故《博雅》云：「腎，堅也。」

4. 宋代

眞正把「右文說」這種說法系統化並且加以推闡的是北宋年間的王聖美。沈括《夢溪筆談》卷一四曰：

> 王聖美治字學，演其義爲右文。古之字書皆从左文。凡字其類在左，其義在右。如木類其左皆从木。所謂右文者，如戔，小也，水之小者曰淺，金之小者曰錢，歹而小者曰殘，貝之小者曰賤。如此之類，皆以戔爲義也。

㉔ 劉釗：〈讀秦簡字詞劄記〉《簡帛研究》第二輯（北京：法律出版社，1996）頁108-115。後收入在《古文字考釋叢稿》（岳麓書社，2005）。方勇：〈讀睡虎地秦簡《日書》劄記二則〉，復旦網，2009.10.18，http://www.gwz.fudan.edu.cn/SrcShow.asp?Src_ID=943。亦載氏著：《秦簡牘文字編》頁459。

不過，王聖美所舉的例子是有問題的。裘錫圭指出宋人所舉的那幾個從「戔」之字，它們的意義應該分爲兩個系統，一系與「殘損」一類意義有關，一系與「淺小」一類意義有關。「戔」字在甲骨文裡寫作[illegible]，像兩戈相向。前人或以「戔」爲「殘」的初文，是可信的。所以「殘」的本義應該是殘害，「歺而小者曰殘」的說法毫無根據。至於「錢」，《詩・周頌・臣工》：「命我衆人，庤乃錢鎛，奄觀銍艾。」孔穎達疏引《說文》云：「錢，銚。古田器。」「錢」本是臿屬的農具，形制類似今日掘土用的鐵鏟。在正式貨幣出現之前，錢這種工具大概在交易中起過等價物的作用，所以早期的金屬鑄幣往往模仿它的形狀，這是金屬鑄幣稱「錢」的原因。《國語・周語下》載周景王二十一年「將鑄大錢」的「大錢」是春秋晚期的平肩空首布幣㉕，其形制確實與後世的「剗（鏟）」類似（見下圖），也就是說「鏟」是由「錢」變來的，這種工具是因爲用於剗（鏟）土而得名。「錢」、「剗」、「殘」是同源詞沒有問題，它們都跟「殘損」的意思有關，所以「金之小者曰錢」的說法也是不可信的。只有「淺」和「賤」的字義，才可以像宋人那樣解釋。土層被鏟削之後就比原來淺了，東西殘損之後就比原來小了，淺小之義跟殘損之義可能是有聯繫的。也就是說，上面所說的從「戔」之字所代表的那兩個系統的詞，仍有可能是同源的。不過即使情況的確如此，「金之小者曰錢，歺而小者曰殘」的說法，也還是錯誤的。㉖

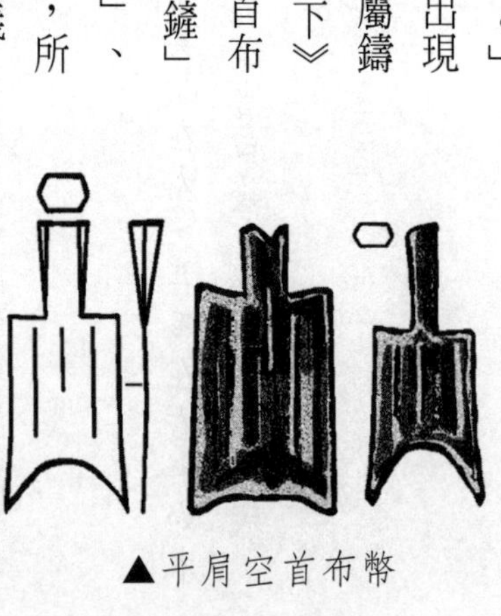
▲平肩空首布幣

除了王聖美外，宋高宗時王觀國在其《學林》一書也有類似說法：

「盧」者，字母也。加金則爲「鑪」；加火則爲「爐」；加瓦則爲「⿰盧瓦」；加黑則爲「黸」。

凡省文者，省其所加之偏旁，但用字母，則眾義該矣。亦如「田」者，字母也。或爲畋獵之「畋」；或爲佃田之「佃」。若用省文，惟以「田」字該之，他皆類此。

王觀國所說的字母就是形聲字的聲符。有相同的字母，表示有相同的諧聲偏旁。他所舉的從「盧」聲之字有兩種語源義，一是圓而中空的意思，《說文》云：「盧，飯器。」甲骨文寫作，上面的「虍」旁是添加聲符，底下則是飯器的象形。「鑪」、「爐」、「𤮐」都是這個語源的分化字，加金、加瓦表其材質，加火則是火爐之義。另一種意思是「黑」也，如「黸」字，《說文》云：

㉕「空首布」是什麼意思呢？「空首」是指首部中空。至於「布」，學者整理《詩經》、《左傳》、《禮記》、《荀子》等先秦文獻發現，這些書中的「布」字多數是指布帛之布，而非指稱金屬鑄幣之布；《周禮》、《管子》中被後人解釋爲鑄幣的「布」，其實也是布帛；歷史上將錢幣命名爲「布」的只有王莽鑄造的「貨布」、「大布黃千」等「十布」，是有意識的托古，鄭玄正是以新莽制度附會先秦典籍中的「布」，這種錯誤進而爲南宋洪遵所承接，在《泉志》中著錄了莽布之后，將先秦鑄幣作爲「異布」附於其後，所以才導致晚清以來的古錢學界將鏟形鑄幣稱爲「布」。這種習非成是的名稱一直沿用至今。至此，鏟形鑄幣何以稱「布」的緣由才眞正弄清楚。參吳良寶：《中國東周時期金屬貨幣研究》（北京：社會科學文獻出版社，2005.10）頁25。

㉖裘錫圭：《文字學概要》頁200-201。

「齊謂黑爲黸。」其實「盧」本身亦有黑的意思，如《書・文侯之命》：「盧弓一，盧矢百。」僞孔傳：「盧，黑也。」清徐灝《說文解字注箋・皿部》：「盧爲火所熏，色黑，因謂黑爲盧。」所以兩種意思是相關的。

宋寧宗時的張世南在《游宦紀聞》云：

自《說文》以字畫左旁爲類而《玉篇》從之。不知右旁亦多以類相從。如「青」字有精明之義，故日之無障者爲「晴」；水之無溷濁者爲「清」；目之能明見者爲「睛」；米之去粗皮者爲「精」。

5. 清代

清代學者曾經舉出過不少典型的「右文」現象的例子。例如王念孫在《廣雅疏證》卷七裡指出，從「彗」聲之字，其意義多與「細小」有關：

《說文》：軎，車軸耑（端）也，或作轊……轊之言鋭也。昭十六年《左傳》注云：「鋭，細小也。」軸兩耑出轂外細小也。小聲謂之嘒，小鼎謂之鏏，小棺謂之槥，小星貌謂之嘒，蜀細布謂之䌥，鳥翮末謂之翽，車軸兩耑謂之轊，義並同也。

這個例子就相當可信。這些從「彗」聲之字應該是代表著一組同源詞的。又《廣雅・釋宮》：「楣，梠也。」《疏證》曰：

《釋名》：「梠，旅也。連旅之也。或謂之櫋。櫋，緜也。緜連榱頭使齊平也。」凡言「呂」者，皆相連之意。眾謂之旅，紩衣謂之絽。脊骨謂之呂。桷端櫋聯謂之梠。其義一也。

錢大昕《潛研堂文集》卷四亦有例證如下：

《史記》「鯫生說我」，服虔以爲小人貌，鯫與菆皆从取聲，亦得有小人義，《春秋傳》「蕞爾國」，杜云：「蕞，小貌。」《說文》無「蕞」，疑即此「菆」字。

段玉裁在《說文解字注》中舉過不少「因聲求義」的解說術語，茲詳列如下：

(1)聲與義同源

《說文》：「禛，以眞受福也。从示，眞聲。」段注曰：「此亦當云从示、从眞、眞亦聲。不言者省也。聲與義同原，故䛐聲之偏旁多與字義相近。此會意、形聲兩兼之字致多也。說文或稱其會意、略其形聲。或稱其形聲、略其會意。雖則省文，實欲互見，不知此則聲與義隔。」

(2)凡字之義，必得之於字之聲

《說文》「總」篆下注曰：「囪者多孔，蔥者空中，聰者耳順，義皆相類。凡字之義必得諸字之聲者如此。」

(3)凡从某聲者，皆有某義

《說文》：「詖，辯論也。古文以爲頗字。从言皮聲。」段注曰：「此詖字正義。皮，剝取獸革也。柀，析也。凡从皮之字皆有分析之意。故詖爲辯論也。」

《說文》：「鰕，魵也。从魚叚聲。」段注曰：「鰕，魚也，各本作魵也，今正。鰕者，今之蝦字。……凡叚聲，如瑕鰕騢等，皆有赤色。古亦用鰕爲雲赮字。」

《說文》：「囩，回也。从囗云聲。」段玉裁注：「二字疊韵。云字下曰：『象雲回轉形。』沄字下曰：『轉流也。』凡從云之字皆有回轉之義。从囗。云聲。形聲包會意也。」

(4)凡同聲多同義

《說文》：「⿰⿱其言斤，悲聲也。从言，斯省聲。」段注曰：「斯，析也。澌，水索也㉗。凡同聲多同義。鍇曰：『今謂馬悲鳴爲嘶。』」

(5)同聲之義必相近

《說文》：「晤，明也。从日吾聲。」段注曰：「晤者，啓之明也。心部之悟、㝱部之寤皆訓覺，覺亦明也。同聲之義必相近。」

(6)凡有某義之字皆从某聲

《說文》：「阞，地理也。从𨸏力聲。」段注曰：「按力者，筋也。筋有脈絡可尋。故凡有理之字皆从力。阞者，地理也。朸者，木理也。泐者，水理也。手部有扐，亦同意。」

(7)凡某聲之字皆訓某

《說文》：「襛，衣厚皃。从衣，農聲。」段注曰：「凡農聲之字皆訓厚。醲，酒厚也。濃，露多也。襛，衣厚皃也。引伸爲凡多厚之稱。」

(8)音同義相近

《說文》：「橜，弋也。从木厥聲。一曰門梱也。」段注曰：「與氏部氒音同義相近。」

《說文》：「歟，安气也。从欠與聲。」段注曰：「如趣爲安行，鸒爲馬行疾而徐，音同義相近也。今用爲語末之辭，亦取安舒之意。通作與，《論語》：『與與如也。』」

(9)於形聲見會意

《說文》：「薾，華盛。从艸，爾聲。」段注曰：「此於形聲見會意。薾爲華盛。濔爲水盛。」

(10)凡形聲多兼會意

《說文》：「犨，牛息聲。从牛，雔聲。」段注曰：「凡形聲多兼會意，雔从言，故牛息聲之字从之。」

焦循《易餘籥錄》卷四亦記載一則有關聲近義通的有趣例證：

丁丑冬，偶以完糧米入城，飲於友家，座間有舉肴饌中有以「讓」爲名者，皆以他物實之於此物之中。如以肉入海參中則名「讓海參」。凡「讓雞」、「讓鴨」、「讓藕」，無非以物實其中。或笑曰，讓當與瓤通，謂以物入其中，如瓜之有瓤也。說者固以爲戲言，而不知古者聲音假借之義正如此也。瓜之內何以稱瓤？瓤從襄者也。瓤從襄猶釀從襄。《說

㉗按：《說文》曰：「澌，水索也」。徐鍇《繫傳》：「索，盡也。」本指水盡，引申爲凡物竭盡、竭盡之稱。請見第四章「以形求義」的說明。

文》：「釀，醞也。」醞與縕通。《穀梁傳》「地縕於晉」，謂地入於晉也。《論語》「衣敝縕袍」，謂絮入於袍也。醞爲包裹於內之義，而釀同之，此所以名酇名讓也。《說文》：「鑲，作型中腸也。」《釋名》云：「中央曰鑲。」皆以在中者爲義。囊，裹物者也，從襄省聲，即亦與讓同聲。然則讓取包裹、縕入之義明矣。夫讓猶容也，容即包也。爭則分，讓則合矣，故四馬駕車兩服在兩驂之中而《詩》曰「上襄」。水圍於陵，而《書》曰「懷山襄陵」，俱包裹之義也。不爭則退遜，退遜則卻，故讓有卻義，禳攘與讓通，皆訓卻。能讓則附合者眾，故穰之訓眾，瀼之訓盛，眾則盛也。

焦氏根據從「襄」之字根以會通諸字之義，結論正確可從。新疆有種餅叫「大饢」，《唐語林》云：「時豪家食次，起羊肉一斤，層布於巨胡餅，隔中以椒、豉，潤以酥，入爐迫之，候肉半熟，食之。」其所以名爲「饢」，顯然跟「囊」聲表示包裹、縕入有關。歸納焦循所說的義項引申序列是「讓——容——包——合——(卻)——眾——盛」，一路演變清晰明瞭。此外，《左傳·定公十五年》：「葬定公，雨，不克襄事。」杜注：「襄，成也。雨而成事，若汲汲於欲葬。」「襄事」，後世多指稱「下葬」。唐高彥休《闕史·齊將軍義犬》：「越月將襄事於邱隴，則留四獒以禦奸盜。」宋秦觀〈李狀元墓誌銘〉：「初君襄事期迫，不暇納幽室之銘，逮夫人祔葬，始鑱銘而納之。」明李東陽〈董公墓誌銘〉：「丁內艱，歸，用禮襄事。」則杜預解「襄」爲「成」不夠精準。依照焦循所說，將「襄」理解爲縕入、包裹似也可以，則「襄事」即縕入土之事，指下葬。又《孟子·滕文公下》：「今有人日攘其鄰之雞者。」攘，即「取入」。包容、包忍亦謂之攘，如《離騷》：「忍尤而攘詬。」「攘」與「忍」文句相對，可知意思與「忍」相近，是忍耐包容的意思。

《說文》：「覃，長味也。」《爾雅》：「覃，延也。」郭璞注：「謂蔓延相被及。」《廣雅》：「覃，長也。」引申則泛指延長。「覃（醰）」為味之長；「燂」為火之長；「潭」為水之深；「憛」為憂之深；「譚」謂言之大，其義一也。

常常聽到一句話叫「曖昧」，意思是含混不清、幽暗不明。再引申為不光明的、不便公之於眾的。「昧」有幽暗的意思大家比較清楚，但「曖」的昏暗、不明之意是如何產生的呢？其實也是跟从「愛」得聲的詞源義有關。从「愛」得聲的「僾」等字有「彷彿」、「彷彿看見」一類義。《說文・人部》：「僾，仿佛也。从人，愛聲。《詩》曰：『僾而不見。』」段玉裁注：

> （《禮記》）〈祭義〉曰：「祭之日，入室僾然必有見乎其位」。正義云：「僾，髣髴見也。見，如見親之在神位也。」按僾與《爾雅》之「薆，隱也」、〈烝民〉傳之「愛，隱也」、〈竹部〉之「䈅，蔽不見也」，義相近。……「僾而」猶隱然，〈離騷〉之「薆然」也。

徐鍇《繫傳》：「（僾）見之不明也。」上引〈祭義〉文《釋文》：「僾，微見貌。」《說苑・脩文》：「祭之日，將入戶，僾然若有見乎其容。」漢史晨碑碑陰講「拜謁孔子」，云「既至升堂，屏氣拜手。秖（祗）肅屑僾，仿佛若在。依依舊宅，神之所安」，「僾」字用法亦同。《方言》卷六「揜，薆也」，錢繹箋疏：「薆、䈅、僾、曖、靉，並字異義同。」《文心雕龍・誄碑》：「論其人也，曖乎若可覿。」《文心雕龍・時序》之「贊」：「終古雖遠，曖焉如面。」研究者多已指出，「曖」字《說文》所無，即用為《說文》及典籍之「僾」。張立齋《文心雕龍注訂》謂：「按『曖』、

『靉』、『薆』、『僾』義皆互通。曖焉如面者，彷彿若面也。」㉘由「曖焉如面」的說法可以體會出，所謂「彷彿」「不分明」云云，除了模糊不清義外，重點更在強調不確實、似有似無，隱約彷彿恍惚在眼前、面對面。㉙這樣我們就可以很好理解「曖昧」一詞的詞意了。

《說文・口部》云：「听（ㄧㄣˇ），笑貌也。從口，斤聲。」這裡的「听」不是「聽」的簡體字，但「听」為何有「笑貌」之意呢？楊樹達指出：「听為笑貌，前人未有言其故者。以愚考之，蓋謂張口之狀也。何以明之……故《言部》訢訓喜，《欠部》欣訓笑喜，今通語謂取樂為開心，蓋古之遺語矣。忻為心開，听文從口，當為口開，笑者口必開，故听為笑貌矣。」㉚張舜徽《說文解字約注》卷三：「忻從心而訓闓，即今語所稱開心也。听從口而訓笑，即莊周所云『開口而笑』耳。」這是從「斤」聲之字多有「分開」之義的語言現象。

「曼澤」與「脕顏」、「娩澤」都有皮膚細膩光潤的意思。雖然義近，但義域有所不同。「曼澤」之「曼」訓細潤，「曼膚」、「曼頰」、「曼澤」、「曼理」皆是；而「娩澤」之「娩」、「脕顏」之「脕」訓新鮮，故王逸注：「面目光澤，以鮮好也。」王念孫、朱季海二人都指出「娩澤」之「娩」、「脕顏」之「脕」應即《禮記・內則》鄭注「免，新生者」之「免」。《玉篇・肉部》：「脕，新生草也。」《集韻・問韻》：「莬，艸新生。或作脕。」《詩・小雅・采薇》：「采薇采薇，薇亦柔止。」鄭玄箋：「柔，謂脆脕之時。」《釋文》：「脕音問，或作早晚字，非也。」又《說文》：「㝃，生子免身也。從子、從免。」朱駿聲《說文通訓定聲》：「㝃，字亦作娩。《纂要》云：『齊人謂生子曰娩。』」則訓草新生之「莬」、「脕」、「免」與分娩之「㝃」、「娩」等字應同源，㉛引申為新鮮之義。㉜因此，「娩（或脕）澤」、「曼澤」雖渾言無別，而析言則有別。㉝這段內容提示我們從「免」聲的字多有新生、新鮮一類的意思。

二、右文說的缺點

章炳麟《文始‧敘例‧略例庚》云：

> 昔王子韶（即王聖美）創作「右文」，以為字從某聲，便得某義。若句部有鉤、笱，臤部有緊、堅，丩部有糾、𦬙，𠂢部有𧖴、覛，及諸會意形聲相兼之字，信多合者；然以一致相衡，即令形聲攝於會意。夫同音之字，非止一二，取義於彼，見形於此者，往往而有。

㉘ 詹鍈：《文心雕龍義證》（上海：上海古籍出版社，1989.8），上冊頁 442-443、下冊頁 1725（引張立齋《文心雕龍注訂》）。

㉙ 參見陳劍：〈幾種漢代鏡銘補說〉，國立政治大學中國文學系主編：《第十屆漢代文學與思想暨創系六十週年國際學術研討會論文集》，台北：政大中文系，2017 年 8 月。

㉚ 楊樹達：《積微居小學金石論叢‧釋听》。

㉛ 王力《同源字典》已經指出免脫之「免」與訓為分娩之「㝃」、「嬔」、「娩」諸字同源。見第 585-586 頁，商務印書館，1982 年。

㉜《周禮‧天官‧庖人》：「凡其死、生、鮮、薧之物，以共王之膳。」「薧」是乾的、腌製的。亦指乾的或腌製的食物。其中「鮮、薧」，《禮記‧內則》作「免、薧」，即用「鮮」與「免」相對。

㉝ 參周波：〈馬王堆帛書與傳世古籍對讀劄記二則〉《中國語文》2015 年第 5 期。

> 若農聲之字多訓厚大，然農無厚大義；支聲之字多訓傾邪，然支無傾斜義。蓋同韻同紐者，別有所受，非可望形為諭。況復旁轉對轉，音理多涂；雙聲馳驟，其流無限；而欲於形內牽之，斯子韶所以為荊舒之徒，張有沾沾，猶能破其疑滯。

章氏這段話有三個重點，首先批評持「右文說」的學者認為所有形聲字的聲符都兼義（然以一致相衡，即令形聲攝於會意），如此則「六書殘而為五」，也就是沒有純粹的形聲字了。㉞「右文說」有其學理上的根據，但是我們不能過分推衍「聲符兼義」的說法，認為每個形聲字都是會意字，如同沈兼士在〈右文說在訓詁學上之沿革及其推闡〉一文中所評論的：

> 訓詁家利用右文以求語言之分化，訓詁之系統，固為必要，然形聲字不盡屬右文，其理至明，其事至顯，而自來傾信右文之說者，每喜抹殺聲母無義之形聲字，一切以右文說之，過猶不及，此章氏之所以發「六書殘而為五」之嘆也。㉟

所謂「聲母無義之形聲字」如「鵝」、「鶬鶊」、「咖啡」等字的聲母都只有摹聲的功能，並無兼義。

第二，章氏還提到聲符相同的詞，詞意未必相同（取義於彼，見形於此者）。比如「農」是「濃」、「醲」的聲符，但是後二者有厚重的意思，「農」卻沒有，所以不可泛泛地說「凡同某聲必有某義」。

第三，隨著聲韻的轉變（旁轉對轉，音理多塗；雙聲馳驟，其流無限），系聯同源詞也不應該僅限於聲符相同的形體，所謂「非可望形為論」、不可「形內牽之」。這個觀念對右文說尤其重要，底下所舉學者意見也一再指出這點。這三個意見自然是彼此相關的。總之，同聲符的字未必同義，如非與菲、翡（詳下）；而同義的詞也不能侷限於相同聲符，如宏、洪、弘、鴻、閎、[illegible]皆有「大」的意思。

黃侃《聲韻略說》對王聖美的「右文說」也有一段評論，他舉裸、踝、課、敤、髁、夥、稞、窠、裹、顆、淉、餜、婐等字為例，認為：

> 此諸文者，論字形則偏旁皆同，而論聲義，乃各有所受。宋人王子韶有右文之說，以為字從某聲，即從某義，展轉生說，其實難通。如知眾水同居一渠，而來源各異，則其繆自解矣。故治音學者，當知聲同而義各殊之理。

㉞ 王安石《字說》也是這樣來說解文字的，因此惹出不少笑話。宋徐健《漫笑錄》載：「東坡聞荊公《字說》新成，戲曰：『以竹鞭馬為「篤」，以竹鞭犬，有何可笑？』又曰：『鳩字以「九」從鳥，亦有證據。《詩》曰：「鳲鳩在桑，其子七兮」；和爹和娘，恰是九個。』」實際上「篤」本是從馬竹聲，「鳩」本是從鳥九聲，皆為形聲字，王安石硬是解為會意字，無怪乎宋人筆記中溢惡之辭甚多。

㉟ 沈兼士：〈右文說在訓詁學上之沿革及其推闡〉《沈兼士學術論文集》（北京：中華書局，1986）頁122。

其中「衆水同居一渠（相同聲符）」，而來源各異（字義不同）」的比喻是很生動的。又說：

> 同音者雖有同義，而不可以言凡。淮南虱與瑟同音，周人謂玉爲璞，鄭人謂鼠爲璞，此音同而不必義同也。物有同音而異語者，亦有同語而異音者。同音異語，如虱與瑟；同語異音，如《爾雅》初、哉、首、基俱訓始也。同音者不必有一定之義，同語者不必一音，而往往同音，如江、河、淮、海、漢、湖、洪、沆皆大也，洪與紅亦同，鴻、訌亦有關。若言凡匣母字皆有大義，則非也。㊱

而對「右文說」提出最全面檢討的當屬沈兼士。他先指出即便同從一聲的形聲字，也有可能彼此是沒有同源關係的，其曰：

> 夫右文之字，變衍多途，有同聲之字而所衍之義頗歧別者，如非聲字多有分背義，而「菲」、「翡」、「痱」等字又有赤義；吾聲字多明義，而「齬」、「語」（論難）㊲、「圄」、「牾」、「敔」等字又有逆止義，其故蓋由於單音之語，一音素孕含之義不一而足，諸家于此輒謂「凡从某聲，皆有某義」，不加分析，率爾牽合，執其一而忽其餘矣。㊳

沈氏指出的從「非」和從「吾」之字各自有兩種不同字義，至少「非」字的兩種字義之間就顯然沒有同源關係，造成這種現象的原因之一當與「假借」有關，沈兼士接著說：

上文所舉聲母「非」訓「違」，其形爲「从飛下翄，取其相背」，故其右文爲分背義，此聲母與形聲字意義相應者。至「非」之右文又得赤義，則僅借「非」以表音，非本字也。又「吾」之右文爲「逆止」義，或借爲「午」字。至又有明義，則其本字復不可得而碻知矣。諸家於此又多胡嚨言之，莫爲別白。㊴

意思是說我們在系聯「非」的「分背」義詞源時，「菲」、「翡」、「痱」等假借字必須加以排除。又如「腓」表示小腿肚；「餥」，《說文》曰：「餱也」，即乾糧。這些也都和違背沒有關係。至於從「吾」之聲有明義，如前舉《說文》：「晤，明也。」段注曰：「晤者，啓之明也。心部之悟、㝱部之寤皆訓覺，覺亦明也。」㊵又有「逆止」義，如「齬」（齟齬：抵觸、不融洽）、「語」（論難）、「圄」（囹圄）、「敔」（止樂之器）、「牾」（違逆，抵觸），或假借寫作爲「迕」

㊱ 黃季剛口述，黃焯筆記編輯《文字聲韻訓詁筆記》（台北：木鐸出版社，1983.9）頁48-50。

㊲ 《詩・大雅・公劉》：「于時語語」，毛傳：「論難曰語。」辯論詰難謂之「論難」。

㊳ 沈兼士：〈右文說在訓詁學上之沿革及其推闡〉《沈兼士學術論文集》頁120。

㊴ 沈兼士：〈右文說在訓詁學上之沿革及其推闡〉《沈兼士學術論文集》頁121。

㊵ 章炳麟《小學答問》「蘇」字條則認爲「魚之爲言寤也，《釋名》言魚目不閉是也，孳乳爲寤。」說亦有理。

（背逆、違反）。所以我們必須把諧聲偏旁表示意義的歷史層次弄清楚，哪些意義是早期的，哪些是稍晚，哪些是更晚期的，並弄清楚它的引申、假借演變過程。沈兼士舉從「皮」之字爲例說明：

又有義本同源，衍爲別派。如「皮」之右文有：(A)分析義，如「詖」「簸」「破」諸字。(B)加被義，如「彼」「鞁」「貱」「帔」「被」諸字。(C)傾邪義，如「頗」「跛」「波」「披」「陂」「坡」諸字。求其引申之跡，則「加被」、「分析」應先由皮得義，再由「分析」而又得「傾邪」義矣。諸家於此率多未能求其原委。㊶

總之，同從一聲的形聲字在意義上不見得都有聯繫，有些講右文的人，喜歡說「凡從某聲，皆有某義」一類話，是不符合實際的。也可見意義上有明顯聯繫的同源詞，也不見得都從同個聲旁。所以沈兼士指出：

復有同一義象之語，而所用之聲母頗歧別者。蓋文字孳乳，多由音衍，形體異同，未可執著。故音素同而音符雖異亦得相通，如「與」、「余」、「予」之右文均有寬緩義，「今」、「禁」之右文均有含蘊義。豈徒同音，聲轉亦然；「尼」聲字有止義，「刃」聲字亦有止義（刃字古亦在泥母），如「仞」、「訒」、「忍」、「紉」、「軔」是也。「釁」聲字有赤義（釁古音如門），「㒼」聲字亦有赤義，如「璊」、「𥢩」、「鏋」是也。如此之類，爲右文中最繁複困難之點，儻忽諸不顧，非離其宗，即絕其脈，而語勢流衍之經界慢矣。諸家多取同聲母字以爲之說，未爲澈底之論也。㊷

楊樹達〈形聲字聲中有義略證〉也注意到雖然聲旁形體不同，但只要聲旁之間聲音相近，也會有同源的現象，比如下列例證：

「旻」、「燕」聲的字多含白義。
「曾」聲的字多含重義、加義、高義。
「赤」聲、「者」聲、「朱」聲、「叚」聲的字多含赤義。
「呂」聲、「旅」聲、「盧」聲的字多含連立之義。
「庸」聲、「容」聲、「邕」聲的字多含蔽塞之義。
「重」聲、「竹」聲、「農」聲的字多含厚義。
「取」聲、「奏」聲、「悤」聲的字多含會聚之義。㊸

王寧也以從「厷」聲的字來說明這個問題：從「厷」得聲的字可以整理出兩個系統：
(A) 組↓肱（臂，能曲物）、紘（冠纂，曲物）、鞃（用去毛之皮施於車軾之中，曲物）

㊶ 沈兼士：〈右文說在訓詁學上之沿革及其推闡〉《沈兼士學術論文集》頁 121。
㊷ 沈兼士：〈右文說在訓詁學上之沿革及其推闡〉《沈兼士學術論文集》頁 121。
㊸ 楊樹達：〈形聲字聲中有義略證〉《積微居小學金石論叢》（北京：中華書局，1983.7）頁 38-52。

(B)組→泓（下深貌）、紘（深谷之響聲）、宏（屋深響）

A組以彎曲爲詞義特點，B組以深廣爲詞義特點，又可引申爲「大」義。同時，與A組音近義通的還有另一些詞：

(C)組→弓（彎曲物），躬（曲身），穹（古人以爲天爲圓頂，稱天爲穹）

與B組音近義通的也有另一些詞：

(D)組→洪（大水）……

(E)組→鴻（大鳥）

從同源系統看，同源之字未必同聲符。A組與C組同源，但A組從「厷」聲，C組從「弓」聲。B組與D、E兩組同源，但B組從「厷」聲，D組從「共」聲，E組從「工」聲。㊹

這些使用不同聲旁但音義都很相近的字，它們所代表的詞，一般也應該是有同源關係的。所以我們在把聲旁用做研究同源詞的線索的時候，不能把眼光局限在同從一聲的形聲字的範圍裡。

第五節　因聲求義的運用之二——同源詞

一、同源詞的定義與稱名

同源詞顧名思義是指同一語源的詞，這些詞的讀音相同或相近，詞義相同或相關。有些著作或文章中稱爲「同源字」，如王力認爲：

凡音義皆近，音近義同，或義近音同的字，叫做同源字。這些字都有同一來源。或者是同時產生的，如「背」和「負」；或者是先後產生的，如「氂」（牦牛）和「旄」（用牦牛尾裝飾的旗子）。同源字，常是以某一概念爲中心，而以語音的細微差別（或同音），表示相近或相關的幾個概念。㊺

蔣禮鴻稱爲「同源詞」，他認爲同源詞是：

同一語源的詞，這些詞的讀音相同或相近，詞義相同或相關。㊻

並舉了從「長」得聲的詞來說明：

長（長短）、長（生長）、張、脹、帳、韔、漲、掌、丈，是一組同源詞。「長」（長短）和「長」（生長）雖然寫作一個漢字，但讀音和意義都不同，是兩個詞。可是這兩個詞是同源詞。它們語音上有聯繫，上古都是陽部，聲母一爲定母，一爲端母，意義有相關：

㊹ 王寧：《訓詁學原理》頁133。
㊺ 王力：《同源字典》（北京：商務印書館，1982）頁3。
㊻ 蔣紹愚：《古漢語辭彙綱要》（北京：商務印書館，2005.9）頁172。

生長的結果就變長。

「張」的本義是「施弓弦」（見《說文》），施弓弦要把弓弦拉長，所以意義和「長」有關。引申爲「張掛」。如《荀子・勸學》：「是故質的張而弓矢至焉。」又爲「張大」，如《左傳・昭公十四年》：「臣欲張公室也。」

張掛起來的帷幕叫「帳」，最初就寫作「張」。如《史記・高祖本紀》：「高祖復留止，張飲三日。」「張」就是後來的「帳」。張掛於弓外的套子叫「韔」。

水滿叫「漲」，肚子漲滿叫「脹」。「脹」本來也寫作「張」。如《左傳・成公十年》：「將食，張，如廁。」注：「張，腹滿也。」「漲」也可以寫作「張」。如《資治通鑑》卷六十五：「頃之，煙炎張天。」

「掌」是手掌，《說文》：「掌，手中也。」朱駿聲曰：「張之爲掌，卷之爲拳。」

「丈」是年長者，《大戴禮記・本命》：「丈者，長也。」

從語音上看，這些詞上古都是陽部，「長」（長短）、「丈」是定母，「韔」是透母，「掌」是章母，其餘都是端母，語音也是相近的。

所以，這一組詞儘管從字形上看有的是一個字，有的同一聲旁，有的不同字形，但它們都是同源詞。㊼

從嚴格的意義而言，「同源字」和「同源詞」所指是相同的，蔣紹愚說：

字是記錄詞或音節的符號，同源的應是「詞」而不是「字」。但在古漢語中習慣上以

「字」爲單位，所說的「字」實際上往往就是「詞」。在這個意義上，「同源詞」也可以叫「同源字」。王力先生自己就曾說明：「我們所謂的同源字，實際上就是同源詞。」⑱

王寧也說：「同源字是同源詞的表現形式。」⑲裘錫圭在其《文字學概要》多次提到「同源詞」這個術語，比如「《後漢書》屢見『冘豫』之文，義同『猶豫』（《來歙傳》：『故久冘豫不決』。又見《馬援傳》、《竇武傳》等），李賢注音『冘』爲『淫』。『冘豫』跟『猶豫』音近義同，它們所代表的應該是關係密切的**同源詞**。」⑳同源字是同源詞的書寫形式，既然同源的是「詞」而不是「字」，所以我們採用「同源詞」的說法。

二、**同源詞的推源與系聯**

由一個舊詞派生分化出另一個或幾個新詞，那個舊詞就是「派生詞」的語源，常被稱爲「源詞」或「根詞」；由同一語源滋生出來的詞稱爲「同源詞」。如「右（右手）」與「佑（佑助）」，佑助的「佑」是由右手的「右」滋生出來的詞，《說文•口部》：「右，助也。从口从又。于救切〔注〕徐鍇曰：『言不足以左，復手助之。』」《說文•又部》：「右，手口相助也。从又，从口。于救

---

⑰ 同上，頁 172-173。

⑱ 同上，頁 177。

⑲ 王寧：《訓詁學原理》（北京：中國國際廣播出版社，1996.8）頁 165。

⑳ 裘錫圭：《文字學概要》（台北：萬卷樓圖書公司，1999.1 再版二刷）頁 295。

切〔注〕臣鉉等曰：今俗別作佑。」「右和佑」是同源詞的關係。從同源詞中確定根詞與源詞，叫作「推源」，又稱「推因」，也就是一種縱向的聯繫。在根詞不確定的情況下歸納和系聯同源派生詞，叫作「系源」，也就是一種橫向的聯繫。

訓詁家在注釋書中運用聲訓，有時並非單純直接地解釋詞義，而是說明詞義來源，證實彼此的同源關係。如《詩・大雅・崧高》：「其風肆好，以贈申伯」，毛傳曰：「贈，增也。」以「增」解釋「贈」，這是聲訓，雖然從釋義的角度看，似乎不切要義，顯得不夠精準。但毛傳所以這樣訓釋，其實是要說明「贈」的源詞是「曾」。《說文》：「會，合也。从亼，从曾省。曾，益也。」《說文》：「譄，加也。从言从曾聲。」《說文》：「增，益也。从土曾聲。」可見曾及從曾聲的字確實具有「增加」的意思。以物贈人，也就是以物增加於人，「贈送」義是從「增加」義來的。前面提到的東漢劉熙的《釋名》，運用了大量聲訓，以解釋詞義的來源、探索事物之所以得名的原因，可以視爲詞源研究的專著。例如：《釋名・釋形體》：「腕，宛也，言可宛屈也。」劉熙認爲手腕之所以命名，是因爲手腕有宛屈的性質，所以語言中就用表示「宛屈」的「宛」這個音給手腕命名。這實際上就是說「腕」是由「宛」來的。上述例子中，毛傳、《釋名》都是運用聲音推求語源。

但有時古代的聲訓只是兩兩系源，就是把可以確定爲同源的詞平面地系聯起來，不是說明詞與詞之間的語源關係。如《釋名・釋喪制》：「冢，腫也。象山頂之高腫起也。」又《釋山》：「山頂曰冢，冢，腫也，言腫起也。」「冢」是山頂，又是墳墓。「腫」是「癰」，段玉裁在「腫」字下注釋說：「凡膨脹粗大者謂之雍腫。」「冢」和「腫」都因其狀隆起而得名，顯然是同源詞，但它們間不可能有直接派生的關係，所以像「冢，腫也」這種聲訓，雖然沒有推源作用，卻有系聯的作用。[51]

三、推求語源，系聯同源詞的方法

㈠推求語源的方法

推源與系源本來是一體兩面的工作。推求語源縱向聯繫之後才能進一步系聯同源派生詞，但是語源也有可能在系聯同源派生詞的過程中顯得更加明確。殷寄明曾提出推求語源的三種方法：

(1)根據聲符形體推源：

一個形聲字的聲符記錄著某個語義，在追溯其來源時首先要根據聲符的形體線索推源，如果形聲字的聲符（即「聲子」）與該聲符用作獨體字（即最初的「聲母」）時的本義、引申義相同，那麼形聲字所表語詞之義的來由也就清楚了。宋代所盛行的「右文說」，到宋末元初戴侗時已能進行這種推源。戴氏《六書故・六書通釋》：

> 六書推類而用之，其義最精。「昏」本爲日之昏。心目之昏猶日之昏也，或加「心」與「目」焉。嫁取者必以昏時，故因謂之「昏」，或加「女」焉。「熏」本煙火之熏。日之將入，其色亦然，故謂之「熏黃」，《楚辭》猶作「纁黃」，或加「日」焉。帛色之赤黑者亦然，故謂之「熏」，或加「糸」與「衣」焉。飲酒者酒氣酣而上行，亦謂之「熏」，或加「酉」焉。

---

51 參程俊英、梁永昌：《應用訓詁學》頁112-113。

這些分析，已將惛、昬；纁、⿰衤熏、曛、醺等字的語源說清楚了。殷寄明也舉了一個例證：

「痰」指病態的痰液。《廣韻・談韻》：「痰，胸上水病。」《集韻・痰韻》：「痰，病液。」宋王十朋〈乞祠不允〉：「痰涎每上攻，旋暈勢甚危。」考聲符「炎」從二火，同體會意，指火上炎。「痰」指水逆上升正取此意。中醫認為在正常情況下，人體之「水、氣」皆下行，上行則即病態，表現為吐痰、吐酸水、咳嗽、打飽嗝。另外，「琰」字《說文》云「璧上起美色。」惔、淡、剡亦均有上升、上炎之義，可以證明「痰」的語源。[52]

謹按：痰是一種急、慢性氣管、支氣管炎。在人的呼吸道裡，許多小纖毛麥浪一樣朝向口腔的方向，慢慢將髒東西推出來，推到喉嚨時，人就會咳嗽吐痰。所以殷氏認為「痰」有上升的意思應該是合理的。往上推源便是從「炎」聲之字多有「上升」的意思。

(2)形聲字中聲符（聲子）的意思與該聲符做獨體字（聲母）時有意義引申的關係，這樣也可以推求聲符的語源義。比如：

「觓」指弓的弦處於緊繃的狀態。《詩・魯頌・泮水》：「角弓其觓。」鄭玄箋：「角弓觩然，言持弦急也。」（「觓」亦作「觩」）

「疝」指腸胃絞痛，急性病。《說文・疒部》：「疝，腹中急痛也。」「痛」字依段玉裁說補。段玉裁曰：「痛字依小徐及廣韻補。今吳俗語云：『絞腸刮肚痛。』其字當作疝也。古音讀如糾。〈釋詁〉云：『咎，病也。』咎蓋疝之古文叚借字。」（七下二十七）

「糾」，《玉篇・ㄐ部》云：「糾，戾也，急也。」

「觓」、「疝」、「糾」的聲符同爲「丩」，「丩」爲繩索類物糾纏形，《說文》云：「相糾繚也。」其字本爲「糾」之初文。凡物糾纏則緊，緊義與急義亦相通，所以「丩」聲所表示的「糾纏」、「緊急」義乃出於同一語源。[53]

(3)形聲字中聲符（聲子）的意思與該聲符做獨體字（聲母）時的本義、引申義雖然不同，但聲子與聲母可以提煉出共同的義素出來，這樣也可以推求聲符的語源義。比如：

「喧、諠」指聲大嘈雜；「瑄」指祭天用的大璧；「煊」，煊赫，氣勢盛大；「渲」，渲染，繪畫時以水墨再三淋之，擴大其範圍。「宣」字從「宀」，指天子之室，有寬大之特徵。《說文•宀部》：「宣，天子宣室也。」段玉裁注：「宣，蓋謂大室也。」朱駿聲《說文通訓定聲》：「（宣）當訓大室也，與『寬』略同。《淮南•本經》：『武王破紂牧野，殺之于宣室。』注：『宣，殷官名。』……《漢書•孝文紀》：『受釐坐宣室。』注：『未央前正室也。』按，猶〈月令〉『大室』。」「宣」，心紐元部；「大」，定紐月部，心定鄰紐，元月對轉，二者音本相近。總之，「宣」謂大室，本寓「大」之義素。「宣」聲可指大室，亦可指其他具有大之特徵的事物。[54]依右文說的定義，可說「凡從宣聲之字多有大的意思」。

---

52 殷寄明：《漢語同源字詞叢考——聲符義概說》頁24、335。

53 殷寄明：《漢語同源字詞叢考——聲符義概說》頁25。

54 殷寄明：《漢語同源字詞叢考——聲符義概說》頁25-26。

㈡系聯同源派生詞的方法

橫向系聯同源派生詞有如下幾種方法：

1.根據形聲字聲符系源。茲舉楊樹達〈形聲字聲中有義略證〉一文中「曾聲字多含重義加義高義」為例揭示如下：

重（讀若從）謂之曾。《詩・周頌・維天之命》云：「曾孫篤之」鄭箋云：「曾猶重也。」樹達按：《爾雅・釋親》云「祖之父曰曾祖王父。」曾亦言重也。

益謂之曾。《說文》曾字下云：「曾，益也。」

加謂之譄。《說文》三篇上言部云：「譄，加也。从言，曾聲。」

益謂之增。《說文》十三篇下土部云：「增，益也。从土，曾聲。」

以物送人使之增加謂之贈。《說文》六篇下貝部云：「贈，玩好相送也。从貝，曾聲。」《詩・大雅・崧高》云：「以贈申伯。」毛傳云：「贈，增也。」

重屋謂之層。《說文》八篇上尸部云：「層，重屋也。从尸，曾聲。」《老子》云：「九層之臺，起于累土。」按今猶言一層兩層。

北地高樓無屋者謂之竲。《說文》十篇下立部云：「竲，北地高樓無屋者。从立，曾聲。」

甗謂之甑。《說文》十二篇下瓦部云：「甑，甗也。从瓦，曾聲。」按甑之用加於釜之上，故名甑。

鬵屬謂之鬸。《說文》十三篇下鬲部云：「鬸，鬵屬。从鬲，曾聲。」樹達按此即甑字。

置魚筩中炙謂之熷。《說文》十篇上火部云：「熷，置魚筩中炙也。从火，曾聲。」按炙字訓炮肉，字从肉在火上。熷則以魚置筒中加於火上，故从曾也。炙不言所置，熷必言置筩中者，蓋生魚必以笱防其躍也。或說：罾魚笱中炙也，猶罾米甑中炊也。罾與甑同，故云罾。說並通。

魚網置木上者謂之罾。《說文》七篇下网部云：「罾，魚網也。从网，曾聲。」按《楚辭・九歌》云：「罾何爲兮木上？」今驗罾制，以網置於木之一端，以此木交午置架上，而以人上下木之他端以網魚也。

聚薪柴居其上謂之橧。《禮記・禮運》云：「夏則居橧巢。」以橧與巢並言，皆在上之物。故鄭注云：「橧，聚薪柴居其上。」是也。按橧字《說文》失收。

繳矢射高謂之矰。《說文》五篇下矢部云：「矰，隿射矢也。从矢，曾聲。」《周禮・夏官・司弓矢》注云：「結繳於矢謂之矰。矰，高也。」《史記・留侯世家》注云：「矰，一弦可以仰射高者，故云矰也。」按此條許亦不明語源，而《周禮》、《史記注》則明之。[55]按：「矰」是古代用來射鳥的拴著絲繩的短箭。

我們在前一節「右文說」亦有舉相關的例證，請參看。

2. **根據聲韻關係系源，也可以包含「語轉」，即語音通轉原理來系聯**。包含王念孫〈釋大〉、王力《同源字典》都採用這個的方法。先看〈釋大〉，〈釋大〉共分八個部分，每部分依聲母相同的同條共貫，如第一見紐、第二溪紐、第三群紐、第四疑紐、第五影紐、第六喻紐、第七曉紐、第八匣紐。[56]茲舉〈釋大第一〉的部分例證如下：

---

[55] 楊樹達：〈形聲字聲中有義略證〉《積微居小學金石論叢》頁 42-43。

[56] 參王念孫《高郵王氏遺書・釋大》（南京：江蘇古籍出版社，2000），或 http://ia700805.us.archive.org/14/items/02076052.cn/02076052.cn.pdf。

岡，山脊也；亢，人頸也，二者皆有大義。故山脊謂之岡，亦謂之嶺；人頸謂之領，亦謂之亢。彊謂之剛，大繩謂之綱，特牛謂之犅，大貝謂之魧，大瓮謂之瓬，其義一也。岡、頸、勁，聲之轉，故彊謂之剛，亦謂之勁；領謂之頸，亦謂之亢；大索謂之絙。岡、絙、亙，聲之轉，故大繩謂之綱，亦謂之絙；道謂之堩，亦謂之㽘。

王念孫提出「岡」、「亢」二者音義相近，先以「山脊」、「人頸」為例證明，復以「大繩」、「特牛」、「大貝」、「大瓮」等有「大」義的詞再度證明。最後以「彊」、「領」、「大索」、「大繩」、「大道」等詞義為例，來聯繫「勁」、「頸」、「恆」與「岡」、「亢」，證明這是一組同源詞。所涉及到的聲母有网（「岡」，從山网聲）、岡（剛、綱、犅）、亢（魧、瓬、㽘）、亙（絙、堩）、巠（頸、勁）、畺（彊）、令（嶺、領）。

再看《同源字典》的例證（原文的國際音標逕予省略）：

一、斯與析

心母

斯：析（支錫對轉）

「斯」「析」都是劈柴的意思，二字同源。

《說文》：「斯，析也。」詩陳風墓門：「斧以斯之。」傳：「斯，析也。」

《說文》：「析，破木也。」詩齊風南山：「析薪如之何？匪斧不克。」小雅小弁：「伐木掎矣，析薪扡矣。」左傳昭公七年：「其父析薪，其子弗克負荷。」[57]

二、泭與桴與浮與漂

滂母

泭：桴（侯幽旁轉）

桴：浮（滂並旁紐，幽部疊韻）

漂：浮（滂並旁紐，宵幽旁轉）

《說文》：「泭，編木以渡也。」《廣韻》：「泭，小木筏也。」《爾雅釋言》：「舫，泭也。」釋文引郭璞：「小筏曰泭。」〈釋水〉：「庶人乘泭。」楚辭九章惜往日：「乘氾泭以下流。」注：「編竹木曰泭。楚人曰泭，秦人曰撥。」詩周南漢廣：「江之水矣，不可方思。」傳：「方，泭也。」釋文：「泭，本作游，又作桴，或作柎。」

詩漢廣疏引論語鄭注：「桴，編竹木，大曰栰，小曰桴。」論語公冶長：「乘桴浮于海。」集解引馬注：「桴，編竹木也。大者曰筏，小者曰桴也。」皇疏：「桴者，編竹木也。大曰筏，小曰桴。」國語齊語：「乘桴濟河」注：「小泭曰桴。」

說文：「浮，氾也。」文選木華海賦：「浮天無岸。」注引說文：「浮，汎也。」廣雅釋言：「浮，漂也。」書禹貢：「浮于濟漯。」傳：「順流曰浮。」詩小雅菁菁者莪：「載沉載浮。」楚辭哀郢：「過夏首而西浮兮。」注：「船獨流爲浮。」論語公冶長：「乘桴浮于海。」

---

57 王力《同源字典》頁116-117。

說文：「漂，浮也。」段注：「謂浮於水也。」孫子勢篇：「激水之疾，至於漂石者，勢也。」書武成：「血流漂杵。」文選張衡思玄賦：「漂通川之硃硃。」陸機文賦：「辭浮漂而不歸。」王褒洞簫賦：「漂乍棄而爲他。」注引說文：「漂，浮也。」[58]

第三個例證是從「亶」得聲之字含有與「回轉」、「變更」相關的意義，如《楚辭・九歌・湘君》：「邅吾道兮洞庭」，王逸《章句》：「邅，轉也，楚人名轉曰邅。」學者根據王逸的說法將《郭店楚簡・窮達以時》簡七「百里退鬻五羊」的「退」讀爲「邅」（按：「亶」從「旦」得聲）。[59]可以對應《呂氏春秋・愼人》云百里奚「傳鬻以五羊之皮」（被以五羊之皮的價値轉賣）、《戰國策・秦策》云：「百里奚，虞之乞人，傳賣以五羊之皮，穆公相之而朝西戎。」不過，《淮南子・脩務》記載作「百里奚轉鬻」，前二者的「傳鬻」、「傳賣」，即《脩務》的「轉鬻」。可見「退鬻」的「退」亦可考慮讀爲「轉」。上古音「專」、「亶」同屬元部，從「專」得聲之字與從「亶」得聲之字的聲紐又多在端紐、定紐、章紐等聲母，讀音十分接近。而且從「專」得聲之字亦往往有「回圜」之義，引申而或有「變更」之義。因此很多從「亶」之字與從「專」之字實際上是同源詞，其音義是相關的。[60]所以「退鬻」讀爲「邅鬻」或「轉鬻」沒有本質上的差別。

3. 綜合上述兩種方法的系聯。古「翏」聲字如同上述「丩」聲皆有二物相交扭絞、纏繞之義。《禮記・檀弓下》：「叔仲皮學子柳。其妻魯人也，衣衰而繆絰。」（魯國人叔仲皮教子柳學業。叔仲皮去世了，子柳的妻子爲丈夫的老師穿上了粗麻布喪服而頭纏絞麻絰。）鄭注：「繆當爲木樛垂之樛。」孔疏：「繆爲兩股相交也。」《廣雅・釋詁四》：「繆，纏也。」《廣雅・釋詁四》：「鬮，絞也。」《說文》：「鬮，經繆殺也。」段注云：「按縛殺若今以一繩勒死。經繆殺，若今絞罪。以二繩絞死。故從鬥。」《釋詁三》：「摎，束也。」《說文》：「摎，縛殺也。」段注云：

縛殺者，以束縛殺之也。凡縣死者曰縊，亦曰雉經。凡以繩帛等物殺人者曰縛殺，亦曰摎，亦曰絞。《廣韻》曰：「摎者，絞縛殺也。」多絞字爲長。今之絞罪，即古所謂摎也。引申之，凡繩帛等物二股互交皆得**曰摎、曰絞，亦曰糾**。

我們常說的「戮力同心」，本作「勠力」，《說文》：「勠，并力也。」「勠」、「戮」顯然

---

58 王力《同源字典》頁200-201。

59 周鳳五：〈郭店楚簡《忠信之道》考釋〉《中國文字》新24期（台北：藝文印書館，1998.12）頁128、裘錫圭：〈說從「[illegible]」聲的從「貝」與從「辵」之字〉《文史》2012年第3輯，頁12。

60 參荊門市博物館編：《郭店楚墓竹簡》（北京：文物出版社，1998）頁146下裘錫圭先生按語、田煒：〈釋侯馬盟書中的「助」〉《「簡帛文獻與古代史」學術研討會暨第二屆出土文獻青年學者論壇論文》，復旦大學主辦，2013.10.19-20。

也有「纏繞」的意思，「戮力」就是把兩方的力量纏在一起而形成一個更有力的整體。㉑《詛楚文・湫淵》云「昔我先君穆公及楚成王，是繆力同心，兩邦若壹。」寫作「繆力」更符合「纏繞」的含義。古「翏」、「丩」音義俱近。《禮記・王制》：「周人養國老於東膠。」鄭注：「膠之言糾也。」《詩・周南・樛木》：「周有樛木。」《釋文》曰：「馬融《韓詩》本作朻。」是「翏」、「丩」二聲相通之證。〈魏風・葛屨〉和〈小雅・大東〉的「糾糾葛屨，可以履霜」的「糾糾」應指鞋編織的樣子。那麼，「糾」較早的意思似乎是把兩個或兩個以上的繩或類似繩的東西互相纏繞在一起。「糾」還引申出「聚合」的意思，譬如《左傳・僖公二十四年》：「召穆公思周德之不類，故糾合宗族于成周而作詩」，《左傳・僖公二十六年》：「桓公是以糾合諸侯，而謀其不協」。這裡的「糾」指把人「纏繞」在一塊兒，即聚合的意思。㉒可見「繆」、「絞」、「糾」皆同源之詞。這是藉由相同聲符（從「翏」旁諸字）以及聲韻關係（「繆」、「絞」、「糾」）系聯一組同源詞的方法。

值得注意的是，如同前述「右文說」系源時必須避免假借字一樣，以聲音爲線索推求語源，或者系聯同源詞，也必須排除假借字。因假借字代表的是一個意義毫不相干的同音詞，它所具有的「借義」是由其他詞中轉移來的，並非它原有的意義，如「早」是早晨，《左傳・宣公二年》：「晨往，寢門闢矣，盛服將朝。尙早，坐而假寐。」「夙」，《爾雅・釋詁》：「夙，早也。」《書・舜典》：「夙夜惟寅。」孔傳：「夙，早也。」「早」、「夙」同義，「早」古音在精紐幽部，「夙」在心紐覺部，聲紐同爲精系字，韻部對轉，音近相通沒有問題。「早」、「夙」無疑是同源詞。至於「蚤」，也有早義，《詩・豳風・七月》：「四之日其蚤，獻羔祭韭。」但「蚤」的本義是跳蚤，早晨是它的借義。因此，在「早」「夙」系源時，必須排除「蚤」。

4. 古文字資料的輔助。古文字學亦有助於同源詞系聯，比如：

卜辭有、、諸形（《類纂》1027頁2159號字頭「益」），裘錫圭指出，其字象雙手持一器皿向另一器皿中注水之形，就是「注」的表意初文。《合集》二九六八七「鑄」字的下半部正從此形體。卜辭「盥（鑄）」字作（《英藏》2567），金文多見，其除去中間「火」的部分「」即將類形「注」字偏旁的位置加以改變而成，即將的左右偏旁寫法改爲上下位置寫法。「注」與「鑄」二字古通用。《史記・魏世家》「（文侯）三十二年……敗秦於注」，《正義》：「注或作鑄也。」鑄器時的主要工作就是把熔化的金屬注入器範，「鑄」應該就是由「注」

---

61 溫縣盟書T4K5-12的「□自今以往，敢不剖敷其中心以事而主韓鈘（？）及其嗇夫左右，索力爲一以固事而主……」，其中「索力」即「戮力」，由西周金文「索」字作能看出該字較早的字形爲雙手搓繩的樣子，說明索作動詞有「搓繩」之意。《詩・豳風・七月》「晝爾于茅，宵爾索綯」的「索」就是「製繩索」。盟辭的「索力爲一」用「索」比喻把參盟人的力量搓在一起、統一起來，來堅固地侍奉盟主。此意與古書中的「戮力一心」一致。盟書的意思是說「〔某某〕從今天起，如敢不剖開而顯露其中心〔即表示誠懇的忠心〕來奉事其主韓——〔盟主的名字〕和其〔即盟主的〕嗇夫左右，合力而統一，來堅固地奉事盟主……」。參魏克彬：〈溫縣盟書T4K5、T4K6、T4K11盟辭釋讀〉《出土文獻與古文字研究第五輯》，2013.9。

62 魏克彬：〈溫縣盟書T4K5、T4K6、T4K11盟辭釋讀〉《出土文獻與古文字研究第五輯》，2013.9。

孳生的一個詞。[63]可見「注」與「鑄」在語源上也有密切關係。如果沒有甲骨文的例證，我們很難聯想到「注」與「鑄」的語源關係。

第二，裘錫圭指出古文字作□、□形的「折」字「象以斤砍斷樹木」；作□、□形的「制」字「所象的應該是以刀截割木材」，其左半之形與上引「折」字的斷木之形有關。《淮南子‧主術》：「是故賢主之用人也，猶巧工之制木也。……無小大脩短各得其宜，規矩方圓各有所施。」高誘注訓「制」爲「裁」，與《說文》：「制，裁也」相同。這個「制」字的意義，跟字形完全相合。古書中，裁割木頭之外的東西也有稱爲「制」的。《禮記‧郊特牲》「詔祝於室，坐尸於堂」句鄭玄注，有「主人親制其肝」語，《正義》訓「制」爲「割」。〈月令〉孟夏之月「祭先肺」句鄭注，有「乃制肺及心肝爲俎」語，《正義》訓「制」爲「截割」。「制」字的制作、制斷、制御等義，大概都是由「截割」之義引申出來的。制、折二字不但形義相近，而且上古音極爲接近。總之，「制」、「折」二字形音義的關係是十分密切的。它們所代表的詞很可能有親屬關係。[64]學界已有人注意到「制與折」的同源關係，[65]而藉由古文字字形更可說明二者確實同出一源。

5. **義素分析法的輔助**。具體判斷「詞義」時，可以使用「義素分析法」幫助正確從事同源詞的系聯，請看底下兩組例證：

(1) 消、杪、削：

「消」：《呂氏春秋‧去宥》：「人之老也，形益衰。」高誘注：「衰，肌膚消也。」

「杪」：《淮南子‧天文》：「秋分蔈定，蔈定而禾熟。」高注：「『蔈』讀如《詩》『有貓有虎』之『貓』，古文作『杪』也。」[66]

「削」：《呂氏春秋‧重言》：「成王與唐叔虞燕居，援梧葉以爲珪，而授唐叔虞曰：『余以此封女。』。」高注：「削桐葉以爲珪冒以授叔虞。」

「消」爲心紐宵部；「秒」爲明紐宵部；「削」爲明紐藥部。韻部爲疊韻或宵藥對轉；聲紐爲雙聲，或明心 sm- 複聲母。其實此三字都是從「小」得聲，《說文》曰：「肖，骨肉相似也。从肉，小聲。不似其先故曰不肖也。」而「少」、「小」本一字的分化，聲音亦相近。所以此三字聲韻關係密切。

---

(63) 裘錫圭：〈殷墟甲骨文字考釋（七篇）〉，第「七、釋注」，《湖北大學學報》1990 年第 1 期，頁 55-57。

(64) 裘錫圭：〈說字小記〉之「三、說制」，收入其《古文字論集》（北京：中華書局，1992.8）頁 641-642。

(65) 張希峰：《漢語詞族叢考》（成都：巴蜀書社，1999.6）頁 196-198。

(66) 這裡「票」與「少」的通假關係可以考證馬王堆帛書《日月風雨雲氣占》的一段文字，云：「城中氣青而高，木剽不見，城不拔；氣黑而卑，木剽見，若毋氣，城拔。」其中的「木剽」劉釗認爲讀爲「木杪」，意爲樹梢。帛書的意思是說城中雲氣呈青色且在空中的位置很高，高於樹梢之上，說明城不會被攻占；雲氣呈黑色且在空中的位置很低，已經低到樹梢，並若有若無，則說明城已被攻占。見劉釗：〈釋馬王堆帛書《日月風雨雲氣占》中的「木剽」和「沒戟」〉《簡帛》第一輯（上海古籍出版社，2006）。又見《書馨集》頁 123-125。

進一步再從意義來考察：

「消」，《說文・水部》：「消，盡也。」段注：「消，未盡而將盡也。」《釋名・釋言語》：「消，削也，言滅削也。」

「秒」，《說文・禾部》：「秒，禾芒也。」《慧琳音義》卷七十八「矟秒」注：「秒，幡竿端頭也。」

「削」，《說文・刀部》：「削，鞞也。一曰析也。」《方言》卷九：「劍削，自關而東或謂之削。」段注：「削，凡侵削、削弱皆其引申之義也。」

王寧用義素分析法分析了它們意義的內部結構：

秒＝/禾類/＋/芒末端漸小處/

消＝/施于水/＋/使之小/

削＝/以刀施之/＋/使之小/⑰

王寧分析這組同源詞的意義關係，名詞「秒」的核心義素⑱是/尖端——漸小/，動詞「消」、「削」的核心義素是/使之小/，二者意義顯然有關。總之，從音與義觀察，消與秒與削三字為一組同源詞是沒有問題的。

(2)加、架、駕、蓋：

「加」：《說文・力部》：「加，語相增加也。」《助字辨略》卷二：「孟子：寡人之民不加多。」劉淇案：「加，增多之辭也。」《廣韻・麻韻》：「加，增也。」《淮南子・原道》：「得以利者不能譽，用而敗者不能非。收聚畜積而不加富。」高注：「收聚畜積，國有常賦也。不加富者，為百姓，不以為己有也。」

「架」：慧琳《音義》卷二十一引《慧苑音義》：「架險航深。」注：「架，謂置物生高懸虛之上也。」《說文・言部》：「誣，加也。」段玉裁注：「古無架字，以加爲之。」《淮南子・氾論》：「築土構木，以爲宮室。」高誘注：「構，架也。謂材木相乘架也。」

「駕」：《說文・馬部》：「駕，馬在軛中。」段玉裁注：「駕之言以車加于馬也。」《爾雅・釋言》：「襄，駕也。」郝懿行《義疏》：「駕，加也。」

「蓋」：《說文・艸部》：「蓋，苫也。」《左傳・莊公三十二年》：「能投蓋于稷門。」杜預注：「蓋，覆也。」《釋名・釋車》：「蓋，在上覆蓋人也。」《釋名・釋言語》：「蓋，加也，加物上也。」

「加」，見紐歌部；「架」，見紐歌部；「駕」，見紐歌部；「蓋」，見紐月部。雙聲，韻部疊韻或對轉。

四者的核心義素都是「增加」，類義素則稍有區別，「加」的類義素是「言語」，「架」的類義素是「木材」，「駕」的類義素是「車馬」，「蓋」的類義素是「草屬」，因此它們是有共同性

---

67 王寧：《訓詁學原理》（北京：中國國際廣播出版社，1996.8）頁 149。

68 表示被人們共同觀察到的詞義特點，就是造字所取的理據，稱作「核義素」或是「源義素」。表示詞義類別的稱爲「類義素」。見王寧：《訓詁學原理》頁 150。蔣紹愚稱爲「中心義素」與「限定性義素」，見蔣紹愚《古漢語詞匯綱要》（北京：商務印書館，2005.9）頁 47-48。

質的同源詞。

附帶一提，殷寄明曾提出編寫「語源辭典」的方法，他的方法對我們從事同源詞系聯亦有幫助，茲移錄如下供讀者參考：

(1)憑藉聲符線索，從《集韻》、《說文通訓定聲》、《廣韻聲系》、《李氏中文字典》、《漢文典》、《漢語大詞典》索引卷等書中找出該聲符所屬的所有形聲字，也就是歸納出形聲字字族。

謹按：關於殷氏所說的這一點，我們可以求助電子資源的輔助，如韻典網（http://ytenx.org/）。韻典網是一個綜合的韻書查詢工具，包含《廣韻》、《中原音韻》、《洪武正韻牋》、《分韻撮要》和《上古音系》。更重要的是此網站可以查詢同聲符的字，比如同從「勻」聲字，經查網站有：

枃 笉 郇 絢 眴 昀 訇 迿 姰 眴 昀 荺 詢 汮 恂 峋 郇 眴 珣 楯 姰 筍 箰 迿 旬 洵 昀 殉 徇 侚

眴 眴 均 鈞 袀 汮 汮 呁 筠 荺 荺 勻 昀 韵 輷 訇 揈 鍧 渹 輷 赹 悤 惸 咰

使用起來非常方便。但是這個網站所列同聲符的字偶有失收，具體操作時仍需要比對相關辭書，方可確保沒有遺落。

(2)分析比較各文字所表語詞的意義，多義詞的使用頻度較高的義項亦一一標出。

(3)意義相同的詞系聯為一組，每組至少兩個詞，孤立而無「同源伙伴」者捨去。[69]

第六節 因聲求義的運用之三——聯綿詞

一、聯綿詞的定義

古代詞匯大部分是單音節的，單音節詞在書面上就表現爲單個漢字。古代也有雙音詞，雙音詞在書面上就得用兩個漢字記錄。用兩個漢字記錄的雙音詞，從構詞方面看，可以分爲「合成詞」（又稱「複合詞」）與「單純詞」兩類。「合成詞」，是由兩個有意義的詞素組合而成。依其構成方式可分爲(1)「並列式」，或稱「聯合式」，由意義相同、相近或相反的兩個詞根（實詞素）並列組成，如君王、朋友、生產、語言、旅遊。(2)主從式，也稱偏正式，由前一個詞根修飾後一個詞根而形成的合成詞，如小姐、鐵路、西瓜、白茅、喬木。(3)動賓式，也稱述賓式，由表示動作的詞根在前，表示受支配的詞根在後所組成的合成詞，如扶手、將軍、司機、得罪、留神。(4)動補式，也稱述補式，由後一個詞根補充說明前一個詞根而形成的合成詞，如提高、拆散、改良、訂正、分開。這類合成詞，通常可以分析爲「○之使○」，如「提高」可說成「提之使高」。(5)主謂式，也稱陳述式，由被陳述的詞根在前，陳述的詞根在後所組成的合成詞，如地震、夏至、頭痛、心慌、口吃。古漢語，特別是上古漢語中主謂式複合詞很少見。至於「單純詞」，由一個詞素構成。古漢語的單純詞包括：(1)單音節詞，如天、人、吾、愛、啼；(2)疊音詞，如《詩・小雅・伐木》：「伐木丁丁」的「丁丁」是伐木聲。《詩・豳風・七月》：「二之日鑿冰沖沖」的「沖沖」是鑿冰聲。《詩・商

---

⑲ 殷寄明：《漢語同源字詞叢考——聲符義概說》頁 22-23。

頌‧烈祖》：「嗟嗟烈祖，有秩斯祜。」鄭玄箋：「重言嗟嗟，美歎之深。」；(3)象聲詞，如咔嚓、呼呼、隆隆、倉庚；(4)音譯詞，如咖啡、摩托車；(5)嘆詞，如噫、啊、呀、咦、嘿等等；(6)聯綿詞，請看本節的討論。

「聯綿詞」是一種雙音節單純詞，具備兩個漢字、兩個音節、一個明確的詞義。但他們的詞義不是由兩個字的字義組成，而是由兩個音節共同表示的。所以把兩個漢字拆開，就成為沒有意義的音節符號，如「鴛鴦」、「蜈蚣」、「徘徊」；或者單字表示的意義與這個雙音詞所有的意義毫無關係，如「從容」、「孟浪」、「婆娑」、「綢繆」、「殿屎」（呻吟也）、「邪許」[70]、「含情脈脈」的「脈脈」、「虎視眈眈」的「眈眈」、「關關雎鳩」的「關關」、睡虎地《日書》甲種七六背「為人我我然好歌舞」的「我我」。[71]或者是單字使用的意思與連用時的意義相同或相近，而另一個不能單獨使用，如「蝴蝶」的「蝶」可單用，但「蝴」沒有獨立的用法。這三種類型的複音詞都稱為聯綿詞。傳統訓詁學對於聯綿詞這樣一種語言現象，也稱為「聯綿字」（又寫作「連綿字」，如王國維《聯綿字譜》）、「謰語」（如方以智《通雅》）、「連語」（如王念孫《讀書雜志》、王引之《經義述聞》）、「駢字」（如明楊慎《古音駢字》）、「駢語」（如明代仲尉令〈讀駢雅識語〉）、「二文一命」（《爾雅‧釋詁》：「虺隤、玄黃，劬勞。」宋代鄭樵注：「皆二文一命也。」）等。[72]我們認為「聯綿詞」是「詞匯」的一種，所以傾向於稱這一類詞為「聯綿詞」。

先秦典籍中，《詩經》和《楚辭》已經出現不少的聯綿詞。在出土文獻中亦有聯綿詞，[73]比如戰國竹簡《上博五‧苦成家父》簡六「於言有之：『顑頷以至於今哉！』」「顑頷」即聯綿詞，文獻見於〈離騷〉：「長顑頷亦何傷」，王逸注：「不飽貌。」在《苦成家父》中可能是指失意的樣子。[74]

睡虎地秦簡《秦律雜抄》二五簡「•射虎車二乘爲曹。虎未越泛蘚，從之，虎環（還），貲一甲。」秦簡整理小組注釋云：「越，跑開，《小爾雅•廣言》：『越，遠也。』泛，疑讀爲覂，《廣雅•釋詁一》：『棄也。』蘚，疑讀爲鮮，《淮南子•泰族》注：『生肉。』」對於「泛蘚」一詞，裘錫圭認爲整理者所說稍嫌迂曲，他認爲「泛蘚」可能是聯綿詞，與「蹁躚」、「蹣跚」以至「盤桓」、「盤旋」皆爲音近義通之詞。這個聯綿詞有旋行、行不正的意思。此類聯綿詞本無定字，銀雀山竹書〈十陣〉有「軓山而歸」語，「軓山」亦當與「蹣跚」、「盤旋」等詞義近。律文「虎未

---

⑰ 《淮南子•道應訓》：「今夫舉大木者，前呼邪許，後亦應之，此舉重勸力之歌也。」「邪許」即勞動時眾人一齊用力所發出的呼聲。即號子聲。一人領呼稱爲號頭，眾人應和稱爲打號。

⑱ 整理者說：「我我，容貌美好貌，亦作娥娥、儀儀、峩峩。」睡虎地秦墓整理小組：《睡虎地秦墓竹簡》（北京：文物出版社，1990.9），頁220注10。

⑲ 楊劍橋：《實用古漢語知識寶典》（上海：復旦大學出版社，2003.8）頁345-347所列諸家說法。

⑳ 參劉信芳：〈楚系簡帛連綿字釋例〉《中國文字》新33期（台北：藝文印書館，2007.12）頁53-74。

㉑ 季旭昇先生：〈上博五芻議（下）〉，簡帛網，2006.2.18。陳偉：〈《苦成家父》通釋〉，簡帛網，2006.2.26。

越泛蘚」，疑是虎未遠越而蹣跚旋行之意。⑮依此則簡文可以翻譯爲「射虎車以兩輛爲一組。虎未遠越而蹣跚旋行，此時加以追逐，若使虎逃走，罰一甲。」

天水放馬灘秦簡《日書》甲種第二八簡：「庚亡，其盜丈夫殹，其室在北方，其㡯（序）扁也（匜），其室有黑犖犢男子，不得。」其中的「㡯（序）扁也（匜）」一句，當如施謝捷先生所說：「『扁匜』應讀爲『匾匜』，『匜』通『虒』，猶地名『虒施』戰國貨幣文作『虒虒』、複姓『公施』秦漢印中作『公虒』，記時的『日施』秦漢簡帛中或作『日虵』、『日虒』，均其徵。『匾虒』是疊韻連語，玄應《一切經音義》卷六：『《篆文》云：匾虒，薄也。今俗呼廣薄爲匾虒，關中呼綼虒。』亦寫作『椑榹』、『榑榹』等，有卑下之義。『其㡯（序）扁（匾）也（匜）』指廂房低矮窄小。」⑯

所以中國傳統的語言學很早就對聯綿詞這樣一種特殊的語言現象有所關注，比如對聯綿詞不可分釋的特點，《爾雅》已有例證可供考察：

(1)〈釋詁〉：「蠠沒……，勉也。」郭璞注：「蠠沒，猶黽勉。」邢昺疏：「蠠沒猶黽勉者，以其聲相近，方俗語有輕重耳。」

(2)〈釋詁〉：「虺隤、玄黃、劬勞……，病也。」《詩・周南・卷耳》：「陟彼崔嵬，我馬虺隤……陟彼高崗，我馬玄黃。」王引之《經義述聞・毛詩上》：「虺隤疊韻字，玄黃雙聲字，皆謂病貌也。」

(3)〈釋詁〉：「鬱陶，喜也。」

「鬱陶」有憂思積聚貌的意思，如《書・五子之歌》：「鬱陶乎予心，顏厚有忸怩。」孔傳：「鬱陶，言哀思也。」陸德明《釋文》：「鬱陶，憂思也。」也可以引申爲喜而未暢的意思，如《禮記・檀弓下》「人喜則思陶」漢鄭玄注：「陶，鬱陶也。」孔穎達疏：「鬱陶者，心初悅而未暢之意也。」

(4)〈釋訓〉：「籧篨，口柔也。」「戚施，面柔也。」

郭璞注：「籧篨之疾不能俯，口柔之視人顏色常亦不伏因以名云。戚施之疾不能仰，面柔之人常俯似之亦以名云。」邢昺疏：

> 籧篨、戚施，本人疾之名，故〈晉語〉云：「籧篨不可使俯，戚施不可使仰」是也。人口柔者必仰面觀人之顏色而爲辭，似籧篨不俯之人，因名口柔者爲籧篨。面柔者必低首下人媚以容色似戚施之人，因名面柔者爲戚施。故郭云籧篨之疾不能俯，口柔之人視人顏色常亦不伏因以名云。

也就是說「籧篨」是指身有醜疾不能俯身的人，如同「口柔」之人專看人臉色說話，二者都不會俯身。「戚施」是身有醜疾不能仰身的人，如同「面柔」的人總是低身下氣和顏悅色以誘人，二者都不會仰身。

⑺⑸ 裘錫圭：〈《睡虎地秦墓竹簡》注釋商榷〉《古文字論集》（北京：中華書局，1992）頁 538。又見《裘錫圭學術文集・簡牘帛書卷》頁 98。

⑺⑹ 施謝捷：〈簡帛文字考釋劄記〉《簡帛研究》第三輯，頁 173。

(5)〈釋訓〉：「夸毗，體柔也。」

《詩‧大雅‧板》：「天之方懠，無為夸毗。」毛傳：「夸毗，體柔人也。」朱熹《集傳》：「夸，大；毗，附也。小人之於人，不以大言夸之，則以諛言毗之也。」總之，「夸毗」是以諂諛、卑屈取媚於人。成語「夸毗以求」是指為求人而低三下四，屈已卑身。

(6)〈釋訓〉：「婆娑，舞也。」

(7)〈釋天〉：「螮蝀，虹也。」

(8)〈釋山〉：「石戴土謂之崔嵬。」

「崔嵬」本指有石的土山。後泛指高山。

以上可見《爾雅》已經意識到「黽沒」、「虺隤」等詞的特殊用法，所以未加以分別解釋。

二、聯綿詞起源

㈠情感的感歎

人們的感歎聲屬自然發音，由喜怒哀樂不同的情緒發出許多不同的聲音。最初的感歎聲都是單音的，有時單音的感歎不足以表情達意，便用雙音的感歎來表示。如：《淮南子‧道應》：「今夫舉大木者，前呼『邪許』，後亦應之，此舉重勸力之歌也。」之「邪許」。《詩‧大雅‧板》：「民之方殿屎，則莫我敢葵。」毛傳：「殿屎，呻吟也。」《史記‧陳涉世家》：「見殿屋帷帳，客曰：『夥頤！涉之為王沈沈者。』」司馬貞《索隱》：「服虔云：『楚人謂多為夥。』按：又言『頤』者，助聲之辭也。謂涉為王，宮殿帷帳，庶物夥多，驚而偉之，故稱夥頤也。」「夥頤」是嘆詞，表示驚羡！

㈡擬聲詞

擬聲詞若具備前面所提到的聯綿詞三種特徵之一，自然也是聯綿詞的來源，這裡簡單分為「疊音」與「非疊音」兩種。

1. 疊音擬聲詞：《詩・周南・關雎》：「關關雎鳩，在河之洲。」毛傳：「關關，和聲也。」《詩・小雅・伐木》：「伐木丁丁，鳥鳴嚶嚶。」毛傳：「丁丁，伐木聲。」

2. 非疊音擬聲詞：如「丁東」是雙聲擬聲詞。形容佩玉撞擊聲或風鈴聲等。唐・韓偓〈雨後月中堂閒坐〉詩：「夜久忽聞鈴索動，玉堂西畔響丁東。」《老殘遊記》第一〇回：「鈴聲已止，箜篌丁東斷續，與角聲相和。」也作「丁冬」、「叮冬」、「叮咚」。又如「剝啄」是疊韻擬聲詞，形容輕輕敲打門戶的聲音。《通俗編・聲音》：「高適詩：『豈有白衣來剝啄。』剝啄，叩門聲也。」唐・韓愈〈剝啄行〉：「剝剝啄啄，有客至門。我不出應，客去而嗔。」又如「鏗鏘」是非雙聲疊韻擬聲詞，形容清脆悅耳的聲音。《漢書・張禹傳》：「禹將崇入後堂飲食，婦女相對，優人筦弦鏗鏘極樂，昏夜乃罷。」《紅樓夢》第五三回：「鴉雀無聞，只聽鏗鏘叮噹，金鈴玉佩微微搖曳之聲。」

㈢疊音詞

聲音的重疊也是聯綿詞產生的一種手段，除上面說過的擬聲詞外，又如：名詞性的疊音聯綿詞：如「猩猩」（《禮記・曲禮上》、「拂拂」（《爾雅・釋獸》）。動詞性的疊音聯綿詞：如「切切」、「偲偲」是相互敬重切磋勉勵貌。《廣雅・釋訓》：「切切，敬也。」《大戴禮記・曾子立事》：「導之以道而勿強也，宮中雍雍，外焉肅肅，兄弟喜喜，朋友切切。」唐・白居易〈代書一百韻寄微之〉：「交賢方汲汲，友直每偲偲。」二者也可以合用，《論語・子路》：「朋友切切偲偲。」

朱熹《集傳》引馬融曰：「切切偲偲，相切責之貌。」以及前面提到的「含情脈脈」的「脈脈」、「虎視眈眈」的「眈眈」。

四由合成詞凝固而來

同義或近義單音詞由於長期聯用而變成了聯綿詞，過程與聯合式合成詞的形成沒什麼不同，只是由於這類合成詞在長期使用過程中，不僅聯用，而且將其義寄之於其聲，而不再託之於其形，因而同一合成詞出現了衆多異體，原來的兩個獨立詞素凝結成一個詞素，兩個音節共同承擔一個詞素義，即共同表義，正如張永言教授所說：「有時候，一個合成詞由於語音和結構發生了大的變化而成了單純詞，它的內部形式（結構方式）也就從人們的語言意識裏消失了……這種過程就是詞素的溶合。」

「滑稽」最早見於《楚辭•卜居》：「寧廉潔正直，以自清乎？將突梯滑稽、如脂如韋，以潔楹乎？」《說文》：「滑，利也。」「滑」的本義是順暢、不澀滯；《說文》：「稽，留止也。」《管子•君臣上》：「是以令出而不稽。」是說政令暢通，「不稽」即不受阻。由此可見「滑」的本義與「稽」的本義相反，這裏的「滑稽」應看作動賓關係，即「使稽滑」，使有阻礙的東西變得滑順。後來「滑稽」成為一個詞，並逐漸轉向「可笑」義，人們對它們的本來意義也越來越模糊乃至於完全遺忘，它們也就轉化為聯綿詞了。[77]馬麥貞也說：「『滑稽』二字連用當為特殊的動賓關係。在〈卜居〉中的意思是：面對奸臣當權的腐敗反常的國事，善周旋，能順應，以保全自己。它與上文的『廉潔正直』相對。因這一組合的表義效果不易用其他字的組合所代替，遂使二字關係緊密，逐步成為固定的搭配關係。語義的發展使『滑稽』二字的原義以及他們的組合關係越來越模糊不清，所謂連綿字的特徵也就更加明顯了。」[78]

再看「傴僂」的例證。《左傳•昭公七年》：「一命而僂，再命而傴，三命而俯，循牆而走。」《禮記•問喪》：「傴者不袒。」鄭玄注：「傴，曲脊也。」《戰國策•燕策》：「（田光）僂行見荊軻。」《說文•人部》：「傴，僂也」。以上例句表明，傴、僂同義，皆有單用之例。《莊子•達生》：「仲尼適楚，出於林中，見痀僂者承蜩。」宋玉〈登徒子好色賦〉：「旁行踽僂。」李善注：「踽僂，傴僂也。」《淮南子•精神》：「子求行年五十有四而病傴僂。」以上爲合用合釋例。

「傴僂」在使用過程中出現了衆多異形詞：「偊旅」、「蝺僂」、「踽僂」、「曲僂」、「軀僂」、「嫗㝢」、「俛僂」、「俯僂」、「佝僂」、「痀僂」、「痀瘻」（以上皆爲人弓腰曲背，或指因駝背而矮小的人），由於音形變異和同群詞的繁衍，儘管每個詞的兩個字有義可尋，但已經很模糊了，人們不再據其形而求其義，而是憑其聲而得其義了。「傴」、「僂」由單音詞進而爲合成詞，進而演變爲單純的聯綿詞了。

㈤單音詞的衍音

一個單音詞加上一個與之雙聲或疊韻的字，就變成雙聲或疊韻的聯綿詞。可分成四種情形：

1. 雙聲聯綿，衍音在前：由「須」（等待之義）引延爲「斯須」。須、斯古音爲心紐雙聲。「斯」

---

⑦ 蔣書紅：〈試論聯綿詞的幾種特殊用法〉《漢字文化》2009年4期，頁38。

⑱ 馬麥貞：〈對「滑稽」等連綿字的分析與認識〉《中國語文》1999年3期，頁215-217。

不能獨立成詞，衍音在前。

2. 雙聲聯綿，衍音在後：《說文》：「遱，連遱也。」徐鍇《說文繫傳》：「遱，《淮南子》有『連遱』之言，猶參差、零瓏、若連若絕之意也。」朱駿聲《說文通訓定聲》：「遱，連遱也。行步不絕之貌也。猶絲曰聯遱，辭曰謰謱。亦雙聲聯語。」《方言》作「謰謱」、《玉篇》作「嗹嘍」，皆爲相連不絕，與「連」字義同。「遱」、「嘍」、「謱」都不能獨立成詞，爲衍音。「連遱」爲來紐雙聲，衍音在後。

3. 疊韻聯綿，衍音在前：左思〈吳都賦〉：「爾其山澤，則嵬嶷嶢屼，𡾟冥鬱岪。」「𡾟冥」是晦暗不明的意思。《說文》：「冥，幽也。」「𡾟」不能獨立成詞，爲衍音。「𡾟冥」爲疊韻聯綿，衍音在前。

4. 疊韻聯綿，衍音在後：由「陴」引延爲「俾倪」。《說文》：「陴，城上女牆，俾倪也。」段注云：「土部曰：『堞[79]，城上女垣也。』凡小者謂之女，女牆即女垣也。俾倪疊韻字，或作睥睨，或作埤堄，皆俗字。城上爲小牆，作孔穴可以窺外，謂之俾倪。《左傳》宣十二年：『守陴者皆哭。』杜注：『陴，城上俾倪。』《釋名》云：『城上垣曰俾倪，言於其孔中俾倪非常。亦曰陴。陴，裨也，言裨助城之高也。亦曰女牆。』」段玉裁已指出「俾倪疊韻字」，「倪」不能獨立成詞，爲衍音。

(六)單音詞的緩讀

「緩讀」，也稱緩聲、曼聲，是相對於「急讀」，也稱爲「徐言」及「疾言」。即將一個字緩讀爲兩個字，正如反切一樣。漢語詞這種單音向雙音轉化現象，宋代學者已經注意到了。鄭樵《通志・六書略・諧聲變化論》：「急慢聲諧，慢聲爲二，急聲爲一也。梵書謂二合音是也。如慢聲爲『者焉』，急聲爲『旃』。」「旃」是第三人稱，指代人或事物，相當於「之」、「者」、「焉」、

「之焉」、「者焉」，《詩•魏風•陟岵》：「上慎旃哉，猶來無止。」馬瑞辰《毛詩傳箋通釋》：「之、旃一聲之轉，又爲『之焉』之合聲，故旃訓『之』，又訓『焉』。」又如《左傳•桓公十年》：「初，虞叔有玉，虞公求旃，弗獻。」「旃」指代前面的「玉」，可翻譯爲「虞公求之」、「虞公求者」、「虞公求焉」、「虞公求之焉」。又如我們熟悉的「諸」是代詞「之」和介詞「於」的合音，如《禮記•檀弓上》：「兄弟，吾哭諸廟。」即「吾哭之於廟」。又是代詞「之」和疑問語氣詞「乎」的合音，如《論語•子罕》：「有美玉於斯，韞匵而藏諸？求善賈而沽諸？」

緩讀詞與衍音詞明顯不同。衍音詞是一個字衍音之後仍保留在雙音詞中，聲音、形體未變，只是於其前或其後衍增一雙聲或疊韻之字構成雙音節；緩讀詞是將一個單音詞聲韻分開，聲母後另加一韻母組成一個音節，原韻母前也另加一聲母組成一個音節，從而使單音衍變爲雙音，詞義也無變化。比如我們熟悉的網路流行用語「踹共」一般認爲是由閩南方言「出來講」急讀而成。其實「踹」的聲母與「出」同爲「ㄔ」，韻母與「來」同爲「ㄞ」，所以「踹」正是「出來」的合音或緩讀。某店家的老闆對進門的客人熱情喊著「鳥」，讓人摸不著頭緒，原來是「你好」的急讀。「你表嚇我」即「你不要嚇我」，「表」是「不要」的急讀。圓神出版社董事長「簡志忠」，自己署名爲「甘紀狄翁」，這是對應「簡志忠」的閩南方言發音，其中「狄翁」急讀爲「忠」。若語音分析，狄爲定紐、忠爲端紐，同爲端系字，韻母翁、忠同爲冬部，所以「忠」確實是「狄翁」的合音或緩讀。又如「不律」即「筆」、「不穀」即「僕」、「窟窿」即「孔」。

---

⑲ 「堞」讀若「疊」，城上如齒狀的矮牆。

〈鄘風・牆有茨〉：「牆有茨，不可埽也。」毛傳：「茨，蒺藜。」「茨」引延為「蒺藜」。如作語音分析，茨、蒺皆為從母；茨、藜皆為脂部，可見「茨」為「蒺藜」的合音。

《說文》：「飆，扶搖風也。」《爾雅・釋天》：「扶搖謂之猋。」「扶搖」合音為「飆」，「扶」與「飆」分別為幫紐和並紐，而「搖」與「飆」同為「宵」部，義也相同。由「猋（飆）」延伸為「扶搖」。

《說文》：「椎，擊也。齊謂之終葵。」「椎」為「終葵」之合音，由「椎」延伸為「終葵」。

《左傳・宣公四年》：「伯棼射王，汰輈，及鼓跗，著於丁寧。」杜預注：「丁寧，鉦也。」意思是說伯棼用箭射楚王，飛過車轅，穿過鼓架，射在銅鉦上。「鉦」是一種類似「鐃」的敲擊樂器，「丁寧」合音為「鉦」，由「鉦」引延為「丁寧」。這裡附帶一提古代所謂「鳴金收兵」的「金」是什麼？比較常見的說法是「鑼」，但恐有問題。《荀子・議兵》「聞鼓聲而進，聞金聲而退」、《墨子・兼愛中》：「越王擊金而退之。」這些「金」是什麼，沒有註釋說明。到《漢書・卷五四・李廣傳》：「聞鼓聲而縱，聞金聲而止。」顏師古注：「金謂鉦也，一名鐲。」則是明白指出「金」就是「鉦」，後來不少的字典、辭典都依據顏師古的說法，如《漢語大詞典》「金」字條下有「指軍中作信號用的樂器鉦」、「敲鉦」兩條義項。《吳子・治兵》：「金之不止，鼓之不進，雖有百萬何益于用？」貴州人民出版社的全譯本也指出「金即鉦」。《漢語大字典》第二版則模擬兩可，僅說「古代軍中的一種金器，用以指揮停止。」這個意見自然是很謹慎的。《上博九・陳公治兵》簡一三「又持八鼓五稱；鉦鐲以左，錞于以右；金鐸以坐，木鐸以起；鼓以進之，鼙以止之。」大概先秦典籍可見的軍中樂器都出現了，可惜未見「鉦」的用途。「鑼」字出現地很晚，我粗略檢索一下，大概要到宋朝才有「鑼」字，所以之前的文獻，至少先秦兩漢的「鳴金」的「金」絕不可能是「鑼」。考古材料也未見自名為「鑼」的樂器。「鳴金」指「鑼」常見於明清小說，但是這個源頭是什麼？還有待考證。自然也不能依據小說的說法就得出「金」就是「鑼」的結論。教育部重編國語辭典「金聲」條下云：「鉦聲。借指止兵。」但是在「鳴金收兵」條下又說「以敲鑼作信號，指揮兵士速退。」則未免又前後矛盾了！

三、聯綿詞的特徵

底下我們分為語音、語義、字形、位置四方面來談談聯綿詞的特徵：

(一)語音方面的特徵

聯綿詞的形成多在先秦時期，在先秦典籍中，聯綿詞出現數量最多、使用頻率最高的是《詩經》和《楚辭》。漢賦以及《文選》中「賦」類文體的聯綿詞也多是來自先秦，新造聯綿詞很有限，因此我們考察聯綿詞的語音關係應該採用上古音，即周秦兩漢時期的語音。向熹認為，王力所定的上古音韻部、聲母系統，整體上能夠較好地解釋上古漢語語音的各種關係和漢語語音演變的規律，至今仍沒有任何別的系統可以取代。王鳳陽也認為，王力關於古音分部、聲母分類，以及他定的幾條音變規則，不能說是最完備的，但可以說到目前為止各大家中最適用的。我們在第六章將介紹王力所定的上古音二十九韻部和三十三聲紐系統，請讀者參看。底下雙聲、疊韻的分類即以王力語音系統來說明。具體每個字的聲韻，可以查詢郭錫良《漢字古音手冊【增訂本】》或前面所介紹的網站資源。聯綿詞語音上的特徵是兩個音節或雙聲，或疊韻，或聲紐相轉（準雙聲、旁紐、準旁紐、鄰紐），或韻部相通（對轉、旁轉、通轉、旁對轉），或兩個音節具有某種複輔音分化後的格式；對於某些看起來沒有語音聯繫的聯綿詞，如果從詞族的角度加以考察，將之歸屬於某個聯綿詞詞族，則聲韻關係與同族詞的聲韻應該會有音轉的聯繫。請見底下例證：

(1)雙聲聯綿詞：

參差（〈關雎〉）、踟躕（〈靜女〉）、栗烈（〈七月〉）、觱發（〈七月〉）、蟋蟀（〈七月〉）、蝃蝀（〈蝃蝀〉）、伊威（〈東山〉）、蒹葭（〈蒹葭〉）、繽紛（〈離騷〉）、容與（〈哀郢〉）、突梯（〈卜居〉）、猶豫（《說苑・尊賢》）、便嬖（《孟子・梁惠王》）等。

(2)疊韻聯綿詞：

窈窕（〈關雎〉）、虺隤（〈卷耳〉）、窈糾（〈月出〉）、崔嵬（〈卷耳〉）、芣苢（〈卷耳〉）、倉庚（〈七月〉）、顑頷（〈離騷〉）、嬋媛（〈哀郢〉）、觳觫（《孟子・梁惠王》）、馬虎（皆魚部字）。

(3)雙聲疊韻聯綿詞：如輾轉、繾綣、燕婉。

(4)複聲母聯綿詞：

a.「斑蘭」（幫元／來元），聲紐爲幫來（pl-）複聲母，如「剝」從「彔」聲，「龐」從「龍」聲，都是幫來互通的證據。韻部疊韻。「斑蘭」，色彩錯雜貌，亦作「斑連」、「斑爛」、「斑斕」、「斑璘」。《後漢書・南蠻傳》：「衣裳斑蘭，語言侏離。」《太平御覽》卷四一三引南朝宋師覺授〈孝子傳〉：「老萊子者……常著斑蘭之衣，爲親取飲，上堂腳胅（跌），恐傷父母之心，因僵仆爲嬰兒啼。」《隸釋・武梁祠堂畫像》：「老萊子，楚人也，事親至孝，衣服斑連，嬰兒之態，令親有歡。」洪适《隸釋》：「碑以斑連爲斑斕。」[80]還有「狼狽」（來陽／幫月）也是幫來（pl-）複聲母聯綿詞。

b.亡慮（明陽／來魚），聲紐爲常見的明來（ml-）複聲母，如命與令的聲韻關係便是很好的例證。韻部爲對轉。「亡慮」即「無慮」，有大約、總共的意思，詳下。

(5)音轉聯綿詞：

a. 繽紛（滂眞／滂文），屬於雙聲聯綿詞，韻部旁轉。

b. 從容（從東／喻東），屬於疊韻聯綿詞，聲紐爲舌齒鄰紐。

c. 支離（章支／來歌），聲紐同爲舌音，韻部歌支關係密切常見相通。

(6)聲韻關係不近的聯綿詞：

「迷陽」（明脂／喻陽）是表示廣大渺遠義的聯綿詞，但聲韻關係不近。王寧認爲同樣表示「廣大渺遠」義的聯綿詞還有雙聲的「迷漫」、「迷茫」等，也有疊韻的「茫陽」、「望洋」、「亡陽」。「迷陽」就是由「迷茫」和「茫陽」合成。上字取雙聲的唇音，下字取疊韻的「陽」韻，致使這個詞本身既非雙聲，也不疊韻了。[81]對於這種聲韻關係比較遠的連綿詞，可能需要調查其整個聯綿詞族音轉的演變關係。不過這種聲韻條件的連綿詞還是很少見的。

(二)語義方面的特徵

1. 聯綿詞合二字成義，不可分訓

聯綿詞不可分訓，蓋聯綿詞是只含一個詞素的雙音節單純詞，構成聯綿詞的兩個音節（表現在書面上就是兩個字）必須合在一起才能表現出詞義，兩個音節中的任何一個都沒有獨立的意義，因此聯綿詞的兩個音節是不能分開解釋的，尤其不能拘泥於兩個字的字面意義來解釋。清代王筠〈毛詩雙聲疊韻說〉云：

---

⑧⓪ 蘭佳麗：《聯綿詞族叢考》（上海：學林出版社，2012.6）頁66-67。

⑧① 陸宗達、王寧：《訓詁與訓詁學》（太原：山西教育出版社，1994.9）頁91。

（聯綿詞）皆合二字之聲以成一事之意，故泥字則其義不倫，審聲則會心非遠，但當用《公羊傳》之耳治，不可用其目治也。

王筠所謂的「目治」、「泥字」，就是望文生義，而所謂的「耳治」、「審聲」就是因聲求義。例如《漢書・高后紀》：「計猶豫，未有所決。」「猶豫」是雙聲聯綿詞，意指遲疑不決。但是唐代顏師古注曰：「猶，獸名也。爾雅曰『猶如麂，善登木』。此獸性多疑慮，常居山中，忽聞有聲，即恐有人且來害之，每豫上樹，久之無人，然後敢下，須臾又上。如此非一，故不決者稱猶豫焉。一曰隴西俗謂犬子爲猶，犬隨人行，每豫在前，待人不得，又來迎候，故云猶豫也。麂音几。」將「猶豫」分開解釋，不可從。清代王念孫《廣雅疏證》卷六「躊躇，猶豫也」條批評說：「猶豫」又作「猶與、夷猶、容與」，「夫雙聲之字，本因聲以見義，不求諸聲而求諸字，固宜其說之多鑿也。」其說甚是！

清代王念孫《讀書雜志・漢書第十六・連語》云：「凡連語之字，皆上下同義，不可分訓。說者望文生義，往往穿鑿而失其本指。」王氏所說很有道理，今補充王氏所說例證如下：

> 無慮，則曰大率無小計慮。〈食貨志〉「天下大氐無慮，皆鑄金錢矣。」師古曰：「大氐猶言大凡也。無慮亦謂大率無小計慮耳。無，字或作亡。」〈趙充國傳〉「亡慮萬二千人」，師古曰：「亡慮，大計也。」念孫案：師古以「無慮」爲「大計」是也。而又云「無小計慮」，則是以無爲有無之無。慮爲計慮之慮。其失甚矣。今案「無慮」，疊韻字也。慮，古讀若閭。〈溝洫志〉「浩浩洋洋，慮殫爲河。」〈河渠書〉慮作閭，宣十一年《左傳》釋文曰：「無慮，

如字，一音力於反」，是其證也。《廣雅》曰：「無慮，都凡也。」高誘注《淮南・俶眞篇》曰：「無慮，大數名也。」《周髀算經》「無慮後天十三度十九分度之七。」趙爽曰：「無慮者，粗計也。」《後漢書・光武紀》「將作大匠竇融上言園陵廣袤無慮所用。」李賢曰：「謂請園陵都凡制度也。」是**無慮爲都凡之名**。非無小計慮之謂也。**無慮，或但謂之慮**。《荀子・議兵篇》「焉慮率用賞慶刑罰勢詐而已矣。」楊倞曰：「慮，大凡也。」〈賈誼傳〉「慮亡不帝制而天子自爲者。」師古曰：「慮，大計也。言諸侯皆欲同帝制而爲天子之事，是慮亦都凡之意也。總計物數謂之無慮，故總度事宜亦謂之無慮。」〈禮運〉曰：「聖人耐以天下爲一家以中國爲一人者，非意之也。」鄭注曰：「意，心所無慮也。」心所無慮謂心揣其大略也。《正義》乃云：「謂於無形之處，用心思慮」失其指矣。宣十一年《左傳》「使封人慮事以授司徒。」杜注曰：「慮事，無慮計功。」無慮計功，猶言約略計功也。《正義》乃云：「城築之事，無則慮之訖則計功」，愈失之矣。

意思是說「無慮」義爲「都凡」，是大凡，大概的意思，不可將「無」理解爲有無之無、「慮」理解爲爲計慮之慮。

2. 同一聯綿詞，有時不只一義

比如雙聲聯綿詞「容與」有四個意思：

(1) 從容閒舒貌。《楚辭・九歌・湘夫人》：「時不可兮驟得，聊逍遙兮容與。」《後漢書・馮衍傳下》：「意斟愖而不澹兮，俟回風而容與。」李賢注：「容與猶從容也。」宋張孝祥〈水調歌頭〉詞：「綸巾羽扇容與，爭看列仙儒。」明劉兌〈妖紅記〉：「即辰秋氣清爽，想惟深閨容與，淑履多福。」周貽白注：「容與，閒暇自行。」

(2)隨水波起伏動盪貌。《楚辭・九章・涉江》：「船容與而不進兮，淹回水而凝滯。」《舊唐書・閻立本傳》：「太宗嘗與侍臣學士泛舟于春苑，池中有異鳥隨波容與，太宗激賞數四，詔座者爲詠，召立本令寫焉。」

(3)放縱，放任。《莊子・人間世》：「因案人之所感，以求容與其心。」成玄英疏：「容與，猶放縱也。」《淮南子・精神訓》：「抱其太清之本而無所容與。」高誘注：「無所容與於情欲也。」

(4)徘徊猶豫，躊躇不前貌。《楚辭・離騷》：「忽吾行此流沙兮，遵赤水而容與。」游國恩《纂義》：「謹按……容與即猶豫，亦即夷猶，躊躇不前之意。」〈九章・思美人〉：「然容與而狐疑」。比對〈離騷〉：「心猶豫而狐疑兮」，可知「容與」確實相當於「猶豫」。南朝梁江淹〈別賦〉：「舟凝滯於水濱，車逶遲於山側，棹容與而詎前，馬寒鳴而不息。」宋蘇軾〈奉和凝祥池〉：「鳴鑾自容與，立馬久回翔。」

前三個義項相關，「容與」是從容、逍遙的樣子，自然與緩緩前進、隨水波起伏動盪貌有關，也自然可以表示放縱、放任。至於「容與」表示「猶豫、遲疑不定」的意思，恐怕不能是引申。前者是心情逍遙輕鬆，後者是心情猶疑，心中有負擔不舒坦，比如《淮南子・兵略訓》：「下將之用兵也，居則恐懼，發則猶豫。」所以二者意思不同。「猶豫」又寫作「容與」，彼此聲韻相近，是聯綿詞書寫不固定的表現，不必強與表示「從容」的「容與」視爲同一聯綿詞。

疊韻聯綿詞「徬徨」有兩種意思：

(1)徘徊，來回行走。《國語・吳語》：「王親獨行徬徨於山林之中。」《荀子・禮論》：「方皇周挾。」楊倞注：「方皇，讀爲彷徨，猶徘徊也。」《文選・班固・西都賦》：「既懲懼於登望，降周流以彷徨。」李善注：「《毛詩》曰：『彷徨不忍去。』」〈甘泉賦〉：「覽樛流於高光，溶方皇於西清。」李善注：「方皇即傍徨。」傍，一本作「彷」。高步瀛李注義疏：「傍徨、彷徨、方皇、房皇並同。」《史記・禮書》作「房皇」。《索隱》：「房音旁，旁皇，猶徘徊也。」唐谷神子《博異志・蘇遏》：「二更已後，未寢，出於堂，傍徨而行。」

(2) 徘徊，心神不寧貌。明李東陽〈夜過仲家淺閘〉詩：「我時兀坐驚舂撞，攬衣而起心傍徨。」巴金〈新生〉：「我拼命掙扎了許久，急得汗出如漿，心也傍徨無主，好像眞正到了死的境地。」

此二義項相關，蕭旭指出：

「傍徨」可寫作「坊皇」（尹灣漢簡《神烏傅（賦）》「執（蟄）蟲坊皇」）、「方皇」、「仿偟」、「彷徨」、「傍偟」、「徬徨」、「旁皇」、「㥬惶」、「房皇」、「旁遑」、「旁徨」、「傍皇」等形。有二義，或指內心不安，故從「心」旁；或指行步不正，故從「彳」旁；**二義相因，語源一也**。[82]

---

[82] 蕭旭：〈尹灣漢簡《神烏傅（賦）》校補〉，復旦網，2013.8.20。

3. 從語義的角度切入，可以將聯綿詞分為三種類型

(1) 聯綿詞兩個音節合用方有意義，單獨來看則無意義可說，這種情形多見於專門爲雙音節聯綿詞所造的字。比如「蜈蚣」本作「吳公」（《廣雅・釋虫》），後在上一字加「虫」旁而作「蜈公」（《莊子・齊物論》釋文引《廣雅》），最後才出現兩個字都加「虫」旁的寫法。既然是專爲雙音節詞而造，自然單獨音節來看是沒有意義的，經檢索教育部重編國語辭典上的「蜈」與「蚣」，皆曰「見『蜈蚣』條」可知。其他例證還有「踟躕」、「澎湃」、「崎嶇」、「蜿蜒」、「酩酊」、「徜徉」等等。

(2) 聯綿詞的兩個音節中其中一個有意義，這可以分爲兩種情形：

a. 單獨音節具有意義，不過與聯綿詞的使用意義無關；而另一個音節無意義可說。如「芙蓉」，單獨「芙」字，教育部重編國語辭典解釋：見「芙蕖」、「芙蓉」等條。單獨「蓉」字，教育部重編國語辭典解釋：大陸地區四川省城的別名——「蓉城」。以及瓜果、豆類磨粉後製成的糕餅餡。如：「豆沙蓮蓉」、「椰蓉」。可見「蓉」字本身有詞義，但與「芙蓉」無關。

b. 單獨音節具有意義，與聯綿詞的使用意義有關；而另一個音節無意義可說，或無依屬於該聯綿詞的意思。如「瀟灑」有「形容人清高絕俗、灑脫不羈」以及「淒涼、悲楚」兩個意思。單獨的「瀟」有名詞意義「瀟水」，河川名；形容詞則是「瀟瀟」疊用，表示「風雨狂急的樣子」。「灑」，有「撒、潑」、「東西散落或傾倒」、「拋、投」、「揮寫」等動詞意，與「自然不受拘束」的形容詞用法，形容詞的詞例就是「灑脫」、「瀟灑」。因此只有「灑」具有「自然不受拘束」的意思，而且與「瀟灑」相關，但「瀟」卻無這樣的意思，也不能單獨使用。因此，「瀟灑」也是聯綿詞。

(3) 聯綿詞的兩個音節都有意義，但不全都依屬於該聯綿詞的意義。如「倉皇」是「恐懼忙亂

的樣子」。「倉」的名詞用法與「倉皇」之意無涉；形容詞用法是「青色的」意思；副詞用法是「匆促的樣子」，詞例見「倉皇」、「倉卒」……等條。「皇」有「天」、「君主」和「姓」三種名詞的意義和用法，與「倉皇」的意思無關；也有「大、偉大」、「莊盛、輝煌」、「美」、「有關君主的」……等形容詞用法，但不具有「倉皇」的意思；還有「匡正」的動詞意義。因此，「倉」具有「匆促」的意思，與「倉皇」的意義有關，而「皇」單獨使用卻無這樣的意思。所以「倉皇」成詞，也屬於聯綿詞。

所以像「切」與「磋」本是治理骨與玉，「切磋」由治理骨與玉引申爲研究學問，彼此意義都相關，則「切磋」不能是聯綿詞。

㈢字形方面的特徵

由於記錄聯綿詞的兩個漢字表音而不直接表義，所以聯綿詞的寫法不固定，同一個詞往往有多種寫法，如「忽芒」一詞有多種書寫形式，如惚怳、忽怳、惚恍、忽恍、忽慌、曶怳、忽荒、芴芒、勿罔等。[83]王弼本《老子》第十四章「是謂忽恍」，傅奕、范望本作「芴芒」（見朱謙之《老子校釋》），馬王堆帛書《老子》乙本作「沕望」，北大簡《老子》第五十七章簡一五六作「沒芒」。《辭通》「惚怳」條下朱起鳳按語云：「惚怳亦作怳惚（『怳惚』亦或作恍惚、怳忽、洸忽、荒忽、慌忽、芒芴等，看《辭通》卷二十二第三十七頁，上海古籍出版社 1982 年 5 月版 2395 頁）。言無形象，無方體，不可端倪也。」舊注多解爲「幽暗之貌」、「無形之貌」、「似有似無」等等。[84]

---

⑧³ 參看朱起鳳：《辭通》卷十五 75 頁（上海古籍出版社，1982.5）1541 頁。

⑧⁴ 陳劍：〈上博竹書《曹沫之陳》新編釋文（稿）〉，簡帛研究網，2005.2.12。

《詩‧小雅‧四牡》章：「四牡騑騑，周道倭遲。」《毛傳》：「倭遲，歷遠之貌。」「倭遲」何以能訓爲「歷遠」？按《說文》卷二「逶」字注云：「逶迤，邪去之貌」。邪去者，邪曲也。邪曲必迂遠[85]。其字又作「逶蛇」。《淮南子‧泰族訓》：「河以逶蛇，故能遠」。又作「委蛇」。《詩‧召南‧羔羊》「退食自公，委蛇委蛇」，馬瑞辰云：

> 委蛇二字疊韻，《韓詩》作逶迤。委蛇本人行邪曲之貌，因而蛇行紆曲亦謂之委蛇，物形盤曲亦謂之委蛇，旗之舒卷亦謂之委蛇，聲之詘曲亦謂之委蛇。曲之義轉爲長，故委蛇又爲長貌，《楚辭》王逸《注》「委蛇，長也」。古從它者多與也通，故蛇或作迤。蛇斂音讀如夷，故委蛇又作倭遲，又作威夷。遲、夷古同聲[86]。

「委蛇」、「逶蛇」、「逶迤」、「逶遲」並皆一聲之轉，乃同一詞族之聯綿詞，姜亮夫謂「委蛇」，初文作「委它」，「自它之衍則爲池」，「池變爲迤」。[87]諸形雖異，其義則近。故「倭遲」可訓爲「歷遠」，正取「逶迤」迂遠流長之意。[88]其實代表曲折迂遠義的「委蛇」詞族的寫法還有很多，遠不只我們上面所舉，可以參看裘錫圭《文字學概要》以及蘭佳麗《聯綿詞族叢考》二書的介紹。[89]

《嶽麓書院藏秦簡（參）‧〇六暨過誤失坐官案》簡九六正「公士豕田橘將陽」，意思是說公士豕爲橘官種地，擅離崗位去遊逛。「將陽」讀音與「相羊」、「徜徉」等詞相近，本義或許爲「閒逛」、「遊蕩」，就法律術語而言，可能是指擅離崗位、曠工等非法行爲。[90]

聯綿詞有書寫形體不固定的特點，有時候一個普通的詞也會因形體生僻而造成理解的困難。例如「徘徊」這個詞並不難懂，但當它以「裴回」的形式出現，或如北大秦簡〈祠祝之道〉L-001：「若肥（徘）回（徊）房（彷）皇（徨）於壄（野）」，[91]寫作「肥回」都會令人費解，甚至發生誤解。又如「窈窕」，漢代的「清白鏡」銘文云：「慕窔（窈）佻（窕）之靈影，願永思而毋絕。」[92]寫作「窔佻」還可以理解，但戰國時代安大簡《詩經‧關雎》將「窈窕淑女」寫作「要翟⿱弔口女」，[93]「窈窕」

---

85 〔清〕馬瑞辰：《毛詩傳箋通釋》（北京：中華書局，1989）頁 496。

86 〔清〕馬瑞辰：《毛詩傳箋通釋》（北京：中華書局，1989）頁 88-89。

87 姜亮夫：〈詩騷聯綿字考〉「委蛇」條，《姜亮夫全集》第十七冊（昆明：雲南人民出版社，2002）頁 292。

88 參高中華：〈清華簡「不豫有遲」再考察〉，復旦網，2012.8.6。

89 裘錫圭：《文字學概要》頁 292-297、蘭佳麗《聯綿詞族叢考》頁 273-278。

90 朱漢民、陳松長主編：《嶽麓書院藏秦簡〔三〕》（上海：上海辭書出版社，2013.6）頁 150 注六。

91 田天：〈北大藏秦簡《祠祝之道》初探〉，《北京大學學報（哲學社會科學版）》2015 年第 02 期 40 頁。

92 陳劍：〈幾種漢代鏡銘補說〉，國立政治大學中國文學系主編：《第十屆漢代文學與思想暨創系六十週年國際學術研討會論文集》，台北：政大中文系，2017 年 8 月。

93 徐在國：〈安徽大學藏戰國竹簡《詩經》詩序與異文〉，《文物》2017 年 9 期，頁 61。

寫作「要翟」就很難想像了。訓詁學家通常用「因聲求義」的方法解決這個問題，它的詞義發展常伴隨著有規律的音轉。王念孫說：「大氐雙聲疊韻之字，其義即存乎聲，求諸其聲則得，求諸其文則惑矣。」[94]「求諸其聲」就是通過聲音相同、相近的關係把聯綿詞的不同形體會通起來，從而由已知推求未知。今天的「邋遢」、「落拓」、「落魄」、「落莫」爲疊韻聯綿詞，有「不整齊」、「不景氣」的意思，可以沿其語音結構追溯到漢朝的「落魄」，如《史記・酈生陸賈列傳》：「好讀書，家貧落魄，無以爲衣食業。」及六朝的「落度」如《三國志》：「往者丞相亡沒之際，吾若舉軍以就魏氏，處世寧當落度如此耶？」[95]

㈣位置方面的特徵

聯綿詞用兩個音節來表示一個詞素，因此聯綿詞的兩個音節一般不能拆分。不過古人爲了押韻或修辭，追求行文變化，也有把兩個音節拆開來用。也有顛倒使用的，王念孫《廣雅疏證》稱爲「倒言」。先看拆開分用的例子：

單用、分用從聯綿詞自身方面和客觀方面分析，大體有三種原因。

(1)有的聯綿詞來源於兩個同義詞或近義詞，最初組合時結構鬆散，自然可單用一字而詞義不變，後來凝固爲聯綿詞，但單用已有先例，後來就沿用下來了。有的是單音詞衍音而變成了聯綿詞，單音詞依然可以單用。如：《楚辭・離騷》：「百神翳其備降兮，九疑繽其並迎。」王逸注：「繽，盛也。」又「紛吾既有此內美兮，又重之以修能。」王逸注：「紛，盛貌。」又「佩繽紛其繁飾兮，芳菲菲其彌章。」可見「繽紛」既可單用，也可聯用。後來「繽紛」出現了衆多異形詞，被人們當作聯綿詞，但使用很靈活。又如前面提到「傴僂」、「痀瘻」都已經凝固爲聯綿詞了，但後世仍有單用的現象，如：《宋史・五行志四》：「宣州有鐵佛像，坐高丈餘，自動疊前疊卻，若傴而就人者數四。」唐•柳宗元〈種樹郭槖駝傳〉：「病瘻，隆然伏行，有類槖駝者，故鄉人號之『駝』。」集注引韓醇曰：「《釋文》：瘻，傴疾也。」

(2)漢唐注家往往將聯綿詞分拆訓釋，給後世單用分用提供了先例。如：《左傳•文公十八年》杜預注：「貪財爲饕，貪食爲餮。」《方言》：「琵琶，自下而上謂之琵，自上而下謂之琶。」

(3)所謂「詩賦欲麗」，古人爲了押韻或修辭，追求行文變化，追求句式的整齊美，聲韻協調美、循環美、錯綜變化美，往往在聯綿詞的使用上有所變化。如《詩•小雅•隰桑》：「隰桑有阿，其葉有難。」「阿難」拆開分用。《詩•邶風•燕燕》：「燕燕於飛，頡之頏之。」「頡頏」拆開分用。〈鄭風　子衿〉：「挑兮達兮，在城闕兮。」毛傳：「挑達，往來相見貌。」「挑達」也寫作「挑闥」、「挑撻」。

再看「倒言」的例證：

(1)東漢王充《論衡•知實》：「眇茫恍惚，無形之實。」聯綿詞「恍惚」兩字未拆開，而《老子》：「道之爲物，惟恍惟惚。惚兮恍兮，其中有象；恍兮惚兮，其中有物。」則「恍」和「惚」兩字不但拆開，而且第二句中顛倒使用了。

(2)《孔叢子•卷上•抗老篇》：「衛君乃胡盧大笑曰……」，《後漢書•應劭傳》：「夫睹之者掩口盧胡而笑。」「胡盧」又作「盧胡」，皆是指謂笑聲發於喉間。

---

⑭ 王念孫：《廣雅疏證•卷六上》「揚搉，都凡也」條（南京：江蘇古籍出版社，2000.9）頁 197-198。

⑮ 參程俊英、梁永昌：《應用訓詁學》頁 42。

(3)《隋書・楊素傳》：「素少落拓，有大志，不拘小節。」《晉書・劉曜載記》：「性拓落高亮，與衆不群。」「落拓」又作「拓落」。前者是貧困失意，景況淒涼的意思。後者是放浪不羈的意思。

(4)「玲瓏」又作「瓏玲」，《漢書・揚雄傳》載其作品〈甘泉賦〉曰：「和氏瓏玲」。孟康曰：「以和氏璧爲梁壁帶也，其聲玲瓏也。」晉灼曰：「以黃金爲壁帶，含藍田璧。瓏玲，明見貌也。」顏師古曰：「崔巍，高貌。瓏玲，晉說是也。崔音才回反。巍音五回反。瓏音聾。玲音零。」《廣雅疏證・釋詁》：「玲與瓏一聲之轉。說文：『籠，笭也。』笭之轉爲瓏，猶玲之轉爲瓏。合言之則曰玲瓏，倒言之則曰瓏玲。」這裡的「玲瓏」是指晶瑩剔透的意思。

(5)《廣雅疏證・釋蟲》：「螻蛄，疊韻字，……倒言之則爲蛄螻矣。」

(6)又如上面提到的「斑蘭」又作「斕斑」、「斕斒」，色彩錯雜貌。李賀〈河南府試十二月樂詞・九月〉詩：「露花飛飛風草草，翠錦斕斑滿層道。」引申形容斑痕狼藉貌。蘇軾〈琴枕〉詩：「斕斑漬珠淚，宛轉堆雲鬟。」韓翃〈少年行〉：「千點斕斒噴玉驄，青絲結尾繡纏騣。」

至於孰爲正言孰爲倒言，應在對該詞族進行綜合分析之後方可確定，甚或需要有親屬語的佐證。當然初步的辦法是根據出現時代較早或出現頻率較高者的音節定爲正言，反之則爲倒言。

四、聯綿詞在訓詁學上的應用

聯綿詞的判讀有助正確的解釋詞義，如：

(1)《詩・豳風・七月》：「九月肅霜，十月滌場。」毛《傳》：「肅，縮也，霜降而收縮萬物；滌，埽也，場工畢入也。」孔穎達疏：「十月之中，埽其場上粟麥盡皆畢矣。」毛《傳》以「收縮」釋「肅」；以「霜降」釋「霜」；以「埽」釋「滌」；以「場工」釋「場」。也就是將「肅霜」解釋爲霜降而萬物收縮；「滌場」解釋爲打掃翻曬作物的空地，一說將場上翻曬的作物掃入清除完畢。

後來王國維作〈肅霜滌場說〉（《觀堂集林》卷一），根據「肅霜」、「滌場」古互爲雙聲，各有「肅爽」、「滌蕩」等不同的書寫形式，以爲「乃古之聯綿字，不容分別釋之。」王氏以爲「肅霜」即「肅爽」，指九月天高氣爽；「滌場」即「滌蕩」，是蕩洗、清除、肅清之義。王氏之說應該是較爲合理的。

(2)梁元帝蕭繹《金樓子》：「周武王發，望羊高視，齵齒。」許逸民《金樓子校箋》曰：

《論衡．骨相》：「武王望陽。」《宋書．符瑞志上》：「武王齵齒望羊。」《白虎通．聖人》：「武王望羊。」陳立《疏證》：「《家語．辯樂解》：『黮而黑，頎然長，曠如望羊。』注：『望羊，遠視也。』」《釋名．釋姿容》：「望羊，言陽氣在上，舉頭高，似若望之然也。」又《史記．孔子世家》：「眼如望羊。」《集解》：「王肅曰：『望羊，望羊視也。』」

蕭旭進一步解釋說：

按：《釋名》一本作「望佯」。劉氏云「言陽氣在上，舉頭高，似若望之然也」，未得其語源。**「望羊」、「望陽」，其語源爲「仿佯」，遠大之義，故仰視、遠視皆謂之望羊也**。《晏子春秋．諫上》：「杜扃望羊待於朝。」孫星衍曰：「望羊，猶仿佯。」[96]于鬯曰：

---

[96] 孫星衍：《晏子春秋音義》卷上，收入《諸子百家叢書》（上海：古籍出版社，1989）頁63。

「或云：『望羊』或轉是人名。」[97]孫說是，于說非也。《樂府詩集》卷五十七〈文王操〉：「興我之業，望羊來兮。」望羊亦猶仿佯。字或作「望洋」、「盳洋」，《莊子‧秋水》：「於是焉河伯始旋其面目，望洋向若而歎曰。」《釋文》作「盳洋」，云：「盳，莫剛反，又音旁，又音望，本亦作望。洋，音羊，司馬、崔云：『盳洋，猶望羊，仰視貌。』」成疏：「望洋，不分明也。」《集韻》：「盳，盳洋，仰視皃。」林希逸注：「洋，海中也。」桂馥曰：「望羊，字又作『洋』，正作『陽』。案：望陽，言能視太陽。」[98]郭慶藩曰：「洋、羊皆叚借字，其正字當作陽，言望視太陽也。太陽在天，宜仰而觀，故爲仰視。」[99]蘇輿曰：「《洪範‧五行傳》鄭注：『羊，畜之遠視者，屬視。』故遠望取義於羊。」[100]胥失之矣。馬敘倫曰：「揚乃美目之稱，揚借爲滕。」亦失之；而馬氏又謂「望洋」爲遠大之義[101]，則得之。字或作「亡陽」，《莊子‧人間世》：「迷陽迷陽，無傷吾行。」郭注：「迷陽，猶亡陽也。」洪頤煊曰：「亡陽，即望羊，古字通用。」[102]單言作「望」，《左傳‧哀公十四年》：「望視。」杜注：「目望陽。」方以智曰：「今曰羊眼人。」[103]今吳語謂之「羊白眼」。[104]

經由蕭旭的說明，我們可以知道《莊子‧秋水》：「於是焉河伯始旋其面目，望洋向若而歎曰。」的「望洋」應理解爲聯綿詞，本是遠大、廣大渺遠的意思，可以引申爲仰視、遠視的意思。[105]清桂馥、郭慶藩解釋爲「望視太陽」，不確。有人翻譯作「望向海洋」當然也有問題。莊子的時代，「洋」並無海洋的意思，而是衆多的意思，《爾雅‧釋詁下》：「洋……多也。」到宋代才有海域的意思，宋趙令畤《侯鯖錄》卷三：「今謂海之中心爲洋，亦水之衆多處。」《金樓子》：「周武王發，望羊高視，齴齒。」的「望洋」也應該如此理解。此外，《左傳‧哀公十四年》：「有陳豹者，長而上僂望視，事君子必得志。」杜預注：「上僂，肩背僂。望視，目望陽。」《說文解字》有「瞷」字，釋爲「戴目」。徐鍇說：「戴目，目望羊也。」段玉裁注：「戴目者，上視如戴然，《素問》

---

⑰ 于鬯：《香草續校書》（中華書局，1963）頁97。

⑱ 桂馥：《札樸》（中華書局，1992）頁144。其「信案」，「信」未知何人。

⑲ 郭慶藩：《莊子集釋》（中華書局，1961）頁562。

⑳ 轉引自畢沅、王先謙：《釋名疏證補》（中華書局，2008）頁88。

101 馬敘倫：《莊子義證》卷十七，收入《民國叢書》第五編（台北：商務印書館，1908）頁1-2。

102 洪頤煊：《莊子叢錄》，收入《讀書叢錄》卷十四，《續修四庫全書》第1157冊（上海古籍出版社，2002）頁680。

103 方以智：《通雅》卷十四，收入《方以智全書》第一冊（上海古籍出版社，1988）頁634。

104 蕭旭：〈《金樓子》校補㈠〉，復旦網，2012.7.6。

105 胡建人認爲〈秋水〉的「望洋」只能取「遠視」解，不能解爲「仰視」，因爲河伯既要向上仰視，同時又要向前面對海神，這是不可能做到的。見史建橋、喬永、徐從權編：《《辭源》修訂參考資料》（北京：商務印書館，2011.11）頁103。按：胡氏恐怕將「仰視」看的太死，其實「仰視」仍不妨「遠視」，反之亦然，二者有時只是角度稍有偏差，區隔沒有那麼嚴格。

所謂『戴眼』也。諸書所謂『望羊』也。」都可一併解釋。

(3)《上海博物館藏戰國楚竹書(九)》所收錄的〈禹王天下〉，講述了禹治水之事，其中有下列一段話（釋文用寬式）：

禹事堯，天下大水。堯乃就禹曰：「乞安，其往，疏川起谷，以瀆天下。」禹疏江爲三，疏河【三十】爲九，百川皆導，塞湖九十，決瀆三百，首丩旨身鯩䱜。

蔡偉認爲「首丩旨身鯩䱜」應該這樣解釋：

首（手）丩（句）旨（指），身鯩（鱗）䱜（皵/錯）。「拘指」、「句指」爲同義連語，彎曲之貌（不能照字面簡單地理解爲「彎曲手指」）。而連語往往可以倒言之，如「怠荒」或作「荒怠」、「寬綽」或作「綽寬」、「貪婪」，《清華簡㈢•芮良夫毖》作「婪貪」，則尤爲顯例。故「拘指」、「句指」文獻中或寫作「積𥞩」、「枳椇」、「枳枸」、「枳句」、「枝拘」、「迟曲」、「稽極〈𥞩〉」、「稽可〈句〉」，大抵皆爲「詰詘不得伸之意」。簡文是描寫大禹治水之辛勞，以致：手彎曲而不能伸展，身之膚理也麤皵若魚鱗了。(106)

蔡氏之說可從。「丩旨（句指）」除了從聯綿詞去思考，別無他法。

對於「枳句」聯綿詞的寫法與解釋，《說文》「積」字下段玉裁有詳細解說：

廣韻稽䅶皆訓曲枝果。按稽䅶字或作枳椇，或作枳枸，或作枳句，或作枝拘，皆上字在十六部、下字在四部，皆詰詘不得伸之意。〈明堂位〉俎般以椇注：「椇之言枳椇也，謂曲橈之也。」《莊子‧山木篇》：「騰蝯得柘棘枳枸之閒，處勢不便，未足以逞其能。」宋玉〈風賦〉：「枳句來巢，空穴來風。」枳句、空穴皆連綿字。空穴即孔穴。「枳句來巢」，陸機詩疏作「句曲來巢」，謂樹枝屈曲之處鳥用爲巢。《淮南書》：「龍夭矯」、「燕枝拘」，亦屈曲盤旋之意。其入聲則爲迟曲。稽與枳枝迟、䅶與椇句枸拘曲皆疊韻也。稽䅶與迟曲皆雙聲字也。〈急就篇〉：「沽酒釀醪稽極程。」[107]王伯厚云：「稽極當作稽䅶，蓋詘曲爲酒經程，寓止酒之義。」又按〈釋地〉枳首蛇，枳本或作稽。此則借稽、枳爲岐字，亦同部假借也，故郭釋以岐頭蛇。[108]

《廣韻》訓䅶稽爲曲枝果，《里耶秦簡》有一簡自命名爲「貳春鄉枝枸志」，記遷陵縣貳春鄉三株枝枸，資料十分可貴。該簡編號爲八‧四五五，簡文云：

---

[106] 蔡偉：〈釋「百旨身鹶鰭」〉，復旦網，2013.1.16。

[107] 這一句話的解釋參見裘錫圭：〈鋞與桱桯〉《裘錫圭學術文集》第六冊，頁6。蕭旭：〈《說文》「桱，桱桯也」補疏〉，復旦網，2012.12.4。

[108] 〔清〕段玉裁：《說文解字注》（台北：漢京文化出版社，1985.10）頁275。蘭佳麗《聯綿詞族叢考》頁182-183亦有介紹「枳枸」詞族，但內容大抵不出上引段注的內容。

貳春鄉枝枸志

枝枸三木，▨下廣一畝【第一欄】格廣半畝，高丈二尺，去鄉七里。卌四年不實。【第二欄】

「枝枸」，或稱「枸」，亦即「枳枸」。「枝」、「枳」，上古音皆章母支部字，同音可通，故「枝枸」或作「枳枸」。此外，《詩‧小雅‧南山有臺》：「南山有枸，北山有楰。」毛傳：「枸，枳枸。」正義曰：「宋玉賦曰：『枳枸來巢』，則枸木多枝而曲，所以來巢也。」王先謙《詩三家義集疏》引陸機疏云：「枸，山木，其狀如櫨，一名枸榾。高大如白楊，所在山中皆有，理白可爲函板，枝柯不直。子著枝端，大如指，長數寸，噉之甘美如飴。八九月熟，江南特美。今官園種之，謂之木蜜。」〈明堂位〉注作「枳椇」（中華書局，1987年）。[109]以上均可見「枸」就是「枝枸」，屬於聯綿詞單用的現象。

另外，《韓詩外傳‧卷三》：「人主之疾，十有二發，非有賢醫，莫能治也。何謂十二發？痿、蹶、逆、脹、滿、支、膈、盲、煩、喘、痺、風，此之曰十二發。」其中「支」，清周廷宷注釋說：「四肢拘攣不得屈伸也。」[110]此處的「支」，如同上引〈南山有臺〉：「南山有枸」的「枸」，皆是聯綿詞可單用之例證。

(4)反過來說，我們也應該注意不要將複合詞誤解爲聯綿詞，比如「涉獵」便是一例。「涉獵」聲韻爲疊韻關係。相近的詞彙有「捷獵」與「狎獵」。「捷獵」，相接貌；參差貌。《文選‧王褒‧洞簫賦》：「鄰菌繚糾，羅鱗捷獵。」李善注：「捷獵，參差也。」《文選‧王延壽‧魯靈光殿賦》：「捷獵鱗集，支離分赴。」李善注：「捷獵，相接貌。」又可以解爲「高顯貌。」《文選‧左思‧

吳都賦》：「抗神龍之華殿，施榮楯而捷獵。」劉逵注：「高顯貌。」至於「狎獵」是衆飾繽紛貌。《文選・張衡・南都賦》：「琢琱狎獵，金銀琳琅。」呂向注：「狎獵，衆飾貌。」又可以解爲「重疊接續貌。」《文選・張衡・西京賦》：「蔕倒茄於藻井，披紅葩之狎獵。」薛綜注：「狎獵，重接貌。」張銑注：「狎獵，花葉參差貌。」

裘錫圭指出：從表面上看，「涉獵」很像是「捷獵」、「狎獵」等詞那樣的疊韻聯綿詞。而且古代的植物名裡有「獵涉」。《爾雅・釋木》：「欇，虎櫐。」郭璞注：「今虎豆，纏蔓林樹而生，莢有毛刺。今江東呼爲欇欇，音涉。」郝懿行《義疏》：「虎櫐即今紫藤……云江東呼欇欇者，謝靈運〈山居賦〉云『**獵涉蘡薁**』，自注云『獵涉字出《爾雅》』。是**獵涉**即欇欇，皆音同假借字也。」古代的植物名有不少是聯綿詞。在古漢語裡，有些聯綿詞上下二字可互換，例如上面舉過的「捷獵」就可以倒作「獵捷」。「獵涉」這種植物名的存在，也容易使人把「涉獵」看作聯綿詞。

但是裘錫圭認爲「涉獵」之「獵」應訓爲「歷」，自然不同意把「涉獵」看作聯綿詞。「涉獵」二字確實疊韻，但是疊韻的雙音詞並非全部是聯綿詞。古書中的「涉歷」與「涉獵」一樣可以用來表示「瀏覽」一類意義，這兩個詞都應該是複合詞。裘錫圭推測「涉獵」是由「涉歷」分化出來的。用跟「涉」同韻的「獵」來取代「歷」，可能是爲了念起來順口。[111]

---

[109] 參胡平生：〈讀《里耶秦簡（壹）》筆記（一）〉，簡帛網，2012.4.19。

[110] 屈守元：《韓詩外傳箋疏》（成都：巴蜀書社，1996.3）頁 253 注 8。

[111] 《裘錫圭學術文集・語言文字與古文獻卷》第四冊，頁 167-168（裘錫圭《文史研究新探》頁 169-178）。

裘先生還指出一般解釋爲瀏覽的「涉獵」，其含義實際上並不是這樣單純的。古人使用這種「涉獵」的時候，既可以把某種範圍的書籍（如「書傳」「經史」）或泛指的「群書」「群籍」當作對象，也可以把某種學問當作對象。《三國志・蜀志・向朗傳》「初朗少時雖涉獵文學」，《後漢書・儒林・李育傳》「頗涉獵古學」，就是後一種情況的例子。在以某種學問爲對象時，「涉獵」大概是指一般地學習或研究這種學問而言的；在以某種範圍的書籍或泛指的「群書」「群籍」爲對象時，「涉獵」大概是指廣泛瀏覽或參考這些書籍而言的。[112]

[112] 裘錫圭：〈釋詞兩則——二、釋「涉獵」〉《裘錫圭學術文集・語言文字與古文獻卷》第四冊，頁164-168。

第六章

訓詁的方法之三——破假借

我們在閱讀古書時最大的障礙便是層出不窮的「通假字」，所以正確理解通假字出現的成因以及如何破除通假便是訓詁學非常重要的課題，本章專門討論這個問題。

第一節　通假字的相關問題

通假字的成因與定義

「通假」的基本條件是兩字之間聲與韻必須相近，但彼此沒有意義上的關係。徐莉莉認爲「通假」的提出，與漢代經師給古書作注有關。古書中的用字，凡沒有採用當時人們觀念上認爲是正確的用字，而改用其他同音或音近的字，則會予以注明。通假字之所以被稱爲通假，是因爲它們不符合規範，即不符合人們已經認可和習慣的用字規則，也就是沒有使用「正字」。[1]所謂的本字或正字其實是以許愼《說文解字》和東漢以來的閱讀習慣爲標準。[2]也就是說凡不合秦漢時期的書寫習慣或閱讀習慣者，漢人都認爲是通假字。

清人對「通假」現象已有深刻的認識，朱駿聲《說文通訓定聲・自敘》云：

> 不知假借者，不可與讀古書；不明古音者，不足以識假借。

---

① 徐莉莉：〈論假借與通假〉《天津師範大學學報》2002年5期，頁65。

② 李零：《郭店楚簡校讀記——增訂本》（北京：北京大學出版社，2002.3）頁191。

這裡所說的「假借」實際指的就是「通假」。底下王念孫、王引之文中的「假借」也都指「通假」。許慎《說文解字》對「假借」所下的定義是指本無其字的假借，這種定義太過狹窄，文獻上更爲常見的是「本有其字」的假借，也就是所謂的「通假」。本書所稱的「假借」一般亦等同於「通假」，除非特別標出「無本字假借」。

王引之〈經義述聞序〉曰：

大人曰：詁訓之指，存乎聲音，字之聲同聲近者，經傳往往假借。學者以聲求義，破其假借之字，而讀以本字，則渙然冰釋，如其假借之字，而強爲之解，則詰爲鞫病矣。故毛公詩傳多易假借之字而訓以本字，已開改讀之先，至康成箋詩注禮，屢云某讀爲某，而假借之例大明，後人或病康成破字者，不知古字之多假借也。

王引之《經義述聞・卷三十二・論經文假借》曰：

許氏《說文》論六書假借曰：「本無其字，依聲託事，令長是也。」蓋本無其字而後假借也，此謂造作文字之始也。至於經典古字，聲近而通，則有不限於無字之假借者；往往本字見存，而古本則不用本字，而用同聲之字。學者改本字讀之，則怡然理順，依借字解之，則以文害辭。是以漢世經師作注，有讀爲之例，有當作之例，皆由聲同聲近者以意逆之，而得其本字，所謂好學深思，心知其意也。然亦有改之不盡者，迄今考之文義，參之古音，猶得更而正之，以求一心之安，而補前人之闕。

通假的成因是由於倉促之間想不起某個字的寫法，只好「依聲託事」。所以當我們讀古書，遇到通假，一定要尋出本字，才能上下順暢。若依通假字來理解，必扞格不通，誤解原義。這裡所謂「改本字讀之」對應下句的「依借字解之」，可知「讀」是「解讀」、「解說」的意思，不是指「音讀」。古籍訓詁中常用到一個術語：「某讀爲某」、「某讀曰某」，指的正是通假現象，意思是「把通假字改成本字來解說」，重點在「義」的理解，而不是「某念成某」的意思。這點很容易被誤解，不可不辨。比如《易・繫辭傳》：「尺蠖之屈，以求其信」，此「信」顯然是「伸」的通假字，本字是「伸」，也就是此處的文義是「伸」，同時也要讀爲「伸」。

先秦時期的書寫及用字習慣未經正式規範，人們寫字及用字比較隨興。特別是戰國時期各國言語異聲，文字異形，這種書寫不規範的情況特別嚴重。逮及秦漢，文字的約定俗成和規範已逐步改進。我們可以比對戰國時期《郭店楚簡・五行》篇與西漢時期馬王堆帛書《五行》篇「經部」的通假字，前者的數量比後者多便可以充份了解這個現象。要說明的是，我們現在的閱讀習慣是從秦漢時期一路傳承下來的，所以我們會覺得秦漢時期的通假現象較少也是一個正常的情況。③既然典籍的「通假」大多發生在先秦甚至秦漢時期，我們要「破假借，還本字」的語音依據，便要根據上古

---

③ 我們可以反過來想，如果戰國時期是楚滅六國，則我們回頭看秦國文獻可能存在比較多通假字了。也就是說若單就一個國家或一個地區來說，用字習慣其實還是比較固定的，通假字其實不多，或是說這些通假字是人們習見的，不會造成閱讀上的障礙，否則如何跟周遭的人們溝通呢？

喉		影					
牙		見	溪	群	疑		曉	匣
舌	舌頭	端	透	定	泥	來		
	舌面	照	穿	神	日	喻（余）	審	禪
齒	正齒	莊	初	床			山	俟
	齒頭	精	清	從			心	邪
唇		幫	滂	並	明			

注：上古聲紐表取自王力《同源字論》（爲排印方便，原表中的音值予以省略），分爲三十三個聲母，依發音部位分爲五大類，七小類。表中「喻」母在郭錫良《漢字古音手冊》改爲「余」母。

音韻——即周秦兩漢時期的語音來判斷。爲讓讀者比較快速可以掌握上古音一些常見的語音現象與術語，我們這裡僅介紹王力的語音系統。

一、上古聲紐表

◎雙聲：同紐者爲雙聲。

◎準雙聲：舌頭、舌面同直行；正齒、齒頭同直行；舌齒同直行。如：端照、泥日、來喻、莊精、床從、照莊、審心，依此類推。

◎旁紐：同類同橫行。如：見溪、端定、照穿、莊初、精清、幫滂，依此類推。

◎準旁紐：同類不同橫行。如：透神、定喻、莊從，依此類推。

◎鄰紐：喉音牙音、舌音齒音；鼻音與鼻音、鼻音與邊音。如：影見、端床、疑泥（鼻音與鼻音）、來明（鼻音與邊音）。

二、上古韻部表

◎疊韻：同韻部爲疊韻。

◎對轉：同類同直行，元音相同而韻尾的發音部位也相同。如：之職、之蒸、職蒸、支錫、支耕、屋東等等，依此類推。

◎旁轉：同類同橫行，元音相近，韻尾相同（或無韻尾）。

甲	之	支	魚	侯	宵	幽
	職	錫	鐸	屋	藥（沃）	覺
類	蒸	耕	陽	東		
乙	微	脂	歌			
	物	質	月			
類	文	真	元			
丙	緝		盍（葉）			
類	侵		談			

注：上古韻部表取自王力《同源字論》（爲排印方便，原表中的音值予以省略，請詳見原書），分爲二十九個韻部，可以分爲三大類，八小類。郭錫良《漢字古音手冊》，「沃」部改爲「藥」部，「盍」改爲「葉」部。

如：侯幽、職鐸、職屋、文元、侵談等等，依此類推。

◎旁對轉：旁轉而後對轉。如：幽屋、幽東、微元等等，依此類推。

◎通轉：不同類而同直行，元音相同，但是韻尾發音部位不同。如：之文、魚歌、魚元、陽月、元談等等，依此類推。

董同龢《上古音韻表稿》（台北：中央研究院歷史語言研究所，1967）、唐作藩《上古音手冊》（江蘇人民出版社，1982.9）、郭錫良《漢字古音手冊【增訂本】》（北京：商務印書館，2010.8）、陳復華、何九盈《古韻通曉》（北京：中國社會科學出版社，1987.10）等書對我們查詢上古聲韻及其音值有極大的便利性。至於常見的網路資源有：

1. 東方語言學網（http://www.eastling.org），由上海高校比較語言學 E-研究院主辦，可以快速查詢中古音、上古音，頗爲好用。

2. 漢字古今音資料庫（http://xiaoxue.iis.sinica.edu.tw/ccr/），由行政院國家科學委員會經費補助，臺灣大學中國文學系和中央研究院資訊科學研究所共同開發，可以快速查詢上古音、中古音、近代音、現代音，每個項目之下又細分若干類別，比如上古音分爲先秦、兩漢。先秦部分又分爲高本漢系統、董同龢系統、王力系統、周法高系統、李芳桂系統，信息量相當豐富，大大節省我們檢索書面資料的時間。

上古音的音理除適用於古籍通假外，也適用於上一章介紹的「同源詞」與「聯綿詞」，請讀者參看。

破通假，最重要的證據是古籍的「通假例證」。雖然通假是由於兩字聲音相近形成的，在文字形體方面比較自由，沒有一定的限制。但是在同一時期，同一地域，或同一本書中，某字通假爲某字還是有著習慣性的，我們稱之爲「用字習慣」。我們在分辨戰國文字的國別時，「用字習慣」就是一個非常重要的證據，蓋當時文字異形、言語異聲，每個國家有自己的書寫與用字習慣，如戰國楚簡文字中，多以「頌」來表示容貌之「容」，但齊系、秦系文字則以「容」來表示容貌之「容」。由於我們現在的閱讀習慣是從秦漢時期一路傳承下來的，所以感覺起來寫作「容」與我們現在的閱讀習慣相符。有人說考釋戰國楚竹書的過程是一種「楚書秦讀」，這是有道理的。所以下次當我們看到楚文字的「頌」，就知道可能讀爲「容」，這便是用字習慣。從另一角度說，則可以建立「頌與容」的通假例證。就像我們看到古籍的「蚤起」就知道應讀爲「早起」，則「蚤與早」也是一組通假例證。又如「⿱付臣」從臣付聲，本是表示臣附之「附」的本字，如三晉文字系統的中山方壺「唯德⿱付臣（附）民」、「籍斂中則庶民⿱付臣（附）」，都代表歸附之義。在楚文字則將「⿱付臣」讀爲「僕」，如《包山》一三五背「⿱付臣（僕）之兄」，「僕」與「臣附」意思尚可連結。但是三晉兵器刻銘中「⿱付臣余」讀爲地名「負黍」，則「⿱付臣」讀爲「負」便是一種特別的用字習慣。又如戰國時期趙國鼎鼎大名的將軍「廉頗」，在趙國兵器銘文刻寫作「杢（埶）波」（見「守相杢波鈹」，《集成》

11670），後世以音近抄寫作「廉頗」；「藺相如」本來寫作「閔相如」（見「閔相如戈」，《銘圖》17192④）。這些可以說是「趙書秦讀」的例證。對於用字習慣的重要性，裘錫圭在〈簡帛古籍的用字方法是校讀傳世先秦秦漢古籍的重要根據〉一文中指出：

> 我們所說的用字方法，指人們記錄語言時用哪一個字來表示哪一個詞的習慣。用字習慣從古到今有不少變化。有很多跟後代不同的古代用字方法，是後人所知道的，通常在字典裡就有記載。例如古書裡往往把「早晚」的「早」這個詞寫作「蚤」，「蚤」字的這種用法在一般的字典裡就找得到。這類古代用字方法，不會給閱讀古書的人造成多大困難。但是如果某種已經被後人遺忘的古代用字方法，在某種或某些古書中（通常只是在古書的某一或某些篇章甚至語句中）還保存著，就會給讀這些古書的人造成很難克服的困難。⑤

可見全面歸納典籍的用字習慣，有助於正確地研讀古籍。比如「願」與「愿」是兩個來源完全不同的字，從先秦兩漢典籍一直到明清的官方文書二者從不相混，從沒有相互假借的用字習慣。明清時期的通俗文獻用字中「願」與「愿」偶有混淆，如「情

---

④ 吳鎮烽編著：《商周青銅器銘文暨圖像集成》（上海古籍出版社，2012.9）。

⑤ 裘錫圭：〈簡帛古籍的用字方法是校讀傳世先秦秦漢古籍的重要根據〉《裘錫圭學術文集‧語言文字與古文獻卷》第四冊，頁464-468。

願」寫成「情愿」在《水滸傳》、《金瓶梅》、《警世通言》等通俗小說的明清刻本中使用甚夥，至此「願」與「愿」的使用界限被打破。一九五〇年代後期大陸將「愿」作爲「願」的簡化字使用，於是在繁簡轉化時，常誤將「愿」字寫作「願」，如《禮記・緇衣》「子曰：『好賢如〈緇衣〉，惡惡如〈巷伯〉，則爵不瀆而民作愿，刑不試而民咸服。』」這個「愿」是老實、謹慎的意思。楊天宇《禮記譯注》繁體版誤作「願」，大誤！又如大陸版《漢語大辭典》「願」字下的義項都作「愿」，如「心愿」、「愿望」，這是簡體書寫的結果，不是說二者可通用，讀者於此須明辨。⑥

如果二字音近可通卻沒有其他例證做證據，則可能只是一種偶然的音近而產生的失誤現象，這種音誤現象某種程度來說自然也可以說是通假，但容易受到其他因素干擾而造成不確定性，證據力不如具備通假例證者。周何說：

凡云假借者必有驗證可求，求之於文獻資料，以證明這兩個字在過去曾經通用成爲習慣，已爲當時一般人所接受的假借字。如無驗證可求，古籍淹沒，也許那些證據正好就在那些亡佚的書裡面，如今已無法找尋，爲求態度嚴謹起見，只好一概視爲音近之誤，而不認作假借字。因爲同音字太多，眞正成爲假借的畢竟有限，不希望把錯別字誤認爲假借，擾亂了典籍的正解，於是只好割愛了。⑦

白兆麟也認爲：

聲訛字多是無意識的筆誤，而通假則常是古人用字時避繁就簡的一種有意識的行爲。

因此，通假字係積久成習，歷代沿用；而聲訛則略無定則，隨人而異。⑧

可見討論通假，最好還是有例證爲憑，否則容易跟單純的音誤或聲訛字混在一起。第一章提過的高亨、董治安編纂的《古字通假會典》；張儒、劉毓慶編纂的《漢字通用聲素研究》；王輝編著的《古文字通假字典》；白於藍編纂的《戰國秦漢簡帛古書通假字彙纂》收錄很多古文字與傳世文獻的通假例證，都是很好用的工具書。比如我們想查詢「A與B」是否有通假例證，便可以查詢以上四本工具書。如果破通假不考慮用字習慣就會鬧出笑話，如有人認爲「楊朱」就是「莊周」，只因爲「楊」、「莊」疊韻；「周」、「朱」雙聲，這自然是令人哭笑不得的。又如《詩•魏風•伐檀》：「不稼不穡，胡取禾三百廛兮？」「不稼不穡，胡取禾三百億兮？」「不稼不穡，胡取禾三百囷兮？」俞樾《群經平議》卷九解釋說：「廛」同「纏」、「億」同「繶」、「囷」同「稛」，都是「束」的意思。但是像「億」這麼普通的字，爲何要通讀爲僻詞「繶」？爲何要解釋成僻義「束」？《詩經》共六個「億」，其他地方也不作「束」講，爲何〈伐檀〉偏要使用？這顯然與《詩經》本身的用字習慣不合，「億」形容禾黍之多，是《詩經》的習慣用法。而且「廛」通讀爲「纏」、「囷」通讀爲「稛」也沒有其他證據。「廛」，毛傳說：「一夫之居曰廛」；「億」，鄭箋曰：「十萬曰

---

⑥ 參見蘇芃：〈顒、願、愿的歷時演變研究——兼談在文獻考訂中的應用價值〉，《文史》2017年3期，頁51-66。

⑦ 周何：〈訓詁學中的假借說〉《訓詁論叢》第三輯，頁64。

⑧ 白兆麟：〈訛字選編〉《校勘訓詁論叢》（合肥：安徽大學出版社，2001.6）頁25。

億⑨，禾秉之數」；「囷」，毛傳說：「圓者爲囷」。「廛」、「億」、「囷」都是量詞。既然甚言其多，不妨誇張一些，俞氏所謂「三百夫之田其數太多」也不能成爲理由，傳統注疏還是比較可信的。

綜合以上，可提出通假字定義如下：

第一，「通假」是指捨「本字」（或稱「正字」）不用而借用其他音同或音近的字。「本字」是指在文句中起著詞匯意義或語法意義的詞，而被借用的字就是「通假字」。由於只借其聲而不借其意，因此被借用的「通假字」本身，在文句中根本沒有任何詞匯意義或語法意義，必須讀以「本字」才能令句子文從字順。這是「通假字」跟「本字」之間在文句中所起作用的最大差別。而「音同」是指兩字的聲母和韻母都一樣，「音近」是指兩字的聲母或韻母雖有些微差別，但讀音仍然相當接近。嚴格來說，兩字如果只是雙聲或只是疊韻，便不符合「通假」的原則。打個比方，北京人把「驅使」寫作「趨使」，「絕對」寫作「決對」，上海人和廣州人就不會寫這一類別字，因爲它們在上海話和廣州話僅是疊韻，而聲母相差較遠。又如上海人把「過問」寫成「顧問」，把「陸續」寫成「絡續」，北京人就不會出現這類現象，因爲在北京話裡僅是雙聲，而韻母相差較遠。不然，「紅」可說成「黃」（雙聲）、「旦」說成「晚」（疊韻），豈不天下大亂。

第二，「通假字」與「本字」之間並無意義上的關係，這有別於同源字和異體字。

第三，「通假字」是「有本字的假借」，是一種共時的語言現象，所以「通假字」和「本字」，在書面語中必須共同存在。通假是同一歷史平面上用字的分歧現象，這樣甲字才能夠代替乙字，乙字也才能夠代替甲字，才能夠構成通假。比如「早」與「蚤」；「信」與「伸」都是同時存在的兩個字。這一點非常重要，它可以把「無本字假借、古今字」和「通假字」區別開。無本字假借和古今字都是歷史現象，無本字假借是本無其字，依聲託事。既然本無其字，肯定就不會兩字同時並存。至於古今字是爲適應詞義發展而產生的古今異字現象。古字兼有多個意義，今字分擔其中一個意義。[⑩]古今字是先有古字，後有今字，它們不可能同時出現，而是一先一後出現。只有通假字才是兩字同時並存。

第四，無本字假借的關係是絕對，我們可以判斷出假借字與本字，比如畚箕的「箕（本作「其」）」，後來被假借爲代名詞「其」，這種關係可以分辨。但是通假字必須放在整個文句中去了解才能確認。比如上述《易・繫辭傳》：「尺蠖之屈，以求其信（伸）」，我們知道「信」是通假字，「伸」是本字。而《論語・學而》：「主忠伸（信），無友不如己者。」（假設「信」寫爲「伸」）那我們便又說「信」是本字，「伸」是通假字。所以我們判斷某字是否爲通假，本字爲何，必須從上下文來觀察，不能脫離句子。

以上四項標準只是基本的原則，而當我們說某字跟某字通假時，必須是因爲在原句中某字意義扞格難通，要讀以音同或音近的另一個字才能怡然理順，如果原句中某字的意義已經符合句意，那就不可視爲「通假字」了。[⑪]

---

⑨ 古代以十萬曰億，與今不同。裘錫圭：〈不要以不誤爲誤——語文瑣議之一〉《裘錫圭學術文集・語言文字與古文獻卷》第四冊頁248討論「億萬」一詞的問題，請讀者參看。

⑩ 參見洪成玉：《古今字字典》（北京：商務印書館，2013.7）。

⑪ 參張光裕：〈讀定州漢墓竹簡《論語》通假字札記〉《龍宇純先生七秩晉五壽慶論文集》（台北：學生書局，2002.11）頁153-155、胡楚生：《訓詁學大綱》頁160-161。

附帶一提，「通假」的出現主要是因甲、乙兩字因音同或音近的關係，故彼此得以借用，而我們也必須認識到古人在書寫記錄時往往都是憑音記字、以字記音的事實，每當因某種關係未能即時將「本字」書寫記錄，只要利用聽音記字的手段，便可將主要的訊息經由不同的文字加以表達。因此，不少「通假字」實際上起著注音的作用，古書中所見的通假現象，無疑是了解昔日語音的最佳紀錄之一，對古代音韻的研究有重大的意義和價值。

第二節　「破通假還本字」的範例

底下我們舉出傳世典籍與出土文獻「破通假，還本字」的範例，供讀者參考揣摩。

(1)《史記・李斯列傳》載李斯的〈諫逐客書〉說：

是以太山不讓土壤，故能成其大；河海不擇細流，故能就其深。

上文的「擇」字顯然不能用它的本義來解釋。裘錫圭認為古代「擇」、「釋」二字通用，〈諫逐客書〉的「擇」字應該讀為「釋」，所以有「捨」義。他說：

古書中應該讀為「釋」的「擇」字很多。《韓非子・五蠹》：「布帛尋常，庸人不釋。」《論衡・非韓》引此句，「釋」作「擇」。黃暉《論衡校釋》引《墨子・節葬》「為而不已，操而不擇」，《易林‧恆之蒙》「郊耕擇耜，有所疑止」，證明古代可以借「擇」爲「釋」。《史記‧貨殖列傳》：「（范蠡）乃治產積居與時逐而不責於人。故善治生者能擇人而任時。」《會注考證》指出：「擇人而任時，即與時逐而不責於人也。擇當作釋。《孫子‧勢篇》云：『善戰者求之於勢，不責於人，故能擇人而任勢』，《韓非子‧難勢篇》：『擇賢而專任勢，足以爲治乎』，擇亦當作釋。」《呂氏春秋‧大樂》：「先聖擇兩法一，是以知萬物之情。」同書〈察今〉「故擇先王之成法而法其所以爲法」。《漢書‧武帝紀》：「朕將巡邊垂，擇兵振旅。」同書〈東方朔傳〉：「賞不避仇讎，誅不擇骨肉。」這些引文裡的「擇」字也都應該讀爲「釋」，前人多已指出。

總之，漢以前人時常把「釋」寫作「擇」，《諫逐客書》的「擇」無疑也應該讀作「釋」。⑫

裘錫圭根據古書的用字習慣，正確地將〈諫逐客書〉的「擇」字讀爲「釋」，證據非常充分。「河海不釋細流，故能就其深」意思是說河海不捨棄細小河流，所以能成就它的廣深。

(2)《左傳‧隱公元年》：「初，鄭武公娶於申，曰武姜。生莊公及共叔段。莊公寤生，驚姜氏，故名曰寤生，遂惡之。」杜預《注》：「寐寤而莊公已生，故驚而惡之。」杜預的意思是：「姜氏在睡夢中不知不覺地生下了莊公，醒來發現時大吃一驚，所以討厭他」。這個解釋是不近情理的。

---

⑫ 裘錫圭：〈讀書札記九則——六、說「河海不擇細流」〉《裘錫圭學術文集‧語言文字與古文獻卷》第四冊，頁394。

婦女在睡夢中就把孩子生出來了，恐怕誰也沒有見過。清朝沈欽韓從通假的角度去解釋「寤」字。他說：「『寤』與『啎』同。啎，逆也。今生子有足先出者，難產，謂之逆生。」⑬這個解釋比杜預合理得多。「寤」與「啎」同從「吾」聲故可通假。史書中可以找到姜氏生莊公難產的證據。《史記・鄭世家》：「生太子寤生，生之難。及生，夫人弗愛。後生少子段。生易，夫人愛之。」「生之難」是「寤生」最好的注腳。

(3)文字的通假在先秦兩漢文獻裡面出現比較多，這是客觀事實，但是並不是說漢以後的文獻就沒有通假，漢以後的文獻裡面文字通假現象還是存在的，〈木蘭辭〉便是一個例子。〈木蘭辭〉是六朝時期北方的一首民歌，其中「朝辭爺娘去，暮宿黃河邊。不聞爺娘喚女聲，但聞黃河流水鳴濺濺。」的「娘」就是通假字。「娘」和「孃」同音，在《廣韻》裡面它們同在一個小韻，但是它們意義上有明顯的區別。「孃」的意思是「母親」，而「娘」的意思是「少女之號」。古樂府〈子夜歌〉「見娘喜容媚，願得結金蘭。」白居易〈琵琶行〉裡面的「秋娘」，〈西廂記〉裡面的「紅娘」，都是少女取號的時候用的。〈木蘭辭〉裡面的「爺娘」本來應該寫作「爺孃」，寫作「爺娘」就是通假了。由於「孃」表示母親的意義長期不被使用，而用「娘」代替它已經有了很長的歷史，人們已經不再感覺它是通假了。⑭

(4)「屈伸」、「屈曲」的「屈」本來都應該寫作「詘」。《說文・尾部》：「屈，無尾也。从尾出聲。九勿切。」《說文》訓「屈」爲「無尾」，即「短」也，如山短高曰「崛」。又可引伸爲「竭盡」的意思。《孫子・作戰》：「攻城則力屈。」曹操注：「屈，盡也。」《漢書・食貨志上》：「生之有時，而用之亡度，則物力必屈。」顏師古曰：「屈，盡也。」同時這種義項的讀音根據《說文》「九勿切」應該是讀爲「ㄐㄩㄝˊ」。至於讀爲「ㄑㄩ」，解爲「彎曲」的「屈」實爲「詘」

的假借。段玉裁便說：「今人『屈伸』字古作『詘申』，不用屈字，此古今字之異也。」裘錫圭也說：「當竭盡講的『屈』跟屈伸的『屈』在語言中本是毫不相干的兩個詞。」[15]又說「西漢以前，一般都用『詘』字來表示屈曲、屈服的〔屈〕（屈服應是屈曲的引申義），『屈』則用來表示竭盡的意思（這一意義的「屈」音「ㄐㄩㄝˊ」）。後來借『屈』來表示屈曲、屈服之〔屈〕的用法普遍了起來，『詘』字就少用了。」[16]「屈伸」的寫法，現在已爲詞典所承認，但從源頭上來還是應該分辨清楚。[17]也就是說「屈伸」的「屈」是「詘」的通假字。「屈」本來讀爲「ㄐㄩㄝˊ」，表示「短」、「竭盡」的意思。

(5)《漢書‧藝文志》兵形勢家有〈孫軫〉五篇。過去大家不清楚這個孫軫是什麼人。姚振宗《漢書藝文志條理》以爲是戰國時的陳軫，純屬臆測。銀雀山竹書《孫臏兵法‧陳忌問壘》篇殘簡中有「晉邦之將荀息、孫軫之於兵也」，「晉邦之將荀息、孫軫爲晉要秦於殽，潰秦軍，濩（獲）三率

---

⑬〔清〕沈欽韓：《春秋左傳補注》，清經解續編本。

⑭趙振鐸：《訓詁學綱要【修訂本】》（成都：巴蜀書社，2003.10）頁134。

⑮裘錫圭：〈讀古書要注意字的古義〉《裘錫圭學術文集‧語言文字與古文獻卷》第四冊，頁201-202。

⑯裘錫圭：《文字學概要》頁304。

⑰參見裘錫圭：《文字學概要》頁215-216；裘錫圭：〈不要以不誤爲誤——語文瑣議之一〉《裘錫圭學術文集‧語言文字與古文獻卷》第四冊，頁244。

（帥）」等語。這個孫軫顯然就是晉將先軫。〈藝文志〉的孫軫無疑也是他。先軫本以善於謀劃善於用兵見稱。城濮之戰晉文公用其謀而勝楚國，殽之戰他襲擊秦軍俘獲三帥（看僖公二十八年、三十三年《左傳》，《國語・晉語》四，《史記・晉世家》）。《說苑・指武》說「雖有廣土衆民，堅甲利兵，威猛之將，士卒不親附，不可以戰勝取功。……文王不能使不附之民，先軫不能戰不教之卒」，上引〈陳忌問壘〉篇也兩次提到他，可見在古人心目中先軫的軍事才能極受重視。有人託他的名而著兵書是很自然的事。「先」、「孫」二字古音極近，所以先軫可以寫作孫軫。《漢書・田廣明傳》記武帝時故城父令公孫勇作亂事。東漢時的〈國三老袁良碑〉提及此事，將「公孫勇」記作「公先勇」（《隸釋》六），可以與此互證。如果沒有銀雀山竹書，〈藝文志〉孫軫的問題恐怕是難以解決的。[18]讀「孫軫」爲「先軫」既有古書通假的例證，又結合史實與出土文獻，其結論牢不可破。

(6)《詩・小雅・雨無正》第二～四章有如下之語：

周宗既滅，靡所止戾。正大夫離居，莫知我勩。三事大夫，莫肯夙夜；邦君諸侯，莫肯朝夕。庶曰式臧，覆出爲惡。【第二章】

如何昊天，辟言不信？如彼行邁，則靡所臻。凡百君子，各敬爾身。胡不相畏？不畏于天？【第三章】

戎成不退，飢成不遂。曾我暬御，憯憯日瘁。凡百君子，莫肯用訊〈誶〉。聽言則答，譖言則退。【第四章】

鄭箋解釋第三章「凡百君子，各敬爾身。胡不相畏？不畏於天。」說：

> 凡百君子，謂衆在位者。各敬慎女之身，正君臣之禮。何爲上下不相畏乎？上下不相畏，是不畏於天。⑲

似以「各敬爾身」爲告誡「凡百君子」所當做之事。後人多有從此解者。第四章「莫肯用訊〈誶〉」的「訊」是「誶」的訛字，戴震《毛鄭詩考正》已經指出。「誶」，諫諍也。「凡百君子」是指第二章的「三事大夫」。詩文意思是說：三事大夫不肯用諫言。聞順從之言則答之，聞逆耳之諫言則避而不答也。⑳「莫肯用誶」以下皆屬「凡百君子」的所作所爲，爲詩人所諷刺、否定，則第三章的「各敬爾身」應該也是「凡百君子」所表現出來的缺失行爲。林義光《詩經通解》將「敬」讀爲「茍」，他說：「茍者，急也。《說文》：『茍，自急敕也。』各急爾身，謂各以己身之事爲急，不恤國難也。」這個說法是極有道理的。但是文獻少見「茍，自急敕也。」的用法，此處「敬」

---

⑱ 裘錫圭：〈考古發現的秦漢文字資料對於校讀古籍的重要性〉《裘錫圭學術文集・語言文字與古文獻卷》第四冊，頁363-364。

⑲ 《十三經注疏》整理委員會：《十三經注疏・毛詩正義》（北京大學出版社，1999）頁732。

⑳ 余培林：《詩經正詁》下冊（台北：三民書局，1995.10）頁149注28。

應讀爲「營」。請見底下例證：

《清華簡》第三冊有一篇名曰〈芮良夫毖〉，其中有一句話是「厥辟、御事，各縈（營）其身」，「縈」，讀爲「營」，《孟子・梁惠王上》「經之營之」，朱熹注：「營，謀爲也。」簡文是說貴族諸侯與其下的小官員專擅利益事業。鄔可晶認爲此句與《詩・小雅・雨無正》第三章「凡百君子，各敬爾身」語例、文義都極相近。「凡百君子，各敬爾身」的「各敬爾身」當據〈芮良夫毖〉「各營其身」一句讀爲「各營爾身」，意思是說主事的君子們各爲己身謀利。在典籍及出土文獻常見勸諫大臣不可「各營爾身」，如《逸周書・皇門》：「至于厥後嗣，……以家相厥室，弗卹王國王家」，孔晁注：「言勢人以大夫私家不憂王家之用德。」此句也見於《清華一・皇門》簡七～八「至于厥後嗣立王，……以家相厥室，弗【七】卹王邦家。」劉國忠說：「相，治理；恤，憂。您不要只顧治理自家的事情，而不去擔憂國家的事務。」㉑又參見《清華一・祭公》簡一七「汝毋各家相而室」、《岳麓書院藏秦簡（壹）・爲吏治官及黔首》三九正「吏有五失……五曰安其家忘其官府。」等等。

按照此讀，「各敬（營）爾身」與第四章同一句「凡百君子，莫肯用誶」相應，都可以很自然地歸爲「凡百君子」的荒唐舉動。「敬」是見母耕部字，「營」是余母耕部字，聲韻關係接近。在郭店楚墓竹簡《老子》乙組五～八號簡中有一句話是「寵辱若䁝」，「䁝」實從「縈」聲，裘錫圭根據字音、文句結構及文義，指出《老子》此句實當讀爲「寵辱若榮」，馬王堆帛書本以下各本的「寵辱若驚」是對「寵辱若榮」的誤讀。㉒簡單來說，「寵辱若（榮）」被誤讀爲「寵辱若驚」，表示「縈」聲與「敬」聲（「驚」從「敬」聲）相近，則「各縈（營）其身」自然可能誤讀爲「各敬其身」。誤讀的另一個原因當是因爲古書屢見「敬身」的說法，《大戴禮記・哀公問於孔子》還有孔子專論「何謂敬身」的章節。所以「各縈（營）爾身」誤作「各敬爾身」之後，這種本子遂被大家（尤其是儒家的傳《詩》者）所廣泛接受。㉓藉由出土文獻的輔助，將〈雨無正〉原本與上下文不諧的「各敬爾身」找到了正確的解釋，解決了一個學術上的難題。

(7) 大家都習慣「格鬬」的寫法，其實「格」本來應該寫作「挌」，《說文》：「挌，擊也。」段玉裁《說文解字注》曰：

> 凡今用格鬥字當作此。《後漢・陳寵傳》：「斷獄者急於篣格酷烈之痛」，注引此《說文》。《周禮》注曰：「若今是無故入人室宅廬舍，上人車船，牽引人欲犯法者，其時格殺之，無罪。」《公羊・定四年》注曰：「挾弓者，懷格意也。」〈莊卅一年〉注曰：「古者方伯征伐不道，諸侯交格而戰者，誅絕其國。」此等格字，皆當从手。

經由段玉裁的解釋，我們知道「格鬬」的「格」本字作「挌」，寫作「格」是通假的現象。西漢時期的《張家山漢簡・奏讞書》中簡三七、三八、三九、四二、四五、四六都有「挌鬬」的寫法，

㉑ 劉國忠：《走近清華簡》頁 147 注 60。

㉒ 裘錫圭：〈「寵辱若驚」是「寵辱若榮」的誤讀〉《中華文史論叢》2013 年第三輯（上海古籍出版社，2013）。

㉓ 鄔可晶：〈讀清華簡《芮良夫毖》劄記三則〉《古文字研究》三十輯（北京：中華書局，2014）頁 408-414。

可以證明。

(8)《孟子·梁惠王上》：「為長者折枝，語人曰：『我不能。』是不為也，非不能也。」其中「折枝」有三種說法：一是對長者彎腰作揖，這是將「折肢」解作「彎腰」。此說出自《文獻通考·經籍考》引陸筠《翼孟》，但是未見古書有類似記載，陸筠之說恐怕出於臆測。二是將「折枝」解為「折樹枝」，出自《經典釋文》引唐代陸善經云：「折枝，折草樹枝」。宋代朱熹《四書集注》也說：「為長者折枝，以長者之命折草木之枝。言不難也。」三是將「枝」讀為「肢」，「折枝」即「折肢」，按摩之意。此說出自東漢的趙岐《孟子》注，趙說：

折枝，案摩，折手節、解罷枝㉔也。少者恥見役，故不為耳，非不能也。

趙氏於古最近，當得其實。清人焦循《孟子正義》曾為之詳考，云：

毛氏奇齡《四書賸言》云：「趙氏注『折枝，案摩折手節解罷枝』，此卑賤奉事尊長之節，《內則》『子婦事舅姑，問疾痛疴癢而抑搔之』，鄭注：『抑搔即按摩。』屈抑枝體，與折枝義正同。」以此皆卑役，非凡人屑為，故曰是不為，非不能。《後漢·張皓王龔論》云：「豈同折枝於長者，以不為為難乎？」劉熙注：「按摩不為，非難為。」可驗。若劉峻《廣絕交論》「折枝舐痔」，盧思道《北齊論》「韓高之徒，人皆折枝舐痔」，《朝野僉載》「薛稷等舐痔折枝，阿附太平公主」。類皆朋作媕諂之具。

可見「折枝」即「折肢」，原是一種替長者彎彎手關節，解除肢體疲勞的「卑役」，爲一般人所不願意做的事。王力主編的《古代漢語》注釋說：「枝，通肢。折枝，指按摩。」王力採用趙歧說是正確的。此外，《睡虎地秦簡‧法律答問》簡七九云：「妻悍，夫毆治之，決其耳，若折支（肢）指、胅體，問夫何論？當耐。」意思是說「妻兇悍，其夫加以責打，撕裂了她的耳朵，或折斷了四肢、手指，或造成脫臼，謂其夫應如何論處？應處以耐刑。」此處亦有「折支」讀爲「折肢」的平行例證，只是秦簡的「折」用爲折斷，與《孟子》不同。

(9)「斧質」，古籍中又作「斧鑕」、「鈇質」、「鈇鑕」，是指斧頭與鐵鍖（砧板），乃古代之刑具，行刑時置人於鍖上，以斧砍之。《漢書‧項籍傳》：「孰與身伏斧質」，顏師古注：「質，謂鍖也。古者斬人，加於鍖上而斫之也。」出土文獻亦不少見，如《上博六‧申公臣靈王》簡九「不以辱斧質」、《上博八‧命》簡二「以辱斧質」、《嶽麓三‧一二、田與市和奸案》一八九正「隸臣田負斧質乞鞫曰」、二〇五正「重泉隸臣田負斧質乞鞫曰」。㉕有此認識後，我們再看底下的例證：

㉔「解罷枝」即「解疲肢」，即進行某種活動以解除肢體的疲勞。又「四肢」，古書又稱爲「四末」。

㉕朱漢民、陳松長主編：《嶽麓書院藏秦簡（三）》（上海：上海辭書出版社，2013.6）頁205、210。

夫有功不賞，爲善失其望；奸回不詰，爲惡肆其凶。故陳資斧而人靡畏，班爵位而物無勸。（《後漢書・杜喬傳》）

（張弈）雖貪亂，欲爲荼毒，由臣劣弱，不勝其任，令弈肆心，以勞資斧，敢引覆餗之刑，甘受專輒之罪。（《晉書・劉弘傳》）

今資斧所加，止梅蟲兒、茹法珍而已。（《梁書・武帝紀上》）

乙巳，霸先爲檄佈告中外，列僧辯罪狀，且曰：「資斧所指，唯王僧辯父子兄弟，其餘親黨，一無所問。」（《資治通鑑》卷一百六十六）

「資斧」一詞典籍習見，絕大多數都是指財貨資費，如《易・旅》：「得其資斧。」程頤傳：「得貨財之資，器用之材。」但是上引諸例的「資斧」並不能如此理解，《後漢書》中的語句，李賢注：「《易》旅卦九四曰：『旅於處，得其資斧。』《前書音義》云：『資，利也。』」《辭源》、《漢語大詞典》等工具書也都沿用其說，訓「資」爲利。這種解釋是把「資斧」理解成鋒利的斧子。依此說，則「資斧」一詞既表示「資費」又表示「利斧」，二者意思毫不相干，恐有問題。若仔細分析就會發現這一訓詁並不正確。首先，「資」訓爲「利」，都是指「財利」、「利祿」之「利」，並不指「鋒利」之「利」。「資」本身以及其引申義都沒有「鋒利」之義，所以「資斧」不能解釋成「鋒利之斧」，李賢的注文有偷換概念之嫌。其次，上引《後漢書》中的兩句話顯然具有嚴格的對偶關係，與「資斧」相對應的詞是「爵位」，「爵位」早期包括「爵號」和「位次」兩個含義，屬於並列結構，如《禮記・禮運》：「合男女，頒爵位，必當年德。」「爵位」與「男女」相對應，可證。若把「資斧」理解成「利斧」，屬偏正性結構，與「爵位」不能構成對偶關係。第三，從《後漢書》、《晉書》、《梁書》、《資治通鑒》中的語句可以確定「資斧」一詞的意思是能夠令人產生畏懼，並且與「爵位」相反，其最大的可能就是指刑罰工具。《晉書》中其與「刑」、「罪」相連，亦可爲此說提供佐證。《資治通鑒》一段前文說王僧辨的罪狀，後文說「資斧」指向他，說明「資斧」一詞確實與刑具有關。從讀音和意義等多方面考慮，李春桃認爲這裡的「資斧」應讀成「質斧」（也作質鈇）。古音「資」屬精母脂部字，「質」是章母質部字，兩者聲母相近，韻部具有嚴格的對轉關係，二字讀音相近。典籍中也有相通的例子，如《太玄・大・上九》：「小爲大資也。」司馬光集注：「范本資皆作質。」是其例。可見把「資斧」讀成「質斧」從音理上說沒有問題。㉖

(10)《清華二・繫年》第十五章簡八一：「**景平王即位。少師亡（無）䢼（忌）讒連尹奢而殺之，其子伍員與伍之雞逃歸吳。**」楚平王初即位時尚爲賢君，然日漸昏庸，且寵信費無極。少師費無極讒害連尹奢而殺之，其子伍員與伍之雞奔逃歸附吳國，遂使伍子胥教吳人反楚。

關於「費無極」，《左傳》作無極，而其他古籍則作「費無忌」，楊伯峻先生云：「費無極，〈楚世家〉、〈伍子胥傳〉及《淮南子》俱作『費無忌』，極、忌古音相近。」㉗無極爲其名，費爲其氏。而《繫年》簡文寫爲「亡䢼」，根據西周、春秋金文用字習慣來看，「䢼」應以讀爲「忌」爲首選。郭永秉曾討論相關議題，云：

㉖ 李春桃：《傳抄古文綜合研究》（長春：吉林大學古籍研究所博士論文，2012.6）頁234-235。

㉗《春秋左傳注》頁1369。

春秋金文多見「畏忌」一詞，王子午鼎（《集成》1828、1892、1894～1897）、王孫遺者鐘（《集成》261）、配兒鉤鑃（《集成》426、427）「畏忌」之「忌」皆作「諆（或嬰）」，應該是較早時代用字習慣的遺留。湖北襄陽王坡春秋墓地出土鄧公孫無嬰鼎、鄧子仲無㠱戈，學者已指出「無嬰」、「無㠱」皆應讀「無忌」。《集成》二六〇六號曾孫無諆鼎的「無諆」與上舉諸人同名，也應讀「無忌」。《集成》一六四八二號子可諆戈，「子」是男子的美稱，「可諆」之「諆」舊多讀爲「期」，疑亦應讀爲「忌」，「可（何）（忌）」與戰國時代梁伯可忌豆的「可（何）諆忌」（《近出》543）同名。「何忌」猶「無忌」、「弗忌」（與人名「何傷」、「奚傷」、「胡傷」猶「無傷」同例），是古代習見的人名（春秋時魯有仲孫何忌，齊有苑何忌，楚有司馬公子何忌）。古代以「無忌」爲名者很多，晉韓厥之子名無忌，楚有費無忌。㪤比盨銘文所見「內史無忌」，似是目前所見最早以「無忌」爲名的人。㉘

據此可知，簡文「少帀（師）亡（無）諆」自當以讀爲「少師無忌」爲好。

(11)〈懷沙〉是屈原所作《楚辭・九章》中的一篇，有關「懷沙」兩字的意思，歷來有爭議。據《史記・屈原列傳》，屈原因爲得罪上官大夫、令尹子南。令尹子南大怒，讓上官大夫在楚頃襄王面前進讒言，說屈原的壞話，「頃襄王怒而遷之」，將屈原放逐到江南。在江南，屈原寫了〈漁父〉和〈懷沙〉等詩篇。〈懷沙〉的篇名，《史記索隱》解釋說：「按《楚辭九懷》曰，懷砂礫以自沉，此其義也。」洪興祖、朱熹都贊同這種說法。㉙王夫之也基本認同「沙」就是「沙石」，但在具體理解上略有不同，他說：「懷沙者，自述其沉湘而陳屍于沙磧之懷。」㉚他的意思是，屈原並不是懷抱沙石而死，而是投河後躺在河底，被沙石懷抱。也有人解釋爲「懷念長沙」，但是這些說法均有不一而足的問題。近有學者認爲〈懷沙〉篇題之「懷」當是憂傷、憂思的意思。《詩經・邶風・終風》：「寤言不寐，願言則懷。」毛傳：「懷，傷也。」古書中「懷」常訓「思」，《說文》：「懷，念思也。」《詩經・豳風・東山》：「不可畏也，伊可懷也。」鄭玄箋：「懷，思也。」「懷」訓爲「思念」，正可以進一步引申爲「憂傷」。因爲思念到一定程度，則會憂傷。「思念」和「憂傷」意義是相因的。典籍中「思」也常見有「憂慮」的意思，《方言》卷十：「沅、澧之原凡言相憐哀謂之嘳……江濱謂之思。」其次，在楚簡中從「屖」得聲的字可以讀作「長沙」之「沙」，也可以讀作「徙」。前者如《包山》五九「長屖公」即「長沙公」。後者如《清華一・楚居》簡六～七「若敖酓【六】儀遲（徙）居鄀」、《清華二・繫年》簡八～九「晉文侯乃逆平王于少鄂，立之于京師。三年，乃東遲（徙），止于成周」。所以我們可以合理推測在戰國時期的楚辭抄本中很可能本寫作「懷遲」，且應該讀爲「懷徙」，即傷懷流徙之義，但在漢代轉寫釋讀時被漢人誤讀爲「沙」。[31]有趣的是，閩南語「徙位」讀爲 suá-uī，是移位、變換場所、挪動位置的意思。這個「徙」

㉘ 郭永秉：〈商周金文所見人名補釋五則〉，復旦網，2009.4.2。

㉙ 朱熹：《楚辭集注》（上海：上海古籍出版社，1979）頁 90；洪興祖：《楚辭補注》（北京：中華書局，1983）頁 141。

㉚ 王夫之：《楚辭通釋》（上海：上海人民出版社，1975）頁 85。

㉛ 史傑鵬：〈從楚簡「沙」字的寫法試解〈懷沙〉的意思〉，中國文字學會、吉林大學古籍研究所《中國文字學會第七屆學術年會會議論文集》，中國長春，2013.9.21-22；禤健聰：〈〈懷沙〉題義新詮〉《文史》2014 年第一期。

的讀音正與「沙」的閩南語讀為 sua 相同，可以呼應楚辭〈懷沙〉當讀為〈懷徙〉。這也再次證明閩南語對古漢語訓讀的幫助。

(12)《論語・鄉黨》云：「色斯舉矣，翔而後集。曰：『山梁雌雉，時哉！時哉！』子路共之，三嗅而作。」其中「色斯舉矣」學界有不少爭議。《孔叢子・抗志》有段內容與〈鄉黨〉相似：

穆公欲相子思，子思不願，將去魯。魯君曰：「天下之主，亦猶寡人也。去將安之？」子思答曰：「蓋聞君子猶鳳也，疑之則舉。今君既疑矣，又以己限天下之君臣。竊謂君之言過矣。」

其中「疑之則舉」為我們正確解釋「色斯舉矣」提供了重要線索。同時，《孔叢子・抗志》此章之首多出子思欲去魯的起因「穆公欲相子思，子思不願」，從而引發子思「君子猶鳥也，疑之則舉」的議論，顯然是說穆公欲相子思使子思驚疑，就好比鳥受到驚疑。陳劍認為「色」當讀為「疑」，《郭店・語叢一》簡一一〇有「色」字寫作：，左旁從「矣（疑）」得聲，可見「色」、「疑」可以通假。據此，陳劍將〈鄉黨〉這段話翻譯作：〔孔子在山谷中行走，看見幾隻野雞。它們因為有人走過而〕感到驚疑，就飛向天空，盤旋一陣，又都停在一處。孔子道：「這些山梁上的雌雉〔能夠見幾而作〕，真是知時啊！真是知時啊！」子路向它們拱拱手〔表示敬意〕，它們又振一振翅膀飛去了。㉜

(13)教育部重編國語辭典收錄有「羊狠狼貪」一詞條，解釋說：羊性狠，狼性貪。語本《史記・卷七・項羽本紀》：「猛如虎，很如羊，貪如狼，彊不可使者，皆斬之。」後比喻凶狠貪婪。「狠」

文獻異文作「很」。

謹按：說「羊性狠」，恐怕距離事實甚遠，不可從。這個成語源自《史記・項羽本紀》：「因下令軍中曰：『猛如虎，很如羊，貪如狼，彊不可使者，皆斬之。』」可見本做「羊很」。《說文》：「很，不聽从也。一曰行難也。一曰盭。」是違逆、不聽從的意思。《國語・吳語》：「今王將很天而伐齊。」韋昭注：「很，違也。」《莊子・漁父》：「見過不更，聞諫愈甚，謂之很。」自己有錯不更改，別人勸他不要這麼做，他反而做得更厲害些，這就是「很」，也就是「執拗」。所以「羊很」是指羊倔強執拗而不肯前行。《說文解字繫傳》：「臣鍇曰：『盭，戾也。』宋義曰：『很如羊。』羊之性，愈牽愈不進。」已說得十分清楚！宋・王與之《周禮訂義》卷四九說：「鄭鍔曰：師田有徇陳之事，誅其不用命者也。不用命者，皆很而不率之人。令小子斬羊以示之。羊者，至很之物。宋義曰：『很如羊，強不可制者，皆斬之』，此類是也。」這便是因爲羊很，不聽話，故殺之以警戒士兵。總之，「羊狠狼貪」本當作「羊很狼貪」，是比喻執拗貪婪，是用羊、狼的特點來比喻人的性格。退一步說，即便「羊很狼貪」後世已轉用爲狠毒貪婪的意思，那只能說是誤用，積非成是了，不能反過來說「羊性狠」，畢竟這與常識相差太遠。

㉜ 陳劍：〈據戰國竹簡文字校讀古書兩則〉《戰國竹書論集》頁458-464。

第三節　妄說通假的例證

裘錫圭說：清儒講通假，本來是一件好事。可是風氣一開，跟著就出現了流弊。有些人既不充分注意古書使用通假字的實際情況，也不用心研究古書內容，以輕率的態度大講通假。他們往往把古書裡本來不是通借字的字說成是通借字。就是碰到眞正的通假字，他們找出來的本字也幾乎總是錯的。由於漢字裡音近的字太多，以及其他一些原因，爲通假字找本字有時的確很難。㉝請看底下的例證：

(1)《荀子・勸學》云：

強自取柱，柔自取束。

楊倞注此句曰：「凡物強則以爲柱而任勞，柔則見束而約急，皆其自取也。」王先謙《荀子集解》則引王引之曰：

楊說強自取柱之義甚迂。「柱」與「束」相對爲文，則柱非謂屋柱之柱也。柱，當讀爲祝，哀十四年公羊傳「天祝予」、十三年穀梁傳「祝髮文身」，何、范注並曰：「祝，斷也。」此言物強則自取斷折，所謂太剛則折也。大戴記作「強自取折」，是其明證矣。㉞

王引之的意見以往被當作「改本字讀之則怡然理順」的佳例，如趙振鐸說：「王引之從古書辭例分析，認爲『柱』和『束』是對文。『柱』不應該是屋柱的柱。《大戴禮記・勸學》文字完全因襲《荀子・勸學》，那一篇文字這句話作『強自去折』。證明『柱』在這裡是折斷的意思，而『柱』本身並不表示折斷。因此它應該是某一個與它音同或音近而又有折斷義的字的通假。從古音分析，只有『祝』字具有這個條件，而古籍裡面『柱』、『祝』通用的例子是存在的。所以就確定『柱』讀爲『祝』。」㉟高亨、董治安《古字通假會典・前言》第五頁論破假借字、改讀本字，也舉了王引之讀「柱」爲「祝」之例。但是比對出土文獻來看，王氏之說恐怕是有問題的。

《郭店・性自命出》簡八～九云：

剛之梪（樹）也，剛取之也；柔之約，柔取之也。

《郭店・語叢三》簡四六云：

㉝ 裘錫圭：《文字學概要》頁229。

㉞ 王先謙所引王引之說見於王念孫《讀書雜志》卷八之一「強自取柱」條，其中引楊倞注「柔則見束」的「則」字王氏家刻本作「自」（南京：江蘇古籍出版社，2000）頁631。

㉟ 趙振鐸：《訓詁學綱要【修訂本】》頁133-134。

彊（強）之鼓（封）也，彊取之也。

劉昕嵐認爲《荀子》「強自取柱，柔自取束」之言，實與簡文意近，則「強自取柱」之「柱」，字義應與「樹」相關，故此句文義指物強則立而爲柱，楊倞的說法是對的，反而王說有誤。陳劍也說：「剛之梪也，剛取之也；柔之約，柔取之也」意爲剛者以其性剛，故樹而爲柱；柔者以其性柔，故用以束物。堅硬之物用作支柱、柔軟之物用於約束，皆由自取。「柱」用作動詞，作支柱也，《論衡・幸偶篇》：「同之木也，或梁於宮，或柱於橋。」是「柱」字用作動詞之證，後起區別字作「拄」。《淮南子・說林篇》：「虎豹之文來射，蝯狖之捷來乍（即「笮」）。」又《繆稱篇》：「吳鐸以聲自毀，膏燭以明白〈自〉鑠；虎豹之文來射，猿狖之捷來措㊱。」與「強自取柱，柔自取束」意同，皆謂自取也。《莊子・山木篇》：「直木先伐，甘井先竭。」亦此意。

至於今本《大戴禮記・勸學》「強自取折」的「折」字則是因爲古書習見「太剛則折」一類的說法而被人妄改，並不足爲據。古書中「太剛則折」一類的說法如：「太剛則折，太柔則卷」（《淮南子・氾論》，又《劉子・和性》）、「剛者折，柔者卷」（《鹽鐵論・訟賢》）、「夫太剛則折，太柔則卷」（《文子・上仁》）、「木強則折」（《淮南子・原道》又《列子・黃帝》）、「金剛則折」（《說苑・敬愼》）、「柔而不可卷也，剛而不可折也」（《淮南子・兵略》）、「柔而不撓，剛而不折」（《說苑・至公》）等等。又馬王堆帛書《易之義》第十九行說：「是故柔而不玞（卷），然後文而能朕（勝）也；剛而不折，然後武而能安也。」仔細體會，它們跟「強自取柱，柔自取束」、「剛（或『強』）之梪（尌、樹）也，剛（或『強』）取之也；柔之約，柔取之也」，意義其實是大不一樣的。前者說的是某物自身具有的性質決定了它在遭受外力作用時容易產生的後果，太堅硬則遭受外力容易折斷，太柔軟則遭受外力容易自己卷起來；後者說的則是某物自身的性質導致人們要拿它來幹什麼，太堅硬則容易被用作柱子，或被樹立起來（承受重量），太柔軟則容易被用來捆束其它東西。「太柔則卷」的「卷」和「柔而不撓」的「撓」，都是「捲曲」、「彎曲」的意思；而「柔自取束」的「束」、「柔之約，柔取之也」的「約」，則都是「約束」、「捆束」的意思。它們是義各有當的。同理，「太剛則折」的「折」，跟「強自取柱」的「柱」、「剛（或「強」）之梪（尌、樹）也，剛（或「強」）取之也」的「梪（尌、樹）」，也是義各有當的。《大戴禮記・勸學》把「柱」改爲「折」作「強自取折，柔自取束」，就將兩類不同的意思揉合到一起了。[37]陳劍根據《郭店楚簡》的材料，同時仔細辨析《大戴禮記》的異文是後人妄改，並不足爲據，這樣便將王引之所根據的證據一一破解了，從而解決了一宗學術公案。

(2)《左傳・文公十七年》引用古人的話「鹿死不擇音」。不少人根據杜預《注》認爲這個「音」字是「蔭」的通假字。杜預的原話是：「音，所茠蔭之處。古字聲同，皆相假借。」其實這個「音」字不作通假也講得通。比杜預時代更早的服虔注《左傳》就沒有用通假去解釋這個字。服虔的這條解釋還保存在孔穎達的《左傳正義》中。服虔說：「鹿得美草，呦呦相呼，至於困迫將死，不暇復

㊱ 楊樹達認爲「措」假借爲「簎」。《說文・手部》：「簎，刺也。從手，籍省聲。」如《周禮・春官冢宰・鼈人》：「以時簎魚、鼈、龜、蜃。」參張雙棣《淮南子校釋》（上）頁1092。

㊲ 以上節錄自陳劍〈郭店簡補釋三篇——㈠剛之梪、彊之鼓〉《古墓新知——郭店楚簡出土十週年論文專輯》（國際炎黃文化出版社，2003.11）。

擇善音，急之至也。」先秦時期的文獻也有類似的說法。如《莊子．人間世》：「獸死不擇音，氣息茀然。」可以作爲證據。漢晉人寫文章，用《左傳》這個古語，也不把「音」講成通假。例如：後漢皇甫規上疏：「臣雖汙穢，廉潔無聞。今見覆沒，恥痛實深。《傳》稱：『鹿死不擇音。』謹冒昧略上。」晉左思〈吳都賦〉：「鳥不擇林，獸不擇音。」楊伯峻《春秋左傳注》也認爲「音」如字讀即可。㊳意思是說鹿在臨死前顧不上再發出好聽的鳴聲。

(3)《詩經．周南．卷耳》：「嗟我懷人，寘彼周行。」毛《傳》：「寘，置。」按照毛《傳》的解釋，這個「寘」字的意思已經夠通順了，可是有人卻要用通假的辦法把它通作「徥」，解爲「行走」。其實「徥」字在古代文獻裡面很生僻，「寘」通「徥」也沒有文獻上的證據。《詩經》裡面「寘」字一共出現了八次。除了這裡的一次外，還有《魏風．伐檀》：「坎坎伐檀兮，寘之河之干兮。」「坎坎伐輻兮，寘之河之側兮。」「坎坎伐輪兮，寘之河之漘兮。」《小雅．谷風》：「將恐將懼，寘予於懷。」《大雅．生民》：「誕寘之隘巷，牛羊腓字之。」「誕寘之平林，會伐平林。」「誕寘之寒冰，鳥覆翼之。」這些「寘」字的意思多半是放置，而大多數句法結構都和「寘彼周行」相同，可見實在沒有必要通作「徥」。

(4)有一篇講通假字的文章，說睡虎地秦墓所出《秦律十八種．田律》裡「唯不幸死而伐棺槨者」一句的「伐」字，是借爲「乏」的。這是有問題的。〈田律〉第四、五簡原文是：

春二月，毋敢伐材木山林及壅隄水。不夏月，毋敢夜草爲灰，取生荔、麛卵鷇，毋□□□□□□毒魚鱉，置阱網，到七月而縱之。唯不幸死而伐棺槨者，是不用時。

意思是說：春天二月，不准到山林中砍伐木材，不准堵塞水道。不到夏季，不准燒草做爲肥料，不准採取剛發芽的植物，或捉取幼獸、鳥卵和幼鳥，不准……毒殺魚鱉，不准設置捕捉鳥獸的陷阱和網罟，到七月解除禁令。只有因爲死亡而需伐木製造棺槨的，不受季節限制。[39]這個意思原本很妥帖，若「伐」通假爲「乏」文意反而不對了。裘錫圭指出其實「伐棺椁」就是伐取作棺椁的木材的意思。《詩・豳風・伐柯》所說的「伐柯」，是伐取作斧柄的木材的意思（〈伐柯〉毛傳：「柯，斧柄也。」）。《魏風・伐檀》所說的「伐輻」、「伐輪」，是伐取作車輻、車輪的木材的意思。其文例都跟「伐棺椁」相同。「伐」字不勞改讀。而且古音「伐」屬月部，「乏」屬葉部，韻尾不同。從語音上看，說「伐」借爲「乏」也是有問題的。[40]

(5)《韓非子・外儲說左下》曰：

> 管仲父……庭有陳鼎，家有三歸。孔子曰：「良大夫也，其侈偪上。」孫叔敖相楚，棧車牝馬，糲餅（「飯」之誤字）菜羹……面有飢色，則良大夫也，其儉偪下。

㊳ 楊伯峻：《春秋左傳注（修訂本）》（北京：中華書局，2011.4）頁626。

㊴ 參見睡虎地秦墓竹簡整理小組：《睡虎地秦墓竹簡》（北京：文物出版社，1978.11）頁27。

㊵ 裘錫圭：《文字學概要》頁229-230。

同書〈揚權〉：

毋貴人而逼焉

陳奇猷《韓非子集釋》一百四十頁注【八四】說：

逼偪同，偪當爲匹之同音假字。謂管仲之侈匹擬於君，孫叔敖之儉匹擬於下賤之人。若釋偪爲迫，儉何迫於下？不通。毋貴人而逼焉，猶言毋貴臣匹擬於君。〈說疑篇〉云：「無尊孽臣而匹上卿，無尊大臣以擬其主」，即此義。作匹作擬，亦可證偪爲匹之借字也。

洪誠《訓詁雜議》批評說：

案，陳氏由於不明語例，主觀強解，這一條注釋出現三個錯誤。1.偪字古音屬職部，之部的入聲，幫紐；匹字古音屬質部，脂部的入聲，滂紐。兩字既不同音，亦非疊韻。2.用偪，用匹，義各有當，兩不相干，如何代古人改作文？「匹」、「擬」例對平輩以上而言，未見對下。改偪下爲匹下，不合原意。偪下者，使下面的人受壓力，感到難處，不能比孫叔敖更儉。何以不通？（《中國語文》1979年5期364頁）

洪誠認爲「偪」與「匹」的聲韻關係並非陳奇猷所說的「同音假字」。更重要的是讀「偪」爲

「匹」與古書用法不合。因爲「匹」或「擬」都用在平輩以上，沒有用在對下者，讀爲「其儉匹下」顯然不可通。按照如字讀爲「偪」即可，是說孫叔敖貴爲宰相，卻相當節儉，給下屬很大的壓力。㊶

(6)當劇烈、兇猛講的「利害」，現在一般都把它寫成「厲害」。「利害」本指好處與壞處，引申而有嚴重的意思，又引申而有劇烈、兇猛等意思。一般人覺得「利」字的意義跟劇烈、兇猛等義聯繫不起來，所以喜歡以「厲」字來代替它。他們顯然把「厲」看成本字。這是由於誤認同音或音近的字爲本字，用它來代替眞正本字的現象。

㊶ 此例參考裘錫圭：《文字學概要》頁230。

第七章

其他訓詁的方法

除了前面所提「以形索義」、「因聲求義」、「破假借」外，還有一些訓詁方法值得關注，底下依序介紹：

第一節　同義詞辨析

何謂「同義詞」？是說在某種情況下，雙方所代表的意義，有所近似而已。絕非指訓解字與被訓字之間詞義完全相等。實際上，沒有兩個詞語所表示的意義是完全相等的，如此則另一個詞語便沒有存在的必要。比如同是樹枝，大的稱爲「枝」，小的稱爲「條」；同是梳子，齒疏的稱「梳」，齒密的稱「篦」；同是食器，木製的稱「豆」，竹製的稱「籩」，瓦製的稱「登」等等。①同是雕刻，所刻的材料是木質的稱「刻」，金屬的稱「鏤」，玉質的稱「琱」或「琢」。同樣是對別國發動戰爭，大張旗鼓稱「伐」，不設鐘鼓的進犯稱「侵」，乘人不備稱「襲」，②上討下稱「征」。同樣是洗去汙垢，稱洗腳爲「洗」，稱洗手爲「盥」，稱洗頭爲「沐」，稱洗澡爲「浴」。③這些枝條、

① 《詩・大雅・生民》：「卬盛于豆，於豆於登。」毛傳：「木曰豆，瓦曰登。」《周禮・天官・籩人》：「（籩人）掌四籩之實。」鄭玄注：「籩，竹器如豆者，其容實皆四升。」

② 《左傳・莊公二十九年》：「夏，鄭人侵許。凡師有鐘鼓曰伐，無曰侵，輕曰襲。」

③ 《嶽麓一・爲吏治官及黔首》「衣聯（裂）弗補，不洗沐浴。」這裡的「洗」、「沐」、「浴」即是洗腳、洗頭、洗澡。參見陳松長主編：《嶽麓書院藏秦簡（壹-參）釋文修訂本》，頁41注11。

梳篦、豆籩登、刻鏤琱琢、伐侵襲征、洗盥沐浴都可以算是同義詞，但是像上面這樣揭櫫它們之間詞義的不同之處是很重要的，這可以讓讀者更加精準的瞭解與使用它們。

「同義詞」的來源，可從字書中的訓解加以歸納，比如：

(1)某，某也：

《爾雅‧釋言》：「增，益也。」

《說文‧一部》：「元，始也。」

《廣雅‧釋言》：「賤，卑也。」

《詩‧大雅‧烝民》：「天生烝民，有物有則。」毛傳：「烝，眾也。」

《詩‧小雅‧采薇》：「我戍未定，靡使歸聘。」毛傳：「聘，問也。」

《玉篇》：「賓，客也。」

以「賓，客也」一條來說，賓、客雖然是同義詞，但細辨之仍有不同。大抵「客」的使用範圍較廣，還可解釋成「門客」、「食客」等，而「賓」本義就是貴客、受人敬重的客人，所指的範圍較小。這二者含義是有區別的，像是成語「相敬如賓」中，就不能以「客」來替換「賓」。又如「增、益」在表示「增加」的意義上是相同的，但是詞義內涵不同。「增」一般只用於增加義。「益」還有溢出、豐饒、利益、有益等義。④

(2)兩個同義詞互相訓釋，這種方式稱爲「互相爲訓」、「互訓」，例如：

《爾雅・釋宮》：「宮謂之室，室謂之宮。」
《說文・刀部》：「刊，剟也。」「剟，刊也。」
《說文・人部》：「倚，依也。」「依，倚也。」
《說文・心部》：「愚，戇也。」「戇，愚也。」
《說文・玉部》：「玩，弄也。」「弄，玩也。」
《說文・口部》：「問，訊也。」〈言部〉：「訊，問也。」
《說文・牛部》：「犗，騬牛也。」〈馬部〉：「騬，犗馬也。」
《說文・心部》：「慶，行賀人也。」〈貝部〉：「賀，以禮相奉慶也。」

這種方法並不科學，比如一般人對「犗」比較陌生，是個難詞，結果它又被用來解釋「騬」，如此循環論證，反而失去了訓詁的效果。

(3)幾個同義詞輾轉遞訓，即以乙訓甲，又以丙訓乙。這種方式稱爲「遞相爲訓」，也稱「遞訓」。例如：

《爾雅・釋言》：「煽，熾也。熾，盛也。」
《爾雅・釋魚》：「蠑螈，蜥蜴；蜥蜴，蝘蜓；蝘蜓，守宮也。」

---

④ 洪成玉：《古漢語常用同義詞詞典》（北京：商務印書館，2009.12）頁441-442。

《說文・口部》：「嚨，喉也」；「喉，咽也」；「咽，嗌也。」

《說文・言部》：「論，議也」；「議，語也」；「語，論也。」

《說文・心部》：「恚，恨也」；「恨，怨也」；「怨，恚也。」

(4)用一個詞去解釋幾個或許多個同義詞，即以甲訓乙，又以甲訓丙。這種方式亦稱爲「集比爲訓」、「串訓」、「同訓」。例如：

《爾雅・釋詁》：「朝、旦、夙、晨、晙，早也。」

《爾雅・釋詁》：「初、哉、首、基、肇、祖、元、胎、俶、落、權輿，始也。」

《爾雅・釋詁》：「黃髮、齯齒、鮐背、耇老，壽也。」

《說文・手部》：「扶，左也。」〈力部〉：「助，左也。」（按：左即佐）

《說文・辵部》：「迅，疾也。」〈辵部〉：「速，疾也。」

《說文・頁部》：「顙，頟（額）也。」「題，頟（額）也。」

以「顙、額、題」來說，三詞在在表示「額頭」的意義上是相同的，但是詞義內涵不同。「額」還有匾額、物體接近頂端部分、規定的數目等義；「顙」還有頭、嗓子等義；「題」還有題目、書寫、標誌、品評、標籤、物體的一端等義。⑤

再看「朝、旦、夙、晨、晙，早也。」一條，細辨之有如下的不同：

(a)詞的本義微有不同：「旦」的本義是日初出，天始明。《說文》：「旦，明也。從日見一上，一，地也。」清徐灝《說文解字注箋》：「明則當爲本義，非引申之義。」「朝」的本義是從日出到早餐這一時段。《詩・小雅・采綠》：「終朝采綠，不盈一匊（同「掬」，滿握）」。毛傳：「自旦及食時爲終朝。」《左傳・僖公二十七年》：「楚子將圍宋，使子文治兵於睽，終朝而畢，不戮一人。」杜預注：「終朝，自旦及食時也。」〈洪範五行傳〉⑥：「自平旦至食時，爲日之朝。」「早」的本義是旭日初升。《說文》：「早，晨也。從日在甲上。」段玉裁注：「甲象人頭，在其上，則早之意。」《說文》及段注解釋「早」的構形顯然有誤，但是解釋爲「晨也」則可從。「晨」的本義是夜將盡，天色微明，初見曙光。《說文》：「晨，早昧爽也。」《左傳・僖公五年》：「丙之晨」孔穎達疏：「丙之晨者，《說文》云：『晨，早昧爽也。』謂夜將旦，雞鳴時也。」「夙」的本義是早敬。《說文》：「夙，早敬也。從丮夕。持事雖夕不休，早敬者也。」清王筠《說文句讀》：「字義爲早，而字形從夕，故申說之。『雖夕不休』，是敬也；夕而猶敬，則其敬於早者，可知也。」此處的「夕」並非指傍晚、晚上的意思，而是清晨時分，月將落日將昇的時刻，一個人這麼早就起來做事，自然是「早敬」，即早晨肅敬於事。

(b) 詞義的內涵不同：「旦」還有日（時間單位）、農曆每月初一、生日等義。「朝」還有日（時間單位）、東方等義。「早」還有早先、比一定的時間提前等義（按：先秦兩漢的著作中，主要用

---

⑤ 洪成玉：《古漢語常用同義詞詞典》（北京：商務印書館，2009.12）頁79。

⑥〈洪範五行傳〉爲《尚書大傳》中的一卷，參見馬楠：〈《洪範五行傳》作者補證〉，清華大學出土文獻研究與保護中心網站，2013年4月18日。

這個意義。）「晨」還有雞啼報曉、星名等義。「夙」還有時間舊、平素等義。

(c)反義詞雖有交叉但也有區別。「旦」在先秦時期主要與「暮」相對，從兩漢起「旦」「夕」相對的用法逐漸增多。「朝」早期主要與「夕」相對，如《左傳》、《論語》、《墨子》、《孟子》等著作中，「朝」都與「夕」相對而用。可能由於「朝（ㄓㄠ）見曰朝（ㄔㄠˊ），夕見曰夕」，「朝」「夕」又可用作動詞，爲了避免詞性和語義相混，約在戰國中期，「朝」開始與「暮」相對而用。如《莊子・齊物論》：「朝三而暮四。」《荀子・樂論》：「朝不廢朝，暮不廢夕。」後一例中，居首的「朝」「暮」表示時間，句末的「朝」「夕」表示早上或傍晚朝見君王。「早」表示日出的時段時，一般與「暮」相對，表示時間提前義則多與「晚」或「遲」相對。「晨」一般與「昏」相對，有時也與「夜」對用，表示白天黑夜時間相連續。「夙」通常只與「夜」相對。[7]

「同訓」有一種情況值得注意，也就是在同一條義訓中偶而包含了兩個不相同的意義。如《廣雅・釋詁》：「翫、俗，習也。」「翫」、「習」是同義詞；「俗」、「習」是同義詞，但「翫」與「俗」不是同義詞。也就是說所謂的「習也」實際上包含「狎習」和「習俗」兩種意義分別對應「翫」與「俗」。[8]這種現象王引之《經義述聞》稱爲「二義不嫌同條」，請看底下例證：

《爾雅・釋詁》：「林、烝、天、帝、皇、王、後、辟、公、侯，君也。」

《爾雅・釋詁》：「艾、歷、覛、胥，相也。」

「天」後一系列的詞，都有「君」的意思（或多少與「君」有關係）。但「林、烝」是否也有「君」的意思呢？「艾、歷、覛、胥」四個字看起來應該同義，但實際上並非如此。王引之《經義述聞》卷二十六對此作了說明：

「林、烝、天、帝、皇、王、後、辟、公、侯，君也。」引之謹案：君字有二義，一爲君上之君，天、帝、皇、王、後、辟、公、侯是也。一爲群聚之義，林、烝是也。古者「君」與「群」同聲。……天、帝、皇、王、後、辟、公、侯爲君上之君，林、烝爲群聚之群，而得合而釋之者，古人訓詁之指，本於聲音，六書之用，廣於假借，故二義不嫌同條也。……艾、歷、覛、胥，相也。艾爲輔相之相，歷、覛爲相視之相，胥爲相保相受之相。……義則有條而不紊，聲則殊塗而同歸，此《爾雅》所以爲訓詁之會通也。魏張稚讓作《廣雅》，猶循此例。……自唐以來，遂莫有能知其義者也。

根據王引之的說法，我們知道：用來解釋「林、烝」的「君1」是「群」的假借字⑨，用來解

---

⑦ 參考洪成玉：《古漢語常用同義詞詞典》（北京：商務印書館，2009.12）頁 21-22。

⑧ 王力：〈訓詁學上的一些問題〉《王力語言學論文集》（北京：商務印書館，2003.4 一版二刷）頁 528-529。

⑨ 「林」有「群」的意思，請看底下例證：《左傳・襄公十九年》：「季武子以所得於齊之兵作林鐘」及《國語・周語下》：「王將鑄無射而爲之大林」之「林」，在西周鐘銘中作「⿱林亩」、「⿱米亩」、「數」、「⿰⿱林亩刂」、「⿰亶殳」、「⿰金亩」、「⿰金稟」、「⿰金⿱林亩」等字。前三字皆「亩」（廩）或「稟」之異體。「數」即前引「⿰亩攴」之繁文。「⿱林亩」可視爲「亩」字加注「林」聲之繁文。

釋「天……侯」的「君2」才是「君主」的意思，《爾雅》實際上是把同一漢字表示的兩個詞混同了。其次，用來解釋「艾」的是「相」的一個義項「輔佐」，用來解釋「歷」、「覤」的是「相」的另一個義項「視」，解釋「胥」是「相」的另一個義項「互相」。這裡同樣也是把同一個詞的不同義項混同了。

所以分辨同訓中的詞義的不同，自然也是訓詁學關注的課題。在先秦典籍中已有排列一組同義詞，分別辨析其異同。如：

《左傳》宣公十八年：「凡自內虐其君曰弒，自外曰戕。」意思是說國內人殺害其君，稱為「弒」；外國人入國殺害國君稱「戕」。《說文》：「弒，臣殺君也。」又「戕，它國臣來弒君曰戕。」應該是根據《左傳》而來。

《左傳》文公三年：「凡民逃其上曰潰，在上曰逃。」楊伯峻注釋說：僖五年經：「諸侯盟於首止，鄭伯逃歸。」襄七年鄬之會，經亦書「陳侯逃歸」，此在上曰逃之例。在上之逃，一人及其隨從而已；民逃其上，人數衆多，故不曰逃而曰潰。[10]

《左傳》成公十七年：「臣聞亂在外為姦，在內為軌。禦姦以德，禦軌以刑。不施而殺，不可謂德；臣偪而不討，不可謂刑。」其中「軌」是「宄」的假借。楊伯峻注釋說：「亂在外為姦」的「外」，非國外，而是朝廷之外。整句話是說：百姓造亂謂之「姦」，朝廷之臣造亂謂之「宄」。對付姦以德；對付宄以刑。對百姓，不先施惠施教即殺戮，不可以謂德；朝廷之臣其勢逼君，不加討伐，不可以謂刑。[11]又《尚書•堯典》：「寇賊姦宄」，鄭注曰：「由內為姦，起外為軌。」與《左傳》相反，賈公彥《周禮疏》認為「鄭欲見在外亦得為軌，在內亦得為姦，故反覆見之。或後人轉寫誤當以傳為正。」

漢代的訓詁學家也注意到同訓各個詞義之間的差異，比如：

(1)《方言》卷一：「脩、駿、融、繹、尋、延，長也。陳楚之間曰脩，海岱大野之間曰尋，宋衛荊吳之間曰融。自關而西秦晉梁益之間，凡物長謂之尋。《周官》之法，度廣爲尋，幅廣爲充。延、永，長也。凡施於年者謂之延，施於眾長謂之永。」

揚雄已認識到「延」與「永」詞義的不同，「延」指年紀的長短，「永」則兼指時間和空間，可泛指各種「長」的東西。

總之，「林鐘」之「林」這個詞，典籍用「林」字表示，金文則用「㐭」或「稟」字。根據《廣雅・釋詁三》：「林，聚也、眾也」，可知「林鐘」就是鐘數眾多的意思，即編縣之似林聚植。所以「林鐘」也就是「編鐘」。以上參見馬承源：〈商周青銅雙音鐘〉《考古學報》1981年1期、唐蘭：〈關於大克鐘〉《出土文獻研究》1985年6月、裘錫圭：〈獄簋銘補釋〉《安徽大學學報》2008年7月。至於「烝」訓爲群、眾多的意思更是常見，比如常見的「烝民」。

⑩ 楊伯峻：《春秋左傳注（修訂本）》（北京：中華書局，2011.4）頁528。

⑪ 楊伯峻：《春秋左傳注（修訂本）》（北京：中華書局，2011.4）頁903。

(2)《爾雅•釋詁》：「犯、奢、果、毅、剋、捷、功、肩、堪，勝也。」孫炎注：「果，決之勝也；堪，強之勝也。」舍人注：「肩，強之勝也。」

(3)《爾雅•釋訓》：「明明、斤斤，察也。」

舍人注：「明明，甚明也；斤斤，物精詳之察也。」孫炎注：「明明，性理之察也；斤斤，重慎察也。」

以上漢人的注釋都對同訓各詞的詞義作出比較細緻的分辨。唐朝的訓詁學家則開始提出「對文則別，散文則通」的術語，對詞義作出更精密的區隔。如：

〈詩序〉：「情發於聲，聲成文，謂之音。」孔穎達《正義》曰：「此言聲成文，謂之音，則聲與音別。〈樂記〉註：『雜比曰音，單出曰聲。』〈記〉又云：『審聲以知音，審音以知樂。』則聲、音、樂三者不同矣。以聲變乃成音，音和乃成樂，故別爲三名。對文則別，散則可以通。」

孔穎達以「對文則別，散文則通」的角度對聲、音、樂三者詞義的不同作出分辨。清代郝懿行《爾雅義疏》也從「對文」、「散文」的角度辨析「狗」和「犬」詞義的不同。他說：

《說文》引孔子曰：「狗，叩也。叩氣吠以守。」又曰：「視犬之字如畫狗也。」是狗犬通名，若對文則大者名犬，小者名狗。散文則〈月令〉言「食犬」，〈燕禮〉言「烹狗」，狗亦犬耳。今亦通名犬爲狗矣。

《荀子・非十二子》：「甚僻違而無類。」楊倞注曰：「謂乖僻違戾而不知善類也。」王念孫《讀書雜誌・荀子・非十二子》「類」條下認爲楊說非也。他解釋說：

僻，違，皆邪也。（說見《修身篇》。）類者，法也，言邪僻而無法也。《方言》：「類，法也（《廣雅》同）。齊曰類。」《楚辭・九章》：「吾將以爲類兮。」王注與《方言》同。《大元[12]・毅次七》：「觥羊之毅，鳴不類。測曰：觥羊之毅，言不法也。」是古謂「法」爲「類」。〈儒效篇〉：「其言有類，其行有禮」，謂言有法也（楊注：「類，善也，謂比類於善。」失之）。〈王制篇〉：「飾動以禮義，聽斷以類。」謂聽斷以法也（楊注：「所聽斷之事，皆得其善類。」失之）。〈富國篇〉：「誅賞而不類」，謂誅賞不法也（楊注：「不以其類。」失之）。類之言律也，律亦法也，故〈樂記〉律小大之稱，《史記・樂書》「律」作「類」。〈王制篇〉曰：「其有法者，以法行；無法者，以類舉。」蓋「法」與「類」對文則異，散文則通矣。[13]

---

[12] 《大元》即《太玄》。

[13] 〔清〕王念孫：《讀書雜志》（南京：江蘇古籍出版社，2000年9月）頁656。

王念孫認爲楊倞注對於《荀子》中的「類」多有誤，「類」應該釋爲「法」，二者散文則通。「甚僻違而無類」一句中，既然「僻、違，皆邪也」，則將「無類」解爲「無法」，文義相當通順。

王念孫在撰寫《廣雅疏證》時，也特別注意同義詞的辨析，如：

(1)〈釋詁一〉：「仁、龒、或、員、虞、方、云、撫，有也」王念孫《疏證》曰：「龒、或、員、虞、方、云爲有無之有；仁、虞、撫爲相親有之有，而其義又相因。撫又爲掩有之有。」

(2)〈釋詁一〉：「湣、惜、翳、悈、憮、惓、款、牟、震，愛也。」《疏證》曰：「湣、惜諸字爲親愛之愛，翳爲隱愛之愛。」

段玉裁在《說文》注中使用「義同」、「同義」、「義相同」、「義略同」、「音義同」、「音義近」等術語解釋的詞語，都可以算是同義詞。比如：

《說文・丮部》：「埶，種也。」段注曰：「〈齊風〉毛傳曰：『蓺猶樹也。』樹種義同。」則「樹」、「種」是同義詞。

《說文・禾部》：「穀，續也，百穀之總名也。」段注曰：「穀與粟同義。」則「穀」、「粟」是同義詞。

《說文・亼部》：「舍，市居曰舍。」段注曰：「舍可止。引伸之爲凡止之偁⋯舍捨二字義相同。」則「舍」、「捨」是同義詞。

《說文・土部》：「堨，下入也。」段注曰：「此與下溼曰隰義略同。」則「堨」、「隰」也可算是同義詞。

《說文・口部》：「噭，吼也。」段注改爲「噭，口也」，並說「噭與竅音義相同。」則「噭」、「竅」是同義詞。

《說文・言部》：「訢，喜也。」段玉裁注：「按，此與欠部『欣』，音義皆同。」則「訢」、「欣」是同義詞。

《說文・人部》：「仰，舉也。」段玉裁注：「與『卬』音同義近，古卬、仰多互用。」則「仰」、「卬」是同義詞。

根據統計，《說文》中的同義詞以動詞和名詞爲多，形容詞很少，副詞則幾乎沒有。這應該跟早期人們使用的詞彙以動詞和名詞居多有關。

辨析「同義詞」應該把某些可能表示「隨文釋義」，又稱「語境同義」的詞彙排除掉。所謂「隨文釋義」是指詞在文章上下文中的臨時意義，離開這種語境之後，這個詞義便不存在了。類似這種情形不能算是語言學上的義項或義位，自然也不能算是語言學上的同義詞。蔣紹愚《古漢語詞彙綱要》云：一個詞在具體上下文中，意義可能是各不相同的，如果把這些在上下文中不同的意義都看做義位，從而要在詞典中列出相應的義項，那麼，很多常用詞的義項就會非常之多。這樣的詞典是無法編寫的。例如「搖」這個詞，只有一個義位，就是「搖擺，使物體來回地動」，但是這個詞使用的時候，他所表現的具體意義卻不一樣。如「搖鈴」、「搖頭」、「搖手」、「搖尾巴」、「搖樹」、「搖旗（吶喊）」、「搖櫓」、「搖紡車」，其中的「搖」，有的是上下搖動，有的是左右搖動，有的是成直線來回搖動，有的是成曲線循環搖動，有的搖動幅度大，有的搖動幅度小。但是我們不會把它看做是不同的意義（義位），或是不同的詞。

又如「投」字在古漢語中使用的句例：

1.《世說新語・容止》注引《語林》：「安仁至美，每行，老嫗以果擲之，滿車。張孟陽至醜，每行，小兒以瓦石投之，亦滿車。」

2.《晉書・潘嶽傳》：「嶽美姿儀，婦人遇之者，皆連手縈繞，投之以果。」

3.《世說新語・賞譽》注引〈江左名士傳〉：「鄰家有女，常往挑之，女方織，以梭投折其二齒。」

4.《戰國策・秦策》：「其母懼，投杼逾牆而走。」

5.《左傳・文公十年》：「投諸四裔，以禦魑魅。」

這幾個「投」字動作相同。但從上下文看，「投」的目的不同。第一、三例，「投」的目的是擊中對方。第二例，「投」的目的是爲了送給對方。第四例，「投」的目的是捨棄某物。第五例，「投」的目的是放逐對方。但這些區別，都是由上下文顯現出來的。動作本身並無不同。所以不能看做是不同的義位。在詞典中也不宜設立不同的義項。⑭

又如「舉」，它的意思是「雙手托物使之向上」，即常見的「舉起、高舉」的意思。後來出現不少隨文義，比如《史記・陳涉世家》：「且壯士不死即已，死即舉大名耳。」有人便以爲「舉」有成就，成功的意思。又根據《莊子・讓王》：「三日不舉火，十年不製衣。」《東觀漢記・光武帝紀》：「縱兵大掠，舉火燔燒。」便說「舉」有「點燃」的意思。這些說法都有問題。因爲離開「舉名」、「舉火」這樣的語境，「舉」顯然不會有這些詞義。所以我們在作同義詞辨析時，應當要屏除這些隨文義。

我們在前面已舉過幾個同義詞辨析的例證，這裡再舉幾例供讀者揣摩學習：

㈠遭、遇、逢

王鳳陽指出：古書中「『遭』的賓語最常見的是『事』，是『遭難』、『遭殃』、『遭亂』、『遭災』、『遭讒』、『遭誣』、『遭謾』、『遭傾』、『遭困』、『遭厄』、『遭刖』、『遭烹』……」，其後所接的賓語常爲不利或不幸的事。而「遇」和「逢」則常常表示碰到好人或吉利的事，這種用法多不能用「遭」替換。因此，「使人感到『遭』好像是專用於不幸的、災難性的遭遇」。⑮陳劍也指出卜辭云遭風雨、遭鬼日、遭憂、遭艱和遭愆等，皆爲不利之事，正跟「遭」的詞義特點相合。⑯

㈡滅、亡

王鳳陽指出：「滅」與「亡」在表示一度存在過的事物不復存在的意義上相交叉，而且多在一些有關人群的名稱上交叉，如「滅國」、「滅家」、「滅族」、「滅軍」等，也可以說「亡國」、「亡家」、「亡族」、「亡軍」。這是「滅」的消滅義和「亡」的消失義的交叉。它們之間的區別就在於「滅」是及物動詞，「亡」是不及物動詞；「滅」偏重的是把曾經像火一樣興旺一時的事物消滅，使其失去生機。「亡」側重的是一度存在過的事物的不復存在。《戰國策・魏策》：「秦滅韓亡趙」，「滅韓」是動賓關係，「亡趙」是使動關係。因爲兩者之間只限於在有關人的群體的名

---

⑭ 蔣紹愚：《古漢語詞匯綱要》（北京：北京大學出版社，1989.12）頁 43-46。

⑮ 王鳳陽：《古辭辨》（長春：吉林文史出版社，1993.6）頁 577-578。

⑯ 陳劍：〈釋造〉《出土文獻與古文字研究（第一輯）》（上海：復旦大學出版社，2006.12）。

稱上相交叉，所以，用於丟失無生機之物的「亡」，如「亡履」、「亡斧」等，與「滅」無關；用於「滅火」、「滅跡」、「滅盡天良」、「滅敵人威風」的「滅」，也和「亡」無關。⑰

㈢輩、等、屬、曹、儕、徒、類、倫⑱

共同點：都可以附加在名詞或代詞後面，表示「群體」或「多數」的意思，意爲「某些或某類人和事物」。

【辨析】

一、在這一組詞中，輩、屬、徒、類的獨立性較強，可以做中心成分，有「之類」、「之輩」、「之屬」、「之徒」的用法，但曹、儕、等一般都無此用法。

二、等、屬、徒、倫、類有表示「列舉」的用法，曹、儕一般不用於「列舉」。

例如：

(1)於是六國之士有甯越、徐尚、蘇秦、杜赫之屬爲之謀，齊明、周冣、陳軫、邵滑、樓緩、翟景、蘇厲、樂毅之徒通其意，吳起、孫臏、帶他、兒良、王廖、田忌、廉頗、趙奢之倫制其兵。（《史記・陳涉世家》）

(2)沛公則置車騎，脫身獨騎，與樊噲、夏侯嬰、靳彊、紀信等四人持劍盾步走。（《史記・項羽本紀》）

三、這幾個詞中，「曹」、「徒」有時有貶義用法，其餘的多爲中性，例：

(1)貪得僞詐之曹遠矣。（《呂氏春秋・知度》）

(2)然而陳涉甕牖繩樞之子，甿隸之人，而遷徙之徒也。（《史記・陳涉世家》）

詳細辨析如下：

輩、等、屬	可以表示人也可以表示事物，如： (1)吾非固欲負汝，天生汝輩，固須吾輩食也。（馬中錫〈中山狼傳〉） (2)臣等不肖，請辭去。（《史記・廉頗藺相如傳》） (3)土地平曠，屋舍儼然，有良田美池桑竹之屬。（陶淵明〈桃花源記〉）
曹、儕、徒、倫	一般多表示人，如： (1)爾曹身與名俱滅，不廢江河萬古流。（杜甫〈戲爲六絕句〉）⑲ (2)然大國之憂也。吾儕何知焉。（《左傳》昭公二十四年） (3)楚有宋玉、唐勒、景差之徒者，皆好辭而以賦見稱。（《史記・屈原賈生列傳》） (4)令韓信、黥布、彭越之倫，列爲徹侯而居，雖至今存可也。（《新書・藩彊》）
類	一般用來指事物，如： (1)其上以松脂、臘和紙灰之類冒之。（《夢溪筆談・技藝》）

⑰ 王鳳陽：《古辭辨（增訂本）》（北京：中華書局，2011.12）頁815。

⑱ 底下內容參考周國光、李向農編著：《古代漢語同義詞辨析》（廣州：廣東高等教育，2009）、洪成玉：《古漢語常用同義詞詞典》（北京：商務印書館，2009.12）。

⑲ 不過「曹」在出土文獻中也有用來形容物品者，如睡虎地〈秦律雜雜〉二五簡云：「射虎車二乘爲曹。」意思是說「射虎車以兩輛爲一組。」睡虎地秦墓整理小組：《睡虎地秦墓竹簡》第86頁，文物出版社1990年。

四薨、崩、卒、死、沒、終、喪、斃

共同點：這組詞都表示生命終結的意思，與「生」、「活」相對。

【辨析】

這組詞主要區別在於適用對象的不同，如：

(1)天子死曰崩，諸侯死曰薨，大夫死曰卒，士曰不祿，庶人曰死。（《禮記・曲禮》）

(2)凡喪，二品以上稱薨，五品以上稱卒，自六品達于庶人以上，稱死。（《唐書・百官志》）

詳細辨析如下：

崩、薨	嚴格的用於諸侯或帝王的，如： (1)周烈王崩。（《戰國策・趙策三》） (2)先帝知臣謹慎，故臨崩寄臣以大事也。（諸葛亮〈出師表〉） (3)昭王薨，安釐王即位，封公子爲信陵君。（《史記・魏公子列傳》）
卒、死、沒	不甚嚴格，適用的對象較寬泛，上至帝王下至百姓都可以使用，如： (1)冬，晉文公卒。（《左傳・僖公三十二年》） (2)魯肅聞劉表卒。（《資治通鑑・漢獻帝建安十三年》）

卒、死、沒	(3) 入門聞嚎咷，幼子飢已卒。（杜甫〈自京赴奉先縣詠懷〉） (4) 壯士不死則已，死則舉大名爾。（《史記・陳涉世家》） (5) 今之縣令，一日身死，子孫累世絜駕，故人重之。（《韓非子・五蠹》） (6) 始皇既沒，餘威震於殊俗。（《史記・陳涉世家》） (7) 父在觀其志，父沒觀其行。（《論語・學而》）
終、喪	泛指生命的終結，如： (1) 世言晉王之將終也，以三矢賜莊宗而告之。（《新五代史・伶官傳序》） (2) 尋程氏妹喪于武昌。（陶淵明〈歸去來兮辭序〉）
斃	本意是倒下去的意思，重在因疲乏或傷痍倒下去。《左傳・定公八年》：「顏高奪人弱弓，籍丘子鉏擊之，與一人俱斃。偃且射子鉏，中頰，殪。」意思是說顏高及另一人俱被擊而僕地，所以還能向子鉏一箭射去，把子鉏射死。《左傳》的「斃」是「僕倒」的意思。由「僕倒」的意思引申爲「死」，如： (1) 六日，公至，毒而獻之。公祭之地，地墳；與犬，犬斃；與小臣，小臣亦斃。（《左傳・僖公四年》） 後來斃多用於貶義，所以其對象較多用於動物，例： (1) 屠暴起，以刀劈狼首，又數刀斃之。（《聊齋誌異・狼三則》） (2) 及撲入手，（蟲）已股落腹裂，斯須就斃。（《聊齋誌異・促織》）

與其他詞相比，「死」的適用範圍最大，不僅用於人時，可用在各種身份，而且也可用於動物或植物，例如：

(1)君子之于禽獸也，見其生，不忍見其死。（《孟子‧梁惠王上》）

(2)（蛇）觸草木，（草木）盡死。（柳宗元〈捕蛇者說〉）

㈤停、留、淹、滯、止、泊

共同點：這些詞都有停止在某個地方的意思，與行進的意義相對。例如：

(1)平者，水停之盛也。（《莊子‧德充符》）

(2)魏王恐，使人止晉鄙，留軍壁鄴，名爲救趙，實持兩端以觀望。（《史記‧魏公子列傳》）

(3)船容與而不進兮，淹回水而疑滯。（《楚辭‧涉江》）

(4)國中有大鳥，止王之庭。（《史記‧滑稽列傳》）

(5)武昌土地，實危險而塉確，非王都安國養民之處，船泊則沉漂，陵居則峻危。（《三國志‧吳志‧陸凱傳》）

(6)吳會非我鄉，安能久留滯。（三國魏曹丕〈雜詩〉之二）

【辨析】

這一組詞較明顯的區別在於停留時間的長短：

淹、滯	一、表示停止狀態的持續時間較長，如： (1)吾子淹久於敝邑，唯是脯資、餼牽竭矣。（《左傳‧僖公三十三年》）

淹、滯	(2)舟凝滯于水濱，車逶遲於山側。（江淹〈別賦〉） 二、在辭義概括的對象上，側重某一地點上的停止，如： (1)幾宵因月滯三湘。（姚鵠〈送黃頗歸袁州〉）
停、留	一、表示時間較短，若表示時間較長時，其後常接時間詞，如： (1)停數日，辭去。（陶淵明〈桃花源記〉） (2)南登琅邪，心樂之，留三月。（《史記‧秦始皇本紀》） 二、在辭義概括的對象上，側重於行進過程中的暫停，如： (1)停車坐愛楓林晚，霜葉紅於二月花。（杜牧〈山行〉） (2)二世乃出居望夷之宮。留三日，趙高詐詔衛士，令士皆素服持兵內鄉，入告二世曰：「山東群盜兵大至！」（《史記‧李斯列傳》） 三、在用法上，「停」、「留」後多接表示時間的詞語，而其他幾個詞則多後接表示處所的詞語。
止、泊	表示在行進過程中，停止在某一個預設點上，而「泊」又多指停船、靠岸，如： (1)舟止，從其所契者入水求之。（《呂氏春秋‧察今》） (2)煙籠寒水月籠沙，夜泊秦淮近酒家。（杜牧〈泊秦淮〉）

由以上的討論可知「同義詞的辨析」有助於我們更精準的理解詞義。我們可以善用第三章介紹

過的「義素分析法」來輔助我們從事辨析的工作，透過提煉詞彙的區別性特徵，便可將同義詞的微別之處標示出來。比如對「動詞」來說，蔣紹愚曾提出可以就下面幾個特性觀察：

1. 動作的主體不同。如「鳴、吠、咆」都是動物的號叫。但主體不同。

2. 動作的對象不同。如「洗、沐、浴、盥」，依據《說文》洗的對像是足，沐的對像是髮，浴的對像是身，盥的對像是手。

3. 動作的方式狀態不同。如「行、趨、走、奔」，都是行走，卻有快慢的不同。「睥、睇、瞻、觀」都是看，依據《說文》，睥是斜視、睇是小斜視、瞻是臨視、觀是諦視。

4. 動作的工具不同。如「抶」、「抰」、「捭」、「捶」都是打，但工具不同。《說文》：「抶，笞擊也。」（用鞭、杖或竹板打人）、「抰，以車鞅擊也。」（車鞅，古代用馬拉車時安在馬脖子上的皮套子。）「捭，兩手擊也。」「捶，以杖擊也。」

再看底下的例證：

1. 《說文段注》「翔」字下引高注《淮南》曰：「翼上下曰翱，直刺不動曰翔」。

2. 官、吏二字渾言無別，析言之則吏多指位低者。如：《韓非子・五蠹》：「州部之吏」，指的是吏卒；《史記・高祖本紀》：「及壯，試爲吏，爲泗水亭長」，亭長亦是位低之官。

3. 《說文段注》：「在男曰覡，在女曰巫。」

4. 「音」往往指「樂音」，或用於褒義。例如「德音」（〈小雅・南山有臺〉：「樂只君子，德音不已。」）、「佳音」、「福音」等。「聲」則可指惡聲，如《莊子・山木》：「一呼而不聞，再呼而不聞，於是三呼邪，則必以惡聲隨之。」《清華七・越公其事》簡二三「今大夫儼然銜君王之音」。整理者注釋說：「嚴然，即儼然，莊重。君王之音，古人以德音喻善言，此處也是說君王之善言。」這也可以證明「音」確實有正面的意思。

5.「聽」只是耳朵接收聲音，未必眞正聽到；「聞」是「聽見」，是被動的狀態，指聽後已經領會或掌握。故云「充耳不聞」、「聽而不聞」、「朝聞道，夕死可矣。」「視」相當於「聽」，「見」相當於「聞」，故云「視而不見」。「視」、「聽」都表示主動，「見」、「聞」都表示被動。⑳

根據上面的說明，可以用義素分析法標示如下：

1. 翺（＋搖翼）翔（－搖翼）
2. 官（－位低）吏（＋位低）
3. 巫（－男性）覡（＋男性）
4. 聲（－褒義）音（＋褒義）
5. 聽、視（＋主動）聞、見（－主動）

第二節 根據對文的句式結構探求詞義

在平行的相同結構中處於相對應地位的兩個詞，它們的意義往往相對或相反，一般把它們稱爲「對文」。最早提到「對文」一詞的是唐孔穎達，他在《尚書正義序》云：「古人言誥，惟在達情，雖復時或取象，不必辭皆有意。若其言必托數，經悉對文，斯乃鼓怒浪於平流，震驚飆於靜樹，使教者煩而多惑，學者勞而少功，過猶不及，良爲此也。」這裡說的「對文」是指《尚書》的經文常

⑳ 參竺家寧：《漢語詞彙學》（台北：五南圖書出版公司，1999.10）頁367-371。

用對文，兩兩相對。如〈大禹謨〉：「滿招損，謙受益」就是兩個平行分句的對文，其中「滿」和「謙」、「招」和「受」、「損」和「益」就是對文，亦即詞句相對偶。又如《鹽鐵論・未通》「所以輔耆壯而息老艾也」，「老」、「艾」爲義近連文，指年老力衰者，則對文的「耆壯」也應屬相同結構，「耆」也當釋爲強也、壯也。《廣雅・釋詁一》：「耆，強也。」《國語・晉語九》記董安于之言曰：「及臣之壯也，耆其股肱，以從司徒，苛慝不產。」裘錫圭將此「耆」訓作「強」，「耆其股肱」是說強健其四肢。（《讀書札記四則》）。李白〈行路難〉詩之二：「劇辛、樂毅感恩分，輸肝剖膽效英才。」「輸肝剖膽」，是比喻對人極爲忠誠。對於前句的「感恩分」有學生斷讀爲「感恩，分」，因此得出錯誤的解釋。實際上「感恩分」與「效英才」對文，可知當理解爲「感」+「恩分」。古書常見「恩分」一詞，指恩情、情分。如《魏書・苻堅傳》：「朕於卿恩分如何，而於一朝忽爲此變？」

根據「對文」的句式比對，了解其文法結構，對於辨析詞義和考訂文字有一定的作用。古人已有這方面的實踐，如《逸周書・大聚解》：「水性歸下，農民歸利。」清王念孫《讀書雜志・逸周書二・農民》指出此本作「水性歸下，民性歸利」。因爲民性與水性對文，《玉海》六十引此正作「民性歸利」。[21]楊樹達《古書疑義舉例續補》卷二，第二十二條〈「自」作「雖」義用例〉曰：《吳越春秋・句踐二十一年》：「吾愛士，雖吾子不能過也；及其犯誅，自吾子亦不能脫也。」以「自」與「雖」爲對文，「自」爲「雖」義明矣。[22]再看幾個比較重要的例證：

(1)《史記・陳涉世家》曰：

陳涉少時，嘗與人傭耕，輟耕之壟上，悵恨久之，曰：「苟富貴，無相忘。」傭者笑而應曰：「若爲庸耕，何富貴也？」陳涉太息曰：「嗟乎！燕雀安知鴻鵠之志哉！」

「燕雀安知鴻鵠之志」這句話，學生多將「燕雀」理解爲燕子、麻雀兩種鳥。殷孟倫根據司馬貞《索隱》云：「按鴻鵠一鳥，如鳳凰然，非說鴻雁與黃鵠也。」同時注意到「燕雀」、「鴻鵠」兩個詞語在文章中結構相同，屬於對文，「鴻鵠」爲偏正結構，指大鵠，朱駿聲《說文通訓定聲》云：「凡鴻鵠連文者，即鵠也。」「鵠」相當於今天的「天鵝」㉓。則「燕雀」也應是偏正結構。「燕」與「鴻」相反爲義，「鴻」是「大」的意思，則「燕」是「小」的意思。「燕雀」即小雀。他說：「故燕麥就是小麥，亦可以說，照《爾雅•釋草》：『蘥㉔雀麥』，郭注：『即燕麥也。』按郭注知雀麥即燕麥者，《一切經音義》廿一引璞等曰即鷰麥也。蓋古義相傳這樣，雀之言小也，所以燕雀同有小義。由此可見，說鴻鵠是一鳥，燕雀亦是一鳥，尋其語義，一同得於大義，一同得於小義。」㉕

㉑〔清〕王念孫：《讀書雜志》（南京：江蘇古籍出版社，2000.9）頁11。

㉒見俞樾等著：《古書疑義舉例五種》（北京：中華書局，2005.4）頁235。

㉓參何九盈：〈詞義質疑——五、鴻鵠〉《古漢語研究》第一輯（北京：中華書局，1996.11）頁87-90。

㉔蘥，古書上說的一種植物，可作牧草，籽粒作飼料。亦稱「雀麥」。

㉕殷孟倫：〈有關古漢語詞義辨析的問題〉《語言文字研究專輯》（《中華文史論叢》增刊）上冊（上海：上海古籍出版社，1982）頁435。

可見根據文章中的句式結構可以幫助我們得知字詞的正詁。

(2)成語「好高騖遠」的寫法困擾了很多人，其實根據句法結構分析就可以明白知曉。「騖」，《說文》曰：「亂馳也。从馬敄聲。」意思是說馬亂奔馳，是動詞。《戰國策・齊策五》：「魏王身被甲底劍，挑趙索戰。邯鄲之中騖，河山之間亂。」鮑彪注：「騖，亂馳也。」在文中可以理解爲「混亂」的意思。而後再引申爲「疾馳」，《穆天子傳》卷一：「戊寅，天子西征騖行，至於陽紆之山。」郭璞《注》：「騖，猶馳也。」《韓非子・外儲說右下》：「代御執轡持策，則馬咸騖矣。」再引申爲「追求；追逐」，如《楚辭・九辯》：「乘精氣之摶摶兮，騖諸神之湛湛。」王逸《注》：「追逐群靈之遺風也。」

至於「鶩」，《說文》曰：「舒鳧也。从鳥敄聲。」段玉裁《說文解字注》云：「舍人、李巡云：『鳧，野鴨名。鶩，家鴨名。……謂之舒鳧者，家養馴不畏人，故飛行遲，別野名耳。』」《左傳・襄公二十八年》：「公膳日雙雞，饔人竊更之以鶩。」孔穎達《疏》引舍人曰：「鳧，野名也；鶩，家名也。」《後漢書・馬援傳》：「效伯高不得，猶爲謹敕之士，所謂刻鵠不成尚類鶩者也。」李賢注：「鶩，鴨也。」宋王安石〈自白土村入北寺〉詩之一：「夕陽人不見，雞鶩自成群。」可見「鶩」本是家鴨。晉以後亦指「野鴨」，《禽經》：「水鶩澤則群，擾則逐。」張華注：「鶩，野鴨也。」

「好高騖遠」的「好」是喜好，作動詞用，「騖遠」的「騖」只能寫作動詞的「騖」，不能寫作名詞的「鶩」。反過來說，「趨之若鶩」的句型如同《孟子・公孫丑上》：「信能行此五者，則鄰國之民仰之若父母矣。」的「仰之若父母」，即「若」之後接名詞，可見「趨之若鶩」只能寫作名詞的「鶩」。

附帶討論前一陣子吵得沸沸揚揚的「心無旁騖」。這個成語之所以會寫作「心無旁鶩」的關鍵是《孟子・告子上》的一段話：

孟子曰：「無或乎王之不智也，雖有天下易生之物也，一日暴之，十日寒之，未有能生者也。吾見亦罕矣，吾退而寒之者至矣，吾如有萌焉何哉？今夫弈之爲數，小數也；不專心致志，則不得也。弈秋，通國之善弈者也。使弈秋誨二人弈，其一人專心致志，惟弈秋之爲聽。一人雖聽之，一心以爲有鴻鵠將至，思援弓繳而射之，雖與之俱學，弗若之矣。爲是其智弗若與？曰：非然也。」

有人即以「一心以爲有鴻鵠將至」來比喻人未能專心致志，故認爲應該寫作「心無旁鶩」。按：《孟子》明明是以「鴻鵠」爲喻，與後者用「鶩」不同。南朝梁・劉勰《文心雕龍・比興》：「比類雖繁，以切至爲貴，若刻鵠類鶩，則無所取焉。」文中「刻鵠類鶩」比喻仿效失真，適得其反，可見「鵠」、「鶩」確實有所不同。我們知道由典籍轉化而來的成語，大多數與典籍用語相同，比如成語「心猿意馬」來自〈維摩詰經變文二十卷〉：「卓定深沉莫測量，心猿意馬罷顛狂。」許渾〈贈杜居士詩〉：「機盡心猿伏，神閒意馬行。」但是寫作「旁騖」完全看不出與「一心以爲有鴻鵠將至」有任何關係。其次，從典籍記載來看，古書中有「旁騖」的寫法，如《明實錄附錄・明熹宗七年都察院實錄・卷六・天啓三年十一月》：「既免案牘之煩騷，且齊百司之觀聽。庶精神不至旁騖，前後都相照理。」《四庫全書總目提要・經部・卷二十五・禮學彙編》：「舍康莊而旁騖，其惑於多岐亦宜也。」曾國藩〈致方宗誠書〉：「望閣下無因鄙言而旁騖駢枝」。這些「旁騖」皆是說別有追求而不專心。至於「旁騖」字面上根本無法解釋，典籍中也沒有見過，《漢語大辭典》只收「旁騖」一詞是很合理的。「心無旁騖」的說法是後人發明，不見於古書，解釋起來是說心中沒有別的追求而專心一志。此外，「心猿意馬」以及「心似平原跑馬，易放難收」的說法，皆可見馬性奔躍故可形容心性的不專心、放縱，以此角度亦可用來理解「心無旁騖」。

(3)《論語・爲政》：「多聞闕疑，愼言其餘，則寡尤；多見闕殆，愼行其餘，則寡悔。」可見「殆」、「疑」意思相近。再看《論語・爲政》：「學而不思則罔，思而不學則殆。」「罔」，即迷惘困惑。至於「殆」，王引之《經義述聞・通說上・殆》字條指出「殆」應如同「多見闕殆」的「殆」一般解爲「疑也」，意思是說「思而不學，則事無征驗，疑不能定也。」[26]其說可從。整句是說：只學習而不思考則迷惘困惑，只思考而不學習則疑惑不定。「罔」、「殆」意思也是相對的。其實將「殆」解爲「疑」，早在王念孫《讀書雜志・史記五》「疑殆」條下解釋《史記・扁鵲倉公列傳》：「良工取之，拙者疑殆」已說此說：

> 此殆字非危殆之殆，殆亦疑也，古人自有複語耳。言唯良工乃能取之，若拙工則疑而不能治也。

其說顯然是合理的。[27]

第三節　根據異文探求詞義

我們在第一章已談過「異文」對於校勘的重要性，其實「異文」對於字詞訓詁的幫助更是非常巨大的。一九九三年湖北省荊門市郭店村出土一批書籍類竹簡，即所謂《郭店楚墓竹簡》（底下簡稱《郭店》）。[28]由於內容爲儒、道兩家的作品，多數有傳世本可以對讀，相對來說不似先前《隨縣》[29]、《望山》[30]、《包山》[31]、《九店》[32]等楚簡內容艱深難懂，所以在國際漢學界造成極大的研究風潮。一九九四年初，香港中文大學張光裕教授在香港文物市場又發現一批竹書簡，這批

㉖〔清〕王引之：《經義述聞》（南京：江蘇古籍出版社，2000.9）頁740。

㉗〔清〕王念孫：《讀書雜志》（南京：江蘇古籍出版社，2000.9）頁148。

㉘荊門市博物館：《郭店楚墓竹簡》（北京：文物出版社，1998.5）。

㉙中國社會科學院考古研究所編：《曾侯乙墓》（北京：文物出版社，1989.7）。

㉚湖北省文物考古研究所、北京大學中文系編：《望山楚簡》（北京：中華書局，1995.6）。

㉛湖北省荊沙鐵路考古隊：《包山楚簡》（北京：文物出版社，1991.10）。

㉜湖北省文物考古研究所、北京大學中文系編：《九店楚簡》（北京：中華書局，2000.5）。

竹簡就是著名的《上海博物館藏戰國楚竹書》。㉝（底下簡稱《上博楚竹書》）。據估計共有簡數一千二百餘支，計達三萬五千字，其中約有八十多種（部）戰國古籍，內容涵蓋儒家、道家、兵家、陰陽家等，其中多數古籍爲佚書。㉞《上博楚竹書》自二〇〇一年出版以來，迄二〇一二年底共出版九冊。還有與《尚書》、《詩經》等先秦典籍關係密切的《清華簡》。㉟由於這些竹書可以與傳世經典對讀，有大量的「異文」提供學者破解疑難字詞很好的證據，也大大促進出土文獻被相關領域的學者所運用。底下略舉幾個例子說明：

(1)郭店楚簡〈成之聞之〉簡二二：

〈君奭〉曰：「唯冒丕單稱德」，害言疾也。

以傳世的東周文獻而論，其體例往往是在稱引典籍後，即對典籍所言作一概括的解釋，如：

《易・文言》：易曰：「履霜，堅冰至。」蓋言順也。

《禮記・禮器》：「孔子曰：『禮不可不省也，『禮不同，不豐不殺』，此之謂也。』蓋言稱也。」

《禮記・中庸》：「『維天之道，於穆不已。』蓋曰天之所以爲天也。『於乎不顯，文王之德之純。』蓋曰文王之所以爲文也，純亦不已。」

郭店簡的「害」字應讀爲「蓋」，害、蓋古音極近。㊱〈成之聞之〉這句話可以比對今本《尚書・

君奭》：「惟茲四人昭武王惟冒丕單稱德」。「四人」即《墨子‧尙賢下》「武王有閎夭、泰顛、南宮适、散宜生。」「昭」，屈萬里《尙書集釋》解爲輔助。「冒」，孫星衍以爲「冒與懋聲近，又通勖，勉也」，其說可從。「丕」，或訓爲「大」，或以爲是語助詞。「單」，屈萬里引《說文》：「大也。」翻譯起來是說：因爲這四人輔助武王很努力，所以天下都讚美武王的恩德。廖名春解釋〈成之聞之〉這句話說：「只因勖勉努力，天下才全都舉行其德。簡文的『疾之』，就是釋『冒』；唯『疾之』，唯勖勉，才能『不單稱德』。」[37]當然這個例子一方面跟「異文」有關，即「害曰」、

㉝ 朱淵清：〈馬承源先生談上博簡〉《上博館藏戰國楚竹書研究》（上海：上海書店出版社，2002.3）頁1。

㉞ 駢宇騫、段書安：《本世紀以來出土簡帛概述》（台北：萬卷樓出版社，1999.4）頁119、陳燮君：《上海博物館藏戰國楚竹書㈠序》《上海博物館藏戰國楚竹書㈠》（上海：上海古籍出版社，2001.11）頁2。

㉟ 李學勤主編：《清華大學藏戰國竹簡》（壹）～（參）（上海：中西書局，2010.12-2012.12）。

㊱ 彭裕商：〈讀《戰國楚竹書》㈠隨記三則〉《新出土文獻與古代文明研究》（上海：上海大學出版社，2004.4）頁81-82。

㊲ 廖名春：《郭店楚簡〈成之聞之〉、〈唐虞之道〉篇與〈尚書〉》《中國史研究》1999年第3期，頁33-38。

「害言」對應文獻的「蓋日」、「蓋言」。當然跟古漢語的習用句法有關，即在稱引典籍後，對典籍所言作一概括的解釋。

(2) 西周銅器銘文的字詞考釋很重視異文文例的比對，如生史簋（《集成》7.4101）「用事厥祖日丁，用事厥考日戊」，比對呂伯簋（《集成》7.3979）「其萬年祀厥祖考」，可知生史簋之「事」與呂伯簋之「祀」所指近似。《左傳・僖公九年》「天子有事于文武，使孔賜伯舅胙」之「事」、《左傳・文公二年》「大事於大廟」之「事」，很明顯也是指「祭祀」而言。這與《左傳・成公十三年》「國之大事，在祀與戎」所述相符。

另外，敬事天王鐘（《集成》1.73-81）「敬事天王」之「事」和瘐簋（《集成》8.4170-4177）「用辟先王」之「辟」意義相近，㦰簋（《集成》5.2824）「唯厥吏（使）乃子㦰萬年辟事天子」、師酉鼎（《中國歷史文物》2004 年第 1 期）「辟事我一人」之「辟事」乃同義連用。金文中此種用法的「事」同於《左傳・隱公元年》「欲與大叔，臣請事之」之「事」，㊳亦與師訇鼎（《集成》5.2830）「臣朕皇考穆王」之「臣」意義相近，均就「臣事」而言。㊴以上金文「事」的兩個義項都是藉由文例比對出來的。

(3)《上博五・競建內之》簡二云：

> 隰朋曰：「群臣之罪也。昔高宗祭，有雉雊於僫前，詔（召）祖己而問焉，曰：『是何也？』祖己答曰：『昔先君祭，……』」㊵

「雊」，是雉雞叫的意思。簡文中的「僫」，范常喜指出此字可以比對吳王光鑒銘文和《九店楚簡》四三、四四號簡中有一「弳」字，二者的不同在於一從「人」，一從「弓」。「人」、「尸」、「弓」三旁在戰國文字中形近易混，所以「俓」、「弳」無疑是一字。吳王光鑑銘文作：「以作叔姬寺籲宗弳薦鑑，用享用孝。」郭沫若先生將「弳」讀作「彝」。㊶而《競建內之》簡二所述之事亦見於**《尚書序》：「高宗祭成湯，有飛雉升鼎耳而雊。祖己訓諸王，作《高宗肜日》**。」《尚書序》中言「鼎」，簡文中言「俓」，因此范先生認爲，此字當據吳王光鑑讀作「彝」。《爾雅・釋器》：「彝、卣、罍，器也。」郭璞注：「皆盛酒尊，彝其總名。」「彝」在銅器銘文中多用作祭器之通稱。如：

庚兒鼎：自作飤彝。（《集成》05、2716）

㊳這句話的背景是鄭莊公的弟弟京城太叔，即共叔段，命令國家西部與北部邊境聽命於自己（大叔命西鄙、北鄙貳於己）。公子呂對鄭莊公說：「國家不能忍受兩面聽命的情況，君王要把君王讓給太叔，下臣就去事奉他；如果不給，就請除掉他。」

㊴以上參謝明文：〈金文札記二則〉《古漢語研究》2010年第3期。

㊵個別釋文和斷句據魯家亮和季旭昇兩位先生調整。參見：魯家亮《讀上博楚竹書（五）劄記二則》，簡帛網，2006.2.18；季旭昇《上博五芻議（上）》，簡帛網，2006.2.18。

㊶郭沫若《由壽縣蔡器論到蔡墓的年代》，載《考古學報》1956年1期；《文史論集》（北京：人民出版社，1961）頁302。

揚方鼎：用作父庚彝。（《集成》05、2613）

伯申鼎：伯申作寶彝。（《集成》04、2039）

由此可見，將「僿」讀作「彝」是比較合適的。其說已成學界定論。

第四節　根據方言探求詞義

前面我們提到利用閩南語將「懷沙」讀爲「懷徙」便是利用方言探求詞義的很好例證。又如《左傳・成公二年》：「濟濟多士」，「濟濟」是衆多之義。這可以聯想到閩南語「濟」（tsē/tsuē）也是「多」的意思，如「眞濟」表示「很多」。又如「若」的古文字寫作，訓爲「順也」，與閩南語「若頭毛」的「若」吻合無間。再看兩個有趣的例子：《郁離子・馮父》曾記載的一則故事大意是：古代東甌（南部沿海一帶）將常發生火災。當地人爲此很煩惱，卻沒有辦法。一位商人到了晉國，聽說當地有一位叫馮父的人，善於搏虎，非常出名。由於東甌的方言與晉國不同，當地「虎」和「火」讀音一樣，商人以爲馮父善於對付火災，報告國王，將其請到東甌。馮父到東甌後，又發生火災，東甌人將馮父往火裡推，結果馮父被燒死。㊷連橫《雅言》：台灣爲漳、泉人雜居之地，平時集會，每相戲謔以資談笑。某莊有廟祀神，泉人以一豬、一羊爲牲。漳人見而呼曰：「全豬全羊，眞是熱鬧！」蓋「全」與「泉」同音也。泉人以爲侮己，顧其徒曰：「將羊移過來，將豬移過去！」則「將」又與漳同音也。一捭一闔，機鋒相對，眞是妙語解頤。㊸這些例子可見方言對於語言溝通的重要性。方言對於典籍訓詁同樣有其重要性，漢代揚雄的《方言》和其他一些漢代辭書（如

《釋名》、《說文》），及某些漢人舊注（如高誘《淮南子注》）保存了許多上古漢語方言詞語。這些材料也有助於我們探求詞義，茲舉例如下：

(1)《史記・淮南衡山列傳》：「（伍）被曰：『……如此則民怨，諸侯懼，即使『辯武』隨而說之，儻可徼幸什得一乎？』」《集解》引徐廣曰：「淮南人名士曰武。」《淮南子・覽冥》：「勇武一人，爲三軍雄。」高誘注：「武，士也。江淮之間謂士曰武。」

上引《史記・淮南衡山列傳》：「即使『辯武』隨而說之」，班固《漢書・蒯伍江息夫傳第十五》作「如此，則民怨，諸侯懼，即使『辯士』隨而說之，黨可以徼幸。」已將「辯武」改爲「辯士」，是用漢朝的通語去改方言。《文選・王子淵・洞簫賦》：「狀若捷武，超騰踰曳，迅漂巧兮。」李善《注》曰：「捷武，言捷巧。」可見他已不明白「武」字的這個用法。實際上，「捷武」就是矯捷之士。㊹

(2)《上博四》有一篇名爲〈昭王毀室〉，文章意思大約是說：某一天楚昭王在「死沍」這條

㊷〔明〕劉基：《郁離子》（北京：中華書局，1991）。

㊸ 連橫著，臺灣銀行經濟研究室編：《雅言》（台北：臺灣銀行，1963）卷三十一。

㊹ 趙振鐸：《訓詁學綱要》（修訂本）（成都：巴蜀書社，2003.10）頁174。

河的水邊崖岸建造一座宮殿，正當宮殿建造完畢，舉行落成典禮的時候，有一位君子穿著喪服，想要面見楚王，並威脅値日的官吏如果不幫他通報，將要召集盜寇前來。原來這座宮殿階梯的下方埋著這位君子父親的屍骨，以致他無法將父母親的屍骨併葬。後來楚王了解到事情原委之後，就「徙處於坪濮，卒以大夫飲酒於坪濮。因命至俑毀室。」也就是說楚王將宮殿遷徙到坪濮這個地方，同時下令找來傭人將這座宮殿毀掉。陳劍讀「至俑」爲「致庸」[45]，「致」，招致也。「庸」，也寫作「傭」，即受雇傭從事勞作之人，也就是我們常說的「傭兵」、「傭人」。其實〈昭王毀室〉將「傭」寫作「甬（俑）」，正是楚國方言的顯示，《方言》第三：「自關而東，陳、魏、宋、楚之間，保庸謂之甬。」「保庸」亦作「保傭」，指受雇用的僕役。「保傭」屬於同義複詞，「保」亦「傭工」的意思。《史記‧司馬相如列傳》：「相如身自著犢鼻褌，與保庸雜作，滌器於市中。」簡文中加「人」旁作「俑」當爲表示「傭人」的專字。

(3)〈木蘭詩〉：「唧唧復唧唧，木蘭當戶織。不聞機杼聲，唯聞女嘆息。」其中「唧唧」代表嘆息聲。郭在貽說：「古籍中以『唧唧』表嘆息聲者不乏例證，如北魏‧楊衒之《洛陽伽藍記》卷四〈法雲寺〉：『四月初八日，京師士女多至河間寺，觀其廊廡綺麗，無不嘆息，以爲蓬萊仙室，亦不是過。入其後園，見溝瀆蹇產，石蹬礁嶢，朱荷出池，綠萍浮水，飛梁跨閣，高樹出雲，咸皆唧唧。雖梁王兔園，想之不如也。』前面說『無不嘆息』，後面說『咸皆唧唧』，前者呼而後者應，顯證唧唧就是嘆息（這裡唧唧和嘆息都有稱贊義）。儲光羲〈同王十三維偶然作十首〉：『想見明膏煎，中夜起唧唧。』孟郊〈弔盧殷〉：『唧唧復唧唧，千古一月色。新新復新新，千古一花春。』白居易〈琵琶行〉：『我聞琵琶已嘆息，又聞此語重唧唧。』元稹〈長慶曆〉：『年年豈無嘆，此嘆何唧唧。』王若虛《滹南遺老集》卷二引鄭厚說：『夫笑而呵呵，嘆而唧唧，出口天籟。』」[46]

羅肇錦先生也提出：如果從方言出發「唧唧」念成 tsit tsit，是入聲字，與一般人心情煩躁不自覺的發出 tsit tsit 的聲音（類似嘖嘖聲）相符合，就不會覺得奇怪了。如果從客家話證據出發，客家人常責怪人心情不好「歸日（整天）tsit tsit tsut tsut」，這個 tsit tsit 與「唧唧」若合符節。加上客家話是東晉後南遷，唐末宋初定名的方言，正好與〈木蘭辭〉的時代吻合。」[47]

(4)《三國演義》中描寫關羽的形象是「面如重棗」。「重棗」是什麼呢？魯迅在《臉譜臆測》一文中說：「重棗是怎樣的棗子，我不知道。要之，總是紅的吧。」關漢卿《單刀會》第三折寫到關羽是：「髯長一尺八，面如掙棗紅。」給人以啓示，現在山西省有些方言裡面「重」、「掙」同音，那些地方把全熟、飽滿而鮮紅的棗子叫做「掙棗」，看來《三國演義》裡面的「重棗」就是山西某些地方方言的「掙棗」。[48]

(5)我們常聽到「落跑」一詞，臺灣閩南語詞典標音作【**làu-phâu**】，解釋說：「逃跑、開溜、落荒而逃。借用華語『跑』字音讀。例：伊落跑矣。**I làu-phâu--ah.**（他開溜了。）」另外，網路上有人在解釋「落跑」一詞是屬於國語詞還是台語詞，但感覺語焉不詳，而且這樣的分別也顯得武斷。

㊺ 參見陳劍：〈釋上博竹書《昭王毀室》的「幸」字〉，簡帛網，2005.12.16。

㊻ 郭在貽：《郭在貽文集（第一卷）•訓詁學》（北京：中華書局，2002.5）頁 520。

㊼ 羅肇錦：《瑞金方言》自序，又載於《語文與文化》（台北：國文天地，1990）頁 160。

㊽ 趙振鐸：《訓詁學綱要》（修訂本）（成都：巴蜀書社，2003.10）頁 176。

謹按：東漢《長沙五一廣場簡牘》有一方關於「待事掾王純叩頭死罪白」的木牘，內容是關於死刑犯黃胡的兄弟黃宗、黃禹暗殺執法人員王純的故事【原來古代也有「襲警」的恐怖攻擊】。其中有句說：「禹度（？）平後落去」，黃禹就是預謀殺警的人，李平是給王純通風報信的人。於是黃禹對李平做了「度（？）」的動作後「落去」。這裡的「落去」應該就是我們現在所說的「落跑」。「落跑」一詞還原爲古漢語應當寫作「落走」。原因在於「跑」的本義是「獸用腳刨地」，《廣韻・肴韻》：「跑，足跑地也。」《孔叢子》：「子不見夫雞耶，聚穀如陵，跑而啄之。」《西京雜記》卷四：「滕公駕至東都門，馬鳴，跼不肯前，以足跑地久之。」而「走」則是我們熟悉的疾行、奔跑的意思。「去」除了離開的意思外，也有「疾走」的意思。《集韻・魚韻》：「去，疾走也。」所以「落走」與「落去」意思相近。王子今先生說：「所謂『落去』，應有逃逸的涵義，不是簡單的『離開』。」[49]這是很有道理的。我們現在用法的「落跑」正是「逃逸」的意思。總之，「落跑」的說法其來有自，目前看來可以溯源到東漢。而「落跑」本來應該寫作「落走」，古書早有「落走」的說法，如《隋書・裴矩傳》：「詔報始畢曰：『史蜀胡悉忽領部落走來至此，云背可汗，請我容納。突厥既是我臣，彼有背叛，我當共殺。今已斬之，故令往報。』」因爲「走」與「跑」閩南語讀音相近，故被記寫作「落跑」。這不是什麼國語詞還是台語詞的問題，而是辭源追溯的問題。

(6) 教育部臺灣閩南語常用詞辭典收錄一個詞叫「陷眠」，標音爲【hām-bîn】，只要是對閩南語熟悉的人自然都明白它的意思大概是作夢、睡眠一類的意思。其實這個說法古書早就有了，比如：

(a)《淮南子・俶眞》：「至德之世，甘瞑於溷澖之域，而徙倚於汗漫之宇。」

(b)《淮南子・精神》：「甘瞑於太宵之宅，而覺視於昭昭之宇，休息於無委曲之隅。」

(c)唐・袁郊《甘澤謠・紅線》：「某發其左扉，抵其寢帳。見田親家翁正於帳內，鼓趺酣眠。」劉文典先生指出《淮南子》的「甘瞑」即「酣眠」，[50]其說甚是。「酣」的古音正是【ɣãm】。「酣」本可用來形容作夢、睡眠很沉、很濃、很甜，如後蜀・顧敻〈酒泉子〉詞之五：「淚侵山枕濕，銀燈背帳夢方酣，雁飛南。」宋・何薳《春渚紀聞・關氏伯仲詩深妙》：「寺官官小未朝參，紅日半竿春睡酣。」所以閩南語【hãm-bîn】的寫法應該寫作「酣瞑」或「酣眠」，寫作「陷眠」反而沒有文獻上的依據。

(7)前面我們提到〈漁父〉：「安能以身之察察，受物之汶汶者乎！」之「汶汶」對應「昏昏」，是昏昧不明貌。在〈漁父〉中「汶汶」可以理解爲骯髒、汙穢。正好客家話「汶水」是指「渾濁之水」；「水汶汶」是指水很混濁，二者似可互證。[51]

(8)《說文》：「咳，小兒笑也。孩，古文咳從子。」可見「孩」即「咳」，本義是小兒笑。《孟子・盡心上》：「孩提之童，無不知愛其親者。」趙岐注：「孩提，二三歲之間在襁褓，知孩笑可提抱者也。」唐・李商隱〈行次西郊作一百韻〉：「兒孫生未孩，棄之無慘 。」意思是說：「兒孫出生不久，還不會笑，就被拋棄了，但是父母、親人卻麻木而沒有悲痛的樣子。」這些例句的「孩」都是小兒笑的意思。有趣的是閩南語「笑孩孩」的說法正符合古書的用法。

---

[49] 王子今：〈長沙五一廣場出土待事掾王純白事木牘考議〉，《簡帛》第9輯（上海：上海古籍出版社，2014），頁293-300。

[50] 見《淮南鴻烈集解》。參見張雙棣：《淮南子校釋》頁757。

[51] 客家話的例證，蒙彰化師大國文系邱湘雲教授提供。

國家圖書館出版品預行編目資料

新訊詁學／蘇建洲著. — 四版. — 臺北市：五南圖書出版股份有限公司，2022.01
面；　公分.
ISBN 978-626-317-535-8（平裝）

1.CST：訓詁學

802.1　　110022750

1XDB

新訓詁學

作　者 — 蘇建洲(417.4)
發行人 — 楊榮川
總經理 — 楊士清
總編輯 — 楊秀麗
副總編輯 — 黃文瓊
責任編輯 — 吳雨潔
封面設計 — 王麗娟
內文版型 — 劉好音
內文插畫 — 林明鋒
出版者 — 五南圖書出版股份有限公司
地　址：106台北市大安區和平東路二段339號4樓
電　話：(02)2705-5066　傳　真：(02)2706-6100
網　址：https://www.wunan.com.tw
電子郵件：wunan@wunan.com.tw
劃撥帳號：01068953
戶　名：五南圖書出版股份有限公司

法律顧問　林勝安律師事務所　林勝安律師

出版日期　2014年8月初版一刷
2016年7月二版一刷
2018年9月三版一刷
2021年10月三版二刷
2022年1月四版一刷

定　價　新臺幣530元